I peccati di Chicago

Alta Hensley

Renee Rose

Traduzione di
Ema Ferrari

Renee Rose Romance

OTTIENI IL TUO LIBRO GRATIS!

Iscrivetevi alla newsletter di Renee per ricevere Indomita, scene bonus gratuite e notifiche riguardo a nuove pubblicazioni!

https://subscribepage.com/reneeroseit

Sapevi che puoi acquistare direttamente da Renee Rose? Ottieni libri autografati, edizioni speciali e pacchetti a prezzi scontatissimi. Usa questo coupon per un ulteriore sconto del 10% sull'intero ordine - READER10

Oppure clicca qui -

https://shop.reneeroseromance.com/discount/READER10

La tana dei peccati

Prologo

Benedicimi padre perché ho peccato.

La mia anima è danneggiata in modo irreparabile.

Sono passati cinque anni dalla mia ultima confessione.

Cinque anni da quando mia madre ha pianto mentre mi portavano fuori dal tribunale in manette.

Tre anni da quando ho ucciso un uomo in prigione.

Ora c'è una taglia sulla mia testa.

Tre giorni fuori, e ho commesso un altro peccato per rimanere in vita.

E poi un altro con lei, la mia bella testimone.

E un altro. E un altro ancora.

Non sto chiedendo l'assoluzione.

Tutto quello che voglio davvero è lei.

Capitolo uno

*A*rmando

Un peccatore poteva mai essere libero? Indipendentemente dalla risposta, ci ero il più vicino possibile. Non ero
più intrappolato in una gabbia.

I cancelli della prigione si erano aperti e io ne ero uscito con nien-
t'altro che un sacchetto di carta che conteneva i pochi effetti personali
con cui ero entrato.

Mio cugino Marco mi aspettava, in piedi davanti al suo SUV con
un sorriso eccessivamente marcato sul volto. Lo conoscevo abbastanza
bene da riuscire a guardare oltre. Certo, era felice di vedermi, ma era
ovviamente a disagio.

Non potevo dire di biasimarlo.

Marco era venuto a trovarmi occasionalmente. Veniva da
Chicago, la nostra città natale a un'ora di distanza, per passare un'ora
ad aggiornarmi su quello che stava succedendo con l'organizzazione.
Lui, e talvolta suo fratello Leo, erano gli unici *della famiglia* che mi
avevano fatto visita.

Ancora una volta, una cosa che capivo.

La prigione poteva essere contagiosa. Nessuno voleva averci a che fare.

Era una piaga che una volta trasmessa era difficile da trattare.

Nemmeno mia madre era venuta a trovarmi, non essendo in grado di sopportare di vedere suo figlio trattato come un animale.

Parole sue, non mie.

Mentre esitavo fuori dai cancelli della prigione, Marco alla fine si fece avanti, rompendo il silenzio. «È bello vederti» disse, rinunciando finalmente al suo sorriso di circostanza.

«Sì.» Non ero sicuro di essere ancora pronto per le chiacchiere.

Marco sembrò capirlo e si mosse velocemente, indicando la macchina. «Dai, tiriamoti fuori di qui.» Salimmo entrambi sul veicolo e Marco iniziò a guidare per tornare verso la città.

Guardai fuori dal finestrino, non vedendo nulla. Apparentemente non sentendo nulla fino a quando non mi resi conto che Marco aveva parlato tutto il tempo. «... quando andrai da Rocco per un taglio di capelli e per raderti venerdì. È lo stesso vecchio gruppo, ovviamente, ma scommetto che ti daranno la priorità sulla sedia del barbiere.... Il negozio di fiori è ancora lì accanto, ma Mary Alice ha venduto il locale alla sua apprendista, Hannah. Te la ricordi? Era solo una bambina quando te ne sei andato, ma ora è davvero sexy, cazzo...»

Persi l'attenzione. I luoghi di cui stava parlando – i vecchi ritrovi della famiglia – sembravano così lontani e dimenticati in questo momento. Immaginavo che sarei dovuto andare lì per sentire qualcosa. «Un po' della solita merda è cambiata da quando sei via» osservò Marco.

Non risposi, aspettando che andasse avanti. «L'organizzazione sta diventando sempre più potente, ma sta perdendo la sua anima. Molti degli uomini d'onore stanno diventando compiacenti. Non ci sono più progressi, sai? Nessun vecchio spirito di buon senso, come lo chiama il don.»

Assorbii le sue parole senza commentare. Marco era un ragazzo intelligente. Non c'era nessuno di cui rispettassi di più l'opinione, soprattutto quando si trattava di affari di famiglia. Era entrato nel gruppo più o meno nello stesso periodo in cui l'avevo fatto io, ma aveva una buona visione d'insieme. Era molto più saggio della sua età o della sua esperienza.

Possedeva sicuramente il vecchio spirito del buon senso. Marco sembrava essere in grado di guardare l'organizzazione obiettivamente e notare cosa stesse realmente succedendo.

Cercai di concentrarmi sulle sue parole, sul lavoro e su quella che sarebbe stata di nuovo la mia realtà ora che ero tornato nell'ovile della famiglia, ma lottai contro una stretta schiacciante nel petto. I lati del SUV sembravano soffocarmi, ricordandomi la cella della prigione.

Feci un respiro profondo e aprii il finestrino. Era passato molto tempo dall'ultima volta che ero stato vicino a qualcuno che non era stato reso impassibile dal sistema. Le persone in prigione parlavano in modo diverso rispetto a quelle persone libere. Abituarmi a Marco, abituarmi a chiunque, sarebbe stata una sfida.

Cinquantaquattro mesi. Era il tempo che avevo passato nel penitenziario. La mia esistenza era stata incolore tra i quattro muri di cemento.

Ci ero stato più a lungo di alcuni membri dell'organizzazione. Meno di altri. Avevo tenuto la bocca chiusa e avevo scontato la pena come dovevo. Avevo anche conseguito una laurea in economia.

«Fuori per buona condotta» sbuffò Marco, come se mi stesse leggendo nella mente. «Chi l'avrebbe mai detto?»

Non risposi, ma pensai a quanto fosse ironico dal momento che avevo letteralmente accoltellato un uomo in prigione. Per fortuna, ero un uomo d'onore, e il boss mi aveva protetto e tenuto fuori dai guai. Incredibile come la mafia avesse la capacità di far semplicemente sparire le cose all'interno. La potenza dentro a quel sistema poteva persino essere più forte che all'esterno delle pareti di cemento.

Notando le nocche bianche delle mani di Marco mentre stringeva il volante, vidi che lo stavo mettendo a disagio. Sapevo il perché. Io ero stato beccato e lui no. Avevo scontato la pena mentre lui era rimasto libero. Mi ero sentito allo stesso modo in passato. Una sorta di colpa di un sopravvissuto quando uno dei tuoi andava a fondo per un crimine della famiglia. Era difficile da affrontare, e c'era sempre una parte di te che si chiedeva quando sarebbe toccato a te.

Era un cliché dire che la prigione cambiava un uomo, ma era fottutamente vero.

Ora, seduto al posto del passeggero nell'auto di mio cugino Marco, diretti a Chicago, non provavo la grande gioia della libertà. Notai il cielo. Gli edifici alti. Il traffico. Il rumore e l'energia della città che mi aveva divorato e ricagato fuori. Non mi suscitò nulla. Le strade familiari, i luoghi familiari non evocarono nulla del mio vecchio io. Nel giovane che ero prima di scontare la pena. Ero stato intorpidito per tutto il viaggio, avevo vissuto una sorta di esperienza fuori dal corpo ritrovandomi all'esterno. Avevo pensato a questo giorno dal momento in cui ero stato sbattuto dentro, ma ora che ero qui, ora che ero fuori... Non sentivo assolutamente nulla. Mi sentivo morto.

«Ehi, fermiamoci a cena. Offro io, ovviamente.»

Fece manovra con il SUV per parcheggiare parallelamente di fronte al ristorante italiano di Lorenzo, uno dei luoghi preferiti del gruppo.

«Certo, sì.» Non mi andava. Il viaggio in silenzio in auto era stato abbastanza straziante. Apprezzavo la lealtà di Marco nei miei confronti, ma avrei preferito non dover passare un'altra ora con lui. Non volevo vedere nessuno che conoscevo.

Ma mi era sempre piaciuto mangiare da Lorenzo. Il cibo era servito in grandi porzioni e tutti venivano trattati come ospiti della casa, soprattutto chi faceva parte dell'organizzazione. I camerieri e il personale, che mi conoscevano per nome, mi salutarono con strette di mano e abbracci entusiasti. Sarebbe stato interessante vedere se era cambiato qualcosa.

Un'esplosione di voci mi assalì mentre entravo. Non avevo armi. Non avevo modo di combattere.

Capitolo due

rmando

Tutto il mio corpo si irrigidì, l'istinto di lottare per la mia vita si attivò prima di poterlo bloccare. *«Bentornato!»* Bentornato. Seguirono applausi di festa. Cazzo.

Bentornato Mando, recitava lo striscione gigante che attraversava la sala privata. Tutti gridavano e applaudivano intorno a me mentre io facevo fatica a tirare fuori il respiro bloccato sotto le mie costole. Erano tutti concentrati su di me con facce accoglienti, ma non riuscii a crepare la mia faccia di gesso nemmeno con la parvenza di un sorriso per gli stronzi.

«Cristo, avresti potuto avvertirmi» borbottai a Marco. Ci passavamo sei mesi, io e lui. Eravamo cresciuti insieme. Avevamo combattuto insieme. Eravamo diventati uomini d'onore insieme. Eravamo più uniti dei fratelli.

E per un attimo... avevo pensato che saremmo morti insieme.

Mi guardò, afferrandomi i pugni. Il muscolo della mascella mi tremava. «Sorpresa» disse sardonico. «Mi dispiace. Ti porto da bere.»

Mia madre si gettò verso di me, le sue braccia sottili mi strangolarono il collo. Dovetti forzarmi ad aprire le dita per tenerla. Sentii troppe costole sulla schiena. L'adrenalina stava ancora pompando a causa dalla sgradita fottuta sorpresa.

Seriamente. Chi organizza una *festa a sorpresa* a uno appena rilasciato? Avrei potuto uccidere uno di loro se fosse stato a portata di mano. Grazie a Dio, Marco non mi aveva dato una pistola quando mi era venuto a prendere.

Scrutai la stanza piena di volti familiari. Don Pachino sedeva dietro, masticando un sigaro e sorseggiando whisky, con i suoi riporti e il genero accanto a lui. Sollevai il mento verso di lui dall'altra parte della stanza per mostrare rispetto, e lui alzò il bicchiere.

Era il benvenuto di un soldato: il ritorno dell'eroe. Solo che esclusivamente le persone in questa stanza mi avrebbero trattato come un eroe. Per il resto del mondo, sarei stato per sempre segnato dalla mia condanna per reato. Un criminale.

«Sei troppo magro, Mando» mi rimproverò mia madre quando finalmente la convinsi ad allentare la presa su di me.

«Anche tu, Ma'.» Le baciai la guancia. Era molto più ossuta di quando me ne ero andato. Anche i suoi capelli stavano diventando grigi. Mi uccise vedere quanto il mio periodo in prigione l'avesse fatta invecchiare. Fissai la croce che portava al collo e mi chiesi cosa dovesse pensare di me.

Non capitava spesso che il figlio di un cattolico devoto finisse in prigione. Sapevo di averla delusa in un modo che non avrebbe mai più potuto essere recuperato.

La croce al collo serviva solo come ulteriore promemoria di quanto lontano fossi caduto dal chierichetto con il sogno di diventare un giorno sacerdote come il mio eroe d'infanzia, Padre Fantoni. La fede che mi aveva sempre predicato sembrava non aver avuto alcun potere nel salvarmi dai miei demoni e dai miei legami familiari.

Mia madre mi fissò con un misto di amore e incertezza. Riuscivo a vedere nei suoi occhi la paura di vedermi finire di nuovo nel posto da cui ero appena venuto, ma mi aveva accolto comunque a braccia aperte. Mi amava nonostante quello che facevo e di chi mi circondavo, e di questo ero grato. Era la madre di un mafioso, e questo comportava un certo bagaglio ma anche in termini di comprensione.

Ma nessuna madre voleva vedere suo figlio andare in prigione. Dovevo tenere il segreto su quello che facevo con la sua chiesa e le donne con cui andava a pranzo. Non dovevo fare pasticci. Avrei voluto dirle che mi dispiaceva per averla delusa e che avrei cercato di fare meglio, ma era difficile trovare le parole. Non sapevo perché entrare nel vecchio locale mi avesse colpito come un pugno nello stomaco.

La festa era per me. Avrei dovuto festeggiare. Ma non ricordavo come mi facesse sentire la gioia. Non ricordavo nemmeno cosa significasse sentire qualcosa.

Padre Fantoni si avvicinò, e anche se ero sorpreso di vederlo alla festa, sapevo che non era estraneo al gruppo. Ci aveva visti crescere tutti da bambini ed era tanto familiare quanto chiunque altro nella sala.

«Spero di vederti a messa, ora» disse mentre mi metteva con benevolenza una mano sulla spalla. «Bentornato a casa.»

Non c'era giudizio nei suoi occhi. Nessuna condanna. «Sì, Padre. Non appena mi... sistemo.» Apparentemente soddisfatto della mia risposta, annuì e continuò a fare il giro nella stanza.

«Bello vederti, Mando.» Una dolce voce femminile mormorò alla mia spalla.

Mi voltai per cogliere la bellezza perfetta della mia ex. Il trucco perfetto, i capelli stirati. Grandi occhi verdi da cerbiatta.

Fottuta grazia.

Stranamente, non sentii nulla. Né rabbia. Né dolore. Né tradimento.

Non ebbi reazioni su nulla, quindi mi girai e la fissai. «Non dovevi venire.»

«Certo che dovevo.» Aggrovigliò le dita e le contorse davanti alla vita. Indossava tacchi alti e un vestito a vestaglia blu a pois che metteva in mostra le sue tette perfette, con una collana di diamanti a cuore che pendeva sopra di loro.

11

Una collana che sicuramente non le avevo dato io.

Dieci metri dietro di lei c'era Emilio, la sua nuova conquista. O forse l'aveva conquistata lui, che ne potevo sapere io? Tutto quello che sapevo era che non si era nemmeno preoccupata di presentarsi di persona per restituirmi l'anello di fidanzamento.

«No. Non dovevi davvero» dissi indicandola, e lei sbiancò in viso.

«Se vuoi che me ne vada, lo farò» sussurrò con le labbra tremanti.

C'era stato un tempo in cui vedere quegli occhi verdi che brillavano di lacrime mi avrebbe fatto spostare le montagne per confortarla. Ora, non provavo nulla per la sua angoscia. Mi limitai a scrollare le spalle. «Non me ne frega un cazzo in entrambi i casi, bambola.» La superai e mi diressi verso il don. Anche i suoi capelli sale e pepe erano diventati più grigi, ma sembrava ancora il re in carica. Il padrino dell'organizzazione, insomma. Era l'unico che dovevo rispettare qui. Quello a cui dovevo la mia lealtà.

Il resto di questi *stronzi* poteva andare a farsi fottere.

A parte i miei cugini, nessuno in questa stanza si era preso la briga di farmi visita durante il mio soggiorno al penitenziario. Perché si comportavano come se si preoccupassero ora?

«Mando. Siediti.» Don Pachino diede un colpetto allo sgabello accanto a sé. Non ero sicuro se sentirmi offeso dal fatto che non si fosse alzato per abbracciarmi. Mi sedetti e gli porsi la mano. Infilò il sigaro tra i denti e mi strinse troppo forte il palmo, come faceva quando ero adolescente. Mostrandomi chi era il capo. Alex, suo genero, si allontanò per lasciarci della privacy.

«Ne vuoi uno?» fece scorrere la scatola di sigari nella mia direzione.

Avrei dovuto prenderlo. Avrei dovuto accendermene uno e fumare con il don. Mostrargli che ero ancora il suo fidato luogotenente. Dimostrargli che la mia lealtà non era cambiata. Ma l'odore mi fece capovolgere lo stomaco. «No grazie.» Mi strofinai il naso per scacciare la puzza. «Troppo presto.»

Marco mi premette un bicchiere di Maker's Mark in mano e scomparve di nuovo, velocemente, prima che mi ricordassi di ringraziarlo. Lo trangugiai, assaporando il bruciore mentre scivolava giù per la gola.

«Quindi, sei fuori.»

«*Sì, signore.* Sono contento di essere tornato.» Non era vero. Non ero contento di nulla. *La gioia* era un'emozione che non provavo da molto tempo. Ma era quello che dovevo dire.

Don Pachino tirò fuori una busta spessa dalla tasca interna del suo abito da cinquemila dollari e me la porse. «Questo è per rimetterti in piedi.»

La infilai nella tasca della giacca che Marco mi aveva portato quando mi era venuto a prendere. Quella che mi sembrava così estranea, anche se era la mia preferita.

«Grazie, don Pachino.»

Aspirò il sigaro. «Ti ho procurato un finto lavoro nelle costruzioni. Paga sei mila dollari al mese. Ci si prende cura di te, Mando.»

Chinai il capo, la gratitudine che avrei dovuto mostrare non affiorò. Dovevo fingere. «Grazie. Sono davvero grato.»

Mi batté la mano sulla spalla. «Ti avevo detto che mi sarei preso cura di te, vero? Sei parte della famiglia, Mando.»

«Lo apprezzo. Tantissimo.» Gesù, speravo che il mio tono non suonasse piatto alle sue orecchie tanto quanto alle mie. Non intendevo guardarla, ma in qualche modo, mi ritrovai a fissare Grace dall'altra parte della stanza, mentre strofinava le tette sul petto di Emilio.

«Tu non c'eri» disse Don Pachino con decisione. Stava chiarendo la sua posizione sulla questione nel caso in cui avessi avuto intenzione di alzare un polverone.

Non risposi, in fondo che cazzo potevo dire? *Sì, è stato bello che mi abbia rubato la mia cazzo di fidanzata mentre stavo scontando la pena come un buon soldato.* Mi dispiaceva tanto non andargli a baciare le guance e lasciare che mi inculasse ancora, visto che ci stava.

Don Pachino non vide di buon occhio il mio silenzio. La sua aria disinvolta svanì e mi guardò dritto negli occhi. «Non ci sarà alcuna conseguenza per questo. *Capito?*»

Esitai solo un attimo prima di annuire. Una cosa che avevo sempre rispettato di Don Pachino: era sempre dannatamente chiaro sulle sue aspettative. «Capito.»

«Non mettermi alla prova su questo.»

«Non lo farò.»

«Siamo una famiglia. Tutti noi.» Gesticolò indicando la stanza con il suo sigaro. Aspettai che finisse e andasse al punto, ma tutto ciò che mormorò fu: «E tu non c'eri.»

Già.

Ricevuto.

Io ero andato. La mia ragazza era diventata un bersaglio.

Ora sapevo come funzionavano le cose.

Mi sentivo decisamente come se entrambi mi avessero mancato di rispetto, ma a dire il vero a nessuno era stato spezzato il cuore. Potevo anche aver pensato di amare Grace quando me n'ero andato, ma quel sentimento si era sciupato ed era morto molto prima che ricevessi la notizia del suo nuovo fidanzamento. Era morto quel primo anno in prigione quando aveva smesso di scrivere e non era mai venuta a trovarmi.

«Voglio che tu rimanga pulito mentre sei in libertà vigilata. Approfitta di quel finto lavoro e ricostruisci la tua vita. Non portare armi, non guidare auto e non violare gli altri termini della libertà condizionale. Non voglio che tu venga rimandato dentro per qualcosa di stupido.»

«Non tornerò dentro» concordai.

Per nessun cazzo di motivo.

Non perché fossi così dannatamente felice di essere fuori. Non riuscivo ancora a dragare una sola emozione. Ma ero dannatamente sicuro che non sarei tornato indietro. Avrei preferito beccarmi una pallottola alla testa.

Capitolo tre

Hannah

Hannah Munn, fioraia della mafia.

Eccomi qui. Si poteva dire di tutto sulla mafia, ma c'erano alcuni vantaggi nell'avere un'attività nel loro edificio. Per esempio, i clienti abituali, di cui avevo disperatamente bisogno.

Il mio negozio, il *Giardino dell'Eden*, era un luogo che permetteva ai peccati della mafia di crescere. E se non avessi venduto altri cinque mazzi di fiori entro la chiusura di stasera, non sarei stata in grado di effettuare il mio pagamento al boss.

E l'ansia latente che ne sarebbe conseguita sarebbe stata il rovescio della medaglia di essere una proprietà della mafia.

«Ho bisogno di due mazzi di fiori. Uno grande per mia moglie, e...»

«E uno più piccolo per la ragazza» finii per Lorenzo, il bastardo traditore. Era la stessa storia ogni settimana. «Ieri sono arrivate delle bellissime rose color lavanda. Ti ho preparato un bouquet straordinario per tua moglie.»

Camminai verso il frigorifero e tirai fuori la composizione: una dozzina di rose lavanda con fresie rosa e viola e foglie. Poiché ero

15

convinta che i fiori significassero qualcosa, avevo messo molto impegno nei bouquet della moglie di Lorenzo.

Ad esempio, se avessi fatto tutto per bene, se davvero l'avessi stupita, avrei in parte compensato l'infedeltà di suo marito. Anche se magari lei se ne stava in giro con il suo amante, che ne potevo sapere io? Magari frequentava qualche ragazzo della piscina o un insegnante di yoga sexy che in questo momento la stava leccando dalle dita dei piedi al clitoride. Non avrei dovuto preoccuparmi di qualcuno di cui non sapevo nulla, eppure lo facevo. A volte metabolizzavo le emozioni degli altri in modo paralizzante. Sempre attenta a far piacere alle persone.

«E questo è per la ragazza *du jour*.» Gli porsi un mazzo di margherite di gerbera dai colori vivaci. Lorenzo accennò un mezzo sorriso come se non fosse sicuro di cosa significasse *du jour*. O forse si stava chiedendo se fossi irrispettosa. Speravo di no. Gli regalai un sorriso luminoso per rassicurarlo che stavo cercando di essere carina. Tornai alla cassa e gli feci il conto. Lorenzo frequentava il negozio da prima che Mary Alice mi assumesse come apprendista dieci anni prima, quando ero solo un'adolescente. Ogni venerdì, lui e una mezza dozzina di uomini di Pachino andavano a trovare Rocco, il barbiere della porta accanto, per una rasatura con il rasoio, poi venivano al *Giardino dell'Eden* a prendere fiori per le loro signore. Un altro gruppo veniva il giovedì. E la generazione più anziana e in pensione di solito passava il sabato. Una cosa che avevo notato di questi mafiosi era che a loro piacevano la loro struttura e la routine.

«Tieni il resto, bambolina.» In tutti questi anni, non si era mai preoccupato di imparare il mio nome. O, se lo sapeva, non lo aveva usato mai. Spinse i sei dollari e le monete sul bancone. «Sono per il tuo silenzio.» Fece l'occhiolino. Stessa battuta, ogni volta. Ogni. Singola. Volta.

«Grazie, Lorenzo.» Misi i soldi nella cassa. Solo Dio sapeva quanto ne avessi bisogno per coprire gli assegni che avevo già staccato e che avrebbero potuto catapultarmi direttamente alla bancarotta. O peggio, farmi rompere le rotule da uno degli stessi clienti per cui stavo ringraziando.

«Hai mai sentito parlare di Mary Alice?»

Sorrisi, con indulgenza. Avevo sospettato che Mary Alice fosse stata la ragazza *du jour* di Lorenzo un paio di volte nel corso degli anni, ma il mio ex capo non me lo avrebbe mai detto. I fiorai erano eccellenti custodi di segreti.

«Sì.» Girai una delle rose nel suo bouquet per posizionarla in un'angolazione migliore. «Mi manda foto di suo nipote praticamente ogni giorno. È al settimo cielo.»

Mary Alice si era trasferita a Green Bay quando sua figlia aveva avuto un bambino l'anno scorso, costringendomi a scegliere tra continuare i miei studi per diventare un'infermiera come mia madre o rilevare l'attività da lei. I miei genitori pensavano che io avessi decisamente fatto la scelta sbagliata. Non lo dicevano apertamente, erano più il tipo da lasciarmi fare i miei errori, ma percepivo la loro preoccupazione ogni volta che veniva fuori l'argomento.

Stavo iniziando a chiedermi anche io se avessi fatto un errore.

«Beh, dille che la saluto.» Si infilò i due mazzi di fiori sotto il braccio e rimise il portafoglio in tasca.

«Lo farò. Buon fine settimana.»

Fece per andarsene, poi tornò indietro. «Tutto bene da queste parti? Qualcuno ti dà fastidio?» Lanciai un'occhiata a Josie, la mia migliore amica/impiegata svogliata che stava mettendo una composizione di crisantemi nel refrigeratore. Lei sorrise perché avevamo appena fatto questa conversazione. A questi tizi piaceva giocare a fare gli eroi.

«Va tutto bene. Ma grazie per avermelo chiesto.» Il mio sorriso era genuino perché per quanto mi piacesse alzare gli occhi al cielo e ringhiare sui miei clienti, ci ero segretamente affezionata. Probabilmente perché quando avevo quindici anni, le loro mance da cinque dollari mi avevano fatto sentire ricca. E la fioraia romantica che era in me apprezzava ancora la loro cavalleria. Mi piaceva la sicurezza che provavo nel sapere di essere sotto la loro protezione. Di sapere che se qualcosa fosse andato storto, se fossi stata trattenuta o avessi avuto uno stalker, avrei saputo esattamente a chi chiedere per esigere giustizia.

Lorenzo salutò portando la mano alla tesa di un cappello invisibile e se ne andò, e Josie sbuffò. «Hai ragione.»

Risi. «Non te l'ho detto? Almeno uno di loro si offre di uccidere draghi per me ogni settimana. È piuttosto affascinante.»

«Certo.» Josie quasi rovesciò una composizione, mentre spingeva i vasi sullo scaffale più fresco. «L'idea di aggredire qualche stronzo per la fioraia carina e indifesa glielo fa venire duro.»

«Mmm hmm. Carino, vero?»

«Sì, immagino che non ci si possa lamentare di avere la propria squadra di sicurezza privata. E almeno non è stato inquietante al riguardo. Uno stupido ieri ha comprato dei fiori e poi ha tirato fuori una rosa e me l'ha data. E io l'ho guardato come a dire: *amico, se hai intenzione di chiedere il mio numero almeno dammi l'intero bouquet.*»

Sbuffai. «Sì, sono donnaioli.» Quando ero al liceo, ero solita agitarmi e innervosirmi tutta quando venivano i ragazzi più giovani, pensando che qualcuno potesse chiedermi di uscire. Avevo una cotta per i mafiosi. Trasudavano fiducia e potere. Mostravano i soldi e facevano gli spavaldi. Non ero così ingenua da credere a tutte le loro spacconate, ma mi eccitavano lo stesso. Era la mia fantasia segreta. Ma mentre con Mary Alice flirtavano, con me erano solo educati. Non lo so, forse non uscivano con donne nere. O forse ero solo una bambina ai loro occhi e lo sarei stata per sempre.

«Beh, forse non tutti, ma almeno la metà sono donnaioli» mi corressi.

Josie si avvicinò e appoggiò i gomiti sul bancone. I suoi orecchini d'oro a cerchio oscillarono. Erano giganti, abbastanza grandi da bilanciare i suoi riccioli biondi.

L'ansia si arrotolò nella fossa del mio stomaco mentre ci avvicinavamo fisicamente l'una all'altra. Succedeva ogni volta. Probabilmente perché avevo bisogno di parlarle della sua schifosa etica del lavoro, ma continuavo a rimandare. Ignorai la sensazione, come sempre.

«Dimmi che non hai mai pensato di dare retta a uno di loro. Non come cosa permanente, ma solo per permettergli di offrirti una bella cena una volta ogni tanto» disse.

«No.»

«Uh, eh.» Il suo tono rivelava incredulità.

«Ok, ce n'era uno, ma aveva una ragazza. Non mi ha mai chiesto di uscire, ma mi faceva perdere la testa ogni volta che entrava. Era così bello. Mi ha fatto una ramanzina una volta, in chiusura, sul fatto di tornare a casa da sola la sera e su come non fosse sicuro. Ha insistito per accompagnarmi per un paio di isolati. Ho trovato la sua protezione così sexy.»

«Chi è?» chiese Josie.

«Non lo so. Non ricordo il suo nome» mentii. Lo ricordavo perfettamente. Armando. Il sexy Armando con quel sorriso che mi scioglieva le mutandine. Ma ero stata quasi grata che fosse fidanzato. Perché per quanto avessi una cotta per lui, non avrei mai, mai, voluto uscire con un uomo della mafia. Tradivano le loro mogli. Erano misogini: pensavano che le donne appartenessero alla casa, in cucina. Erano pericolosi. Eccessivamente. Commettevano crimini, ferivano le persone, uccidevano persino le persone. Sì, erano uomini, ma c'era una spessa sfumatura di cattiveria in ognuno di loro.

E Armando...sembrava il più pericoloso. Non perché pensavo che mi avrebbe fatto del male fisicamente. Ma emotivamente. Mi sarei presa una cotta troppo grossa con un ragazzo come lui. Era stato un bene che fosse scomparso.

«Non viene più. Non lo vedo da molto tempo, tipo anni» dissi a Josie.

«Forse è stato ucciso. Non si sa mai con questi tizi, giusto?»

Ero troppo empatica, quindi quel pensiero mi fece stringere lo stomaco in un nodo. Conoscevo a malapena quel ragazzo, a parte vendergli fiori per la sua fidanzata ogni settimana. «Spero di no. Sembrava che stesse andando da qualche parte.»

«Sì. Luoghi illegali che lo hanno portato in fondo al lago Michigan con un paio di scarpe di cemento» scherzò Josie.

Mi rifiutai di prendere in considerazione quell'idea. «Forse se n'è andato. Lui e la sua ragazza erano fidanzati.» Lo sapevo perché aveva riempito il suo appartamento di ogni colore di rosa dopo che lei aveva detto di sì. Mary Alice aveva dovuto chiamare per una spedizione extra perché ne aveva ordinate tantissime.

«Scommetto che è morto. O è nel programma protezione testimoni.» Alzò le spalle e spinse un bouquet non ancora finito di lato. «Sto per andarmene, ok?»

La mia ansia fluttuò di nuovo. Mancavano quaranta minuti alla fine del suo turno. Non aveva nemmeno finito quello su cui stava lavorando, e la sua zona di lavoro era un disastro. Avrei sicuramente avuto bisogno di aiuto nel caso in cui qualcuno dei ragazzi della porta accanto si fosse fermato a comprare dei mazzi di fiori prima di tornare a casa.

Ti prego Dio, fai che la chiusura sia veloce.

Avrei dovuto dirglielo, ma invece trattenni il fiato. Le volevo troppo bene per creare conflitti tra noi. Ovvio, assumere un'amica era stato un errore. Uno per cui avrei continuato a pagare se non capivo abbastanza rapidamente come fare il capo stronzo. Ma Josie era stata licenziata dal lavoro dei suoi sogni come apprendista decoratrice d'interni, così l'avevo invitata a lavorare qui con me, pensando a quanto sarebbe stato divertente gestire un'attività con la mia migliore amica al mio fianco.

Solo che non era sempre stato divertente. E ultimamente, era più stressante quando era in giro che quando non lo era. Non ci voleva uno psicoterapeuta per capire che era per questo che diventavo ansiosa quando lei era qui. Il mio subconscio voleva che chiarissi le cose con lei, ma il mio cuore non sopportava il pensiero di allontanare la mia migliore amica.

Ma questa era l'ultima delle mie preoccupazioni sulla gestione di questo business a questo punto. E avrei anche potuto non averlo proprio un business alla fine del mese prossimo, se le cose non fossero cambiate. «Va bene, grazie.»

Ugh. Perché la ringraziavo? La stavo *pagando*. E se ne andava presto.

Senza chiedere il permesso.

E ora dovevo anche ripulire il pasticcio *che aveva fatto*.

Tuttavia, tornando indietro, probabilmente l'avrei assunta di nuovo perché il pensiero di assumere uno sconosciuto mi rendeva troppo nervosa.

Non ero poi così tagliata per fare il capo stronzo.

Invece di dire altro, guardai verso la porta e cercai di convincere qualcuno ad entrare e ordinare tutti i fiori che avevo da offrire.

Capitolo quattro

rmando

«Non è un grande appartamento» disse Marco mentre metteva le chiavi nella toppa e la apriva. «Ma il mio è dall'altra parte del corridoio, e l'edificio è situato in posizione centrale.»

Diedi un'occhiata al piccolo appartamento. Era semplice e accogliente, ma non c'erano decorazioni o altri tocchi personali. La camera da letto era arredata con solo un letto, un comò e un piccolo comodino. C'era un divano nero in pelle nel soggiorno e un tavolo da cucina in un angolo della stanza. L'unica finestra era nel soggiorno, ma c'era un balcone esterno con una splendida vista sullo skyline di Chicago.

«Puoi decorarlo come vuoi, mettere tutti i quadri che vuoi» disse Marco, indicando le pareti vuote. «Il padrone di casa qui è fantastico. Inoltre, la mia amica dice che conosce alcune persone che possono occuparsi dell'interior design per te se vuoi. Posso metterti in contatto con loro se sei interessato.»

Mi guardai intorno nell'appartamento, sentendomi un po' sopraffatto. Ero stato in prigione con un compagno di cella abbastanza a lungo che l'idea di essere davvero solo per una notte era strana.

«So che non è molto, ma è un inizio» disse Marco, cercando apparentemente di essere incoraggiante. «Presto sarai di nuovo in piedi e potrai fare quello che cazzo vuoi.»

Annuii e feci un respiro profondo. «Grazie, Marco.» Avrei dovuto mostrare più entusiasmo, ma non riuscii.

Fortunatamente, Leo entrò nell'appartamento, la sua figura dominante riempì la stanza. Durante il periodo che avevo passato in prigione, mio cugino era cresciuto. Non era più il ragazzino trasandato, giovane e arrogante che cercava di mettersi alla prova con l'organizzazione. Era quasi triplicato e mi ricordava un muro di mattoni. Era pura forza nella stanza. Non credevo che io e Marco insieme avremmo potuto abbattere quest'uomo se ci avessimo provato. I suoi occhi guizzarono verso il balcone. «Che cazzo? Un balcone? Una scala antincendio? Stai cercando di invitare qualcuno a venire qui e buttarlo giù?»

«Sta solo volando basso in questo momento» ribatté Marco. «Non c'è mica una taglia su di lui o altro. Lascia che si goda una vista e un po' d'aria fresca dopo essere rimasto così a lungo senza.»

Leo grugnì in titubante approvazione, i suoi occhi scrutavano ancora l'appartamento alla ricerca di eventuali minacce. Alla fine, si girò verso di me. «Bentornato, cugi. Mi sei mancato.» Mi batté sulla spalla, con la sua presa forte e confortante. Poi chiuse gli occhi verso suo fratello. «I balconi portano solo piccioni. I piccioni portano merda.»

«Ho messo la birra in frigo» disse Marco mentre camminava verso la cucina. «Qualcuno ne vuole?»

«Sì.» Ne avevo bisogno. Mi sentivo completamente fuori posto in quella che avrebbe dovuto essere la mia casa.

Leo prese una birra da Marco e me la passò. «Salute, cugi. A un nuovo inizio.»

Presi la birra, volevo assaporare il gusto della libertà, ma aveva un sapore piatto come le mie emozioni. Era questa la libertà?

Era tutto così strano. Ero fuori di prigione, ma non ero veramente libero. Stavo vivendo una vita dipendente dalla generosità e dalle connessioni degli altri.

Leo si sedette sul divano e allungò le gambe. «Allora, Mando» esordì. «Ti sta bene la cosa di Grace ed Emilio? Davvero bene?»

«Cazzo no.» Potevo effettivamente essere onesto con i miei cugini.

Marco grugnì in accordo.

«Il boss dice che mi deve stare bene, quindi mi sta bene. Ma la verità tra noi, è che è una situazione del cazzo.» Mi avvicinai a una poltrona accanto al divano e mi sedetti con la mia birra mentre davo un lungo sorso.

«Grace non mi è mai piaciuta» disse Marco, appoggiandosi al bancone della cucina. «Non mi sono sorpreso quando è andata a cercare il suo nuovo buono pasto.»

«Non me ne frega un cazzo di Grace.» O almeno non più. «Mi sta sul cazzo che quello che era mio non sia stato protetto mentre ero dentro. Emilio è intervenuto quando avrebbe dovuto stare attento. Ha infranto il fottuto codice, amico.»

«Sì, è una merda» concordò Leo. «Ha sicuramente infranto il codice. Non c'è modo di difenderlo.»

«Non me ne sono reso conto» disse Marco. «Avrei schiacciato quella merda velocemente se l'avessi fatto.»

«Uguale.» Leo serrò la mascella. «Emilio lo ha tenuto per sé. Quando si è sparsa la voce, il don era consapevole e sembrava dare la sua approvazione. Quindi...»

«Se il don dice no alla punizione...» iniziò Marco.

«Non ci sarà punizione» conclusi. Ma questo non significava che dovesse piacermi. Questo non significava che dovevo dimenticare. Presi un altro sorso di birra e scossi la testa.

«Inoltre. Grace mi è sempre sembrata una da scopate pigre. Non riesco a immaginarla a fare dei buoni pompini.» Marco sorrise, cercando chiaramente di alleggerire l'umore.

Personalmente non ero d'accordo sull'insultare l'ex di un ragazzo perché fondamentalmente si insultava il suo gusto, in primo luogo, ma pazienza.

«Sì, devi assolutamente trovarti qualcuna che possa soddisfare il tuo appetito sessuale. Perché dopo la siccità... devi essere un famelico figlio di puttana» aggiunse Leo. Ricordai quando vedevo uomini uscire di prigione pensare la stessa cosa. Come se la cosa peggiore del mondo per questi ex detenuti fosse quanto tempo avrebbero dovuto stare senza sesso. Ero sicuro di aver pensato la stessa cosa di Marco e Leo. Il sesso era la prima priorità perché come avrebbe potuto non esserlo?

Ma, merda... Non ero nemmeno sicuro di come iniziare. Tutto il mio corpo si sentiva fottutamente intorpidito. Compreso il mio cazzo.

«Il don mi ha dato un merdoso lavoro nelle costruzioni. È solo per le apparenze» dissi loro. «Mi presento e ritiro un assegno.»

«Sì, l'ho sentito» disse Marco. «Non è male.» Leo finì la sua birra in un ultimo sorso e poi fece cenno a Marco di passargliene un'altra.

«Mi sento come se fossi stato messo al pascolo» ammisi. «Ero nel fiore degli anni prima di tutta questa merda. Ora sono praticamente in pensione.»

«Temporaneamente, giusto?» chiese Marco. «Fino alla fine della libertà vigilata?»

Feci spallucce. «Tutta la mia vita sembra temporanea. Hanno premuto un grosso fottuto pulsante di pausa quando sono stato beccato. E adesso?»

«Hai bisogno di soldi?» chiese Leo.

«No.» Scossi la testa. «Se ne è occupato il don. E questo lavoro mi mette in una buona posizione. Ma grazie.»

L'ultima cosa che volevo fare era prendere soldi dai miei cugini. Mi sentivo già un peso così.

«Hai scontato la tua pena. Non hai parlato. E ora sei tornato. Te la sei guadagnata un po' di vita da pensionato. Goditela finché puoi. Sono sicuro che una volta terminata la libertà vigilata, il don ti farà lavorare a tempo pieno, guadagnando di nuovo.»

«Rimetteremo in ordine la tua vita» aggiunse Marco. «Ci vorrà del tempo, ma risorgerai dalle fottute ceneri. Lo prometto.»

Capitolo cinque

rmando

«Armando.» Rocco accarezzò la poltrona da barbiere. «Proprio qui, signore.»

Mi congedai dal raduno di uomini d'onore che riempivano di fumo di sigaro il vecchio negozio di barbiere, mentre parlavano l'uno sull'altro a voce alta. Le pareti erano di un bianco sporco e piene, dal pavimento al soffitto, di fotografie incorniciate dei giorni in cui il negozio era stato una rivendita clandestina di alcolici. Pannelli di legno, una vetrata, vecchie sedie pieghevoli e un portariviste mi riportarono a un tempo che amavo. Ogni uomo era vestito con un abito su misura e una cravatta, i capelli sciolti e tirati indietro, i baffi e la barba perfettamente tagliati e curati.

Il barbiere di Rocco era un'oasi di familiarità in un mondo che era diventato altrimenti sconosciuto. Il mio corpo era rigido e scattoso mentre mi buttavo sulla poltrona. Ogni passo che facevo nelle mie vecchie scarpe era come una dannata esperienza fuori dal corpo.

Venire in questo posto era un'esperienza fuori dal corpo.

Tutto era esattamente uguale, eppure sembrava così fottutamente diverso. Adoravo il venerdì pomeriggio in questo piccolo negozio. Il piacere degli asciugamani caldi di Rocco avvolti intorno al mio viso. Mi sentivo come un re mentre il vecchio si occupava di me con i ragazzi tutti in giro a cazzeggiare. Mi piaceva stare con i ragazzi più grandi. Ero così orgoglioso di essere diventato tenente e di aver avuto la possibilità di avere a che fare con i fuoriclasse. Ero in cima al mondo allora. Al vertice del mio gioco.

Avevo la ragazza. I soldi. E una posizione glorificata nell'organizzazione.

Mi sentivo vivo. Potente. C'erano così tante possibilità davanti a me.

L'unica cosa diversa ora era la ragazza. Ma avevo superato la storia di Grace il giorno in cui mi aveva chiamato e mi aveva detto che si stava trasferendo con Emilio.

Allora perché cazzo non riuscivo a trovare alcun piacere? Arturo, il braccio destro di Don Pachino, mi lanciò uno sguardo scrutatore mentre espirava il fumo. «Non sembri a tuo agio, Mando. Difficile fidarsi di qualcuno con una lama vicino alla gola dopo aver dormito dietro le sbarre?»

I flashback di quando qualcuno in realtà era stato abbastanza sciocco da cercare di attaccarmi in prigione mi sopraffecero. Avevo fatto incazzare la persona sbagliata, ma non sapeva quanto potessi essere letale. Aveva fatto l'errore di sottovalutarmi e aveva pagato per questo.

«Don Pachino è nell'ambiente da molto tempo, Mando. Sa come scegliere i suoi uomini. Hai la reputazione di essere leale e attento, motivo per cui si fida di te.» Fece una pausa e poi continuò: «Ma più di questo, sa che non esiterai a fare tutto il necessario per assicurarti che il lavoro venga svolto. Devi solo rimanere sul pezzo. Non fare di nuovo casino per fare spazio all'oscurità. Sai cosa intendo. Combattila, figliolo.»

Annuii e forzai un sorriso. «Sto bene, Arturo. Niente di cui preoccuparsi.»

Mi presi un momento per ispezionare la stanza. Era ancora piena delle stesse facce. Quelle familiari. Quelle che mi avevano visto nella buona e nella cattiva sorte.

Ma qualcosa non andava. Lo sentivo nell'aria. Tensione. Scetticismo. Una mancanza di fiducia che non sembrava mai esserci stata prima.

Capivo il perché. Ero stato in prigione per molto tempo, e anche se avevo avuto il supporto dell'organizzazione all'interno, mantenevano ancora una certa distanza. Indipendentemente da ciò che avevano detto, sapevo che mi vedevano come un peso. C'era sempre stata la possibilità che parlassi per salvarmi il culo. Sapevano anche che non potevo aiutarli da dietro le sbarre, quindi si erano comportati come se non esistessi.

Ora ero tornato, e sentivo lo sfrigolio dell'imbarazzo nelle vene. Loro non mi conoscevano più, e io non conoscevo loro. Eravamo estranei gli uni con gli altri.

«Sai» esordì Arturo, «non è troppo tardi per cercare di rimettere le cose a posto.»

Corrucciai la fronte confuso. Rimettere a posto cosa? Di cosa diavolo stava parlando? Far tornare Grace? Far dimenticare al don il fatto di essere stato andato in prigione? Far sparire la mia incarcerazione?

Arturo continuò: «Il don ti ama. Come noi tutti. Sei nato per questo, Mando. Sei il meglio del meglio. E non dovresti mai dimenticarlo. Sei ancora giovane, puoi tornare in cima. Tutti lo sanno.» Chiusi gli occhi, sentendo il calore degli asciugamani caldi contro il mio viso. Sentii l'affilatura delle lame contro la gola, un promemoria del fatto che mi trovavo ancora qui. Vivo e vegeto.

Per quanto mi facesse male ammetterlo, sapevo che Arturo aveva ragione.

Ero risalito dal fondo con gli artigli ed ero ancora in piedi. Finché ero vivo, potevo arrivare in cima. Ma allo stesso tempo, ero stato messo in castigo dal don in persona. Mi aveva ordinato di rimanere pulito. L'attrazione del bene e del male era forte. Il diavolo su una spalla e l'angelo sull'altra, questa ora era la mia realtà.

Ci volle tutto il mio sforzo per stamparmi un sorriso sul viso. Probabilmente si trattava più di una smorfia. La dichiarazione di Arturo portò una pausa imbarazzante nella conversazione. Oggi c'erano soprattutto i veterani con solo io, Marco e Leo a rappresentare le giovani generazioni. Sospettavo che qualcuno avesse detto a Emilio di stare lontano per rispetto nei miei confronti oggi. Probabilmente Marco. Si prendeva cura di me come un secondo fratello. Avrei fatto lo stesso per lui se le situazioni fossero state invertite. «Scommetto che la rasatura ti farà sentire bene, vero ragazzo?» disse uno di loro.

«Hai già inzuppato il cazzo?» chiese Angel, un altro veterano. «*Madonna,* quando sono uscito, ho preso una ragazza allo strip club e me la sono sbattuta tutta la notte. *Per tre notti!*» Al suo boato di risate si unirono molti degli altri ragazzi.

Ero teso, anche se non sapevo perché ero sulla difensiva. Perché il pensiero di scopare non mi smuoveva neanche un po'? Perché la *vita* non mi smuoveva?

Arturo mi stava ancora guardando, però. Qualunque cosa vedesse, cercai di nasconderla.

«Non sei distrutto per quella tua ragazza, vero? Quella che sta con Emilio adesso?»

«No» dissi subito. Anche se lo fossi stato, non lo avrei dato a vedere.

Don Pachino mi aveva avvertito: niente stronzate con Emilio. Probabilmente sapevo chi si trovava più in alto nella gerarchia in questi giorni. Emilio era il figlio di sua sorella. Io ero solo il figlio della sorella di *sua moglie*. Rocco mi spalmò altra crema da barba. L'odore innescò tutti i vecchi ricordi, ma nessuno riguardo al piacere che provavo seduto su questa sedia.

Ero un fottuto fantasma che tornava a perseguitare la sua vita precedente. Senza poterla toccare. Senza poterla gustare. Senza riuscire a sentire una maledetta cosa.

La mia vita si era tinta delle tonalità di grigio. O forse era ancora a colori ma con uno di quei filtri sgranati che rendevano le immagini opache e fredde. Rocco mosse il rasoio sulla mia pelle con perizia.

Avrei voluto che Arturo non avesse tirato fuori l'argomento perché ora tutto ciò a cui riuscivo a pensare era quanto sarebbe stato facile per lui tagliarmi la giugulare. Lo avrebbe fatto? Ero così sicuro del mio legame con *la famiglia*. Potevo scommettere la vita sui ragazzi in questa stanza. Eravamo fedeli l'uno all'altro, all'organizzazione. Tutti gli altri, erano tagliati fuori.

Ora non mi fidavo di nessuno di loro. E Rocco non era della famiglia. Era solo un piccolo imprenditore italiano che beneficia del nostro patrocinio. Avrebbe potuto odiarci tutti.

Pensavo che ci trattasse come dei re perché amava averci qui. Gli piacevano le mance e gli affari. Ma chi poteva saperlo? Forse era solo spaventato come tutti gli altri.

Forse stava raccogliendo informazioni, aspettando il momento per farci uscire tutti.

O forse io ero finito in una turba mentale paranoica di cui mi dovevo liberare.

La rasatura finì e guardai la mia immagine allo specchio. La mia mascella era liscia, ma sembravo un fottuto cadavere. Impassibile. Espressione morta. Cuore marcito.

Mi alzai e pagai.

Arturo mi chiamò quando mi diressi dritto verso la porta. «Non hai intenzione di stare nei paraggi? Davvero? Hai qualcosa di meglio da fare?»

«Puoi scommetterci. Deve trovare una ragazza per esercitare quel suo cazzo» disse Angelo.

«Sì» concordai. «Proprio così.»

Marco e Leo mi guardarono, vedendo più di quanto io volessi mostrare. «Non hai bisogno di un passaggio?» chiese Marco. Mi aveva portato lui qui.

«No, sono a posto.» Volevo solo stare da solo. Uscire da qui, cazzo. Feci un cenno con la mano verso tutti loro ed uscii.

Fanculo, era stato doloroso. Anche gli atti più semplici della vita come inginocchiarsi sulla sabbia ora lo erano.

Dovevo capire come risvegliarmi, cazzo.

Capitolo sei

Armando

Uscii dal locale di Rocco.

Mi sembrò strano poterlo fare. Essere in grado di camminare semplicemente fuori da un locale e respirare aria fresca di mia spontanea volontà. Non c'era nessuna guardia carceraria in piedi nelle vicinanze mentre mi godevo l'ora d'aria in giardino. Nessuna recinzione né filo spinato. Nient'altro che pura libertà.

Era una strana sensazione. Dopo tanti anni di confinamento, il mondo libero era diventato come un altro pianeta. Era come se fossi in una terra straniera, senza idea di dove andare o cosa fare, ora che ero libero. Circondato da persone frenetiche, dalle loro conversazioni e risate che riempivano l'aria, tutto sembrava quasi fuori dal corpo.

«Ehi» sentii la voce di Marco dietro di me. Mi guardai alle spalle e vidi lui e Leo che mi seguivano fuori dalla porta.

«Sto bene. Davvero» dissi, intendendo in realtà quello che avevo detto, che volevo stare da solo. «So che stai passando un momento di merda» iniziò Leo, «ma Arturo ha ragione. Rimetterai insieme la tua vita. Presto comincerà a sembrarti normale.»

Marco mi mise una mano sulla spalla. «Andiamo a prendere un drink o qualcosa del genere.»

«No, so che voi ragazzi avete del lavoro da fare oggi. Non sono un caso di beneficenza.»

Mi presi il tempo di guardare ciascuno dei miei cugini negli occhi. «Sto bene. Ho solo bisogno di andare a fare una passeggiata e mettere in ordine la mia merda. Lo apprezzo però.»

Potevo dire dal modo in cui entrambi si guardarono l'un l'altro che non volevano lasciarmi, ma avevo ragione sul fatto che dovevano mettersi al lavoro. *La famiglia* chiamava.

«Bene» disse infine Marco.

«A più tardi. Bevete anche per me.» Annuii e li guardai entrambi salire nella macchina di Leo senza dire un'altra parola. Grato che non avessero discusso troppo, decisi di uscire dalla linea di fuoco di Rocco. Non volevo che un'altra persona uscisse e provasse pietà per me e sentisse il bisogno di intrattenermi o qualcosa del genere, quindi cominciai a camminare.

Conoscevo questo quartiere così bene. Rocco e poi il *Giardino dell'Eden*, il fioraio accanto, facevano parte della mia solita routine. Facevo una rasatura e poi compravo fiori per Grace. Era una routine confortevole. E ora che mi ero appena fatto la barba, mi resi conto che non avevo motivo di camminare verso il fioraio. Per chi avrei dovuto comprare fiori ora?

Scossi la testa, sapevo di dover smettere con questa fottuta auto-commiserazione. Ero un uomo libero. Dovevo smettere di fare il depresso. Ma le catene del mio passato mi tenevano ancora ai polsi e alle caviglie, trascinando le mie membra.

Era difficile per me sentirmi felice o ottimista riguardo al futuro quando mi veniva costantemente ricordata l'oscurità del mio passato.

C'era il gelo dentro, e dubitavo che sarebbe stato sostituito dal calore.

E fu allora che qualcosa di vivo sbocciò in me, qualcosa di primitivo e istintivo. Se fossi stato un uomo delle caverne, avrei alzato al cielo la mia fottuta lancia. Perché il ragazzo con una felpa grigia appoggiato all'edificio si mosse nella mia direzione. La sua mano si allungò nella tasca.

Cercai dietro di me prima di ricordarmi che non avevo un'arma. Era illegale per un criminale portarne, e stavo cercando di rimanere pulito.

Mi venne subito in mente il momento in cui ero stato portato in prigione. In grado di combattere solo con le poche risorse carcerarie che avevo. Sopravvivenza a tutti i costi, ma niente su cui fare affidamento se non arguzia e forza.

Tutto accadde in pochi secondi. Mi precipitai sul coglione, afferrandogli il polso prima che potesse puntare la pistola. La forza del mio attacco ci lanciò sia fuori dall'angolo che contro la grondaia. La mia spalla si infilò nel punto in cui le sue clavicole si incontravano, mandandomi un'esplosione di dolore nel petto. Eravamo intrecciati in un groviglio di arti, lottando l'uno contro l'altro mentre cercavo di afferrare l'arma. Lui era più forte di me; la sua faccia era contorta in un ringhio.

La prigione aveva offuscato parte della mia prestanza fisica. Non ero più il coltello affilato di una volta. I riflessi erano più veloci, ma il mio corpo non era sintonizzato. Il tizio era chiaramente alla ricerca di sangue, ma ero pronto a combattere fino alla morte perché sapevo che se fosse riuscito a liberare la pistola, sarei stato comunque un uomo morto.

La lotta si intensificò e sentii la mia forza diminuire. Si liberò dalla presa al polso e avvicinò la mano alla pistola. Sapevo di essere stato sovrastato. Non ero abbastanza forte, né abbastanza veloce. Sentivo già il metallo freddo e duro della pistola contro la mia pelle. Ma non mi lasciai andare. Sapevo che stavo lottando per la mia vita, e non mi sarei tirato indietro. Gli torsi il polso, costringendolo a lasciar cadere la pistola, e poi gli premetti il ginocchio sulla gola, in modo che non potesse urlare per chiedere aiuto. Vidi la paura nei suoi occhi mentre lottava per liberarsi dalla mia presa, rendendosi conto che ora ero io ad avere il sopravvento.

Ci fu un momento di quiete mentre ci guardavamo l'un l'altro, e sentii la tensione tra di noi. Era una lotta per il dominio, per il potere, per le nostre stesse vite. Eravamo come due predatori in natura, bloccati in una battaglia mortale.

La pausa momentanea da parte mia diede a quell'uomo giusto il tempo di liberarsi e attaccarmi di nuovo con ancora più forza, spingendoci entrambi contro la porta dell'edificio più vicino, poi cademmo contro la porta del fioraio. La sfruttai, aprendola per intrappolargli il polso e chiudendola per far cadere la pistola. L'arma batté sul pavimento all'interno del negozio di fiori, ed entrambi seguimmo il movimento. Fu una folle corsa mentre aprivamo la porta e ruzzolavamo dentro.

Atterrai per primo sulla pistola.

Dovetti reprimere il mio desiderio di sparargli a bruciapelo in testa.

Non sarei tornato in prigione. Inoltre, avevo bisogno di sapere per chi stava lavorando. Perché era chiaramente un sicario. Svuotai il caricatore e usai la pistola per colpirlo alla tempia. Inciampò all'indietro ma non perse conoscenza. Invece, mi affrontò a terra, e la pistola scivolò di nuovo.

Capitolo sette

annah

H Era lui. *Armando*. Quello che desideravo intensamente. Non era così che l'avevo immaginato rientrare nel mio negozio.

L'urlo mi si bloccò in gola nel momento in cui la realtà si fece strada riguardo a ciò che stava realmente accadendo davanti a me. Ero troppo scioccata anche solo per muovermi. Per cinque lunghi secondi, rimasi lì come un'idiota a fissare quella lotta brutale.

Poi mi resi conto: dovevo fare qualcosa. Chiamare qualcuno. Presi il telefono, senza distogliere lo sguardo dai due uomini che lottavano sul pavimento. Entrambi sembravano combattere per le loro vite. Armando era efficiente e calmo. Non emetteva alcun suono mentre era alle prese con l'altro tizio, rotolando fino a quando non gli si piazzò sopra. Prendendolo a pugni a terra. Ma poi perse il suo vantaggio e venne buttato all'indietro contro uno scaffale di piante.

Mi coprii la bocca per trattenere il grido di sgomento nel vedere il mio dolce inventario rovinato. Non avevo i soldi per sostituire neanche un vaso se lo rompevo.

Armando mi vide. «Attacca» disse con un sorriso mentre sbatteva il ragazzo a terra con un cazzotto. Il tono di comando nella sua voce era feroce. Abbastanza spaventoso da farmi cadere il telefono sul bancone con un rumore.

«Ho detto *attacca*» ringhiò.

Erano immobili sul pavimento, una massa che si contorceva e si aggrovigliava.

Quello non era il simpatico uomo che ricordavo, che entrava nel negozio per comprare fiori per la sua donna. Davanti a me c'era una bestia.

«Non ho mai chiamato!» protestai, alzando il telefono per fargli vedere lo schermo.

Non mi guardò perché l'altro tizio aveva tirato fuori un coltellino tascabile. Per poco Armando non venne affettato.

C'era una precisione praticata nei suoi movimenti come se invece di essere un mafioso, fosse in realtà un agente segreto, una super spia in stile James Bond.

Forse era la totale mancanza di panico.

Non sembrava un uomo che stava lottando per la sua vita. Afferrò il suo avversario come un angelo della morte inviato per finirlo. Armando gli diede un pugno forte in faccia, lo bloccò per dargliene un altro. Il tizio lo colpì con il coltello allo stesso tempo, ferendo Armando di lato.

Le piante tintinnarono sul tavolo, i vasi si schiantarono.

Piagnucolai per lo sgomento.

Armando ne prese uno e lo fracassò sulla testa del tizio. Lui si abbassò, e Armando lo seguì, stringendogli con una mano la gola mentre con l'altra teneva premuto il braccio armato di coltello.

«Chi ti ha mandato?» chiese.

Il tizio emise un verso gorgogliante ma allontanò il braccio. Urlai quando cercò di pugnalare il viso di Armando.

Armando si spostò in tempo ma perse il suo vantaggio. L'altro si tirò su e ruppe un vaso preso dal mio supporto di metallo sulla tempia di Armando. Andò giù di botto, il rumore del suo cranio contro il mio pavimento di piastrelle mi fece gridare di nuovo.

Digitai il 9-1-1 al telefono ma dimenticai di premere invio perché il tizio si lanciò contro Armando con il coltello.

Con una mossa da togliere il fiato, Armando in qualche modo si rialzò appena in tempo, facendo oscillare l'impianto di metallo pesante in testa al ragazzo. Quello cadde giù e rimase lì.

Per fugare ogni dubbio, non c'era modo di confondersi sulla morte quando la si vedeva.

La forma che assunse il suo corpo era così completamente distorta. Il collo era chiaramente rotto. Le mani di Armando tremarono alla vista dell'uomo che giaceva immobile davanti a lui.

Sentii un brivido scendermi lungo la schiena mentre lo shock mi paralizzava sul posto.

Armando si guardò intorno nella stanza, come se si aspettasse di vedere altri nemici lì per lui, e io feci lo stesso.

Cosa sarebbe successo dopo? Cos'era successo? Cosa cazzo era successo?

Non poteva essere vero. Era successo davvero?

C'era un uomo insanguinato che giaceva morto nel mezzo del mio negozio di fiori?

C'era silenzio nella stanza, fatta eccezione per il rumore del ticchettio dell'orologio e il ronzio nelle orecchie.

Armando imprecò e cadde in ginocchio, per controllare il polso del tizio. Poi si mosse rapidamente: tutto efficienza e pratica.

Chiuse a chiave la mia porta, chiuse le persiane e girò il cartello.

Prese la pistola e trascinò il corpo oltre il bancone verso la parte posteriore.

«Non ti muovere» mi disse mentre passava.

Non ti muovere.

Non sapevo perché, ma fino a quel momento non avevo considerato che la mia vita potesse essere in pericolo. Ero stata una spettatrice e avevo fatto il tifo per una parte. Quella che aveva vinto.

Ma a quanto pareva non ci saremmo dati il cinque per festeggiare.

41

Un tizio è appena *stato ucciso* nel mio negozio, e io ne ero stata testimone.

Ero *l'unica* testimone.

E l'assassino mi aveva detto di non muovermi. Il che significava che avrei dovuto assolutamente muovermi.

Armando trascinò il corpo nel mio frigorifero. Sarebbe venuto qui dopo per occuparsi di me.

Era un problema. Afferrai la mia borsa e silenziosamente, passai velocemente oltre il refrigeratore. Sentii Armando vicino, ma non mi fermai. Sapevo che se lo avessi fatto, sarebbe stato il mio ultimo errore.

Il cuore mi batteva forte e sentii il sudore sui palmi delle mani. Ero quasi a metà strada verso la libertà quando sentii un rumore dal retro del negozio. Mi girai per vedere Armando che camminava lentamente verso di me, pistola in mano e uno sguardo minaccioso sul volto. Non mi avrebbe lasciata andare così facilmente. Fece ancora qualche passo verso di me, e capii che non ne sarei uscita viva.

Mi voltai verso la porta, ma era troppo tardi. Ora mi aveva quasi raggiunta, e non c'era scampo. «Fermati. Ho detto di non muoverti, cazzo!»

Quella voce. Comandava così bene che ogni cellula del mio corpo desiderava obbedire. Ma sarebbe stato stupido, quindi mi misi a correre.

«*Hannah.*»

La sorpresa che si fosse ricordato del mio nome mi fece vacillare. Quell'esitazione mi costò cara.

Piombò su di me in un lampo, mi afferrò il gomito e mi fece girare.

«Ho detto, *non muoverti.*»

Dio, era ancora terribilmente bello. Mascella squadrata. Naso aquilino. Occhi nocciola con ciglia lunghe.

Era così vicino che sentivo addosso il profumo della crema da barba di Rocco. Indossava una costosa camicia blu, aperta sulla gola per rivelare una maglietta bianca pulita.

«Sono dalla tua parte» dissi espirando. Non ero sicura se fosse l'istinto di autoconservazione a farmi parlare o se fosse la verità effettiva. Conoscevo Armando. In realtà mi era sempre piaciuto quell'uomo... forse un po' troppo.

Ero dalla sua parte. Sì che lo ero.

Mi fece girare verso il muro, tirando una delle mie mani per bloccarmela lì. «Ti ho detto di non muoverti.» Era la voce di un pazzo. Di un membro della mafia. Un assassino. Dovevo ricordarmelo.

«Non dirò nulla.» Le famose ultime parole che dicevano le persone prima di essere uccise.

Eccomi qui, quindi. Ero morta.

Mi aspettavo che il coltello mi arrivasse alla gola da un momento all'altro.

Invece, mi schiaffeggiò il culo.

Gridai per la sorpresa. Era stato uno schiaffo forte, punitivo, non giocoso, e per qualche ragione, mi eccitò.

Girai la testa per guardarlo alle spalle. Uno schiaffo sul culo non era una vera minaccia. Era qualcosa di sexy. Sessuale.

Il freddo nelle mie vene evaporò. Mi schiaffeggiò di nuovo il culo, l'altra natica questa volta.

Ciao.

Non avevo idea di cosa stesse succedendo, ma ero più eccitata che spaventata.

Dovevo confondere l'adrenalina con la lussuria. Sì, doveva essere così. O questa follia stava prendendo piede? Ero così terrorizzata di morire che il mio corpo era confuso dalla sensazione estranea, e...

Mi schiaffeggiò il culo ancora una volta, più forte della precedente.

Il mio corpo rispose. Il calore si irradiò dal nucleo e non riuscii a fare a meno di gemere di piacere. Era imbarazzante che non riuscissi a controllare le emozioni che avrei dovuto tenergli nascoste. Sentii il cuore accelerare, la pelle formicolare e mi stavo bagnando di secondo in secondo.

Fece scivolare le mani lungo i miei fianchi, tracciando un

percorso di calore mentre si muoveva. Poi prese un rotolo di nastro per i fiori dalla tasca del mio grembiule.

«Ecco cosa succederà.» Mi torse le braccia dietro la schiena e mi legò i polsi con il nastro. Era morbido, ma lo avvolse una dozzina di volte e lo strinse, in modo che non potessi torcerlo abbastanza da riuscire a toglierlo. «Rimarrai qui, di fronte a questo muro, fino al mio ritorno. Non ti muoverai. Non farai rumore. *Capito?*»

Annuii velocemente. «Sì, va bene.» Sembravo senza fiato.

Ero spaventata. Spaventata a morte. Ma c'era anche qualcosa di pazzesco dentro di me. Un po' di calore avvolgente, un formicolio consapevole. Non sapevo se fosse perché avevo avuto una cotta per questo ragazzo in passato o perché mi aveva schiaffeggiato il culo e aveva risvegliato una zona erogena, ma il calore liquido mi si accumulò tra le gambe.

Mi passò davanti e sentii il suo respiro sulla pelle. Si avvicinò e mi sussurrò all'orecchio. «Segui le regole, Fiori. Seguile o sarà peggio per te.» La sua voce era bassa, possessiva. Il suo alito caldo mi solleticava la pelle, mandando in circolo dentro di me il piacere.

Mi prese il mento nella mano e mi girò il viso verso il suo. Si allontanò leggermente e io rimasi senza fiato, con il cuore che mi batteva forte nel petto. Tracciò il profilo della mascella con il dito e poi scese giù per la gola. «Tornerò presto. Non muoverti.»

Fece un passo indietro e mi guardò dall'alto in basso, il suo sguardo ardeva di quello che speravo fosse desiderio. I suoi occhi si soffermarono per un attimo sulla stretta del nastro che mi legava i polsi, e poi fece un debole sorriso. «Fai la brava» mi avvertì, prima di voltarsi e andarsene.

Lo stavo valutando male? E avevo perso la testa? Non avrei dovuto sentire nient'altro che il bisogno travolgente di scappare, e di farlo velocemente. Avrei dovuto combattere, urlare e sicuramente essere terrorizzata. Eppure, ero qui con il cuore che batteva forte e... Il corpo in fiamme per il desiderio. Il calore tra le mie gambe diventava più forte ogni secondo che passava, e mi attraversava uno strano brivido di eccitazione. Il corpo soffriva per l'attesa. Ero ancora legata e indifesa, ma questa volta la mia paura era stata sostituita da qualcos'altro. Qualcosa di eccitante. Non potevo fare a meno di chiedermi, forse anche fantasticare, cosa sarebbe successo al suo ritorno.

Lo sentii tornare al refrigeratore. Sentii il suono della sua voce che parlava in frasi brevi e veloci. Doveva essere al telefono.

Con chi stava parlando?

Che cosa stava dicendo?

Oh Gesù, stava chiamando altri membri della mafia per venire ad aiutarlo in questa... *situazione*? Il Giardino dell'Eden stava per diventare ancora più un bagno di sangue di quanto non fosse già, ma con il mio sangue?

Se fossi stata intelligente, non sarei rimasta nei paraggi per capire cosa ne avrebbe fatto di me. In qualche modo avrei dovuto cercare una via di fuga. Non ero la ragazza stupida che si innamorava del cattivo ragazzo. Non ero mai stata debole. Non ero mai stata una damigella in pericolo. Allora perché diavolo ero qui? E proprio mentre stavo iniziando a pensare di avvicinarmi alla porta sul retro, lui ritornò e mi fece girare. Con i polsi legati dietro la schiena, la mia doppia D di reggiseno si spinse in avanti e si allargò. «Va bene, Fiori. Che cosa farò con te?»

Forse era autoconservazione. Forse era per la cotta. O per il modo in cui il culo mi formicolava ancora dove lo aveva schiaffeggiato, ma feci l'unica cosa a cui riuscivo a pensare, che fu sporgermi in avanti e baciargli la bocca.

Le sue labbra premettero contro le mie, rubandomi il respiro. La sua lingua scivolò dentro, convincendo la mia a una danza lenta e vertiginosa. Gemetti nella sua bocca, i miei fianchi si mossero contro la sua figura, come verso una nuova stella polare. Le mani di Armando scivolarono più in basso, sopra i miei fianchi e giù per le cosce. Le sue dita sfiorarono il tessuto dei miei vestiti e io rabbrividii. Mi afferrò il culo tra le mani, impastando e stringendo, mandando fuoco in ogni terminazione nervosa. Questo bacio...

45

Capitolo otto

rmando

A Mi ritirai dal bacio sorpreso. Era stato inaspettato e succoso e bollente a livello di duecento gradi. E proprio come se avessi avuto le placche del defibrillatore applicate al petto, mi aveva attraversato una scossa di energia.

Le luci si erano accese. Il mio corpo era tornato in vita.

Erano passati quasi cinque anni da quando avevo assaggiato una donna, e improvvisamente sentivo che c'era così tanto tempo perso da recuperare.

Fui su di lei in un secondo, baciando con foga quella bocca rigogliosa, facendo scivolare una mano sulla sua maglia. Avevo appena ucciso un ragazzo e nascosto il corpo nel congelatore di Fiori. Avrei dovuto occuparmi di questo. Ma nel momento in cui mi aveva baciato, nel mio mondo era tornato il colore. Avevo bisogno di esplorarlo come avevo bisogno del mio prossimo respiro. Lei indossava una gonna corta, e io mi lanciai improvvisamente su di essa con l'altra mano, coprendole la figa.

Il morbido tessuto setoso delle sue mutandine era umido.

Queste erano tutte le informazioni di cui il mio cervello aveva bisogno per andare avanti a tutto vapore. Mi trasformai in un animale, incapace di tirarmi indietro. L'istinto grezzo spinse le mie azioni più di qualsiasi pensiero coerente. Le tirai su la maglia e abbassai la testa per banchettare con il suo capezzolo, i suoi rantoli mi riempirono le orecchie.

«Dimmi, Fiori.» Feci scivolare le dita sotto il bordo delle sue mutandine per trascinarle tra le pieghe umide. «Cosa ti ha fatta bagnare così tanto?» Le avvitai un dito dentro, e lei ansimò e si mise in punta di piedi.

Il mio corpo era in fiamme, il mio bisogno così acuto che potevo assaggiarlo. L'avrei presa proprio qui, fino a quando non fossi riuscito a scacciare tutta l'oscurità dentro di me. Fino a quando non fossi riuscito a respirare di nuovo.

La sua testa cadde all'indietro, le sue unghie affondarono nelle mie spalle mentre spingevo il dito più in profondità, rubando un gemito dalle sue labbra spalancate. Che lo volesse o no, spostò i fianchi, spingendo verso il basso sulla mia mano. Ero sepolto così profondamente dentro di lei, che stavo toccando il suo nucleo.

«Ti prego» sussurrò. Mi stava implorando di continuare, o che io la liberassi e uscissi da quella porta? La linea tra giusto e sbagliato era troppo sfocata perché io potessi saperlo. Il cuore mi batteva nelle orecchie e il cazzo sembrava d'acciaio. Le nostre bocche si schiantarono in un bacio disperato, esplorando, assaggiando, stuzzicando. La mia mano libera si strinse intorno al suo corpo mentre le stuzzicavo le labbra con la lingua. La sentii tremare sotto di me mentre premevo un altro dito nella figa.

I suoi ferventi gemiti mi spinsero fino a quando non fui così duro, così pronto a divorare ogni centimetro di lei che mi ritrovai a tremare come un uomo debole. La mia mano serpeggiò fino a coprirle la nuca mentre ci respiravamo a vicenda. Il calore dei nostri corpi che si intrecciavano era quasi troppo per me da sopportare.

Se mi avesse implorato e supplicato di smettere, non avrei potuto farlo.

Sapevo che non poteva sentirsi a suo agio schiacciata contro il muro con le mani legate dietro la schiena, ma non riuscii a richiamare la mia attenzione.

Sì, c'era un uomo morto nel suo refrigeratore, e lei era qui come mia prigioniera. Ma il mondo intorno a noi sembrò scomparire, lasciando solo noi due chiusi dal calore sessuale e dal desiderio frenetico. Nient'altro contava tranne questo momento in cui lei era tutta mia.

Ed ecco cosa era. *Mia.*

Mentre l'adrenalina della mia lotta mi scorreva nel corpo, non riuscii a evitare al demone di venire fuori e reclamarla completamente. Separai le dita, allargando il suo piccolo buco stretto, spingendole dentro sempre più velocemente, martellandola con un'intensità che la fece ansimare in cerca d'aria mentre il suo corpo tremava sotto di me.

Non mi fermai finché non sentii i suoi muscoli stringersi intorno a me mentre gridava di piacere. «Ti piace essere legata? O era per la sculacciata?» chiesi. Mi fissò con gli occhi castani chiazzati d'oro. La sua criniera selvaggia di riccioli le cadeva intorno alla testa come un'aureola, scendendole sopra l'occhio destro. Era stupenda, pura femminilità incarnata in un pacchetto piccolo, sinuoso e dalla pelle scura. Non ero mai stato con una donna nera prima, ma dopo aver vissuto con ragazzi di ogni colore in prigione, il razzismo con cui ero cresciuto era scomparso da tempo dai miei pensieri.

Ma ancora più importante, non ero mai stato con una donna più bella. Mozzafiato sarebbe stato un eufemismo. Una vera dea che non poteva essere eguagliata da nessun'altra.

«O era...» aggrottai le sopracciglia, ricordando lo spettacolo di merda in cui mi trovavo. «Era la violenza, quella che hai visto là fuori? Che cosa ti ha portata a invocare il mio nome, Fiori? Cos'ha portato questa figa a bagnarsi? La morte ti eccita?»

«I-io non lo so.»

Per un momento, la mia parte razionale cercò di rientrare. Di calmare il mio bollente spirito. Di ricordami che questo non era il momento o il luogo. Ma la sua figa che si stringeva intorno alle mie dita e il rossore nelle sue guance mi riportò all'unica cosa che mi interessava: andare a fondo in questa cosa. «Hai bisogno che ti allevi il dolore quaggiù?» Smisi di muovermi, aspettando il suo consenso.

Entrambi respiravamo a fatica, i nostri volti a un centimetro di distanza. Tenne il mio sguardo e fece un piccolo cenno del capo, poco prima di attaccarmi con un altro bacio. Impazzii su di lei. Non mi ero mai comportato in modo aggressivo con una femmina prima, e questo mi fece fottutamente impazzire. Infilai di nuovo le dita dentro di lei e le strinsi il culo con l'altra mano.

Lei gemette e piagnucolò il suo piacere, contorcendosi contro di me, mentre le sue labbra ancora tiravano le mie, la lingua sferzava la mia bocca.

Le avvitai dentro un terzo dito, preparandola per quello che sarebbe venuto. Non volevo essere così crudo e sporco, ma il mio corpo si muoveva da solo. L'altra mano le accarezzò le natiche, cercando il bocciolo stretto del suo ano. Lei gridò per la sorpresa quando lo trovai, contraendosi e cadendo contro di me. La spinsi contro il muro e la scopai con le dita con la mano sinistra mentre la mia destra alternava i movimenti, le strofinava l'ano e stringeva le natiche paffute.

Le sue Converse rosa strisciavano e si muovevano sotto di lei. Non avevo nemmeno tirato fuori il cazzo, ma vivevo il suo piacere come mio. Era passato molto tempo, ma non ricordavo di aver mai avuto una ragazza in grado di venire così. Non così facilmente. Non così in fretta. Nessuna era stata così accogliente. Il misto di erotismo e tensione tra noi fece sembrare che la mia vita dipendesse dal farla venire.

Ma forse era dovuto all'adrenalina di essere quasi uccisi.

Del...

Ma non ci volevo pensare ora. In questo momento, stavo guardando Hannah, la bella e giovane fioraia, volare sulla cresta del suo orgasmo.

Urlò quando la colpii forte, e le tappai la bocca con la mia, ingoiando le sue grida. Tenni il mio corpo premuto contro il suo e pompai lentamente le mie dita fino a quando il suo canale smise di mungerle.

«Cazzo, Fiori.» Tirai fuori le dita, poi fissai il suo sguardo dalle palpebre pesanti mentre me le mettevo in bocca. «Ha il sapore del paradiso.» La voce mi suonò gutturale e ruvida. «Potrei passare tutta la notte a mangiarti la figa.»

Sbatté le palpebre, gli occhi sfocati e vitrei, le guance arrossate. La ricordavo bellissima, ma era giovanissima quando me n'ero andato. Appena uscita dal liceo. Ora era cresciuta. Si era fatta il buco al naso. Le erano cresciuti i capelli in riccioli selvaggi e dorati che le arrivavano quasi al culo. Era gloriosamente bella.

Non potevo farne a meno. Avevo bisogno di averne di più. Come se avessi rischiato di morire in questo posto se non avessi inzuppato il cazzo in questo momento. «Voglio essere dentro di te» mi ritrovai a dire ad alta voce.

Era sbagliato. Sbagliatissimo. Era legata con del nastro adesivo da fiorista, porca puttana. Ma qualcosa nel modo in cui mi guardò mi fece pensare di avere una possibilità.

«Mi permetterai di piegarti su quel bancone e scoparti forte quella dolce figa?» Cristo. Ero così fottutamente depravato. Quale ragazza avrebbe detto di sì a questa cosa?

Ma incredibilmente, si bagnò le labbra e disse: «Hai un preservativo?»

Cazzo, sì che avevo un preservativo. Magari non avevo avuto l'impulso di usarne uno fino ad ora, ma sicuramente mi ero preparato per l'eventualità nel caso in cui fosse servito.

La piegai in posizione in circa due secondi. Le tirai su la gonna corta e le schiaffeggiai di nuovo le natiche più volte, poi le tirai giù le mutandine. Adoravo il rossore sul suo culo, iniziavano a vedersi le mie impronte.

Trovai il preservativo. La pistola che avevo riposto nella cintura cadde a terra quando tirai fuori il cazzo, ma la ignorai, troppo accecato dal desiderio per ragionare. In qualche modo, infilai il preservativo. Trascinai il mio cazzo attraverso i suoi succhi.

Era ancora meravigliosamente bagnata. Gloriosamente, miracolosamente bagnata.

Affondai nel suo calore e tutto il mio corpo rabbrividì di piacere. «Cazzo. È così bello.» Non ero loquace, ma mi era bastato un tocco da questa ragazza, e sgorgavo come un ruscello. Il suo viso era premuto sul banco di lavoro, i suoi gloriosi riccioli castano scuro e color miele erano sparsi in una tenda selvaggia. Glieli scostai dal viso, poi li raccolsi nel pugno dietro la sua testa. «Ti piace farti tirare i capelli?»

Emise un piccolo verso piagnucolante come «Uhn.» Avrebbe potuto essere un no, ma la sua figa sgorgò di lubrificante fresco, quindi lo presi come un sì. Afferrai più saldamente i capelli e iniziai a spingere a tempo con i suoi sospiri di piacere. Potevo sentire ogni contrazione e spasmo della sua figa mentre mi facevo strada più a fondo nelle sue profondità.

Il suo corpo tremò come se la stessero attraversando delle correnti elettriche.

Accelerai il ritmo, spingendo più forte verso di lei ad ogni spinta.

Mi abbassai per accarezzarle i seni, impastandoli e massaggiandoli mentre continuavo a muovermi inesorabilmente dentro di lei. I suoi gemiti divennero più intensi mentre mi allungavo per accarezzarla e stuzzicarla. La sentii stringersi intorno a me, spingendomi sempre più vicino all'orlo. Mentre lei rabbrividiva e gridava di piacere, mi spinsi più in profondità che potevo.

E poi persi ogni controllo. La scopai veloce e forte. I fuochi d'artificio mi danzarono davanti agli occhi. Il mio corpo esplose nel piacere. Picchi di calore alla base della colonna vertebrale. Il mio sangue sfrigolò.

Ero morto da anni. Chi poteva immaginare che tutto ciò di cui avevo bisogno per tornare in vita fosse una bella scopata? Ed era stata la *migliore* scopata.

Non c'era nulla di paragonabile. Ogni colpo che davo dentro di lei mi faceva sobbalzare di piacere. La stavo cavalcando troppo forte, ma non riuscivo a fermarmi. I miei lombi le schiaffeggiavano il culo. I suoi polsi legati rimbalzavano sulla parte bassa della schiena.

«I fianchi» sussultò. «Fanno male.»

Oh merda. Li stavo sbattendo contro il duro bancone di legno.

Le avvolsi il braccio intorno per ammortizzare, e poi continuai a sbatterla di brutto. Non me ne fregava un cazzo del fatto che mi stavo riempiendo il braccio di lividi. Anzi, mi stavo godendo la sensazione. Piacere e dolore si mescolavano in una sinfonia di risposte sensoriali. Il suo profumo mi salì nelle narici, insieme all'odore di rose e gigli e qualsiasi altro fiore avesse in negozio.

Sussultò mentre spingevo forte e più profondamente, sentendo la pressione dentro di lei crescere a un livello insopportabile. I suoi fianchi iniziarono a tremare in risposta, chiedendo di più. Mi allungai e feci scivolare una mano tra di noi, le mie dita trovarono il clitoride e iniziarono a strofinarlo con movimenti circolari.

Lei gemette mentre inarcava la schiena e si dimenava contro di me, il suo corpo tremava e si contorceva e si agitava.

Velocizzai le spinte aumentando la potenza mentre mi spingevo verso il baratro. Ero andato troppo oltre per aspettare che lei venisse, decisamente troppo perso per capire come farle raggiungere l'orgasmo.

Mormorai un'imprecazione e spinsi in profondità, tirandole indietro la testa e il busto contro la parte anteriore di me mentre finivo.

Le morsi l'orecchio, lo sfiorai con la lingua. «Mi dispiace di averti fatto male» mormorai contro la pelle morbida della sua mascella.

Lei piagnucolò leggermente, e una fitta di rimpianto vacillò attraverso di me.

Divertente. Avevo appena finito un ragazzo sul suo pavimento e non avevo sentito nulla. Ero stato un Terminator che faceva un lavoro.

Ora improvvisamente avevo una coscienza. E *avrei dovuto* essere dispiaciuto. Mi ero appena scopato una ragazza che avevo legato come un pollo e preso come prigioniera.

E il fatto che mi avesse chiesto se avessi un preservativo probabilmente non costituiva un consenso. Era stato piuttosto un appello affinché ci fosse una certa misura di sicurezza.

Fanculo. Che razza di stronzo *ero?*

Capitolo nove

Hannah

Oh mio Dio.

Avevo le vertigini, il corpo mi ronzava. Avevo dimenticato di avere paura mentre facevamo sesso, ma ora la consapevolezza si stava insinuando di nuovo. Ero bloccata contro il mio banco di lavoro con le mutandine abbassate e i polsi legati dietro la schiena, il cazzo di un semi-estraneo che mi allargava ancora.

Cosa diavolo stavo facendo?

Poteva non sembrare così ora, ma di solito ero cauta rispetto alle persone con cui facevo sesso. Non sapevo come avevo perso la testa in quel modo. Ma era stato così sexy. Così animalesco. Ferino. Quella cotta adolescenziale per Armando me lo aveva fatto sentire così necessario. Non ero venuta, ma ci ero andata vicinissima. Ora ero formicolante, calda e dannatamente bisognosa. E la cosa non aiutava il presentimento che mi rintoccava dentro come delle campane. Potevo essere davvero nei guai qui. Roba di vita o di morte.

Mi dispiace di averti fatto male.

Mi aggrappai a quell'unica prova per rassicurarmi sul fatto che quest'uomo non era uno psicopatico. Che non mi aveva solo violentata. Che sarei uscita viva da qui. Bussarono alla porta sul retro e Armando si tirò fuori con un'imprecazione.

Mi tirò su le mutandine e buttò il preservativo nel cestino.

Un senso di urgente tensione ritornò nei suoi movimenti mentre mi faceva girare, il suo sguardo guizzava intorno nel locale. Mi irrigidii quando tirò fuori un rotolo di nastro adesivo dal mio scaffale e ne strappò un pezzetto.

«No...» me lo schiaffò sulla bocca.

Urlai da sotto al nastro, il terrore mi attraversò all'improvviso.

Oddiooddiooddiooddio.

Cosa stava succedendo? Cosa avrebbe fatto con me? Bussarono di nuovo, e Armando mi afferrò il braccio, spingendomi verso l'armadio.

«Shh.» Mise il dito sulle mie labbra coperte dal nastro mentre mi spingeva all'indietro nello spazio buio. Cercai di urlare *no,* ma venne fuori come nient'altro che un suono ovattato. «Tranquilla, Hannah.» C'era un avvertimento nel suo tono.

La porta si chiuse.

Il panico iniziò a farsi sentire. Avevo paura del buio. Non mi piacevano gli spazi piccoli.

E sicuramente non volevo essere legata e lasciata qui a marcire.

Volevo sbattere la testa contro la porta per fare rumore, ma chiunque si fosse presentato alla porta sul retro, lui lo stava aspettando. Quindi era qualcuno che conosceva.

Il che significava che non potevo sperare in un salvataggio.

In effetti, se mi aveva nascosta qui dai suoi compagni là fuori, forse era stato per la mia sicurezza. Magari avrebbero potuto insistere per uccidermi.

Oh cazzo.

Tutto il mio corpo iniziò a tremare. Non un leggero tremore, ma un terribile brivido che mi fece battere le ginocchia, e le costole si bloccarono in una stretta dolorosa. Sentii delle voci maschili e passi che marciavano vicino all'armadio. Il suono di un corpo che veniva trascinato. Le lacrime mi scesero lungo le guance e sul nastro adesivo che avevo sulla bocca. Il respiro mi raspava violentemente dentro e fuori dal naso.

«E la fioraia?» chiese un uomo appena fuori dall'armadio. «Devo occuparmene?»

«Mi sono sbarazzato di lei» disse Armando.

«Sì?»

«Sì. Non ha visto nulla. È a posto.»

Avevo ragione. Mi stava proteggendo. Ecco perché ero nell'armadio. Perché se i suoi amici là fuori avessero saputo che avevo visto qualcosa, forse sarei dovuta morire.

Ma in fondo... come facevo a sapere che non mi avrebbe uccisa comunque? Forse voleva solo fare di me il suo cazzo di giocattolino, prima. Tenermi legata nel suo armadio per mesi e mesi per poi buttami in un fosso, morta.

Oh mio Dio.

Questo era un male.

«Finirò io di pulire qui. Te lo devo. Non dirlo a nessuno. Lo dirò io stesso, ok?»

«Sì, purché tu lo faccia.»

«Giuro su Cristo. Ehi, sbarazzati anche della sua pistola. Non posso portarne una.»

«Sei pazzo, cazzo? Qualcuno sta cercando di ucciderti. Hai bisogno di un'arma.»

«Posso prendermi cura di me stesso.»

Sicuramente poteva. L'avevo appena visto prendersi cura di un uomo armato senza mai sparare. In effetti, aveva volutamente svuotato il caricatore. Non pensavo affatto che avesse voluto uccidere quel ragazzo. Era stata sicuramente autodifesa.

«Lo spero sì, cazzo.»

La porta sul retro si chiuse. Aspettai, il mio tremito si intensificò mentre vagliavo le possibilità nella mente.

Cosastavasuccedendocosastavasuccedendo?

La porta dell'armadio si aprì e io sbattei le palpebre per la luce improvvisa. Il volto di Armando venne messo a fuoco.

Abbassò le sopracciglia quando mi guardò. «Ah, piccola. Pensavi che ti avrei lasciata qui dentro?»

Asciugò le lacrime sotto il mio occhio sinistro.

L'avevo pensato? Non proprio. Semplicemente non mi piaceva essere legata e stare in piedi in un armadio buio. Sentirmi impotente.

Mi trascinò in avanti, fuori dall'armadio e alzò l'angolo del nastro sul labbro superiore.

«Mi dispiace per questo.» Strappò tutto in un colpo solo.

Esplosi in un grido soffocato mentre il nastro veniva via.

«Va tutto bene?»

«No» scattai. «Lasciami andare.»

Il mio sembrò più un piagnucolio che una richiesta decisa.

«Scusa, Fiori. Non è possibile.» Mi trascinò nel mio laboratorio. «Ecco cosa succederà. Pulirò il tuo negozio e tu rimarrai dove ti ho messa e non farai rumore. Puoi farlo, o devo rimetterti nell'armadio?»

Fui tentata – davvero tentata – di dargli una ginocchiata sulle palle. Solo che avevo appena visto di cosa era capace quest'uomo. Aveva combattuto contro un uomo armato di pistola e coltello, e aveva vinto. Non c'era nessuna possibilità che mi andasse bene.

Mi asciugò le lacrime sotto l'occhio destro. «Stai tranquilla, Fiori, e non avremo problemi. Va bene?»

«Non ti voglio qui.» Era una cosa stupida da dire, ma era vera. Volevo che se ne andasse. Lo volevo fuori dal mio negozio. Dalla mia vita. Dalla mia realtà.

Pensavo di essere in procinto di vomitare.

Avrei voluto che questa serata non fosse mai successa.

«Il sentimento è reciproco, Fiori.» Tirò indietro lo sgabello alla mia scrivania, che era essenzialmente nel corridoio dove poteva vedermi dalla stanza di fronte e mi ci spinse sopra.

«Mi chiamo Hannah.» Mi voltai verso di lui mentre tirava fuori una scopa e una paletta dall'armadio e si muoveva rapidamente nel negozio. «Ma tu lo sai.»

Fui un po' amareggiata dal fatto che il suo pronunciare il mio nome fosse stata la mia rovina. Se non avessi esitato quando mi aveva chiamata per nome, sarei uscita dalla porta sul retro.

«Hannah.» Mi rivolgeva le spalle. Spazzò via i vasi rotti e il terreno con movimenti rapidi e abili. «Sei tu la proprietaria ora.»

Osservai i muscoli della sua schiena incresparsi a ogni passata di scopa. Non avrei dovuto essere lusingata che sapesse delle cose su di me. E in fondo, mica sapeva qualcosa di sconvolgente. Era un fatto fondamentale che tutti nella sua organizzazione sapevano. Eppure, mi fece accelerare il polso.

«Armando.»

Il suono del suo nome gli fece alzare di scatto la testa e portò il suo sguardo sul mio. Il mio stomaco crollò. Era mozzafiato come lo ricordavo, solo che ora era molto serio. Non c'era più traccia di un sorriso sul suo volto. Niente del fascino e della leggerezza. E gli occhi...

Comparve la compassione.

Perché i suoi occhi sembravano vecchi.

«Ti sei ricordata.»

Alzai le spalle come se non avesse mai fatto parte di centinaia delle mie fantasie più oscure. «Ti sei ricordato anche tu del mio. Dove sei stato?» La mia voce suonò roca.

Abbassò le palpebre e tornò al suo lavoro. «In prigione. Sono appena uscito.»

Mi attraversò un brivido. *Prigione.* Josie e io non avevamo pensato a questa possibilità.

«È stata la tua... prima volta da quando sei uscito?» Questo avrebbe spiegato perché era stato così animalesco quando l'avevo baciato.

All'inizio, pensai che non avrebbe risposto. Mi ignorò, scaricando il contenuto della paletta nella spazzatura. Poi borbottò: «Sì.»

Ne fui allo stesso tempo soddisfatta e distrutta. Immaginavo di voler credere che fosse così attratto da me. Insomma, si ricordava il mio nome.

Ero così stupida.

Poi mi resi conto che mi stava guardando e cercai di apparire calma. Assunsi un'espressione impassibile.

«Stai bene? Sono stato... duro.»

Oh, merda, stavo arrossendo. Sentivo il calore salirmi sul collo e diffondersi alle orecchie e alle guance.

Era stato duro. E faceva caldo. Non avevo mai saputo che mi sarebbe piaciuto farmi tirare i capelli o schiaffeggiarmi il sedere, ma era così. E ne volevo ancora di più, ero ingorda. Stavo quasi male da quanto ne avevo bisogno.

«Ti comprerei dei fiori, ma immagino che non faccia per te.» Accennò un sorriso e, stupida io, lo ricompensai ricambiandolo.

«Solo se li compri qui» dissi, il che era stupido perché non avrei davvero voluto che un ragazzo comprasse dei fiori da me per poi regalarmeli. L'avevo detto solo perché avevo così tanto bisogno di soldi che mi sarei offesa se avesse fatto acquisti da qualche altra parte.

E perché diavolo stavo pensando questa cosa? Ero tenuta prigioniera nel mio stesso negozio. *Da un assassino.*

Non era il momento di rose e romanticismo.

Quindi mi lanciai. «Cos'è successo alla tua fidanzata?»

Fece una smorfia, la sua espressione divenne più dura. «Troppe domande, Fiori.»

Sistemai i pezzi del puzzle nella mia mente. «Non ti ha aspettato» risposi per lui.

Raddrizzò il tavolo rovesciato e vi sistemò sopra le piante rimanenti.

«Mi dispiace.» Mi scappò prima che potessi rimangiarmi la mia offerta di compassione.

Ignorò la mia compassione, passandomi accanto per riempire il secchio nel mio grande lavandino. Sentii l'odore della candeggina. Beh, almeno stava pulendo il suo casino. Avrebbe potuto ordinare a me di farlo.

Torsi le mani dietro la schiena. «Queste mi stanno facendo male.»

«E tu stai ferma.»

«Grazie. Ottimo suggerimento. Non ci avevo pensato.»

Mi lanciò un'occhiata mentre versava una generosa dose di candeggina nell'acqua. «Sei legata perché mi hai dato problemi. Magari rivedi il tuo atteggiamento se vuoi che ti tolga il guinzaglio.»

«Guinzaglio?»

Spinse il secchio nel negozio. C'era un po' di sangue in terra, ma non molto, per fortuna. Strofinò l'intero pavimento.

«Perché non hai usato la pistola? Troppo rumorosa?»

Scosse la testa. «Stai zitta, Fiori.»

«Non lo volevi morto.»

Armando emise un verso mentre puliva il corridoio, poi mi passò accanto e versò l'acqua sporca nel lavandino. «Stanne fuori. Non hai visto niente. Se qualcuno lo chiede, c'è stata una colluttazione, ma siamo usciti entrambi per finire le cose fuori. Hai chiuso a chiave il locale e te ne sei andata prima.»

Lo sgabello su cui ero seduta girava, e usai i piedi per girarci sopra come una bambina. «Senza offesa, ma quella storia non reggerebbe a un interrogatorio.»

Armando mi si avvicinò.

La parte di me abbastanza audace da rispondere si accasciò, soprattutto quando ricordai che quest'uomo era un brutale assassino.

Si fermò quando mi raggiunse, nella sua espressione lampeggiava indecisione. Forse vide la paura sul mio viso. Mi raggiunse e io sussultai. Rallentò il suo tocco. Mi infilò le dita tra i capelli ai lati della testa, poi li arrotolò per tirarli stretti.

«Ascolta. Hannah. Preferirei non dire le cose di merda che dovrei dire in questo momento. Non a te.»

Mi si agitò lo stomaco mentre cercavo di decodificare il significato delle sue parole. Continuavo a soffermarmi sul *non a te*.

Come se pensasse che *io* fossi qualcosa di speciale. Ma forse stavo cercando troppo un significato, così da non rimpiangere quello che gli avevo appena permesso di farmi.

Come se volessi credere che quel folle sesso violento avesse significato qualcosa per lui.

Sapevo di sentirlo ancora dappertutto. E se avessi smesso di

61

cercare un significato o di chiedermi se mi fossi appena degradata, avrei potuto credere che ne fosse valsa la pena sperimentare un uomo come Armando. Ero abbastanza sicura che mi avesse appena rovinato l'idea del sesso tradizionale. Di uomini più gentili e carini. Avrei dovuto sapere che c'era una ragione per cui quegli stronzi della mafia mi avevano sempre affascinato. Preferivo un maschio alfa. Ero sicura che fosse una debolezza puramente biologica che molte donne condividevano con me.

Cercai di deglutire il bolo invisibile che mi soffocava.

«Non dirò a nessuno quello che ho visto» riuscii a dire. La mia voce suonò tesa.

«Brava. Allora non avremo problemi.»

Oh, avremo ancora problemi. Individualmente e insieme.

Mi feci coraggio perché fare richieste non era il mio forte, soprattutto non in una situazione folle come questa. Alzai il mento. «Ma pagherai i danni qui.» Non distolsi lo sguardo dal suo viso mentre agitavo la mano nella direzione in cui i vasi erano stati rotti.

«Sì. Ovviamente.»

Accidenti. Era stato più facile del previsto.

Mi sedetti in avanti sullo sgabello, più che potevo con la sua presa sui miei capelli che mi teneva immobile. Ebbe l'unico effetto di spingere in fuori le mie tette. Il suo sguardo cadde sulla mia scollatura e la fame si insinuò nella sua espressione.

Mi leccai le labbra e il suo sguardo si spostò sulla mia bocca. «M-mi lascerai andare?»

La fame svanì, sostituita da quella maschera indurita che sfoggiava. «Vedremo, Fiori.»

Mi lasciò i capelli e si voltò.

Un brivido mi si insinuò sulla pelle.

Tutti gli orribili dubbi mi si affollarono in testa, interrompendo il pensiero razionale.

Mi alzai in piedi. Si girò, mettendo la mano attorno alla mia gola in pochi secondi, non stringendomi, ma guidandomi verso il mio posto. La voce gli uscì piatta quando scosse la testa e disse: «Non ho detto che potevi muoverti.»

E fu quella durezza fredda più di ogni altra cosa che mi fece uscire di testa.

Dovette vedere il panico nella mia espressione perché mi mise un dito sulle labbra con leggerezza, trascinandolo verso il basso. «Shh. Calmati. Fai quello che dico, non ti farai male. *Capito?*»

Lo fissai e annuii velocemente.

«Brava.»

Capitolo dieci

Armando

Fanculo.

Non sapevo cosa ne avrei fatto della ragazza. Non potevo tenerla legata per sempre.

Era la testimone di un omicidio, ma io non facevo del male agli innocenti.

Quel tizio che avevo ucciso oggi? Era un professionista. Non bravo, ma sicuramente un tizio che era stato pagato per il colpo. Probabilmente inviato dagli Hermanos.

Cazzo.

Ero andato dritto dalla mia confessione all'inferno. Don Pachino mi aveva detto di tenermi pulito. Divertente, cazzo. Finii di ripulire il negozio, cercando di cancellare ogni traccia della colluttazione. Le dovevo un paio di vasi, ma il danno non era troppo grave. Per fortuna non c'era molto sangue.

Marco era stato un mago nell'occuparsi del corpo. Era l'unico che mi fidavo di chiamare. C'erano i soldati. Avevo la mia squadra e avrei potuto chiamare uno di loro, ma qualcosa mi aveva detto di non farlo.

Mi misi di fronte ad Hannah e le feci scivolare il palmo intorno al braccio per metterla in piedi. Lei mi fissò.

«Dove sono le chiavi di quel furgone sul retro?»

Spalancò gli occhi. «Perché? Non puoi metterci dentro un corpo...»

«Non c'è nessun corpo» la interruppi. «Ma dobbiamo andarcene... adesso. E non ho una macchina.»

Non avevo nemmeno la patente, ma questo era l'ultimo dei miei problemi. Probabilmente avrei dovuto tenere anche quella pistola. A questo punto, ero invischiato in un omicidio e un rapimento. I cinque anni per possesso di un'arma da fuoco erano niente in confronto.

«È una merda. Non lo uso mai perché la metà delle volte si ferma.»

Fanculo.

«Correrò il rischio. *Dove sono le dannate chiavi?*»

«Nella mia borsa... *Gesù.*» Alzò il mento verso la borsa nascosta sotto il bancone.

Mi piaceva che si fosse offesa per i miei modi e mi rispondesse a tono. Significava che non era spaventata a morte. Credeva ancora che avrei dovuto trattarla meglio, il che, ovviamente, era vero. Ero solo fuori allenamento con le buone maniere, cazzo.

Frugai nella borsa e trovai le chiavi, poi controllai la sua patente per trovare un indirizzo. «Vivi da sola?»

Impallidì. «P-perché?»

«Perché qualcuno sta cercando di uccidermi. Non credo che dovrei portarti a casa mia. Il tuo appartamento è bello?»

Un'espressione di sollievo le calò sul viso e mi fece un cenno tremante. «Sì. Vivo da sola. Insomma, è piccolo.»

«Ok, sono appena uscito da una cella di due metri per tre. Penso che vada bene.»

Mi faceva uscire più parole di quante ne avessi risparmiate per chiunque altro da quando ero uscito, compresi mia madre e Don Pachino. La spinsi verso la porta, ma lei esitò, voltandosi a guardare la cassa.

Provai a interpretare la sua resistenza. «Non lasci contanti nella cassa di notte?»

«Devo effettuare un deposito... stasera. O il tuo capo non riceverà i suoi soldi quando incasserà il mio assegno. Le lacrime le riempirono gli occhi, e la cosa mi provocò qualcosa di strano al petto.

Non avevo più sentito niente da quando mi avevano rinchiuso.

Nada.

Nessun cuore che mi batteva nel fottuto petto.

Ma ora l'empatia era sbocciata improvvisamente.

Non sapevo perché. Immaginavo di essere rimasto sorpreso di quanto poco si fosse preoccupata per il modo in cui la trattavo, ma qui stava piangendo per i soldi.

Doveva essere in gravi difficoltà finanziarie.

Forse l'acquisto dell'attività era stata una mossa di merda per lei.

La riportai alla cassa e cercai tra le chiavi finché non trovai quella piccola adatta. Non c'erano molti soldi. Forse meno di trecento dollari.

«C'è una busta in quel cassetto.» Lo indicò con il mento.

Trovai la busta e ci infilai dentro i soldi. «Così?»

Le lacrime riapparvero e lei annuì.

Senza dubbio problemi di soldi.

Beh, se avesse mantenuto il mio segreto, sarei stato in debito con lei. Infilai la mano in tasca. «Di quanto sei sotto?»

«Che cosa?» Mi scrutò il viso sorpresa. «Oh, ehm, almeno un centinaio, forse di più.»

Presi i soldi che il don mi aveva procurato quando avevo rinnovato il mio giuramento a lui e alla Compagnia, o come piaceva chiamarla al don, *Cosa Nostra*. Ne infilai altri seicento nel suo borsellino. «Questo copre il debito?»

Sgranò gli occhi e annuì, con respiro irregolare.

«Bene. Ecco cosa succederà. Comportati bene, ma davvero bene, e io ti slego e ti lascio salire davanti sul sedile del passeggero. Effettueremo il tuo deposito.» Le diedi una pacca sul culo con il borsellino. «Poi andremo a casa tua. *Capito?*»

67

Lei annuì rapidamente. «Sarò buona. Promesso.»

Quando si leccò le labbra, fui sopraffatto dall'improvviso bisogno di reclamare di nuovo quella bocca. Perché non avevo mai baciato una ragazza come avevo appena baciato lei. Così pieno di passione, calore e bisogno disperato e crudo. Ne volevo un altro assaggio.

E poi volevo vedere quelle labbra tese intorno al mio cazzo. Impegnate sulla mia lunghezza con la stessa ricettività che mi aveva mostrato prima chinata sul banco da lavoro. Volevo vedere il piacere nei suoi occhi quando la facevo venire, sentire il suo corpo tremare e fremere di un piacere che solo io potevo darle. Mi avvicinai a lei, le mani mi scivolarono lungo le sue braccia mentre premevo i fianchi contro i suoi, senza lasciare spazio a dubbi su cosa volevo o dove lo volevo.

Potevo giurarlo su Cristo, doveva essere in grado di leggermi nei pensieri perché quando guardai in basso, vidi i suoi capezzoli che sporgevano sotto gli strati di abiti.

E persi la testa perché tutto quello che riuscii a pensare fu che forse avrei dovuto scoparmela di nuovo prima di partire.

Invece, la trascinai verso il retro e fuori dalla porta, nel vicolo dove io e Marco avevamo caricato il corpo nel baule quarantacinque minuti prima. Mi fermai davanti alla porta sul retro e usai i denti di una delle sue chiavi per strapparle il nastro dai polsi.

Prima di liberarla, le avvolsi la mano tra i capelli e le tirai indietro la testa. «Non farmene pentire, Hannah.» Il mio corpo era proprio contro il suo. Il suo petto si alzava e si abbassava rapidamente, attirando il mio sguardo sulla deliziosa scollatura. Le tracciai con il pollice la linea della mascella.

«Non lo farò. Sarò buona. Promesso.»

«Brava ragazza.» La rilasciai gradualmente, non volendo separare il mio corpo dal suo. Non ero sicuro di potermi fidare di lei fuori da questo negozio. Avrebbe potuto urlare. Oppure scappare. Oppure prendere il suo telefono.

Ma pensai che lo avrei scoperto in corsa. Se si fosse comportata male, me ne sarei occupato. E poi avrei saputo che non potevo fidarmi di lei.

Il che avrebbe significato... cazzo, non volevo pensare a cosa avrebbe significato, perché non ero il tipo che faceva del male alle donne. E sicuramente non facevo del male agli innocenti.

E lei era entrambe le cose.

Capitolo undici

Armando

Aprii la porta sul retro e la spinsi fuori, poi la richiusi dietro di noi e provai la serratura. «Dimostrami che mi posso fidare.» Le diedi di nuovo uno schiaffo sul culo.

Di solito non ero il tipo da schiaffi. Almeno, non lo ero prima della prigione. Certo, avevo sculacciato una o due volte la mia fidanzata durante il sesso, ma Hannah era tutta un'altra storia.

Il suo culo era succoso. Rotondo, paffuto. Sodo. Non volevo solo piegarla e scoparla di nuovo, volevo sculacciare le sue natiche brune fino a farle arrossare e possedere quel culo con il mio cazzo.

Gesù, cazzo.

Ero un animale selvatico.

Una bestia selvaggia in calore.

E Hannah era la mia preda.

Volevo buttarla nel retro del furgone e fare un altro tentativo con quel suo corpo lussureggiante proprio qui, proprio ora.

Avrei quasi voluto che mi desse una ragione per continuare a maltrattarla, ma si stava comportando bene, avanzando impettita verso il lato passeggero del furgone, un Dodge Ram degli anni '70, coperto di ruggine, con una decalcomania floreale sul lato, e aspettando che lo aprissi. La vernice del vecchio furgone si stava scrostando e scheggiando, la ruggine consumava i bordi. La scritta *fioraio Giardino dell'Eden* sul lato era piena di bolle, sbucciata, sbiadita e screpolata, e dietro lasciava intravedere della vernice gialla.

«Questo catorcio funziona anche?» dissi ad alta voce mentre le aprivo la portiera. Non intendevo farla vergognare, ma Gesù, questo barattolo di latta era un dinosauro che aveva davvero visto la fine.

«Sei almeno autorizzato a guidare?» ribatté lei mentre saliva.

«No.» Sbattei lo sportello e feci il giro, tenendola d'occhio attraverso i finestrini. Si sedette e incrociò le mani in grembo, perfettamente educata.

Quasi troppo perfettamente. O era più preoccupata di portare questi soldi in banca che della sua sicurezza con me, o stava progettando qualcosa.

Speravo fosse la prima.

Salii e avviai il furgone. Errore: provai ad avviare il furgone. Ci vollero un paio di tentativi prima che prendesse vita. Non sapevo come cazzo facesse a fare le consegne di fiori con un furgone che aveva bisogno di una ristrutturazione. Il che, immaginavo, spiegava i suoi problemi di soldi.

Il furgone odorava di lillà e benzina, e c'era una grossa crepa nel parabrezza. Anche se ora il motore era in funzione, non ronzava esattamente come una macchina ben oliata. Sarebbe stato un miracolo anche solo riuscire a uscire da questo vicolo.

Guardai le sue mani in grembo. I polsi portavano ancora il segno del nastro adesivo con cui li avevo legati, e c'era un graffio rosso irritato lungo il braccio.

Cazzo!

La mia mano scattò per afferrarle il polso prima che potessi reprimere la mia aggressività.

Ero incazzato con me stesso per averla ferita. Non sapevo nemmeno quando era successo. Il mio corpo entrò in un circolo di rabbia, come se la stessi difendendo da me stesso. L'aggressività però era diversa da come era stata laggiù con il sicario. Non era così pulita e clinica. C'era emozione questa volta.

Lei ansimò e cercò di allontanarsi. Mi costrinsi ad allentare la presa perché la stavo spaventando a morte. «Te l'ho fatto io questo?» Riuscii a soffocare un grido, facendo scorrere il pollice sulla lunga e spessa linea rossa.

Mi guardò come se avessi perso la testa.

Forse era così.

«Che cosa? Il graffio?» Le sfuggì una risatina nervosa. «No. Me l'ha fatto il mio gattino ieri sera. È caduto nella vasca mentre ero dentro. A quanto pare i gatti possono volare.»

Un'altra risatina nervosa.

Gattino.

Gattino. Ci volle un momento prima che persino riuscissi ad elaborare la parola. Simpatico esserino peloso con artigli. Giusto. Il suo gatto l'aveva graffiata.

Non io.

Allentai la presa e mi sedetti al mio posto, costringendomi a espirare. Avrei voluto chiederle se le avevo fatto del male, ma sapevo già di averlo fatto. La pelle intorno ai polsi e i lividi sui fianchi. Speravo niente di peggio. Niente di profondo e psicologico che l'avrebbe perseguitata per il resto della sua vita.

Sì, come no. Entra un tizio, uccide un uomo davanti a lei, poi la lega e se la scopa. Era decisamente segnata per la vita.

«Anche le mie cosce sono tutte graffiate.»

I miei occhi caddero sull'orlo della gonna corta. Cazzo se non volevo vedere quei graffi con i miei occhi adesso.

Riportai lo sguardo al parabrezza. Dovevo concentrarmi. Avevo immerso il cazzo in una ragazza una volta, e all'improvviso tutto in me era andato in tilt.

Hannah aveva una specie di figa magica o qualcosa del genere. Come se così non sembrasse folle.

«Quale banca?» chiesi rudemente. «Meglio che abbiano un drive-thru.»

«Chicago City Bank, sulla Lincoln. Ehm... spero di sì.» Sembrò dubbiosa come se sapesse che non c'era, ma semplicemente non me lo volesse dire.

«Ce l'hanno o no, Fiori?» chiesi.

Allungò una mano e mi toccò l'avambraccio. «Ti prego. *Devo* fare questo deposito.

Ero così fottuto che stavo persino valutando la cosa. Era mio ostaggio finché non capivo cosa diavolo avevo intenzione di fare con lei, e me ne andavo in giro a fare le sue commissioni?

Per darle almeno una dozzina di opportunità di chiedere aiuto o scappare?

D'altra parte, il piano vago nella parte posteriore della mia testa era di temporeggiare finché non avessi avuto un'idea su di lei. Scoprire se avrebbe urlato o no. Ignorare i suoi bisogni non mi avrebbe aiutato a guadagnare fiducia. E dal momento che sembravo riluttante a fare il tipo di minacce che l'avrebbero tenuta tranquilla per paura, probabilmente avrei dovuto fidarmi, se non avevo intenzione di sbarazzarmi di lei.

E sicuramente non ce l'avevo.

Digrignai i molari, cercando di prendere una decisione. Fermarsi in banca era davvero, davvero una cattiva idea. Non potevo mandarla da sola. Non potevo lasciarla nel furgone a meno che non la legassi sul retro, e farlo in pubblico sarebbe stato rischioso.

«Ti prego.»

Alzai lo sguardo e imprecai. «Se provi a fare qualsiasi cosa, Fiori, te ne farò pentire.»

Questa era la massima minaccia che riuscivo a farle.

Avrei fatto del male a una donna? In nessun modo, cazzo. Potevamo essere criminali, ma i mafiosi giuravano di rispettare le donne e gli anziani. Mi sarei quasi dato un pugno in faccia quando avevo pensato di averle graffiato il braccio.

Questo non significava che non le avrei colpito il culo e non l'avrei legata. Che non le avrei mostrato chi comandava.

«Non lo farò.»

Ringhiai ma trovai un posto dove parcheggiare vicino alla banca. «Non aprire la tua fottuta portiera finché non arrivo.» La guardai male.

Lei impallidì leggermente. «Calma Armando. Non proverò a fare nulla. Devo solo depositare questi soldi.» Prese la busta con i soldi che avevo sistemato tra i nostri posti e la sventolò. La mano le tremava come una pazza e mi sentii in colpa per averla spaventata, ma non mi scusai. Le diedi solo un'occhiataccia mentre chiudevo la portiera e mi spostavo dal suo lato.

Aspettò finché non la aprii, come le avevo ordinato.

«Brava ragazza.» Le offrii una mano per aiutarla.

Si strinse la busta al petto. «Posso avere la mia borsa? Nel caso abbiano bisogno di un documento?»

Le avevo già preso il telefono, ma continuava a non piacermi. Presi la borsa ed estrassi la carta d'identità. dal suo portafoglio. «Andiamo.» Le presi la mano ma la piegai dietro la schiena, come se fosse in arresto. Era un gesto simbolico: l'altra sua mano era libera, ma avrebbe capito cosa intendevo.

Cominciai a sudare nel momento in cui entrammo in banca. L'aria era densa dell'odore di legno lucidato, antisettico e odore corporeo. C'erano persone ovunque. C'era una guardia di sicurezza vicino alla porta con una pistola. Era un tizio grosso e goffo, con i baffi e un'uniforme che non gli stava bene. Gli occhi che guardavano da dietro gli occhiali erano stanchi e annoiati.

Tutto ciò che Hannah doveva fare era gridare aiuto ed era finita.

«Armando» mormorò Hannah. Mi piaceva quando diceva il mio nome. Mi piaceva che si fosse ricordata di me. Intrecciò la sua mano nella mia e mi resi conto che la stavo stringendo troppo forte.

Allentai leggermente la presa e tirai via la sua mano da dietro la schiena per lasciarla oscillare tra di noi. Ci avvicinammo alla cassiera e, potevo giurarlo su Dio, il mio cuore batteva così forte che pensavo che il cassiere lo avrebbe sentito. Probabilmente avrebbe pensato che stessi cercando di rapinare la banca e avrebbe suonato l'allarme silenzioso.

Hannah compilò rapidamente una distinta di deposito e spinse i contanti attraverso il bancone.

«Hai avuto un addebito di scoperto oggi» la informò la cassiera.

Hannah si irrigidì. «Davvero? Pensavo di avere tempo fino alla fine della giornata per effettuare il deposito.»

La cassiera guardò il suo schermo. «No, è istantaneo. L'assegno è arrivato verso le due del pomeriggio.»

Ok, quindi non mi stava prendendo in giro. Aveva davvero problemi con i soldi. Toccai la pila di contanti con la distinta di versamento. «Questi lo copriranno?»

La cassiera contò i soldi e digitò nel suo computer. «L'addebito per scoperto era di trentacinque dollari, quindi te ne mancano ventidue.»

Infilai la mano in tasca per tirare fuori altri cinquecento dollari. «Metta anche quelli sul conto.»

Lei annuì, contò e digitò ancora. «È tutto?»

Strinsi di nuovo le dita intorno alla mano di Hannah. «Sì.» Cominciai a trascinarla via quando la cassiera mi richiamò.

«Aspettate.»

Mi bloccai, sentii la tensione corrermi tra le scapole.

«Ecco la ricevuta.»

Gesù, volevo solo andarmene da questo posto. Ma mi voltai e afferrai la ricevuta, poi trascinai con me la mia piccola prigioniera.

«Eri sotto di molto» dissi mentre uscivamo dall'edificio. Ancora una volta, non stavo cercando di farla vergognare, mi stavo solo chiedendo quale cazzo fosse il suo piano.

Si irrigidì, sistemandosi i riccioli dietro l'orecchio sinistro. «Meglio essere in rosso con la banca che in debito con il don, giusto?»

«Sì, sono d'accordo. Sei in ritardo con l'affitto?»

Non sapevo perché fossi preoccupato per lei adesso, ma lo ero. Se doveva dei soldi a Don Pachino e non lo pagava, lui avrebbe divorato i suoi affari in un batter d'occhio. Quel negozio di fiori sarebbe diventato una macchina per il riciclaggio di denaro. Ogni furgone per le consegne sarebbe stato guidato da un soldato in affari con la famiglia con la scusa delle consegne dei fiori. In realtà era un quadro così perfetto, che ero sorpreso non fosse già in atto.

Scosse la testa, facendo ondeggiare i suoi riccioli dalle punte dorate come una cascata, ma c'era ancora un oceano di preoccupazione sulle sue spalle. Avevo capito. Aveva pagato l'affitto oggi, ma era ancora preoccupata per domani e per il giorno dopo e per quello dopo ancora.

La ricaricai sul furgone. Considerando come era andata di merda oggi, ero un po' sorpreso che questa tappa fosse andata bene.

Guidai fino al suo quartiere, che non era molto lontano dal suo negozio a Little Italy. Il parcheggio era un casino, quindi girai in circolo una mezza dozzina di volte. Non volevo parcheggiare troppo lontano da casa sua, perché le avrebbe dato più possibilità di gridare aiuto o scappare o... qualsiasi altra cosa.

La cosa stupida era che sapevo esattamente come fermare qualsiasi accenno a quel comportamento. Sapevo come fare delle minacce. Avevo perfezionato un approccio meschino e crudele.

Avrei facilmente potuto farla pisciare addosso dalla paura senza mai metterle una mano addosso.

Ma non riuscivo a farlo. Anche se avrebbe reso le cose più semplici.

Reso più chiaro il mio lavoro a casa sua. Tutto quello che avrei dovuto fare era consolidare la minaccia. Insinuarle dentro una paura del diavolo. E poi fare controlli periodici per assicurarmi che fosse ancora spaventata.

L'intimidazione era un gioco facile, davvero.

Ma non era in programma stasera.

Non sapevo che cazzo avrei fatto con lei, ma tutto in me si ribellava al pensiero di far crescere ancora di più la paura che aveva di me. E onestamente? Era un tipo duro perché finora l'unica cosa che l'aveva distrutta erano stati l'armadio e il rischio di non riuscire a fare il deposito.

Quindi si fidava di me nonostante tutto, o si fidava di essere in grado di gestirmi.

Non mi dispiaceva nessuno dei due scenari.

Incrociammo un vigile che faceva multe. Hannah alzò la testa di scatto.

Mi irrigidii, mi passarono per la testa un milione di brutti scenari, il principale prevedeva che lei cercasse di aprire la portiera e saltasse fuori. Ma lei mi guardò subito. Niente di furtivo al riguardo. Non era come se stesse nascondendo ciò che aveva appena visto. Era più come se si stesse ponendo il dubbio: *io avevo visto* quel poliziotto?

Alzai un sopracciglio. Davvero non capivo questa ragazza.

«Cosa succede se vieni fermato?»

Il mio cervello si affannò per capire. Lei era reale?

«Sei preoccupata per me?»

Alzò le spalle. «Non hai la patente.»

Frenai quando vidi qualcuno che stava uscendo e misi la freccia dietro di lui. Mentre aspettavamo, la guardai dall'alto in basso, cercando di entrare nella sua testa. «Hai paura di me, Fiori?»

Avrei dovuto volere che rispondesse sì. Avrebbe significato che avevo fatto quello che dovevo per tenerla tranquilla. Assicurarmi che non parlasse. Ma per una qualche stupida ragione, adoravo il fatto che non fosse poi così spaventata. Perché le piacevo.

Spalancò leggermente gli occhi, come se le avessi appena ricordato che avrebbe dovuto esserlo. «Sì.» Sembrava senza fiato.

«Non abbastanza da farmi arrestare.»

Stava ancora trattenendo il respiro quando scosse leggermente la testa.

Eh. Non sapevo cosa avessi fatto per conquistare la sua fedeltà, ma mi piaceva.

Parcheggiai e spalancai la portiera, camminando rapidamente nel caso decidesse di scappare.

Non lo fece. Saltò fuori e si tirò giù la gonna corta, che le scivolò stretta sopra quelle cosce formose. Il suo groviglio di riccioli cadde su un occhio mentre mi contemplava.

Tesi la mano come se fossimo a un appuntamento e lei mi avesse invitato a entrare invece di qualunque cosa diavolo stessi facendo con lei.

«Ne ho abbastanza di tenerti per mano.» Mi passò accanto senza prenderla.

Qualcosa di estraneo e vivace si agitò dentro di me. Qualcosa che non provavo da anni. Che cos'era?

Divertimento.

Questa ragazza mi divertiva.

Le mie labbra cercarono di incurvarsi, ma non ricordavano come fare.

Ignorai l'impulso e la seguii.

Capitolo dodici

Hannah

Salimmo le scale fino al mio appartamento e cercai di ricordare se stamattina avevo ripulito la lettiera di Shadow. La mia casa era minuscola e poteva facilmente iniziare a puzzare.

Ma era stupido: ero davvero preoccupata per quello che pensava?

Non era mica un ragazzo che avevo invitato a guardare Netflix e rilassarci. Era un mafioso che oggi aveva ucciso un tizio nel mio negozio. Aveva preso in ostaggio me, il mio furgone e il mio appartamento, e non avevo assolutamente idea di come sarebbe finita questa cosa.

L'unica cosa che mi tratteneva dal dare di matto era la sua evidente attrazione per me. Anche adesso, salendo le scale, sentivo il suo sguardo sul mio sedere.

Mi girai per verificare. Sì.

«Ti piace quello che vedi?» dissi seccamente.

«Oh, Fiori» disse. «*Mi piace molto* il tuo culo.»

Mi voltai prima che potesse vedere la soddisfazione sul mio volto. Questo ragazzo non stava con una donna da anni, e io ero la sua prima scopata, quindi, ovviamente, doveva pensare che fossi solo quello. Ma anche così, la sua vigorosa reazione al mio bacio al negozio mi aveva cambiata per sempre. Non avrei mai più voluto stare con un ragazzo che non rispondesse allo stesso modo.

Certo, di solito ricevevo attenzioni. Sì. Ne ricevo in abbondanza. Uomini dappertutto. Ma non durava mai perché ero io l'idiota che si affezionava sempre troppo in fretta. Ero una spugna emotiva ed entravo nei loro mondi. Sentivo le loro emozioni al posto loro. Cercavo di risolvere i loro problemi. Dimenticavo i miei. E poi all'improvviso, ero completamente coinvolta e loro se ne andavano. Puntuali come orologi.

Seriamente, ero uscita con troppi ragazzini. Donnaioli immaturi che erano più interessati a sé stessi che a qualsiasi altra cosa.

Armando era...

Era estremamente capace. E molto pericoloso, sì. Ero sicura che in qualche modo contorto facesse parte dell'attrazione che provavo.

E ricordavo che una volta era affascinante.

Ora era come se fosse danneggiato.

Era stato in prigione, aveva appena ucciso un tizio davanti a me e poi mi aveva legata e scopata subito dopo. Probabilmente era molto danneggiato.

Ero una pazza a sentirmi così eccitata a causa sua. Cosa c'era in un cattivo ragazzo che faceva pensare a una donna di poterlo redimere? Era una causa persa, ne ero sicura. Poteva anche essere più sexy e più capace dei soliti ragazzi con cui uscivo, ma lo schema di volerli salvare era sempre lo stesso.

Qualche istinto segreto in me voleva guarirlo.

Pensavo che fosse questo che mi aveva spinta a consegnarmi a lui. A farmi baciare. A offrirgli il mio corpo per placare il suo bisogno disperato.

Lo aspettai sulla porta perché Armando aveva la mia borsetta. Tirò fuori le mie chiavi e me le porse. Quando le dita mi tremarono cercando di infilare quella giusta nella serratura, lui prese il sopravvento, aprendo la porta e facendomi entrare posandomi una mano sulla schiena.

Il mio appartamento era solo un monolocale con un bagno. Fortunatamente, non c'era odore.

La porta d'ingresso era dipinta con i colori di un calabrone, il padrone di casa si sarebbe davvero incazzato se avesse scoperto che l'avevo dipinta. Ma avevo bisogno di colore in tutto il mio grigiore.

All'interno, il mio appartamento era semplice e piccolo. L'unica stanza era arredata con un piccolo divano viola per due, un tavolino con sopra un arazzo colorato e un televisore che avevo comprato in un negozio dell'usato per trenta dollari. L'angolo cottura aveva quattro armadietti e un piccolo frigorifero. Ero abbastanza fortunata che questa unità avesse anche una stufa a due fuochi a differenza di quelle di alcuni dei miei vicini. C'era appena abbastanza spazio per un tavolino e due sedie, ma ero comunque riuscita a stiparli nello spazio.

Il mio letto era contro la parete più lontana per darmi più spazio possibile. I cuscini erano dei colori dell'arcobaleno ed erano abbinati a una trapunta blu brillante per farla sembrare come un'area lounge piuttosto che quello che era: un letto stipato in una stanzetta con un divano.

Delle lucine si estendevano da un lato all'altro della stanza, proiettando una calda tonalità nello spazio. Poteva non essere molto per la maggior parte delle persone, ma era mio e mi sentivo a mio agio lì dentro.

Il gattino miagolò dal letto, alzandosi e inarcando la schiena in un movimento tremante. «Ciao Shadow.» Corse verso di me su minuscole zampette e si attorcigliò intorno alle mie caviglie.

Osservai Armando mentre si muoveva nel mio spazio, incerta su come leggere la sua espressione.

Gli occhi di solito tradivano i sentimenti che si nascondevano dietro le maschere delle persone, ma quando guardavo negli occhi di Armando, tutto ciò che vedevo era un vuoto. Il suo intero essere sembrava aver costruito tra di noi un muro che non riuscivo a penetrare. Una sensazione di disagio e di non familiarità mi percorse la schiena mentre cercavo di connettermi con lui.

Tuttavia, c'era qualcosa di stranamente confortante nella sua presenza che mi faceva sentire al sicuro. Ironico considerando...

«Allora cosa succede adesso?» chiesi, fingendo di non aver paura dell'uomo imponente accanto a me.

Armando si strofinò il viso. «Ora?»

Ero abbastanza sicura che non lo sapesse. Non esisteva una sceneggiatura per questo scenario «Ho ucciso un tizio nel tuo negozio di fiori.»

«Ora ti terrò d'occhio finché non sarò sicuro che sei a posto.»

«Sto bene» lo rassicurai subito. Immaginavo di aver aspettato che me lo chiedesse. O di averlo preteso o... qualcosa del genere. Avevo già deciso, se non l'avessi fatto fin dall'inizio, che non lo avrei denunciato. «Non dirò a nessuno quello che ho visto. Non dirò una parola, lo prometto.»

Annuì. «Bene.»

«Quindi... siamo a posto. Giusto?»

«Non ancora.»

Sospirai. «Allora cos'hai intenzione di fare?»

Si appoggiò alla porta e scrutò il mio appartamento. Quando il suo sguardo danzò sul letto nell'angolo, le sue palpebre si abbassarono, ma scosse la testa e tirò fuori il telefono. «Prima devo fare una telefonata. Poi ci ordinerò del cibo. Cosa ti piace?»

Alzai le spalle. Non mi dispiaceva l'idea di un pasto gratis, considerando che nella mia cucina non c'erano altro che un paio di lattine di acqua seltzer aromatizzata e un sacchetto di patatine. «Qualsiasi cosa.»

Inarcò un sopracciglio. «Mangi i calzoni? Conosco un posto fantastico.»

«Suona bene. Prenderò qualunque cosa prenda tu.»

Compose un numero e sentii una conversazione breve e secca. Principalmente sì e grazie. Mi diressi in bagno. Mentre ero lì, lo sentii ordinare due calzoni, un'insalata e una bottiglia di vino, snocciolando il mio indirizzo, che a quanto pareva aveva già memorizzato.

Sfruttai l'opportunità in bagno per pulire rapidamente la lettiera del gattino, anche se non afferravo il motivo per cui mi stavo impegnando così tanto.

Questo non è un appuntamento.

Mi precipitai fuori dal bagno con il sacco della spazzatura legato con la cacca di gatto dentro e andai a sbattere contro il grosso petto di Armando.

Mi afferrò i polsi, poi arricciai il naso e allontanò dai nostri corpi quello con il sacco della spazzatura. «Vuoi che sia un appuntamento?»

Che cosa?

Oh merda, l'avevo mormorato ad alta voce? Pensavo fosse al telefono!

Mi sottrassi alla sua presa, praticamente correndo verso la porta.

Mi prese per la vita appena prima che arrivassi. «Dove stai andando?»

Alzai il sacchetto. «Al cassonetto. Non lo lascerò qui.» dissi con un tono da *Indovina?*

Non mi lasciò. Invece, mi tenne ancora più stretta, avvicinò la bocca all'orecchio.

«Fai pure la sfacciata, Fiori. Mi piacerebbe sculacciare di nuovo quel culo.»

Mi si piegarono le ginocchia.

Dannazione. Non era degno di svenimento, ma per qualche motivo il mio corpo pensava che lo fosse. La mia figa si era serrata quando l'aveva detto, e ora tutto quello che sentivo era un pulsare caldo e lento. Il lamento lancinante di quell'orgasmo mancato. Forse sarebbe valsa la pena di provare ancora una volta con lui, solo per finire, solo per sentire se tutto questo calore era all'altezza del suo clamore.

«*Potacelo tu,* allora.» Sì... ero sfacciata. Non era nemmeno il mio subconscio a parlare.

Per fortuna, o forse per sfortuna, non ne ero certa, non abboccò. Invece, mi rilasciò lentamente. «Non posso fare neanche quello.»

«Sembra che avremo quell'appuntamento, dopotutto. Ho sempre

voluto che un ragazzo mi portasse a un cassonetto.» Mi scostai i capelli mentre lo guardavo da sopra la spalla.

Mi lasciò andare, e quando mi girai intravidi qualcosa del vecchio Armando. Le sue labbra si piegarono come se avesse la capacità di sorridere, se solo avessi continuato così. Mi prese di mano il sacchetto della spazzatura annodato e intrecciò le sue dita con le mie. «Niente è troppo bello per la mia ragazza.»

Nascosi un sorriso mentre apriva la porta e infilava l'indice nel passante delle mie chiavi mentre ce ne andavamo.

Shadow sfrecciò fuori, e io mi chinai, lo presi, strofinai la faccia sulla sua pelliccia e gli baciai la dolce testolina prima di rimetterlo dentro e chiudere la porta.

Volevo continuare a flirtare, ma tra di noi calò un silenzio imbarazzante. Almeno, per me fu imbarazzante. Armando era teso come sempre. La stessa faccia dura e inespressiva che aveva mentre stava occultando il cadavere. O guidando il mio furgone.

Scendemmo le tre rampe di scale e uscimmo verso i cassonetti, per poi tornare indietro senza dirci una parola. Armando si guardò intorno fuori, facendo di nuovo la sua performance da agente segreto tosto.

Mi chiesi di chi fosse preoccupato.

«Allora chi sta cercando di ucciderti?»

Non cambiò nulla sul volto di Armando. Non mi guardò. Ma vidi un muscolo flettersi nella sua mascella come se stesse digrignando i denti.

Ignorò la mia domanda e accelerò il passo verso l'interno dell'edificio.

Analizzai i fatti. Era appena uscito di prigione e qualcuno stava cercando di ucciderlo. Quindi era qualcosa di irrisolto da quando era entrato. O forse qualcosa che era successo dentro.

«Avevi già ucciso qualcuno prima?»

Mi gelò con lo sguardo e poi si allontanò.

Ecco cos'era. Qualcuno voleva vendetta.

«È qualcuno all'interno della mafia?»

«Sul serio, Hannah.» Aveva un tono piatto. «Fai un'altra domanda e ti cerotto la bocca. Dico davvero.»

Fui più offesa da quella minaccia di quanto avrei dovuto essere. Fingevamo entrambi che non fossi sua prigioniera. Probabilmente preferivo quella fantasia al terrore che accompagnava l'immagine più dura di ciò che stava accadendo. O di come sarebbe potuta finire.

«Sei un coglione» mormorai.

Bella risposta.

«Sto cercando di proteggerti.» Sembrava leggermente sulla difensiva?

Lo schernii. «Sì, sei un vero cavaliere in armatura scintillante, vero?»

Fece lo stesso con tono tenero e amaro. «»Sicuramente non lo sono. E tu non vuoi sapere tutte le cose depravate che vorrei farti, quindi non tentarmi.»

Ora volevo sapere.

A proposito delle cose depravate.

Volevo saperlo davvero... avrei potuto chiederglielo. Sbattemmo le spalle mentre salivamo le scale fianco a fianco.

«Quali cose depravate?» A quanto pareva, non avevo auto-controllo.

Mi rivolse quello sguardo con le palpebre pesanti che mi fece bagnare le mutandine. Fece un verso gutturale e poi disse: «Potrei legarti a quel letto.»

E? Desideravo disperatamente che continuasse.

Capitolo tredici

annah
I miei capezzoli erano perline strette. La figa era bagnata e scivolosa. Ero desiderosa di rifarlo, in modo da poter venire. Mi rendevo anche conto di quanto fosse folle. Io, che seducevo il mio rapitore. O mi stava seducendo lui?

Che diavolo stavamo facendo?

Rientrammo nel mio appartamento e lui chiuse la porta dietro di noi.

«Ti allargherei le gambe e leccherei quella figa fino a farti urlare.» La sua voce era ruvida e dura.

Ricordai di nuovo quanta passione aveva messo nel nostro rapporto al negozio. Il fatto che era appena uscito di prigione e io ero stata la prima donna con cui era andato.

«C-cosa devo fare» - deglutii - «per ricevere questo trattamento?»

Armando mi afferrò per i capelli e reclamò la mia bocca mentre mi faceva camminare all'indietro finché le mie ginocchia non toccarono il letto. Ci cascai sopra e lui mi seguì, arrampicandosi su di me, piazzando le labbra sulle mie.

Avrei detto che il bacio che ci eravamo dati al negozio era stato il migliore della mia vita, ma questo avrebbe potuto essere ancora migliore. Non era carico di disperazione, ma c'era un po' di finezza. Come un bacio violento seguito da un rapido morso. Una scia di baci piazzati lungo il lato della gola.

«Ora sei nei guai» mormorò mentre mi inchiodava i polsi sopra la testa. «Grossi guai.»

Mi contorsi sotto di lui, la lussuria mi esplose dentro. Potevo giurare di non aver mai avuto questo tipo di reazione a un ragazzo prima. Ero stato eccitata, soprattutto se avevo bevuto un drink o due, ma il modo in cui il mio corpo reagiva ad Armando ora era fuori scala.

Il nostro primo contatto era stato un fulmine. Questa volta stava andando piano. Morse i lembi del mio top corto e la canotta sotto di esso per raschiare con i denti il capezzolo. Gli avvolsi le gambe intorno alla vita, stringendolo ancora di più. Torsi i fianchi, cercando di trovare soddisfazione strofinandomi contro di lui. Si abbassò e tirò fuori qualcosa dalla tasca. Pensavo fosse un preservativo, ma era il rotolo di nastro adesivo del negozio.

Come se avesse *pianificato* di legarmi di nuovo.

E quel pensiero avrebbe dovuto spaventarmi molto più di quanto non fece. Ma a giudicare dal modo in cui la sua bocca era sulla mia, potevo interpretare le sue azioni solo in un modo: il nastro era per i momenti sexy.

Me lo avvolse intorno ai polsi, non così stretto come aveva fatto al negozio, e me li spinse indietro sopra la testa. Si alzò su una mano, guardandomi dall'alto. Le sue pupille erano dilatate, gli occhi pieni di oscuri intenti, ma il volto era inespressivo. Come se avesse dimenticato come sorridere.

Fece scorrere leggermente il pollice lungo l'interno del mio braccio. Mi dimenai quando arrivò al punto più sensibile.

«Non mi hai risposto prima.»

Sembrava così burbero. Così serio. Se non fosse stato per il tocco leggero, avrei pensato che fosse incazzato.

«Riguardo a cosa?»

«Quale parte ti ha eccitata, essere legata o sculacciata? O l'altra cosa?»

L'altra cosa. Immaginavo intendesse vedere lui alle prese con un altro tizio in una lotta all'ultimo sangue.

Sicuramente non avrebbe dovuto eccitarmi. Tranne per il fatto che avevo sempre avuto un debole per quei film di Jason Bourne, e Armando sembrava in tutto e per tutto tosto come Matt Damon. O Chris Hemsworth in quel film di Netflix, Extraction. Quindi sì, fino alla parte della morte vera e propria, aveva risvegliato la parte più primitiva del mio cervello. La parte che cercava di riprodursi con il guerriero più feroce della terra.

«Tutto» mormorai.

Lui mi fissò ancora un momento, senza dire niente. Come se stesse cercando di leggere nel profondo della mia anima. Poi chiese: «Ti piace brutale?»

Sentii il viso accaldato. Sarei stata una sciocca ad ammettere una cosa del genere con un ragazzo di cui non mi potevo fidare. Inoltre, non sapevo se fosse vero. Prima di oggi, non l'avevo mai provato.

«Mi è piaciuto farlo brutale con te.» Era la verità e tutto quello che sapevo, davvero.

Qualcosa si offuscò dietro i suoi occhi, e mi afferrò i polsi, tirandomi le braccia sopra la testa e attaccandole al montante del letto.

Brividi di eccitazione mi attraversarono per la mia impotenza. L'emozione di essere completamente alla sua mercé focalizzò ogni sensazione a un livello acuto. Mi tirò su le due maglie e mi tirò bruscamente la parte anteriore del reggiseno. Ansimai un po', mi rabbrividì la pancia che saliva e scendeva con il respiro, i capezzoli si gonfiarono in cime rigide. Mi pizzicò il capezzolo destro tra il pollice e l'indice e lo strinse. Forte. Poi mi schiaffeggiò un lato del seno.

Gridai per la sorpresa. Avevo paura, decisamente paura, perché mi aveva fatto un po' male e nessuno mi aveva mai toccata in questo modo prima d'ora. C'era anche della mancanza di rispetto, che non ero sicura mi piacesse.

Eccetto per il fatto che mi guardava attentamente in faccia.

E quello sguardo fisso mi calmava.

Mi pizzicò di nuovo il capezzolo, poi abbassò la testa per succhiarlo. Lo passò con la lingua, grattò leggermente con i denti il bocciolo teso, se lo infilò in bocca e lo rilasciò con uno schiocco.

Aprii la bocca. Il cervello mi friggeva e scattava.

Fece lo stesso trattamento al capezzolo sinistro, solo che iniziò con la bocca e finì con uno schiaffo.

Gridai, ancora una volta sorpresa. Ero un po' spaventata, molto eccitata. Pizzicò entrambi i capezzoli contemporaneamente, facendoli ruotare tra le dita e i pollici e pizzicandoli prima di espandere la presa per afferrare tutto il seno.

Abbassai la testa all'indietro e mi inarcai, riempiendo le sue mani con i seni, implorando per avere di più.

Armando si spostò più in basso, i suoi grandi palmi scivolarono sulla mia gonna, salendo leggermente sulle cosce fino ai fianchi, poi agganciandosi sotto il bordo delle mutandine e trascinandole giù.

«Non ti ho fatto venire abbastanza prima, vero?» La sua voce era un rombo roco. «Sei una ragazza davvero, davvero avida.»

Scossi la testa.

«Questa volta mi farò perdonare.»

Il respiro mi uscì in un basso gemito.

Gettò di lato le mutandine e fece scorrere il polpastrello del pollice sulla mia fessura bagnata di rugiada. «Succosa» osservò.

Sarei stata imbarazzata, tranne per il fatto che si portò il pollice alla bocca e succhiò il mio fluido come se fosse miele. «Apri.»

Lo fissai per un momento, colta alla sprovvista dal comando. Mi afferrò dietro le ginocchia e le spinse verso il mio petto, poi mi schiaffeggiò l'interno della coscia. Bruciava, e non mi piaceva, ma poi me ne dimenticai perché abbassò la testa tra le mie gambe.

La prima leccata mi fece saltare i fianchi dal letto. Fece scivolare le mani sotto e mi afferrò il sedere, stringendolo e rilasciandolo mentre mi accarezzava su e giù per la fessura con la lingua.

Dalla bocca mi uscirono versi folli. Singhiozzi soffocati. Piccoli *uhn*. Respiri affannati.

Gemetti, mi inarcai e sbattei le gambe intorno alle sue spalle.

Si prese il suo tempo. La punta della lingua tracciò tutto intorno l'area delle mie labbra interne, poi mi sfiorò il clitoride. La usò per penetrarmi, poi mise le labbra sul mio nocciolo e succhiò.

Urlai, strattonando le mani legate, sbattendo le mie ginocchia contro le sue orecchie. Affondò il pollice nel mio ingresso senza interrompere l'aspirazione del clitoride, e cominciai a tremare e rabbrividire. Ero vicina, vicinissima, al rilascio. Avevo solo bisogno che pompasse quel pollice dentro e fuori, e ci sarei arrivata.

Solo che non lo fece.

Fece scivolare fuori il pollice. Smise di aspirare.

«No-o» gemetti. «Ti prego.»

«Vuoi venire?» La sua voce era così roca e profonda che quasi non la riconobbi.

«Sì. Ti prego. Fallo ancora, Armando. Oh Dio, ti prego.

«Sarai una brava ragazza?»

«Sì!» Non avevo idea di cosa stesse parlando, ma sarei stata sicuramente una brava ragazza. Avrei fatto qualsiasi cosa avesse voluto a questo punto.

«Se dico *apri,* cosa fai?» Abbassò le dita in un leggero schiaffo sul clitoride, e le mie ginocchia si chiusero e si aprirono di scatto come ali di farfalla.

«Apro. Oh Dio, mi aprirò. Mi dispiace, prima sono stata lenta.»

Affondò di nuovo il pollice nella mia entrata e io gemetti di soddisfazione. Potevo sentire quanto ero diventata gonfia e bagnata. Quanto ne avevo bisogno.

«Ti prego» supplicai di nuovo.

Non avevo mai implorato prima. Non ne avevo mai avuto così bisogno.

Se solo avesse pompato quel pollice, ci sarei arrivata. O se mi avesse succhiato di nuovo il clitoride. Sbattei ancora un po' le ginocchia, cercando di prendere il pollice più a fondo.

Fui scioccata dalla sensazione di un dito sul mio ano, e mi strinsi contro di esso, piagnucolando.

«No ehm.» Scosse la testa. «Apri.»

Oh Dio. Veramente?

Non lo volevo. Ma lo feci. Perché mentre quel dito spingeva contro il mio buco posteriore, la temperatura mi salì di almeno otto gradi e cominciai a gemere come una pornostar. Era un tabù ed era sbagliato, ma era anche così bello.

Pompò, alternando il pollice e l'altro dito, quindi pompandoli entrambi contemporaneamente. Nel momento in cui si chinò e mi cavalcò il clitoride con la lingua, venni *forte*.

Così incredibilmente forte.

Come fuochi d'artificio fortissimi che mi danzavano davanti agli occhi, e mi lasciai sfuggire un urlo pieno.

La stanza girò. Le luci continuarono a lampeggiare e mi scoppiarono dietro le palpebre. La figa e l'ano si strinsero intorno alle sue dita, e gemetti fino all'ultimo briciolo di piacere che avevo in me.

Non sapevo quanto era durato. Mi persi da qualche parte in un'altra dimensione.

Aprii gli occhi quando iniziò a fermarsi, e mi sembrò di essere stata via per sempre.

L'espressione di Armando era imperscrutabile come al solito.

E fu allora che suonò il campanello.

Capitolo quattordici

rmando

A Avevo fame e avevo programmato i tempi giusti, ma ero comunque incazzato di dover andare alla porta.

Allungai una mano e ruppi il nastro che le legava i polsi e la misi a sedere, abbassandole la maglia sopra il reggiseno arrotolato. Non volevo che il fattorino la vedesse così.

Non volevo che il fattorino la vedesse, punto.

Mi sentivo estremamente, fottutamente possessivo nei suoi confronti in questo momento. La aiutai ad alzarsi e la guidai verso il bagno. «Vai a pulirti. Vado io alla porta» le diedi uno schiaffo sul sedere.

Potevo giurarlo su Cristo, quel culo era fatto per essere schiaffeggiato. Avrei potuto seriamente rafforzare il senso di ogni frase con uno schiaffo a quel culo e non stancarmene mai.

Si precipitò in bagno e qualcosa mi si mosse nel petto.

La sua resa mi provocava qualcosa. Non era debole o stupida e nemmeno spaventata. Almeno non troppo spaventata. Pensavo che fosse sinceramente sottomessa. Spiegava la sua risposta sessuale all'essere legata e gestita. Non avevo mai visto una donna come lei prima.

La sua fiducia sembrava un dono. Uno che mi faceva sentire forte e debole allo stesso tempo. Onorato.

Altamente protettivo.

Aspettai che la porta del bagno fosse chiusa prima di aprire la porta d'ingresso e pagare il ragazzo delle consegne. Lasciai cadere il cibo sul minuscolo tavolo per due vicino alla finestra e cercai piatti e bicchieri da vino, non riuscendo a trovarne. Casa sua era minuscola, ma era carina. Aveva piante in vasi colorati ovunque. Alcune erano in fiore, altre erano avvolte da fiocchi luminosi. I suoi arredi erano rustici, merda imbiancata. Probabilmente trovati al mercato delle pulci, ma avevano l'aspetto di un design ricercato. I ricchi pagavano un sacco di soldi per questo tipo di arredamento. Aveva decisamente una vena artistica. Aveva davvero occhio per queste cose.

Stavo per mettere i calzoni sui piatti e stappare il vino, ma il rumore della doccia che scorreva mi fece pulsare il cazzo. Le mie palle erano così fottutamente gonfie per averle leccato la figa che riuscivo a malapena a camminare.

Avrei dovuto lasciarla in pace. Lasciarle fare la doccia.

Invece, mi ritrovai a provare la porta del bagno. E quando la trovai aperta, lo presi come un invito. I miei vestiti caddero sul pavimento prima ancora di pensare di spogliarmi. Aprii la tenda della doccia ed entrai.

Spalancò gli occhi, ma non indietreggiò. Fissò il mio corpo. Guardai in basso. Ero stato così dannatamente disconnesso da esso, che non sapevo nemmeno più che aspetto avevo. Il mio petto era peloso e mi mancava un po' di colorito. Ero più muscoloso quando ero entrato in prigione. Uno strato di pelle si era indurito in tendini e muscoli.

Sembrava che non le dispiacesse quello che vedeva perché aprì le labbra come se volesse assaggiarmi. Mi presi il mio tempo facendo scorrere lo sguardo su tutta la sua sensuale figura.

Era perfetta. Era bassa ma formosa, con la vita stretta, il seno rotondo e il culo a forma di cuore. Aveva una ghirlanda di fiori tatuata intorno alla parte superiore del braccio con una piccola fata alata seduta in cima a uno dei boccioli. La sua pelle era di un marrone liscio. Non era affatto come il tipo di ragazze con cui ero stato prima. Era reale. Bellissima.

Osservai i rivoli d'acqua scorrerle sui capezzoli scuri. Avrei voluto leccare le goccioline. Anzi. *Avrei leccato* le goccioline dalla sua pelle. Chiusi la tenda dietro di me e la inchiodai contro il muro di piastrelle, la mia bocca si muoveva sulla sua con tutta la forza dell'aggressività repressa.

Non sapevo se fosse perché avevo passato quasi cinque anni senza fare sesso o perché Hannah mi provocava qualcosa di speciale, ma non riuscivo a frenare la mia aggressività sessuale con lei. Fortunatamente, era ben disposta. Mi avvolse le braccia intorno alle spalle e sollevò una gamba piazzandomela intorno alla vita per darmi l'angolazione di cui avevo bisogno per entrare dentro di lei.

«Preservativo» ansimò tra un bacio e l'altro.

Preservativo. Fanculo. Come avevo potuto dimenticarlo?

«Non muoverti, cazzo» ringhiai, inchiodandola con la schiena contro il muro con la mano tra le sue tette e aspettando che registrasse il mio ordine.

Poi tirai indietro la tenda della doccia e frugai nella tasca dei pantaloni alla ricerca di un preservativo dal portafoglio. Strappai l'involucro e lo posizionai, srotolandolo sulla mia lunghezza.

«Brava ragazza» dissi perché non si era mossa di un centimetro da dove l'avevo lasciata. «Vieni qui.» Le sollevai la coscia e trovai il suo ingresso con la cappella inguainata del mio cazzo, pungolandolo finché non trovai il punto in cui iniziò a scivolare dentro. «Esatto» mormorai mentre inserivo lentamente la cappella. «Prendilo.»

Mi afferrò per le spalle, tirandomi più vicino.

«Prendi ogni centimetro.» Continuai a spingere in avanti, fino in fondo, finché non fui completamente dentro. Poi appoggiai un piede sulla vasca, la sua coscia avvolta sopra la mia, e cominciai a spingere.

Era un vero paradiso. L'ultima volta che l'avevo scopata, ero fuori di me per il bisogno. Questa volta, assaporai ogni dolce spinta. La nostra pelle che scivolava insieme, il calore del suo canale stretto e accogliente.

Le tolsi le mani dalle mie spalle e le bloccai contro le piastrelle. Non per me - mi piaceva la sensazione delle sue unghie che mi graffiavano la pelle - ma per lei. Perché stavo testando quello che le piaceva. Come le piaceva. Funzionò, forse fin troppo bene perché gli occhi le rotearono all'indietro, il piede scivolò. Le tenni i polsi con una mano e usai l'altra per sollevarle il sedere, tenendola ferma.

Avrei dovuto dire qualcosa: lodarla. Dirle quanto mi piaceva. Un tempo sapevo come parlare sporco e poi addolcirmi. Ora ero così fottutamente arrugginito nel parlare con un altro essere umano. Costrinsi le mie labbra a muoversi. «È così bello, Hannah.» Mi uscì ghiaioso. O forse come carta vetrata. Profondo e frastagliato. «Mi fai sentire così bene.»

Gemette sommessamente e io lo presi come un incoraggiamento.

Non volevo che finisse, ma i miei fianchi vivevano di vita propria, scattavano forte, pompavano più a fondo.

Ricominciò a fare quei versi sexy e il mio cervello andò in cortocircuito. Mi surriscaldai troppo per l'acqua calda, il vapore e il sangue che mi pompava dritto al cazzo. La testa iniziò a farsi leggera, il che non andava bene, dato che ero io a sostenere entrambi.

Aprii la tenda della doccia per far entrare un po' d'aria e la scopai più forte. Dimenticai di tenerle i polsi perché le mie mani stavano vagando per il suo corpo, stringendole il seno, afferrandole la vita, massaggiandole il sedere.

«Dio, mi fai sentire così fottutamente bene» gemetti, la mia voce ansimante e rauca. Lei inarcò la schiena, premendo il suo petto contro il mio, e giurai di aver sentito il suo cuore battere a ritmo con il mio.

Mi persi nella sensazione della nostra pelle liscia che scivolava e nel calore e nella pressione della sua stretta presa intorno a me. Ci ero così vicino... ancora qualche spinta e sarei andato oltre il limite.

Ma prima di farlo, allungai una mano e infilai le dita tra di noi, trovando il clitoride e facendo leggeri movimenti circolari. Lei ansimò e sentii le sue pareti interne tremare intorno a me mentre veniva.

Le sfiorai il collo con le labbra, inviandole scie di formicolio lungo la spina dorsale mentre continuavo a spingere dentro di lei.

Il mio respiro divenne più veloce mentre sentivo il climax avvicinarsi, e mi aggrappai forte ai suoi fianchi mentre mi immergevo sempre più in lei, volendo assaporare ogni momento. Gridò mentre il suo corpo si contorceva intorno al mio.

Le mie palle si sollevarono e pomparono. Gridai e le afferrai il culo con entrambe le mani e poi mi seppellii profondamente mentre venivo. Inclinò il bacino per prendermi più a fondo, strofinando il clitoride sulla mia radice finché non venne anche lei. I suoi muscoli mi strinsero il cazzo in rapidi impulsi, e io venni ancora più forte, riempiendo il preservativo.

Appoggiai la fronte contro la sua, respirando con lei, il cazzo mi pulsava e si contorceva dentro di lei. I nostri respiri mescolati rallentarono. L'acqua stava diventando fredda. Non avrei mai voluto tirarmi fuori, ma lo feci. Uscii e chiusi l'acqua, poi uscii dalla doccia per buttare via il preservativo. L'acqua scorreva sul pavimento perché avevo aperto la tenda, quindi ci misi sopra l'asciugamano e avvolsi Hannah nell'altro. Era ancora appoggiata alle piastrelle con aria stordita, quindi la aiutai a uscire dalla vasca, sostenendola nel caso le gambe non la reggessero.

Indicò tremante l'armadietto, mormorando qualcosa di incomprensibile. Lo aprii e trovai un altro asciugamano, che usai per asciugare.

«Wow» mormorò.

Mi voltai verso di lei mentre mi asciugavo i capelli. «Già. Grazie.»

«Allora... hai intenzione di lasciarmi andare ora? Siamo a posto?»

Mi bloccai. Battei le ciglia. La stanza girò. Lasciai cadere l'asciugamano sul pavimento. Che cazzo stava dicendo?

Un ronzio impetuoso mi iniziò nelle orecchie.

Avevo appena... *stuprato una ragazza?*

Pensava di doverlo fare perché la liberassi?

«È stato solo questo?» dissi con voce strozzata, senza nemmeno rendermi conto che stavo avanzando verso di lei. Non consapevole della mia mano che le bloccava la gola e la spingeva indietro. «È per questo che... è stato... cazzo!» Ruggii e colpii il muro accanto a lei. L'intonaco si crepò e le mie nocche ci passarono attraverso.

«Fanculo.» La lasciai andare e mi voltai.

Si era appena offerta a me nella speranza che io la liberassi? Che tipo di mostro ero?

Non riuscivo nemmeno a capire quando una ragazza mi voleva o no. Ero diventato così confuso, bloccato nelle modalità della violenza e della sopravvivenza, che non sapevo nemmeno cosa fosse reale.

Avevo pensato di poter gestire questa situazione con Hannah. Avevo una vaga idea su come evitare che venisse ferita da me o dall'organizzazione, e invece avevo fatto la cosa più imperdonabile.

Raccolsi i miei vestiti dal pavimento e li indossai, il mio petto si crepò quando Hannah aprì la porta del bagno e riuscì ad allontanarsi da me.

La seguii solo perché il vapore nel bagno mi faceva venire le vertigini e avevo davvero un fottuto bisogno di pensare.

Sentii un singhiozzo soffocato, e nel petto, nelle braccia, nello stomaco mi esplosero delle bombe. Hannah mi dava le spalle girata verso il comò, cercando di mettere il secondo piede in un paio di mutandine, le mancò. Avrei dovuto darle spazio. Sicuramente non avrei dovuto andare da lei.

Ma lo feci.

In un secondo, le piazzai un braccio intorno alla vita per sostenerla mentre barcollava, e mi allungai per tenerle il bordo delle mutandine. Le feci scivolare su quando lei mise dentro la gamba e la tenni da dietro.

«Mi dispiace» mormorai contro i suoi capelli.

Il suo petto tremò per un singhiozzo. Rimase ferma per un momento, come se stesse ascoltando. «Ti dispiace per cosa?» C'era della calma nella domanda.

Era una specie di test, ma non sapevo cosa significasse. Come se potesse esserci una risposta che avrebbe reso tutto migliore. Tutto quello che sapevo, cazzo, era che il suono del suo respiro affannato mi uccideva.

Poiché tutta l'intelligenza emotiva che avevo una volta, se mai ne avevo avuta una, era scomparsa da tempo, borbottai: «Qualunque cosa ti abbia fatto piangere.»

Risposta sbagliata. Lo seppi appena lo dissi. Lo capii ancora di più quando si allontanò da me, si girò e mi schiaffeggiò. Fu uno schiaffo debole e mi mancò per metà. Chiaramente non le aveva dato la soddisfazione che stava cercando, perché chiuse le dita e invece mi sferrò un pugno.

Lo schivai, le afferrai il polso e le avvolsi il braccio davanti alla vita. Le misi l'altro braccio sotto le ginocchia e la sollevai.

Lei ansimò e lottò. «Cosa fai?»

Non sapevo cosa stessi facendo, perché l'avevo presa in braccio o cosa ne avrei fatto adesso. Tutto quello che sapevo era che non mi piaceva il caos che avevo nel petto. Nella testa.

La portai a letto e ce la misi sopra, tirando il lenzuolo dagli angoli per coprirle i seni nudi. Mi sedetti accanto a lei sul letto. Volevo stringerla, ma il mio tocco ovviamente non era il benvenuto. «Io...» cercai di sbrogliare quello che era appena successo. Era più incazzata ora di quanto lo fosse stata durante tutta la faccenda. Il che doveva significare che era stato per qualcosa che avevo detto... Ripassai quello che era appena successo tra noi e... *ah*.

Ero un idiota. Le avevo chiesto se avrebbe fatto sesso con me, così poi l'avrei lasciata andare.

Mi lanciò un'occhiataccia, il labbro inferiore le tremava per l'ovvia offesa.

«Aspetta, Hannah. Sistemiamo questa cosa. Non ti stavo dando della puttana. Non intendevo mancarti di rispetto. Affatto. Ero...» inspirai, cercando di trovare le parole per spiegare la rabbia dentro di me. «Ero incazzato con me stesso.»

La rabbia si placò. Come se l'averne identificato la fonte fosse ciò di cui aveva bisogno.

«Ti sei sentita come se dovessi... farlo? Con me? Non ti ho... ti ho costretta?»

«No, stronzo.» Mi spinse il petto.

Accolsi con favore il tocco. Era comunque una connessione, qualcosa che mi mancava da secoli. E questa volta non aveva cercato di colpirmi. Le presi la mano e la tenni lì. «Parla con me.» La stavo praticamente implorando. Le parole mi si erano arrugginite in bocca, ma continuavo a spingerle fuori. «Sono così disconnesso da questa merda, Hannah.»

Vidi una lacrima tracciare la sua pelle bruna liscia e impeccabile. «Sto cercando di rimanere su questa giostra con te e di non impazzire, ma...» fece un respiro tremante e lo trattenne, poi lo rilasciò lentamente. «Non puoi toccarmi quando sei così arrabbiato.»

L'orrore cieco mi avvolse. Cristo, le avevo fatto del male? Allungai una mano per inclinarle il mento all'indietro, esaminandole il collo in cerca di lividi, ma non vidi niente: nessuna impronta, nessun segno. Ero sicuro di non averle fatto del male, non lo avrei mai fatto. Nemmeno fuori di testa com'ero. Non era da me fare del male a una donna. «Non ti ho fatto del male, vero, Hannah?»

Lei scosse la testa.

«Ti ho spaventata» dedussi. Certo, l'avevo spaventata, cazzo. L'avevo tenuta per la gola e avevo sfondato il muro accanto alla sua testa.

«No.» Spinse via la mia mano dal suo collo e distolse lo sguardo. «Non è quello.» La sua voce era tesa. Frustrata.

Ero così fottutamente perso qui.

«Non so se posso spiegartelo. Basta che tu non lo faccia di nuovo.»

Il cuore mi batteva più forte, come se il mio corpo sapesse che questa conversazione sarebbe stata importante se solo fossi riuscito a capire di cosa diavolo stessimo parlando. «Mettimi alla prova. Cerca di spiegare.»

Rivolse su di me i suoi occhi castani screziati d'oro, riflettendo. «Sono una di quelle persone che...» abbassò le palpebre come se fosse imbarazzata. «Non lo so, è come se percepissi le emozioni di tutti gli altri. Dentro di me.» Gesticolò con la mano su e giù per il centro del tronco.

Inclinai la testa. «Un'empatica.» Come in Star Trek. Era una cosa reale?

Apparentemente.

Il barlume di speranza che si accese nella sua espressione mi disse che finalmente avevo detto qualcosa di giusto. «Sì, credo. Se qualcuno nella stanza piange, piango. Se qualcuno è arrabbiato, mi arrabbio. Quindi... non toccarmi quando sei arrabbiato. È troppo per me.»

Merda.

Finalmente avevo capito. Avevo incanalato la vergogna e la rabbia che avevo provato direttamente nel suo corpo. O comunque l'aveva vissuta in quel modo.

«Fanculo.» La raggiunsi e lei non si ritrasse. La attirai più vicino a me e la sollevai sulle mie ginocchia, aggiustando il lenzuolo per tenerla coperta. «Va bene, Fiori. Non ti toccherò quando sono arrabbiato. Giuro su Dio.»

Appoggiò il viso contro il mio collo. Dopo un momento, mosse le labbra, baciandomi dolcemente.

Non riuscivo a spiegare cosa stesse succedendo nel mio corpo. Era come se tutti i miei organi si fossero sollevati di un centimetro. Come se fossi stato imprigionato in una pentola a pressione, e questa avesse spinto tutto verso il basso. E ora le mie viscere avessero ripreso forma.

Resistetti all'impulso di stringere le mie braccia attorno a lei. Il bisogno di alzarmi e scrollarmi di dosso tutte queste emozioni estranee era troppo forte. «Mangiamo» dissi burbero, sollevandola dal mio grembo per metterla in piedi e stringendole il sedere.

Capitolo quindici

annah
Indossavo una canotta e pantaloncini del pigiama. Dannazione. Odiavo piangere davanti alle persone. Era così dannatamente imbarazzante. Io e le mie emozioni esagerate. Era così che avevo spaventato tutti i ragazzi con cui ero uscita.

Armando sembrò superarlo velocemente, però, il che fu un sollievo. Scartò i calzoni e li lasciò cadere nei piatti, poi versò del vino rosso nei miei bicchieri da succo.

«Scusa, non ho bicchieri di vino.» Scivolai sulla sedia di vimini che avevo trovato in un mercatino delle pulci e dipinto di un giallo allegro.

Lo sguardo di Armando scese dal mio viso al mio petto senza reggiseno e indugiò lì mentre si sistemava su una sedia che corrispondeva alla mia solo nel colore della vernice.

I miei capezzoli si gonfiarono alla sua attenzione. Era come se avessi appena ricevuto una mega dose di ormoni riproduttivi perché non importava quante volte lo facevamo, sembrava che ne volessi di più.

«Non sembra che tu abbia molte cose» disse. «Cosa avresti

105

mangiato per cena se non fossi stato qui? Non c'è cibo nel tuo frigorifero.»

Alzai le spalle. «Mi sarei inventata qualcosa.»

Armando si acciglò. «Dovresti prenderti più cura di te stessa.»

Alzai gli occhi. La sua protezione era dolce, ma io ero una donna adulta e non ero sicura che mi piacesse l'idea di ricevere lezioni.

«Mi sto prendendo cura di me» dissi. «Solo perché non ho un fantastico frigorifero rifornito di tutte le ultime e migliori novità, non significa che non mi prenda cura di me.» Sorrisi. «Ma grazie, *papà*, per l'attenzione.»

«Forse è proprio quello di cui hai bisogno. Un paparino che si prenda cura di quel tuo culo.» Scivolò più vicino, con gli occhi scuri pieni di promesse.

Il respiro mi si bloccò in gola. Avrei dovuto respingerlo e dirgli che non ero interessata. Ma non potevo. Lo volevo, anche se sapevo che era pericoloso. Feci un respiro profondo, cercando di calmare il battito del mio cuore, e sussurrai: «Forse sì.» Sbattei le ciglia. Stavo cercando di giocare a questo gioco di seduzione, ma sentivo che anch'io stavo fallendo.

«Un paparino che ti sculaccia quando sei stata cattiva» continuò.

Il viso mi si scaldò quando i miei occhi incontrarono i suoi. Avrei voluto distogliere lo sguardo, ma il suo sguardo mi trattenne. Ero radicata sul posto, ipnotizzata.

«Penso che ti piacerebbe, vero?»

Aprii la bocca per protestare, ma ero troppo agitata per rispondere. Mi limitai a scrollare le spalle, non fidandomi della mia voce. Non volevo rivelare quanto mi stesse eccitando, di nuovo.

Il calore mi salì sulle guance. Armando sorrise compiaciuto, il suo sguardo cadde sulle mie labbra e poi di nuovo sui miei occhi. Il suo sguardo intenso diceva che non stava solo giocando. Era serio.

«Vuoi un paparino? Vuoi che un uomo ti prenda e ti dica cosa fare?» la sua voce era bassa e roca.

Deglutii a fatica e scossi la testa. «Per favore. Come se potessi farlo.» La mia finta resistenza era ovvia, ne ero certa, ma in nessun modo avrei potuto ammettere quanto quella domanda mi avesse fatto venire i brividi lungo la schiena.

Armando si avvicinò e allungò la mano per accarezzarmi i capelli. Il suo tocco mi trasmise elettricità e chiusi gli occhi, assaporando la sensazione. «Forse devo farti cambiare idea.»

«Buona fortuna.» Mi chiesi se i miei sentimenti fossero scritti su tutta la mia faccia. «Inoltre, sei solo uno che mi ha quasi rapito. Insomma, è un rapimento o un appuntamento? Possiamo avere un po' di chiarezza qui?»

Mi lanciò uno di quegli sguardi insondabili e diede un enorme morso del suo calzone e masticò. «Rapimento con benefici?»

Nascosi un sorriso dando un morso anche io. «Oh Dio. È così buono.» Un lungo filo di formaggio mi uscì dalla bocca e mi allungai per staccarlo.

«Vero? Mi è mancato questo cazzo di Gio.»

Lo studiai. Aveva modi rozzi ma allo stesso tempo da gentiluomo. Un duro, di sicuro, fatto di muscoli tesi e mortali ma senza tatuaggi. Questo mi aveva sorpreso. «Resti questa notte?»

Fece un solo cenno. «Decisamente.»

«Cosa succederà domani?» Ero già a metà del calzone. Non mi ero resa conto di quanto fossi affamata fino ad ora. Quella barretta di cereali che avevo mangiato a pranzo risaliva a tanto tempo fa.

Anche Armando divorò il suo cibo. «Ti tengo ancora d'occhio. Finché non ne sarò sicuro.»

«Cosa ti renderebbe sicuro?» insistetti.

Scosse la testa. «Fermati. Semplicemente fermati.»

Aspettai, pensando che stesse per dire qualcosa di più, ma non lo fece. Bevve solo un sorso di vino.

«Fanculo.» Mi alzai e incartai il resto del mio calzone. Se ne avessi mangiato ancora, mi sarebbe venuto il mal di pancia. «Tu stai ottenendo dei vantaggi. Sono io quella che è stata rapita. Penso che tu mi debba qualche informazione in più.»

Non si mosse, ma il suo sguardo era concentrato su di me. «Anche tu ne stai beneficiando.» Non era una domanda, ma sentii che lo stava chiedendo di nuovo. Era attento a questa cosa. Era ciò che lo aveva sconvolto in bagno, quando pensava che stessi barattando il sesso con la mia libertà.

Dovevo apprezzare questo codice con cui operava. Mi aveva sì rapita, ma non mi avrebbe fatto del male. Lo sapevo per come era andato fuori di testa quando aveva pensato di avermi graffiata lui, invece del gatto. Mi avrebbe dominata, ma non mi avrebbe costretta a fare sesso.

Improvvisamente iniziò la stanchezza. Forse era il vino o solo l'intenso stress della giornata, ma all'improvviso mi venne voglia di rannicchiarmi a terra. O di piangere ancora.

Mi allontanai da lui, ricacciando indietro le lacrime improvvise.

Al diavolo. Sarei andata a letto. Andai in bagno a lavarmi i denti.

Lo sentii lavare i bicchieri di vino. Mettere via le cose.

Rifeci il letto, che lui aveva rovinato quando aveva tirato fuori il lenzuolo per coprirmi. Un altro gesto da gentiluomo.

Smetti di fare la limonata con i limoni che ti ha dato la vita. Ero la personificazione della sindrome di Stoccolma in quel momento.

Salii e tirai le coperte fino alla vita. «Posso riavere il mio telefono? Se qualcuno chiama o scrive, penserà che sia strano se non rispondo.»

Armando si passò una mano sul viso. «Lo controllerò.»

Ero stufa, non perché avessi bisogno del mio telefono, ma perché non riuscivo in nessun modo a ottenere la sua fiducia. Lo guardai recuperare la mia borsa da uno degli armadietti - immaginavo che l'avesse nascosta lì da me - e tirare fuori il telefono. Lo guardò. «Qual è il tuo pin?»

Tesi la mano per prenderlo, ma lui non si mosse. Accidenti a lui. Avrei perso qualsiasi battaglia di volontà qui: ero una persona troppo flessibile. «Cinque-cinque-cinque-cinque.»

«I fantastici cinque, eh?» Lo inserì e guardò lo schermo. «Nessun messaggio.»

Il suo telefono squillò. Lo tirò fuori dalla tasca posteriore e guardò lo schermo. «Ehi.»

Restò in ascolto. «Stasera? Cazzo.» Abbassò le spalle e mi guardò dall'altra parte dell'appartamento. «Sto cercando di volare basso.» Ascoltò ancora un po'. «Sì, ho capito. No, no, lo farò. Ci sarò. Tra un'ora. Ok.» Terminò la telefonata e si infilò di nuovo il telefono in tasca, poi mi lanciò una lunga occhiata di apprezzamento.

Mi si rizzarono i peli sulle braccia. «Che cosa?»

Si avvicinò alla mia cassettiera e iniziò ad aprire i cassetti.

«Cosa fai? Di che cosa hai bisogno? Dimmelo e basta, stronzo.»

Mi guardò e scosse la testa. «Non insultarmi, Fiori.» Aprì il mio cassetto dei calzini e tirò fuori un paio di collant.

«Cosa fai?» i miei allarmi interiori suonavano all'impazzata, ma da stupida, mi stavo ancora comportando come se stessi frequentando questo ragazzo. Più tardi mi sarei chiesta perché non mi ero opposta. Non ero scappata.

Si avvicinò rapidamente al lato del letto e mi prese i polsi e iniziò ad avvolgerli nei collant. «Devo uscire. Non posso portarti con me.»

«Che cosa? No!» Anche così, non mi ribellai molto. Contavo ancora sulla mia capacità di convincerlo a cambiare idea. Aveva una coscienza, questo lo sapevo.

Annodò i collant e ne avvolse l'estremità intorno alla spalliera del letto.

«No! Non puoi lasciarmi qui così. E se ci fosse un incendio? Morirò perché non posso uscire. *Armando!*»

Mi ignorò e tornò in cucina frugando nei cassetti. Quando tornò con un rotolo di nastro adesivo, andai davvero fuori di testa.

Gli diedi un calcio in preda al panico, tirandomi i polsi per liberarmi. «No! Non me lo metti!»

Shadow, cogliendo l'energia del momento, corse per la stanza e poi sotto il letto.

Armando ne strappò un pezzo. Allontanai il viso.

«No!» Urlai. «Non farò mai più sesso con te. Giuro su Dio.»

«Capisco.» Me lo schiaffò sulla bocca. Strillai contro il nastro. Ero costretta a fare dei respiri assurdi attraverso il naso perché stavo piangendo.

«Shhh.» Mi accarezzò un lato della testa.

Mi spostai.

Si accovacciò accanto al letto, faccia a faccia con me. Stavo iperventilando attraverso il naso. «Prenditela comoda, Fiori. Tornerò appena posso.»

Scossi freneticamente la testa.

«Mi dispiace. Le altre opzioni sarebbero peggiori, te lo garantisco.»

Le lacrime mi inondarono gli occhi. Ero così incazzata che avrei voluto dargli una testata. Peccato che fosse fuori portata.

«Prendo il tuo furgone, così posso tornare presto. Va' a dormire. Sarò qui quando ti sveglierai.»

Urlai in gola e scossi la testa, ma lui mi afferrò un lato del viso, mi piantò un bacio veloce sulla bocca attraverso il nastro adesivo e si raddrizzò.

Dannazione. Avevo perso l'occasione di dargli una testata!

Stronzo.

E poi se ne andò. E io rimasi legata al mio letto con un paio di collant.

Capitolo sedici

rmando

Marco aveva detto che Don G si trovava fuori dal suo strip club Lollipops, quindi era meglio che andassi laggiù a fare rapporto.

Il fatto di aver appena picchiato a morte un ragazzo non era il tipo di cosa da dire al telefono, e Don G non avrebbe voluto che andassi a casa sua con quella merda. Non parlavamo di affari con le donne della famiglia. Lasciavamo fuori loro e tutti gli innocenti. Faceva parte del nostro codice.

Mi faceva star male che Hannah non fosse stata esclusa dal mucchio di merda in cui mi trovavo, perché macchiarla avrebbe potuto diventare la cosa di cui mi sarei pentito di più.

E pensavo di aver perso del tutto la coscienza.

Guidai il suo furgone fino al Lollipops, ma lo parcheggiai a pochi isolati di distanza. Non volevo che nessuno cogliesse il collegamento tra me e la mia piccola fioraia. Qualcuno stava ancora cercando di uccidermi e non potevo lasciare che rimanesse intrappolato nel fuoco incrociato più di quanto non lo fosse già.

Entrai al locale, e l'intera banda era già lì. Era il vecchio gruppo:

la cerchia ristretta di Don G, meno Alex, suo genero. Era già considerato come un figlio da Don G, e aveva finito per sposare sua figlia mentre ero dentro, quindi immaginavo che fosse stato definitivamente bandito dal Lollipops per rispetto a Jenna.

Divertente, in questo momento, non mi sarebbe dispiaciuto ricevere lo stesso trattamento. Le ragazze che volteggiavano intorno ai loro pali non facevano affatto per me. Nemmeno la compagnia maschile.

Il Lollipops era un famoso strip club della città. Aveva un'atmosfera vecchia scuola, con insegne al neon alle pareti e mobili ricoperti di velluto. C'erano due palchi in fondo alla sala, ognuno con il proprio palo, dove due ballerine si esibivano contemporaneamente. Due grandi sezioni del bar riempivano l'area principale del club e poi c'erano alcuni tavoli più piccoli per le conversazioni più intime. La musica risuonava dagli altoparlanti installati intorno al club e sembrava riempire ogni angolo della stanza con una base rimbombante.

Le pareti erano abbellite con fotografie in bianco e nero di ex ballerine e foto firmate da altre celebrità che erano passate di lì nel tempo. Sebbene fosse disponibile una discreta selezione di bevande, si concentrava principalmente su birra, vino e whisky, poiché erano principalmente ciò per cui le persone venivano qui; non c'erano molti cocktail o bevande in offerta.

Le ragazze che lavoravano qui indossavano costumi che andavano da look poco più succinti della lingerie ad alcuni abiti piuttosto audaci, spesso lasciando ben poco all'immaginazione quando erano al centro della scena su uno dei pali per mostrare le loro abilità. Si muovevano con grazia attorno ai loro pali a tempo con la musica, spostandosi rapidamente tra diverse mosse di danza come piroette, spaccate e twerk, mentre facevano roteare i fianchi in modo seducente o agitavano i capelli come ciocche setose in esibizioni ipnotizzanti che di solito attiravano forti applausi dal loro pubblico.

Alle due estremità di entrambi i palchi c'erano due grandi schermi LED che mostravano spezzoni di film, di solito film d'azione, che fungevano da distrazione di sottofondo per coloro che non erano affascinati da ciò che stava accadendo sul palco in un dato momento. Di tanto in tanto venivano organizzate esibizioni speciali in cui le ballerine usavano oggetti di scena e interagivano con la folla, e di solito erano accolti con molto entusiasmo da tutti i presenti.

Nel complesso, il Lollipops aveva un'aria glamour vecchia scuola, infusa di peccato e dissolutezza.

Ma di sicuro non volevo stare qui. Soprattutto perché continuavo a vedere la faccia piena di lacrime di Hannah e a immaginarmela intrappolata tra le fiamme. *Morirò perché non posso uscire.*

Sapevo che le possibilità che il suo condominio andasse in fiamme erano scarse, ma dannazione, ora non riuscivo a smettere di pensarci.

Avrei dovuto chiamare qualcuno per vegliare su di lei mentre mi occupavo degli affari. Piazzare qualcuno fuori dalla sua porta. Che cazzo avevo pensato, lasciandola sola? Ero meglio di così. Io proteggevo le mie c...

«Ehi, eccolo! Mando, vieni qui» mi chiamò Angel. Lanciai un'occhiata a Don Pachino che stava masticando il suo sigaro, ma aveva un ragazzo su ogni lato che cercava di attirare la sua attenzione. Avrei dovuto aspettare il mio turno.

«Stasera tutti offrono una lap dance a Mando» annunciò Angel. «Per recuperare il tempo perso.»

Tempo perso.

Non c'era mai stato una descrizione migliore per i miei anni in prigione. Non nel senso in cui lo intendeva lui, come se avessi perso parte della mia vita. In effetti era proprio così. Ma per me era stato più che tempo *semi-perso*. Mi ero spento in carcere. Insomma, fisicamente ero ancora vivo. Avevo dormito, mangiato e camminato. Avevo combattuto per la mia vita. Avevo ucciso un uomo a mani nude. Ma non ricordavo niente. Anzi, non volevo ricordare niente di tutto ciò. Quindi era stato decisamente tempo perso.

«No, sono a posto. Sono venuto solo per scambiare due parole con...»

«Cazzate.» Angel mi tirò giù sulla sedia accanto a lui, facendo già segno a una delle ballerine con un biglietto da venti tra le dita. «Fai un ballo per il mio amico qui, tesoro. È appena uscito di prigione.»

Sicuramente non volevo il ballo, ma feci quello che dovevo: crollare sulla sedia con le braccia sciolte lungo i fianchi e le cosce larghe, trasformandomi in un'attrezzatura per la ragazza che mi lasciò il suo profumo fruttato a buon mercato dappertutto.

«Non dirlo più» dissi ad Angel. Sapevo di essere uno stronzo. Era irrispettoso da morire. Apparteneva alla generazione più anziana ed era un capo, e l'organizzazione si basava sul rispetto dei nostri anziani. Sentii che mi era uscito troppo rude, quindi aggiunsi «per favore.»

«Tranquillo.» C'era un tono riluttante nella sua voce, ma avrebbe ignorato il mio cattivo comportamento, dato che ero appena uscito. Almeno avevo questo pass gratuito. «Lo capisco.»

Non chiese scusa, certo, non mi aspettavo che lo facesse, ma eravamo *a posto*.

La ballerina fece le sue cose, spingendomi i seni in faccia, mettendosi a cavalcioni su di me, poi girandosi e strofinando il culo coperto dal sotto di un bikini striminzito contro il mio cazzo.

Indossava un minuscolo perizoma rosso e tacchi a spillo da dodici centimetri che usava per tenermi fermo. La sua schiena era arcuata, la testa gettata all'indietro, i lunghi capelli biondi le scendevano sulle spalle. Roteò il culo contro di me come un'onda al rallentatore, e tra la pura disperazione del suo atto e il fatto che ero assolutamente sobrio e non stavo nemmeno cercando di nascondere il mio disagio, mi sembrò di essere bloccato in una terribile distorsione temporale. Mi guardava ogni manciata secondi con occhi tristi come se implorasse pietà, ma tutto quello che potevo fare era stare seduto lì immobile, aspettando che tutto finisse.

Mi sforzai di aspettare che quella merda finisse. Seriamente non avevo la pazienza per questo stasera.

Era difficile pensare che ne avrei mai più avuta. Mi piacevano davvero serate come questa al club del don? A fare il grande uomo. Sforzandomi di adattarmi, di interpretare il ruolo.

Ora volevo solo andarmene.

Da tutto.

Ma non era un'opzione. Da *Cosa Nostra* non si usciva. Non quando eri un uomo d'onore. Don Pachino mi possedeva, adesso e per il resto della mia vita.

Arturo fece cenno a un'altra ragazza di avvicinarsi con una banconota. «Il tuo turno. Su di lui.» Mi indicò.

Porca puttana. Quanto tempo avrei dovuto sopportare tutto questo?

Ma sapevo che se non lo avessi fatto, tutti lo avrebbero interpretato nel modo sbagliato, specialmente il Don. Dovevo mostrare la mia gratitudine, comportarmi bene. Sì, ero stato dentro, ma faceva parte del gioco. Ora ero fuori e mi stavano viziando con la lap dance e aiutando a rimettere in sesto la mia vita. Dovevo dimostrare di valere lo sforzo che stavano facendo. E che non mi ero arreso né ero rimasto indietro.

Era sempre questa la paura quando qualcuno era appena uscito di prigione. Soprattutto quando uscivano con un anno di anticipo. Ma non mi riguardava. Era una linea che non avrei mai attraversato. Nemmeno per paura. Ero ancora fedele. Questa era ancora la mia famiglia.

Semplicemente non me la sentivo in questo momento.

Ma non sentivo molto di niente, quindi non era insolito.

Il fottuto Emilio mandò un'altra ragazza, e invece di aspettare il suo turno, mi affrontarono due contro uno, avevo la lingua di una ragazza in ogni orecchio, le loro mani su tutti i miei fottuti vestiti.

Avevo un barzotto, perché, ok, avevo le tette in faccia. Ma ero più disgustato da loro di quanto non fossi eccitato.

E onestamente? Se fossi venuto qui ieri sera, prima di vedere Hannah, non sapevo se mi sarei fatto venire un barzotto. Hannah aveva risvegliato il mio cazzo dal regno dei morti.

E, cazzo, in questo momento era legata e imbavagliata sul suo letto. Era così che la ripagavo.

Non farò mai più sesso con te. Giuro su Dio.

Me lo meritavo. Ma ero anche abbastanza stronzo da sperare che riuscisse a superarlo. Perché in questo momento, lei era la mia fottuta ancora di salvezza. Lei era l'unica cosa che sembrava avere un senso, e la diceva lunga, considerando quanto erano state incasinate le nostre interazioni fino a questo punto.

«Ti offro io la prossima» disse Marco.

«No, faccio io» si offrì Leo.

Scossi la testa e Marco annuì, sorridendo come se non stesse succedendo niente. «Va bene. La prossima volta, allora.»

I balli finirono e mi alzai prima che qualcun altro potesse mandare una ragazza. Fanculo. Sapevo di essere scortese. Sarei dovuto restare qualche ora, bere qualche drink. Dimostrare la mia lealtà e tornare nella cerchia ristretta.

Ma non sarebbe successo. Mi avvicinai a Don Pachino e mi misi davanti a lui, lanciando a Emilio uno sguardo mortale finché non disse: «Che c'è?»

Certo, il ragazzo era troppo coglione per cogliere un suggerimento. «Devo parlare con il don» dissi.

«Dagli il tuo posto» borbottò Don G, e solo allora Emilio si alzò, sbattendomi di proposito addosso mentre passava.

Anche Johnny, il tizio dall'altra parte di Don Pachino, si alzò, presumibilmente per darci privacy.

«Cosa c'è che non va?» disse subito Don G.

Sprofondai un po' più in giù sulla sedia, tenendo lo sguardo puntato sulle ballerine sul palco. «Qualcuno mi ha preso di mira. Un pulitore si è presentato questo pomeriggio fuori da Rocco. Me ne sono occupato io. Ho solo pensato che dovessi saperlo.»

«Chi l'ha mandato... qualcuno dalla prigione?»

«Sì. Probabilmente. Ho freddato un membro di una banda dentro. Potrebbe essere una vendetta. Non lo so. Terrò un profilo basso fino a quando non capirò qualcosa. Non lascerò che ciò

116

influisca sul lavoro che mi hai dato o su qualsiasi merda della famiglia. *Lo prometto.*»

«Datti malato al lavoro per qualche giorno. Ti pagano comunque. Lascia che le cose si sistemino. Vieni a capo di questa merda.»

Annuii con la testa e allungai la mano per stringere quella del don. «Va bene. Andrà tutto bene. Grazie don Pachino.»

«Don G» mi corresse, stringendomi la mano e facendomi sapere che ero ancora parte della cerchia ristretta. Solo i suoi soldati più vicini lo chiamavano con il soprannome più informale Don G, dal suo nome di battesimo, Giovanni.

Mi alzai e annuii al resto del gruppo.

«Ehi, Mando, vuoi un altro ballo?» chiese Arturo.

«Non stasera. Grazie. Lo apprezzo però. Da parte di tutti voi.» Gesù, cazzo. Dovetti forzare delle cordialità fuori dalle mie labbra secche, e uscirono fuori come delle bugie.

Non potevo più giocare a questo gioco.

Ricordai che in passato ero bravissimo a farlo. Il migliore. Ora era come se stessi recitando la parte di uno sconosciuto. Sembrava tutto così estraneo e sbagliato.

Mi diressi fuori di lì e verso il furgone di Hannah.

Cazzo... *Hannah.*

Speravo proprio che si fosse addormentata.

Capitolo diciassette

Hannah

Mi svegliai di soprassalto quando sentii entrare Armando e Shadow, che era raggomitolato davanti al mio petto, saltò giù dal letto e si stiracchiò. Sbattei le palpebre rivolta verso la sveglia digitale sul comodino. Erano passate due ore da quando se n'era andato. Avevo dormito in modo irregolare per l'ultima ora dopo essermi finalmente calmata respirando lentamente. Ora tutta l'adrenalina della stressante giornata mi tornò su, quindi mi svegliai completamente. Ed ero ancora molto incazzata.

Venne dritto al mio fianco e si accovacciò davanti a me. «Sei sveglia.» Mi tolse il nastro adesivo dalla bocca.

«Sei uno stronzo.»

Lo ignorò e mi slegò i polsi legati alla colonna del letto. Nel momento in cui le mie mani furono libere, le mossi verso la sua faccia. I suoi riflessi furono molto più veloci dei miei. Mi bloccò i polsi in una morsa di ferro. «Ehi.» Allentò la presa, leggermente. «Vuoi passare la notte legata?»

«Vai all'inferno.»

Smise di trafficare con il nodo dei miei collant e inarcò un sopracciglio severo. Era tragicamente sexy, il che mi fece incazzare ancora di più. Non avrei dovuto trovare sexy niente di tutto questo. Mi aveva confusa con il sesso, offuscando i confini, quindi non potevo dire cosa fosse cosa. In realtà, immaginavo di essere stata io quella che aveva iniziato con quel bacio al negozio. Ma ora ero drammaticamente confusa. Era come se mi fossi tuffata volontariamente a capofitto in una relazione violenta in cui venivo legata al mio aggressore, bramando il suo affetto e ignorando il fatto che mi teneva prigioniera.

Era molto peggio di tutte le relazioni sbagliate in cui mi ero coinvolta. Peggio di Jarod, che mi aveva tradita tre volte prima che smettessi di credere che gli dispiacesse. Peggio di Eric, il tizio per cui mi ci erano voluti sei mesi per rendermi conto che pensava a me solo come alla sua trombamica. Questa era la definizione di una relazione tossica. Non era nemmeno una relazione. Era la sindrome di Stoccolma.

Lacrime di rabbia mi riempirono di nuovo gli occhi, e lottai ancora, combattendo per liberare le mie mani legate.

Strinse la presa, piantando un ginocchio sul letto per tenersi sospeso sopra di me, spingendo le mie mani più vicino al mio petto per intrappolarmi. «Hannah.»

«Puzzi di fumo di sigaro» gli dissi, come se fosse un amante tornato a casa tardi da una serata di festa con i ragazzi. Poi ci sentii sopra un altro profumo stucchevole e mi si chiuse lo stomaco. «Dio mio! Sei coperto di profumo di merda! Cazzone di merda!» Ero impreparata alla pioggia di tradimento che mi riempì i polmoni.

«Ehi, ehi, ehi, ehi.» Mi si mise a cavalcioni. In qualche modo, aveva allentato il nodo dei collant mentre mi agitavo contro di lui, e mi bloccò i polsi accanto alla testa. Un polso era ancora avvolto nel tessuto. Continuai a lottare, il dolore dovuto alla mia stupidità di essermi scopata questo ragazzo sgorgava come sangue tra di noi. «Ero in uno *strip club*» disse con un tono che avrebbe dovuto rendere tutto migliore. Quando allargai la bocca per l'orrore, aggiunse rapidamente: «Per una riunione.»

Giusto. Apparentemente tra i membri della mafia, era lì che si svolgevano le riunioni. Ripensandoci, ero propensa a credere a quella parte.

«Tutti mi hanno offerto dei balli perché sono appena uscito di prigione. Non mi è piaciuto, Fiori.»

«Oh, ne sono sicura.» La mia voce grondava dolore e sarcasmo.

Il suo volto si contorse per il disprezzo. Normalmente mostrava così poco nella sua espressione che mi prese alla sprovvista. «Pensi che avessi bisogno di quella merda? Dopo quello che mi hai dato?»

Rimasi di sasso.

Dopo quello che mi hai dato.

Il viso di Armando si librava a pochi centimetri dal mio, i suoi occhi nocciola scintillarono. C'era della frustrazione in lui. Passione. Lo sentivo attraverso la sua pelle, ma questa volta non danneggiò il mio corpo: lo nutrì.

«Se ti fossi scopato un'altra donna stasera, ti avrei tagliato il cazzo.» Potevo anche essere sua prigioniera al momento, ma dovevo spiegarmi comunque. Non ero così stupida da credere che il nostro sesso di oggi avesse significato qualcosa: non l'avevo preso come una promessa o un impegno. Era semplicemente successo. Ma mi sarei offesa moltissimo se avesse messo lo stoppino altrove dopo quello che avevamo fatto.

«Non l'ho fatto, Hannah. Non volevo nemmeno essere lì. Lo giuro su Dio.» Improvvisamente sembrò così stanco. I suoi occhi, invecchiati. «E mi hai fatto preoccupare per un fottuto incendio per tutto il tempo.»

Bene.

Anche questo mi dava soddisfazione.

Ero ancora incazzata ma mi stavo addolcendo.

Tirò il polso con i collant ancora avvolti intorno alla spalliera del letto e cominciò a riallacciarlo.

Risuonò un altro allarme dentro di me. «Cosa fai?»

«Mi lavo via l'odore.» Mi sollevò anche l'altro polso e lo legò.

Per me, mi sussurrò una vocina.

«Sei un tale stronzo.»

Era tornato freddo e indifferente, la sua faccia sfoggiava di nuovo la maschera brutale. «Mi è stato già detto.» Si diresse in bagno e lasciò la porta aperta mentre si spogliava.

Io guardai. Non stava organizzando uno spettacolino per me. Probabilmente aveva lasciato la porta aperta per assicurarsi che non urlassi o provassi a fare qualcosa, ma era comunque uno spettacolo che valeva la pena guardare. L'avevo visto nudo prima, ma era da vicino, ed ero quasi fuori di testa per la lussuria. Ora potevo osservarlo clinicamente. Ed era ancora più impressionante la seconda volta. Era un complesso di muscoli solidi. Addominali scolpiti, di quelli che si potrebbero scalare. Non era abbronzato e liscio in stile ragazzone americano. Era peloso, brutale e forte. Era tutto grinta e virilità.

Mio padre era un uomo gentile della classe operaia che rispettavo e amavo profondamente. Era un ragazzo grosso e forte che poteva aggiustare qualsiasi cosa con le sue mani. Lavorava nell'edilizia come elettricista. Uno del sindacato.

Anche se Armando era più il tipo elegante da completo italiano, c'era qualcosa in lui che mi faceva vibrare. Qualche somiglianza tra loro che mi colpiva a livello biologico. Il mio cervello aveva impresso mio padre come l'uomo archetipico. Armando ci si adattava. Lui era forte. Prendeva il controllo. Raggiungeva gli obiettivi.

Armando entrò nella doccia. Fu veloce, insaponando ovunque e risciacquandosi in non più di due minuti.

Si infilò i boxer dopo essersi asciugato e tornò a lato del letto. Non parlò mentre srotolava i miei collant dalla spalliera del letto. Non mi sciolse i polsi, però.

Forse pensava che avrei provato a colpirlo di nuovo.

Avrei potuto ancora farlo.

Salì sul letto accanto a me. Gli diedi le spalle, incurvandole. Ero ancora incazzata.

Quando affiancò il suo corpo sul mio e mi avvolse un braccio intorno alla vita, io tirai indietro le braccia legate per dargli una gomitata. Fu troppo veloce. Mi prese per i polsi e si legò l'estremità libera dei collant al proprio polso. Ah. Ora capivo. Non stava cercando di abbracciarmi. Si stava legando a me.

Immaginavo che lo considerasse più gentile che tenermi legata alla colonna del letto. Forse sì. Questa posizione era comunque migliore.

E segretamente mi godetti la sensazione del suo braccio avvolto su di me, il suo peso. Era confortante in modi in cui non avrebbe dovuto essere. Era passato molto tempo dall'ultima volta che ero stata abbracciata da un uomo e avevo dimenticato quanto lo amassi. Il profumo del sapone e della pelle pulita mi entrò nelle narici.

Il suo cazzo si contrasse contro il mio culo.

«Non faremo più sesso» dissi con fermezza. Forse stavo cercando di convincermi.

«Capito» borbottò.

«Intendo mai più.»

«Shh, Fiori. Dormi.» Avvolse la sua grande mano sopra le mie legate, quasi come se ci stessimo tenendo per mano.

Poiché odiavo quanto mi piacesse, dissi: «Penso ancora che tu sia uno stronzo.»

Non rispose e cominciai a sentirmi in colpa, come se dovessi preoccuparmi di ferire i suoi sentimenti.

Poi parlò. «Ascolta, so che sei incazzata, Hannah. Ma fidati di me, legarti e lasciarti qui è stata l'opzione migliore che ho avuto.»

Girai la testa nella sua direzione, fissando con rabbia il soffitto. «È una tale stronzata.»

«Avresti preferito che ti avessi lasciata legata nel furgone nel parcheggio dello strip club? Oppure... cazzo. Non ti dirò nemmeno le altre possibilità.» Le sue parole erano velate di frustrazione.

Un brivido mi percorse la schiena perché sospettavo che implicassero la mia eliminazione definitiva, unica testimone del suo crimine.

E all'improvviso ero stanca come sembrava lui. Forse mi stavo solo immergendo nel suo stato, ma era un peso schiacciante. Le lacrime mi si accumularono agli angoli degli occhi e una mi scivolò lungo il naso. «E l'opzione in cui ti fidi di me? Ti ho detto che non parlerò. Quando ci crederai?»

Armando rimase silenzioso dietro di me, ma il suo corpo era rigido e teso. Il suo braccio si era stretto intorno a me e così anche la sua presa sulle mie mani. Alla fine espirò sonoramente tra i miei capelli. «Mi fido di te, Hannah. È solo che qui la posta in gioco è troppo alta per fidarsi. Se commetto un errore, mi costerà la vita.»

Ok, la posta in gioco era alta.

«Mi dispiace che tu sia rimasta coinvolta nel fuoco incrociato. Davvero. Ma è successa una merda che non avevo pianificato, e ora sto solo cercando di gestire il casino.»

«E io faccio parte di quel casino.»

«Sei l'unica parte buona» disse. Mi sembrò di sentire le sue labbra che mi sfioravano la nuca, e cercai di soffocare il brivido di piacere che mi percorse. Cercai di farmi coraggio contro le sue parole, anche se gli credevo. Sapevo che erano vere.

«Non lasciarmi più legata di nuovo.» Le lacrime mi bloccavano la voce.

Tirò indietro il mio corpo accomodandolo contro il suo. «Mi dispiace, Fiori.»

Prima ero sicura che dormire con i polsi legati sarebbe stato impossibile, ma mi ritrovai già a sprofondare in un profondo rilassamento, il calore e il peso del corpo di Armando come una di quelle coperte ponderate che dovevano essere così rilassanti.

«Non voglio farti del male, Hannah» gracchiò nell'oscurità.

L'aveva già fatto. Ma pensavo che lo sapesse.

Ero una spugna emotiva e questo mi faceva immergere in tutti i suoi sentimenti.

Quindi gli credevo. Avevo compassione per la sua situazione. Ma ciò non significava che non stessimo accelerando verso un muro di mattoni. O che lo schianto non avrebbe fatto male da morire.

Capitolo diciotto

Armando

Mi svegliai diverse volte durante la notte, il cuore che batteva forte, l'istinto di uccidere affilato come la lama di un coltello, ma ogni volta, quando trovavo il mio corpo avvolto intorno alla forma morbida e calda di Hannah, il mio battito rallentava. Ogni volta, seppellivo il viso tra i suoi capelli - la sua incredibile cortina di riccioli stretti - e respiravo il suo profumo, e mi sentivo a casa.

Stare vicino ad Hannah era come aprire una botola e scoprire che dall'altra parte esisteva un mondo completamente diverso. Non era selvaggia, non era pazza, ma viveva in un modo così fuori dalla norma, così lontano da quello che conoscevo, che mi stava lentamente svegliando dal torpore in cui mi trovavo.

Tutte le emozioni, tutta la passione, la flessibilità e la gentilezza. Forza morbida. Ogni minuto con lei mi cambiava. Stavo tornando alla vita.

Solo che non era la mia vecchia vita. Non era una vita che avevo conosciuto prima.

Era qualcosa di così diverso e bizzarro che non sapevo nemmeno come pensarci.

Slegai i nostri polsi e le liberai le mani mentre dormiva, facendo scorrere la punta di un dito sui rampicanti tatuati sulla sua spalla e lungo il braccio. Era così fottutamente bella. Così diversa da qualsiasi donna con cui ero uscito in passato. L'esatto opposto di Grace. La sua bellezza era così naturale. La chioma selvaggia di capelli che le ricadeva sul sedere, il corpo minuto, sinuoso ma muscoloso. Il minuscolo anello d'oro al naso. La liscia pelle bruna. Era senza pretese e con i piedi per terra.

Scossi la sua chioma selvaggia di capelli, lasciando che i riccioli dalle punte dorate si avvolgessero intorno alle mie dita.

Volevo fidarmi di lei. Davvero.

Ma non potevo essere stupido e spericolato. Non potevo pensare con il cazzo.

Tuttavia, l'avevo trattata come una merda e per la maggior parte aveva subito. Dovevo fare qualcosa di carino.

Tirai fuori il cellulare e mi misi a fare acquisti online. Un regalo stupido. Sicuramente non qualcosa di cui aveva bisogno, considerando che non aveva nemmeno cibo in frigorifero o un furgone su cui fare affidamento. Ma poi, i migliori regali non erano quelli che non avresti mai comprato per te stesso? Inserii l'indirizzo del Giardino dell'Eden per la consegna e completai la transazione.

La bella addormentata non si era ancora svegliata.

La fame finalmente mi fece alzare dal letto, ma quando mi alzai per frugare, non trovai niente nella sua cucina. Me ne sarei andato per andare a prendere qualcosa, ma non volevo legarla di nuovo. E non volevo nemmeno svegliarla.

Trovai un bar nelle vicinanze collegato a una di quelle società di consegna di cibo e ordinai un panino con uova e latte per entrambi.

E poi cominciai a guardare tra le sue cose.

Aprii i suoi cassetti e ci guardai dentro. Diedi un'occhiata alle opere d'arte sulle pareti, che consistevano principalmente in fotografie o dipinti di fiori.

Non sapevo cosa stessi cercando: indizi su chi fosse, immaginavo. No, era una fottuta bugia. Stavo cercando segni di un fidanzato.

Sapevo che non ce l'aveva, altrimenti non mi avrebbe scopato, ma volevo sapere se frequentava qualcuno. Con chi era uscita. Qual era la sua storia.

Aveva scopato altri ragazzi nel modo in cui l'avevamo fatto noi?

O era una cosa speciale?

Perché di sicuro non era stato normale per me.

Certo, non ero mai stato cinque anni senza fare sesso prima.

Ma pensavo che la nostra connessione fosse più di questo. La nostra chimica era fuori scala. Il modo in cui si concedeva e faceva emergere il fottuto dominio in me, che non sapevo nemmeno fosse una cosa che mi interessava.

Insomma, sì, mi piaceva essere al comando. Ero un maschio alfa e dovevo essere il responsabile. Ma ero sempre stato rispettoso. Non avevo mai piegato le donne, non le avevo schiaffeggiate e non ero stato cattivo con loro. Non avevo mai legato una ragazza prima d'ora.

Certo, non era stato per divertimento, ma per necessità.

La prima volta.

E l'ultima.

Ma non quella nel mezzo. Quella volta, era piaciuto ad entrambi.

Hannah aveva tirato fuori il fottuto selvaggio che c'era in me. Era pazzesco quello che volevo farle. Anche adesso, quando stavo pensando di frugare fra le sue cose, avevo quasi voglia di buttarmi con forza su di lei di nuovo.

Non con vera forza. Non in un modo che la facesse incazzare. Ma giocare con la forza. O una forza parziale. Come al negozio di fiori quando era spaventata ma eccitata. Era così che la volevo ogni volta.

Tremante. Nervosa. Arresa.

Ovviamente, in questo momento, il sesso era fuori discussione. Era incazzata con me e non avrei insistito. Le dovevo il mio rispetto.

Hannah si svegliò quando il ragazzo delle consegne suonò il campanello. Stavo frugando nel suo cassetto della biancheria intima, controllando tutte le sue mutandine.

«»Che diavolo, Armando? Stai facendo il maiale con le mie mutandine?»

Sicuramente, *amore*. Lasciai cadere nel cassetto il paio di pizzo rosa che stavo tenendo in mano. Il cazzo mi premeva contro la cerniera perché me la immaginavo con quelle mutandine, immaginavo di togliergliele di dosso... con i denti.

Non risposi mentre aprivo al ragazzo delle consegne al citofono.

Hannah si strinse le braccia intorno come se fosse spaventata. O si sentisse vulnerabile. «Chi è?»

«Solo cibo, Fiori. Sei affamata?»

Parte della tensione si allontanò dalla sua postura. «Sì.» Non si alzò dal letto, però, quindi aprii appena la porta per accettare il cibo e poi glielo portai. Mi guardò diffidente mentre le porgevo il caffè e appoggiavo il mio sul comodino.

Aveva perso completamente la sua fiducia la scorsa sera. Probabilmente era meglio così. Era giusto che avesse paura di me.

Salii sul letto e mi sedetti con la schiena contro il muro accanto a lei, mentre beveva un sorso di caffè e poi gemeva sommessamente.

«Va bene?» chiesi.

«È buonissimo. Che cos'è?»

«Solo un latte macchiato.» La guardai incuriosito.

«È più forte di quello che prendo di solito. O meno dolce. Di solito prendo quello con tutto lo zucchero, gli sciroppi e roba del genere. Non pensavo che mi sarebbe piaciuto così.»

Mi stava parlando come se fosse tutto normale. Questo alleviò parte del caos che avevo nel petto e che era stato lì da quando l'avevo fatta piangere la scorsa notte.

Aprii il sacchetto di carta del cibo e le porsi il panino della colazione incartato, poi tirai fuori il mio. Il suo gattino, Shadow, saltò sul letto e iniziò a fare la pasta facendo le fusa. Mangiai il panino, attento a non far cadere briciole sul letto e ignorai la bestiolina, ma lui scelse il mio grembo per rannicchiarsi. Le sue zampette sembravano suonare il pianoforte sulle mie cosce.

Finii di mangiare e rimisi l'involucro nel sacchetto di carta. Il gattino si alzò per curiosare, infilando il nasino nella borsa e poi allungando una zampa per toccare la carta increspata.

Stava ancora facendo le fusa.

Aprii la busta e cambiai l'angolazione, in modo che potesse entrarci, e lui si accovacciò e scivolò dentro, girandosi e facendo sobbalzare e muovere la busta mentre lo faceva.

Hannah fece un piccolo verso divertito accanto a me.

Era carino. *Sapevo* che lo era, ma non lo sentivo del tutto. Era come se i centri nel mio cervello in cui si svolgeva tutta quella merda si fossero spenti. Avevo preso in braccio quel gattino la scorsa notte quando eravamo arrivati qui per la prima volta. L'avevo guardato dritto nel muso, sapendo intellettualmente che era carino da morire, cercando di sentire qualcosa, ma non era successo. Come quando non avevo sentito niente quando avevo abbracciato mia madre a quella festa di benvenuto. E un abbraccio di una mamma di solito era la cosa che provocava tutte le emozioni, anche se si trattava principalmente di vergogna e rimpianto.

Ma le lacrime di Hannah mi avevano fatto qualcosa ieri sera. Lei mi faceva sentire.

Era già qualcosa.

Stava ancora mangiando, con morsi delicati e masticazione lenta. Scesi dal letto e presi il mio caffè, lo portai in bagno dove cercai un rasoio e mi rasai la faccia.

Quando uscii, Hannah si stava vestendo. Stava indossando un abito t-shirt grigio che ne abbracciava ogni curva, con un top corto in pizzo bianco avvolto sopra. Ai piedi un paio di grossi sandali turchesi, marrone chiaro e arancione. Le dita dei piedi facevano capolino, le unghie dei piedi dipinte di rosa acceso con minuscoli fiori bianchi. Avrei voluto succhiare quelle dita dei piedi.

Si voltò verso di me, il viso era teso. Era nervosa.

Fanculo. Aveva paura di me adesso? Avrei dovuto esserne contento, ma fu come ricevere un calcio nello stomaco.

«Devo andare al negozio.» C'era un tono di sfida nelle sue parole, ma una leggera contrazione nelle sue labbra ne smentì la spavalderia.

«Ho dei fiori da vendere, e se non li vendo, non posso pagare le bollette.» Sollevò il mento, le sue narici si allargarono leggermente mentre mi fissava con il suo sguardo esigente.

«A che ora?» chiesi dolcemente. Avevo pensato che avrebbe dovuto lavorare. Avevo visto gli orari affissi alla sua vetrina.

Lei sbatté le palpebre per un momento, come se fosse sorpresa che non avessi detto di no. «Apro a mezzogiorno.»

Guardai l'orologio. Erano già le dieci. «Sei pronta?»

Si attivò e si diresse verso il bagno con passo veloce, poi si fermò. «Ehm... cosa sta succedendo, Armando?»

«Rimarrò con te, Hannah... finché non ne sarò sicuro. Quindi andiamo entrambi al negozio.

«È una follia.» Borbottò e mi spinse oltre per entrare in bagno, ma la tensione era svanita. Come prima, sembrava che fosse più preoccupata per i suoi affari che per me. E per qualche ragione, questo alleggerì anche il mio umore.

Tirai fuori la borsetta dall'armadio dove l'avevo riposta e afferrai il caricabatterie dalla scrivania. Avevo messo il suo telefono nella mia tasca posteriore.

Uscì dal bagno truccata e con uno scampolo di tessuto colorato avvolto intorno alla testa, per tenere i riccioli lontani dal viso. Aveva il mascara e una tinta leggera sulle labbra. Avrei voluto baciarla via, ma evitai di provarci.

«Andiamo.» La sua postura era di sfida.

Le porsi la borsa e presi le chiavi.

«È così strano» disse quando chiusi a chiave la porta dietro di noi. «Sto cercando di affrontare questa situazione, ma se ci penso troppo, sono abbastanza sicura che andrò fuori di testa» disse mentre scendevamo le scale.

Le appoggiai leggermente la mano sulla schiena. Non avrei dovuto toccarla, non dopo la scorsa sera, ma il suo corpo era irresistibile. Volevo mettere le mani su di lei, tutto il tempo. «Sono stupito che tu non l'abbia fatto, Fiori.» Mi strofinai la fronte. «Sei andata dritta in cima alla mia lista.» Mi fermai perché non sapevo nemmeno cosa cazzo stessi dicendo. Solo che era vero. Lei era in cima alla mia lista. Di tutto.

«Quale lista?» chiese. Perché, sì, era stata una cosa strana da dire.

Scossi la testa. «Niente. Non importa.»

Mi destinò uno sguardo di sbieco, sotto quelle ciglia folte e curve c'era della curiosità.

Allora mi colpì la risposta: le piacevo. Ecco perché mi aveva baciato. Era il motivo per cui non era andata fuori di testa perché avevo fatto un disastro della sua vita. Invadendo il suo spazio. Insomma, sapevo che c'era un'attrazione reciproca. Una chimica fuori dagli schemi. Ma ora vedevo qualcos'altro. Era la buona vecchia vibrazione che correva quando a una ragazza piaceva un ragazzo che scorreva tra di noi. Un desiderio che era più che sessuale.

E cazzo se non mi venne quasi voglia di ridere.

Non *di lei*. Sicuramente no. No, mi si era sollevato così tanto peso dal petto che avrei potuto volare.

Infilai le mie dita nelle sue. Poteva anche essere incazzata con me, ma le piacevo ancora. Mi sarei riguadagnato il diritto di toccarla.

Quando lei non cercò di divincolarsi, mi godetti la piccola vittoria. La accompagnai al furgone e le aprii la portiera del passeggero.

Il furgone scoppiettò, ci vollero quattro tentativi per farlo partire. Fanculo. Questa cosa doveva essere risolta. Oggi.

Capitolo diciannove

annah
Non mi aspettavo assolutamente che Armando mi lasciasse andare a lavorare. Pensavo che avremmo avuto un'altra discussione e che avrei perso. E inoltre, non immaginavo che sarebbe venuto con me.

Era strano e sbagliato che io fossi semi-eccitata dall'idea. Come se il mio ragazzo fosse venuto al lavoro con me.

Continuai a ricordare a me stessa che ero sua prigioniera, non la sua accompagnatrice, ma poi mi tenne la mano e mi aprì lo sportello, e la cosa provocò al mio corpo un tripudio di sussulti e brividi.

Non stavo prestando molta attenzione alla strada che stava facendo, ma quando si fermò in un'officina di riparazioni auto, mi raddrizzai.

«Che cosa stiamo facendo?»

«Ci procuriamo un nuovo alternatore per questo affare. Dai.»

Afferrai la borsa, aprii lo sportello e saltai fuori, notando che non mi stava più ringhiando ordini di non muovermi. La fiducia stava crescendo.

«Non ho i soldi per un alternatore» gli dissi quando feci il giro. Immaginavo che lo sapesse già, ma era meglio essere chiari.

«Ci penso io» disse.

«Non posso lasciartelo fare» risposi.

Cambiò espressione, sfoggiandone una autoritaria. «Non te lo sto chiedendo. Ti sto dicendo che il furgone non è sicuro o affidabile. Quindi, lo aggiusto. Non c'è margine di discussione.»

Non avrebbe dovuto mandarmi in estasi, ma c'era qualcosa nel modo in cui lo aveva detto che mi aveva fatto diventare duri i capezzoli. Era stato un lampo del vecchio Armando, il ragazzo astuto e pacato che veniva nel negozio, quando era ancora di proprietà di Mary Alice, e mostrava enormi mazzette di denaro. Era quella sicurezza e disinvoltura, un po' di spavalderia. Come se i soldi non fossero un problema, e fosse felice di provvedere. Decisamente sexy per me.

Parlò con un meccanico, dicendogli cosa secondo lui non andava nel furgone, e poi entrammo per compilare i documenti. Li fece compilare a mio nome, ma fornì il suo numero di telefono e il suo nome come riferimento, poi chiese una navetta per il negozio.

Non era stato così difficile, ma ero stata sopraffatta dall'idea di portare il furgone ovunque da quando erano iniziati i problemi. Soprattutto perché sapevo di non potermi permettere alcuna riparazione. Ma anche perché avevo paura che mi avrebbero dato un'occhiata - una giovane donna di colore che non sapeva nulla di macchine - e avrebbero cercato di fregarmi.

Nessuno avrebbe mai provato a fottere Armando. Almeno, nessuno sano di mente.

Rimase silenzioso durante il viaggio verso il negozio, seduto accanto a me ma in realtà da qualche parte lontano.

Spinsi la sua gamba con la mia. «Grazie.»

Girò la testa e mi guardò, nessun accenno di sorriso, la sua faccia sfoggiava quella maschera pericolosa e vuota. Non ero sicura neanche che mi avesse sentita. «Che cosa?»

«Ho detto grazie.»

Sbatté le palpebre ancora per un momento, come se gli ci volesse un po' per tornare al presente ed elaborare le mie parole. Poi il suo sguardo tornò presente. «È un piacere, Fiori» borbottò.

Pensai di infilare la mia mano nella sua, ma resistetti. Non riuscivo nemmeno a immaginare cosa stesse passando: appena uscito di prigione con qualcuno che cercava di ucciderlo. Aveva commesso un omicidio e aveva preso la testimone come sua prigioniera. Una stretta della mia mano non avrebbe risolto il problema.

Ero fortunata che i miei problemi fossero risolvibili e lui fosse disposto ad aiutarmi a risolverli. Se ieri non avesse pagato il debito dell'affitto, non avrei saputo cosa fare. E far riparare il furgone sarebbe stato un vantaggio enorme per gli obiettivi che avevo di rendere redditizia l'attività. Avrei ricominciato le consegne.

La navetta ci lasciò al negozio e Armando aprì la portiera, guardando a destra e a sinistra lungo la strada, stile agente segreto. Il suo sguardo vagò e si posò sul punto in cui era caduto il corpo.

«Stai bene?» Gli toccai il gomito.

Armando sobbalzò e si voltò, inarcando le sopracciglia. Gli sfuggì un *oh* con uno sbuffo. «Lo stai chiedendo a *me*?» Mi appoggiò il palmo dietro la testa e abbassò la bocca sulla mia tempia. «E tu?» La sua voce era profonda e tranquilla. C'era un'intensa intimità nella domanda, come se condividessimo un segreto profondo, cosa che credevo di fare, in effetti. Profumava di pulito, la sua pelle appena rasata era liscia contro la mia.

Il cuore mi accelerò. Mi resi conto di quanto le sue labbra fossero vicine alla mia pelle. Di quanto fosse confortevole la sua presa. «Sì, sto bene. Non conoscevo quel tizio, ed è stato... un po' irreale per me. Come guardare un film, sai?»

Armando annuì. Dietro la mia testa, il suo pollice mi massaggiava il cranio. «Sì. Stessa cosa per me. Ma tutta la mia fottuta vita mi sembra un film in questo momento. Tutto tranne...» Si interruppe.

Mi tirai indietro per guardarlo. «Tranne cosa?»

Le sue dita mi scivolarono dietro i capelli e le strinse, catturando una ciocca di capelli. La usò per inclinarmi la testa all'indietro. «Ad eccezione di te. Lo sento reale.»

Smisi di respirare.

Si mosse lentamente, come se mi volesse dare il tempo di protestare, e abbassò la bocca. Fece scivolare le labbra sulle mie. Fu un bacio elegante. Esperto. Non come quelli dettati dalla pazza, calda affermazione quando ci eravamo baciati ieri.

Questo era diverso. Questa era seduzione.

E la seduzione sicuramente non era leale. Perché Armando non era il tipo di persona di cui potevo innamorarmi. Questo non era amore. Potevo aver giocato sporco quando l'avevo baciato per la prima volta, ma era sicuramente lui quello che giocava sporco ora.

Riuscii a mettere le mani tra di noi, e spinsi il suo petto nello stesso momento in cui mi allontanai. Lo permise, strofinando le labbra come se stesse assaporandomi.

Inciampai all'indietro, poi mi girai e corsi sul retro, accendendo le luci e preparando le cose per aprire il negozio.

Merda. Avevo bisogno di un po' di distanza da questo tizio. Perché, in questo momento, era così in alto nel mio mondo, lo sentivo in ogni poro. Il che rendeva molto difficile erigere difese durature.

Le mani mi tremavano mentre mi muovevo nel negozio, la mia mente e il mio corpo erano ancora sopraffatti dal bacio. Non potevo negare il calore che aleggiava ancora tra di noi, e sapevo che non se ne sarebbe andato presto.

Cercai di concentrarmi sul lavoro, ma i miei pensieri tornarono ad Armando e al modo in cui le sue labbra toccavano le mie. Un profondo calore si diffuse in me mentre ricordavo l'elettricità che era passata tra di noi.

Mi fermai e alzai lo sguardo, solo per trovarlo in piedi sulla soglia, che mi osservava con uno sguardo ardente. Sostenni il suo sguardo e per un momento nessuno dei due si mosse. Poi, si avvicinò e allungò la mano, facendo scorrere un dito lungo la mia guancia. Il suo tocco era gentile ma fermo, mi mandò un'ondata di piacere attraverso il corpo.

Mi scrutò dall'alto in basso e la mia pelle si riscaldò sotto il suo sguardo. «Sei così bella» mormorò, avvicinandosi per sussurrarmi all'orecchio.

Rabbrividii, il cuore mi batteva all'impazzata mentre cercavo di trovare la mia voce.

«Stai cercando di distrarmi» dissi. «Dal lavoro.»

«Funziona?»

«Apro tra poco e non sono pronta.» Gesù Cristo quest'uomo era pericoloso. Il potere che aveva sul mio corpo era innegabile.

Armando fece un passo avanti. «Sembri pronta per me.»

«Armando...» cominciai, ma venni interrotta dalle sue labbra che premevano contro le mie. Un bacio diverso dal precedente, più intenso e appassionato. E potevo sentire la tensione tra noi aumentare ogni momento che passava.

Alla fine, si staccò e mi guardò con uno sguardo dalle palpebre pesanti.

«Lo capisco se non vuoi.» La sua voce era bassa e roca. «Ma non posso negare quello che sto provando in questo momento.»

Annuii, il cuore mi batteva forte nel petto. Lo volevo anche io. Ma avevo paura. Paura di cosa sarebbe successo se l'avessi fatto entrare.

«Io... io lo voglio» sussurrai, con voce appena udibile.

Mi spinse davanti a uno scaffale alto che usavo per riporre nastri e oggetti decorativi per le mie composizioni. Inchiodandomici contro, intrappolandomi tra la superficie dura e il suo corpo. Le sue mani si mossero lungo i miei fianchi e non riuscii a fare a meno di inarcare la schiena, spingendo il mio corpo più vicino al suo. Si chinò in avanti e premette le labbra contro le mie, la sua lingua scivolò nella mia bocca, esplorandomi e assaporandomi.

Il mio respiro divenne affannato e tutto quello che riuscii a sentire fu il suo cazzo duro che mi prometteva quello che sarebbe venuto dopo. Le sue mani mi scivolarono lungo la schiena e mi afferrarono il sedere, sollevandomi e premendo ancora di più i nostri corpi. Gli avvolsi le gambe intorno alla vita e lui si chinò e senza sforzo mi strappò via le mutandine.

Armando si inginocchiò davanti a me e iniziò a baciarmi l'interno delle cosce, risalendo lentamente fino a trovare il clitoride. La sua lingua esperta lo accarezzò e il piacere si diffuse in tutto il mio corpo. Mosse la lingua su e giù, stuzzicandomi fino a farmi ansimare dal desiderio. Le sue mani scivolarono intorno al mio culo e mi tirò più vicino, infilando la lingua dentro di me. Gemetti di piacere, il corpo mi tremò. Inarcai la schiena, spingendomi più vicino a lui, spingendolo ad andare ancora più in profondità.

Lui rispose facendo scivolare un dito dentro di me, il suo pollice trovò e strofinò il mio bocciolo stretto. Le sue spinte si fecero più urgenti e sentii che stavo raggiungendo il punto di non ritorno.

I miei gemiti divennero più forti e il corpo tremò mentre raggiungevo l'orgasmo. Le sue mani scivolarono sui miei fianchi e si alzò lentamente per guardarmi di nuovo negli occhi.

«Pronta per avere altro?» La sua voce era bassa e roca.

Annuii, il corpo mi tremava ancora per il piacere che mi aveva appena dato. Mi baciò profondamente e mi fece girare, spingendomi ancora una volta contro lo scaffale. Sentii il suono dell'involucro di un preservativo che veniva strappato, o almeno speravo che fosse quello che avevo sentito, ma ero andata troppo oltre per preoccuparmene.

«Hai detto che non avresti mai più fatto sesso con me.» Le sue parole roche mi accarezzarono la pelle e mi fecero venire i brividi lungo la schiena.

«Ho cambiato idea» risposi in qualche modo.

Lui trascinò la cappella sulla mia fessura, poi mi penetrò da dietro, riempiendomi a ogni spinta, e io emisi un forte gemito.

Si mosse sempre più veloce, e presto mi ritrovai a urlare il suo nome, grata di non aver ancora aperto il negozio.

Le sue forti spinte divennero sempre più intense, e sentii un altro orgasmo crescere dentro di me. Quando raggiunsi il mio apice, sentii il suo corpo tendersi, e rilasciò un gemito profondo mentre spingeva. Spinse ancora più in profondità e riuscii a sentire il suo sperma caldo che mi riempiva mentre finalmente raggiungeva il proprio climax.

Restammo così per qualche istante, ansimando e cercando di

riprendere fiato. Si staccò da me e mi avvolse le braccia intorno alla vita, appoggiandomi la testa sulla spalla.

I segni del mio amplesso coprivano l'interno delle cosce e guardai le mutandine gettate sul pavimento.

Mi fece girare e mi baciò profondamente, le sue mani indugiarono sul mio corpo. Il suo tocco era elettrico e la mia eccitazione aumentò rapidamente in risposta. Spostò le labbra dalla mia bocca e scese lungo il collo, facendomi venire i brividi sulla pelle.

Fece scivolare la mano più in basso e premette due dita dentro di me, girandole intorno finché non tremai di piacere.

«Mi piace sentire i tuoi succhi. Mi piace come mi ricoprono il dito» disse.

Gemetti in risposta, il desiderio e il bisogno mi attraversarono. Continuò a colpire e stuzzicare, il suo pollice sfiorò il mio bocciolo sensibile e inviò ondate di piacere attraverso di me. Inarcai la schiena e spinsi contro la sua mano, desiderando di più.

Mosse l'altra mano sui miei fianchi e mi tenne saldamente in posizione mentre mi accarezzava l'addome ancora tremante per l'orgasmo. Le gambe mi tremarono e rimasi senza fiato mentre lui ritirava lentamente la mano.

Mi avvolse di nuovo tra le braccia e mi sussurrò all'orecchio: «Ti devo un nuovo paio di mutandine.»

Capitolo venti

rmando
Mi sedetti nell'area dell'officina per non intralciare Hannah. Su una parete c'era un lungo banco da lavoro con scaffali sopra che contenevano tutti i suoi materiali, come vasi e cestini e le cose di gommapiuma verde in cui infilare gli steli dei fiori. Era qui che metteva insieme le sue composizioni. Sulla stretta mezza parete c'era la sua scrivania, coperta da pile di fatture e vecchi registri che risalivano a trent'anni fa. La merda di Mary Alice.

Hannah si muoveva velocemente per lo spazio, sistemando le cose nel frigorifero, riordinando. Poi girò il cartello aperto e fermò la porta aperta.

Cominciai a setacciare tra le fatture e le scartoffie, facendo un rapido conteggio mentale dei totali man mano che procedevo. Aveva fatto tre matrimoni negli ultimi tre mesi, quelli pagavano molto. Ma il resto della roba era tutto bouquet e composizioni di poco conto. Sembrava che le consegne fossero state interrotte quattro mesi fa. Doveva essere il momento in cui il furgone aveva iniziato a fare i capricci.

Tanto per passare il tempo, afferrai il libro mastro più recente e lo aprii. Avevo approfittato del mio tempo in prigione per prendere una laurea in economia. Probabilmente allora stavo pensando di impressionare il don una volta uscito. Non gliel'avevo ancora detto.

Nonostante la mia mancanza di entusiasmo per quasi tutto in questo momento, gli affari mi interessavano ancora. Aprii il libro mastro e guardai gli incassi e i pagamenti. Arturo mi aveva fatto usare un libro mastro vecchio stile come questo per registrare le entrate e le rendite delle nostre rapine, quindi avevo familiarità con il layout. Tirai fuori il libro mastro successivo e il successivo ancora. Le voci che vedevo riflettevano la tensione a cui era sottoposta Hannah. Il reddito di Mary Alice non cresceva da anni. Era solo rimasto in pari. E il suo margine di profitto non era stato enorme all'inizio. Le spese maggiori erano state il personale e l'affitto. I fiori e altri materiali erano la voce successiva.

Hannah tornò indietro e si fermò di scatto. «Cosa fai?»

Non risposi, invece le chiesi: «Stai pagando le stesse spese che pagava Mary Alice?»

Lei si avvicinò, aveva una postura rigida. «Più o meno. L'affitto è salito di duecento dollari quando sono subentrata, e devo anche pagare mensilmente Mary Alice per l'attività.»

«Quanto?»

«Millecinquecento.»

Fischiai.

«Che c'è?» C'era un tono fortemente difensivo nella sua voce.

Non avrei dovuto insistere, ma volevo approfondire. Scoprire cosa era andato storto. «Hai controllato i numeri prima di subentrare?»

Impallidì leggermente. «Cosa intendi?» Quando si sistemò i capelli sulla spalla, vidi che le tremava la mano. Poteva essere perfettamente in grado di gestire me, un legittimo assassino che l'aveva fatta prigioniera, ma andava fuori di testa quando si trattava di gestire gli affari, e lo sapeva.

Le presi le dita tremanti e le strinsi. «Ah, voglio solo dire, posso capire perché stai soffrendo. Non c'era molto spazio di manovra per cominciare.»

Fissò le nostre mani unite come se fossero oggetti estranei. Cristo, sembrava che stesse per svenire. Si liberò dalla mia presa per aggrapparsi al bordo della scrivania e sbatté rapidamente le palpebre.

«Ehi, non spaventarti. Si può risolvere. Significa solo che non puoi fare la stessa cosa che ha fatto Mary Alice e aspettarti di fare soldi. Devi apportare delle modifiche.»

Si appoggiò pesantemente alla scrivania, come se le gambe non la reggessero. Avrei voluto prenderla in grembo e dirle che sarebbe andato tutto bene, ma non ero il suo eroe. Ed ero troppo cinico per credere che avrebbe funzionato a meno che non cambiasse strategia.

«Che cambiamenti?»

Mi alzai e incrociai le braccia sul petto. «Non lo so. Devi trovare nuovi affari. Crea nuove connessioni. Lavorare con nuovi punti di vista. Stai pagando Mary Alice come buonuscita - gli affari fissi che aveva - ma forse stai pagando più del dovuto. E quell'attività è diminuita.»

Gli occhi di Hannah si riempirono di lacrime, ma lei le ricacciò indietro. Qualcuno entrò e lei si affrettò verso il negozio, lanciandomi uno sguardo mortale da sopra la spalla quando arrivò.

La tenni d'occhio. Era a portata d'orecchio, in modo che potessi sentire se avesse chiesto al cliente di aiutarla e vedere se avesse provato a passargli un biglietto o qualcosa del genere. Onestamente, non mi aspettavo che provasse a fare qualcosa, ma sarei stato stupido a fidarmi ciecamente. Nessuno lo faceva, specialmente quando c'era di mezzo una bella donna.

Hannah fece apparire un bouquet da quattro soldi per la donna, lanciandomi un'altra occhiata arrabbiata alle spalle.

Feci scrocchiare il collo. Perché mi sentivo un tale coglione?

Ero solo onesto e stavo cercando di aiutare.

Tuttavia, non mi piaceva vederla incazzata. Come la scorsa sera, quando l'avevo lasciata legata, qualcosa di fastidioso mi strisciava nello stomaco.

Sentimenti.

Fanculo.

Ma volevo davvero *sentire* di nuovo?

Forse la vita era fottutamente più facile quando da insensibili niente di niente poteva fregarti.

Avrei dovuto restare e tenere d'occhio Hannah, ma non vedevo l'ora di risolvere le mie stronzate e porre fine a questa fottuta situazione con lei, quindi tirai fuori il telefono e andai nel retro del negozio per chiamare Luis, un ragazzo che conoscevo. Possedeva un banco dei pegni ed era anche felice di spostare le cose dai libri contabili. Gestiva tutte le cose, piccole e grandi. Era connesso con quasi tutto l'underground di Chicago, comprese le gang.

Rispose con un «Ehi.»

«Ehi, sono Armando, della famiglia Pachino. È passato un po' di tempo.»

«Armando. Sei fuori?»

«Sì, sono appena uscito.»

«Cos'hai per me?»

«No, niente. Resto pulito, ma mi chiedevo se potessi aiutarmi con alcune informazioni.»

Fece una pausa. Sapevo che niente in questo mondo era gratis. Ci sarebbe stato un prezzo per tutto ciò che avessi ricevuto da Luis. «Quali informazioni?»

«C'è una taglia su di me. Mi chiedevo se ne avevi sentito parlare.»

«No, non ne so niente. Chi pensi che sia?»

«Immagino gli Hermanos. Ho avuto uno scontro con uno dei loro membri all'interno. Potresti scoprire se ho ragione?»

«Sì, chiederò in giro. Questo è il tuo nuovo numero?»

«Per ora.»

«Bene. Ci sentiamo.»

Riattaccai e aprii la porta sul retro che dava sul vicolo, sentendomi irrequieto. Stamattina qualcosa mi aveva fatto pensare che avrebbe potuto non trattarsi affatto degli Hermanos. Erano più tipi da presentarsi con un'auto piena di ragazzi e armi automatiche. Quello era più il loro stile. Un solo tizio che mi aggrediva in un angolo urlava piuttosto *sicario*. E perché avrebbero dovuto assumere un sicario, quando erano tutti perfettamente in grado di uccidermi da soli?

Erano solo due i motivi per cui qualcuno poteva decidere di assumere un sicario: o non era un assassino o non voleva che si sapesse che dietro c'era lui. E quando dicevo che non voleva che si sapesse, non intendevo che non venisse provato. Non si parlava del fatto che lo sapeva la polizia. Intendevo che lo sapessero in strada.

Nel caso in cui Don Pachino avesse colpito qualcuno, lo avrebbe fatto per mandare un messaggio. Per far sapere in strada che ne era responsabile. Ero convinto che lo stesso valesse per gli Hermanos. Il messaggio avrebbe dovuto essere *non ti mettere nei guai con i nostri ragazzi in prigione o all'esterno*.

Quindi un mercenario assoldato per seguirmi mi sembrava strano.

Non mi piaceva. E mi veniva da pensare che forse avevo più cose di cui preoccuparmi di quanto pensassi.

E ora stavo diventando fottutamente paranoico.

Pensai che forse non avrei dovuto ordinare da Gio l'altra sera. La gente mi conosceva lì. Il proprietario sapeva il mio nome. E avevo usato una carta di debito, il che significava che ora mi avevano collegato all'indirizzo di Hannah. Quindi forse avevo mandato a puttane il mio piano di nascondermi a casa sua.

Era il motivo per cui stamattina avevo portato il suo furgone da un meccanico a caso. Ne conoscevo di meccanici. Ragazzi che mi avrebbero fatto un ottimo prezzo o che addirittura mi avrebbero fatto il lavoro gratuitamente. Ma non avevo intenzione di collegare Hannah e i suoi affari al mio nome. Era già finita abbastanza a fondo in questa merda. Se le fosse accaduto qualcosa a causa mia, non sarei stato in grado di convivere con me stesso.

La guardai al suo banco da lavoro, mentre metteva insieme nuove composizioni. Aveva talento.

Volevo aiutarla.

Era la prima cosa che mi era stata chiara, a parte il fatto di volerla scopare, da quando ero uscito. La prima cosa che aveva generato in me persino una scintilla di interesse.

Peccato che farmi coinvolgere nei suoi affari fosse la peggiore delle idee. Se davvero mi fosse importato dei suoi affari, me ne sarei stato alla larga.

Capitolo ventuno
Hannah

Lo stomaco mi si aggrovigliò in un nodo sotto le costole. O forse era il mio diaframma bloccato. Era per quello forse che non riuscivo davvero a respirare. Il mio livello di stress era salito al limite quando Armando mi aveva chiesto del lavoro.

Le lacrime mi bruciavano gli occhi mentre preparavo mazzi di cui non avevo bisogno. Ma lavorare con i fiori era l'unica cosa che mi rendeva felice qui. Insomma, mi rendeva felice in generale - ecco perché avevo rinunciato alla mia borsa di studio per la scuola per infermiere - il piano di mia madre per me - per comprare il negozio di fiori. I fiori mi rendevano felice. Mi piacevano i loro colori, le loro trame delicate, i loro odori. Adoravo poter lavorare con un mezzo così bello e usare il mio occhio e la mia creatività nelle composizioni.

Il college non faceva per me. Potevo essere stata una studentessa da tutti dieci, ma ciò non significava che mi piacesse. No, quando Mary Alice mi aveva contattata per passarmi l'attività, lo desideravo più di ogni altra cosa al mondo.

Ma ora mi sembrava di aver commesso un grosso errore.

Armando entrò dalla porta sul retro e io lo guardai accigliata.

C'era un po' di odio che si agitava in me nei suoi confronti in questo momento.

Sapevo che non era colpa sua, ma mi aveva detto la cosa che io stessa mi ero nascosta negli ultimi sei mesi. Avevo fatto un grosso errore rilevando il Giardino dell'Eden. Avevo rinunciato alla mia istruzione e alla mia sicura carriera, e ora avrei perso tutto.

«Ehi.» Appoggiò un fianco alla panca e mi osservò. «Non stavo cercando di farti incazzare.»

«Non sono incazzata» mentii con voce tesa. Quello che intendevo dire veramente era che non volevo essere incazzata perché non era colpa sua se stavo annegando qui.

«Non stavo criticando la tua decisione o i tuoi affari, Hannah.»

Di sicuro non era così che sembrava.

«Guardami.»

Ignorai il suo ordine.

«Hannah.» Interpretava molto bene il *Signor comando io.* Scommettevo che la faceva fare addosso a chiunque quando voleva.

Mi rivolsi a lui con le labbra serrate. La pressione che sentivo in gola minacciava di farmi esplodere.

«Non sei completamente fottuta. E non hai mandato a puttane nulla.»

Lo guardai sbattendo le palpebre. Sintesi interessante. Stranamente, le sue parole mi avvolsero arrivandomi con una specie di tonfo confortante.

Inclinò la testa. «Vuoi farlo funzionare, vero?»

Aprii la bocca, colta alla sprovvista dal reindirizzamento sulla mia angoscia. Era ancora tutto lì nel mio petto, ma aveva smesso di sobbollire. Smesso di agitarmi. «Sì» scattai, anche se non meritava la mia rabbia.

«Ehi.» Mi portò una mano alla vita. Provocò una tensione delle mie viscere, soprattutto considerando quanto ero nervosa. «Sei preoccupata. L'ho capito. Ma hai delle scelte.»

Mi ritrovai ad avvicinarmi a lui, come se la forza di quel corpo solido come una roccia o il suo atteggiamento presuntuoso potessero trasmettersi magicamente. «Quali scelte?»

Alzò le spalle. «Puoi continuare a preoccuparti e fare le stesse cose che hai fatto finora.»

Mi accigliai, i miei polmoni si strinsero di nuovo.

«Oppure puoi iniziare a provare cose nuove per far crescere la tua attività. Perché è quello che vuoi, giusto? Farlo crescere?»

Annuii. Sì. Questo era quello che avevo immaginato quando avevo deciso di rilevare l'attività. Non immaginavo di mantenere le cose come le aveva fatte Mary Alice per anni, e sicuramente non pensavo che avrei avuto meno affari di lei.

«Non posso farlo crescere se non ho soldi da investire. Insomma, non sono nemmeno riuscita a riparare il furgone per continuare le consegne. Ecco perché sono a galla da quando l'ho rilevato.»

«Allora inventati qualcosa.»

Sbattei le palpebre. «Sul serio? Questo è il tuo consiglio?»

«Non tutte le idee costano denaro. E i soldi non provengono solo da una fonte.»

Scossi la testa. Non sapevo perché avevo pensato che avesse delle risposte magiche per me. «Che ne sai, comunque?» mormorai voltandomi.

Mi prese per un braccio e mi tirò indietro. «O ti arrendi o combatti per questo, Fiori. Non puoi trattenere il respiro e fingere che non stia affondando quando è così.»

Non ero il tipo di persona che diventava fisica con qualcuno, ma gli diedi una spinta violenta sul petto. «Vaffanculo, Armando.»

Certo, non era una risposta particolarmente profonda. Ma io...

Persi il filo dei miei pensieri quando mi afferrò i polsi e mi spinse contro il muro, il suo corpo duro premuto contro il mio. «Stai attenta, Fiori.»

Non sapevo perché finivo per bagnarmi ogni volta che mi maltrattava. O mi minacciava. Era come se il mio corpo non fosse in grado di distinguere il suo abuso dai preliminari. Non che sembrasse un abuso.

Le sue azioni si erano decisamente più indirizzate verso i preliminari: non ero solo io.

«Togliti di dosso» sussurrai, ma chiaramente non lo pensavo davvero.

«Respira, Fiori.»

Cercai di liberarmi i polsi, ma lui rafforzò la presa. «Respira, o ti costringerò a farlo.»

«E come lo farai?» lo sfidai. Ero molto più eccitata che spaventata. Volevo tutta la sua attenzione su di me. Sul mio corpo.

Forse persino sui miei affari, anche se mi aveva fatto incazzare.

Si mosse velocemente, coprendomi la bocca e il naso con la mano libera, bloccandomi l'aria.

Emersero sorpresa e paura, e io cercai di combattere, il mio istinto di sopravvivenza prese il sopravvento.

Mi rilasciò i polsi e spostò l'altra mano tra le mie gambe, stringendo saldamente il mio monte di Venere. Mi lasciò prendere un respiro veloce, poi mi soffocò di nuovo. Shock, terrore e piacere si mescolarono in una furia di sensazioni. Il sangue affluì nel mio clitoride, i formicolii iniziarono ovunque. Mi strofinò con forza tra le gambe per tutto il tempo in cui andai fuori di testa per il fatto di non essere in grado di tirare il fiato.

Proprio quando divenni frenetica, mi tolse la mano dalla bocca e me la chiuse intorno alla gola. Respirai affannosamente. Erano passati solo trenta secondi ed ero già sull'orlo dell'orgasmo. Non mi soffocò, usò solo la mano sulla gola per tenermi inchiodata contro il muro mentre faceva scorrere le dita sul tassello delle mie mutandine. Non erano nemmeno all'interno ma ero comunque pronta a partire. Allungai la mano e coprii la sua, spingendo le sue dita più saldamente contro il clitoride, il mio ingresso, il mio ano.

Sorrise e annuì, gli occhi gli brillarono di piacere mentre il mio respiro si fece più affannato. L'altra sua mano mi scivolò lungo il corpo, tracciando un percorso lungo il mio collo e facendomi venire i brividi, prima di fermarsi sulla mascella. Mi guardò negli occhi e riuscii vedere l'intensità nel suo sguardo.

«Potrei scoparti tutto il giorno, tutti i giorni» sussurrò, e riuscii a sentire il suo respiro solleticarmi la pelle. Annuii, incapace di trovare le parole.

Strinse la presa intorno alla mia gola e si avvicinò, premendo avidamente le labbra sulle mie. La sua lingua mi esplorò la bocca, assaggiandola e stuzzicandola, e la mia eccitazione crebbe.

Con un ringhio, mi fece scivolare due dita dentro. Ansimai per l'improvviso piacere mentre mi accarezzava, spingendo il polso contro il clitoride mentre lo faceva. Cominciò a muoversi più velocemente e più forte, stimolandomi in modi che non sapevo potessero avvicinarsi tanto al sesso e darmi grande soddisfazione.

Avevamo appena fatto sesso.

Non potendo averne abbastanza di quest'uomo, mi contorsi e mi dimenai contro di lui, alla disperata ricerca di qualcosa di più. Accettò la mia sfida, alternando spinte forti e carezze dolci, portandomi sempre più vicino all'orlo dell'estasi.

Rispose ai miei gemiti, spingendo più in profondità e più velocemente a ogni colpo. Sentii il suo respiro affannoso mentre gemevo e ansimavo contro di lui, il mio corpo tremava di piacere. L'altra sua mano scivolò intorno alla mia vita, attirandomi più vicino, e la sua lingua si fece strada nella mia bocca, assaggiandomi ed esplorandomi mentre le dita si muovevano sempre più veloci sulla mia pelle sensibile.

Le sensazioni erano travolgenti. Ogni terminazione nervosa era in fiamme, e io ero vicina al limite, i miei fianchi andavano incontro alla sua mano nel disperato tentativo di raggiungere l'orgasmo... di nuovo. Dovette sentirlo anche lui, e la sua lingua si mosse più ferocemente contro la mia, le sue dita lavorarono sempre più duramente finché non ce la feci più, e urlai la mia liberazione, il mio corpo tremò e rabbrividì.

Mentre venivo, soffocata e senza fiato, Armando continuò a strofinare tra le mie gambe. Le stelle mi danzavano davanti agli occhi, e io li chiusi, trasportata via in qualche altro universo.

Quando tornai alla realtà, quando il mio respiro rallentò, e aprii gli occhi, trovai Armando appoggiato con la fronte al muro accanto alla mia testa, che mi accarezzava la mascella con il pollice. Le sue dita mi avvolgevano ancora il collo e mi accarezzavano le gambe.

Un brivido mi percorse tutto il corpo, un'altra liberazione.

«Non mollare, Fiori. Smetti di trattenere il respiro. Puoi risolvere questo problema.»

Mi piegai contro il suo corpo. «Come?» gorgheggiai. Sembravo patetica. Avrei dovuto essere incazzata per quello che mi aveva appena fatto. Anche se mi era piaciuto, era stato arrogante e spaventoso. Avrei dovuto respingerlo e dirgli di non toccarmi mai più, specialmente nel mio posto di lavoro.

Invece, gli caddi tra le braccia e lasciai che mi sorreggesse.

«Prova ogni idea che hai fino a quando qualcosa prende piede. Chiedi aiuto. Continua a lavorarci. Puoi farlo. Sei brava in quello che fai. Abbi fiducia in questo.»

Per quanto riguardava i discorsi motivazionali, era piuttosto fragile, ma stranamente mi sentivo meglio. Probabilmente era solo l'orgasmo a parlare.

Mi allontanai da lui, anche se non ero sicura che le gambe mi avrebbero retto. «Sei ancora uno stronzo» mormorai.

«Sicuro» confermò mentre mi allontanavo con le gambe tremanti ma respirando molto meglio di prima.

Guardandomi alle spalle, colsi il modo in cui i suoi occhi osservavano ogni singola mossa che facevo. Era a caccia e io ero una facile preda.

Avrei potuto scappare. Avrei dovuto scappare. Ma con il modo in cui mi guardava, sarei inciampata sicuramente nella mia lussuria e nel desiderio per quest'uomo e sarei caduta a faccia in giù. Ma poi conoscendo Armando, mi avrebbe presa semplicemente in braccio, mi avrebbe presa a schiaffi per aver cercato di scappare e mi avrebbe scopata di nuovo.

Capitolo ventidue

rmando

Hannah era tutta sconvolta. Non riuscivo a decidere se fosse ancora arrabbiata con me o se fosse solo in una pappa cerebrale post-orgasmica. Si muoveva irrequieta per il negozio, fermandosi a caso a fissare i suoi prodotti ma senza portare a termine nulla. Forse era in pappa per la questione degli affari.

La porta si aprì ed entrò una giovane donna alta con riccioli biondo platino e lentiggini sul naso. «Scusa il ritardo.» Si diresse dritta oltre il bancone nell'area in cui mi stavo rilassando e lasciò cadere la borsa sulla scrivania accanto a me. «Ciao.»

Qualunque effetto addolcente avesse avuto Hannah su di me non si applicava a lei. All'improvviso mi ritrovai ad essere di nuovo freddo e duro, di gesso, pronto a tutto. Non risposi, se non con un'espressione interrogativa.

La rese nervosa, si tirò indietro e si avvicinò ad Hannah. «Che è successo con Guido?» La sentii mormorare.

Hannah mi lanciò un'occhiata spaventata e io mi irritai all'istante, anche se non riuscivo a capire perché. Immaginavo che non mi piacesse vedere quell'espressione sul viso di Hannah, anche quando ero io la causa. «Ti presento, ah, Armando» rispose Hannah. «Oggi resterà nei paraggi.»

«Perché?» chiese la donna. Non sapevo dire se lavorasse qui o fosse solo un'amica. Possibilmente entrambe le cose.

«Armando, lei è Josie» disse Hannah a voce più alta. «Lavora qui.»

Guardai l'orologio. Il negozio aveva aperto a mezzogiorno. Erano le tredici e quarantacinque. A che ora doveva essere qui?

«Oh mio Dio, non sei riuscita a pagare l'affitto?» sussurrò Josie.

Hannah mi lanciò un'altra occhiata preoccupata. «Non proprio, ma va tutto bene, ho sistemato le cose per questo mese.»

«Che cosa significa?»

Hannah si limitò a scuotere la testa. «Puoi gestire il bancone?»

Josie le lanciò uno sguardo indagatore, ma quando Hannah lo ignorò, disse: «Certo.»

Hannah mi passò accanto e andò al suo banco da lavoro. Tirò fuori un vaso e due bobine di nastro. Ora era finalmente concentrata. Mi resi conto che stava aspettando qualcuno che si occupasse della reception, così da potersi occupare delle composizioni. Probabilmente avrei potuto tenere d'occhio le cose. Era chiaro che non me l'aveva voluto chiedere. Pensai che fingesse di essere più a suo agio con me di quanto non fosse in realtà.

Mi attraversò una fitta di senso di colpa. La stessa vergogna che avevo provato la scorsa sera pensando che potesse credere di dovermi scopare per restare viva.

Era così brava come attrice?

No. Non lo credevo. Lei era coinvolta. Il suo corpo non poteva mentire. Non mi stava resistendo. Anche se... le stavo dando molta scelta?

Hannah sembrava calma e sicura di sé, assemblando secchi di fiori ai suoi piedi. Anche se poteva sembrare un cervo paralizzato davanti ai fari di una macchina quando si trattava dei libri contabili, qui al banco da lavoro era una dannata maga. I suoi movimenti erano rapidi e sicuri mentre completava un vivace bouquet di fiori colorati e

154

avvolgeva un nastro rosso e bianco attorno a un vaso. Non sapevo nemmeno che tipo di fiori fossero, forse orchidee? Qualcosa di esotico e sorprendente. Nulla sembrava un cliché in quella composizione.

E poi mi colpì l'idea. «Dovrebbe essere un palo da barbiere?»

Fece un passo indietro, esaminando il suo lavoro con occhio critico. «Sì.»

Genio. Il suo talento come designer era fuori dalla norma.

«Rocco ti ha chiesto dei fiori?» Divertente, non riuscivo a immaginarlo.

«No. Ma li prenderà. Stavo pensando a quello che hai detto. A proposito di creare nuove connessioni. Hai ragione, non ne ho. E l'unica che aveva Mary Alice e che funziona ancora per me è quella con Rocco. Quindi penso che dovrei tenere quella ruota oliata. D'ora in poi Rocco avrà dei fiori freschi da lui con accanto un mazzetto dei miei bigliettini.

«Ottima pensata.» Avrei voluto andare con lei, guardare come andava. Non sapevo se fosse per proteggerla dai ragazzi che avrebbero potuto essere in negozio o per rivendicare la mia pretesa, ma non importava perché tanto non potevo.

Il modo migliore per proteggere Hannah era non farci mettere mai in relazione.

Dovevo starmene piazzato nel retro del suo negozio come una fottuta viola del pensiero, nascondendomi da Dio solo sapeva chi.

Era una stronzata.

«Non mi avevi detto che oggi veniva una persona dello staff.» Lanciai un'occhiata a Josie, che sembrava non stesse facendo altro che stuzzicarsi le unghie curate e sbadigliare mentre lo faceva.

«La sua presenza è, diciamo... fluida» disse Hannah, ancora concentrata sulle composizioni.

Tirò giù un altro vaso e ne fece una più grande e appariscente. Era alta circa sessanta centimetri e sbalorditiva.

«Per chi è?» chiesi.

Si mordicchiò il labbro. «C'è un hotel a un paio di isolati da qui.» Alzò le spalle. «Forse vado a presentarmi. Sai, nel caso avessero bisogno di fiori per gli eventi. Oppure potrebbero consigliarmi agli organizzatori di eventi.»

«Mi sembra buono.»

Forse sarebbe riuscita a cambiare questo posto.

«Ti accompagnerò dopo che avremo recuperato il furgone. Faremo il giro dell'isolato, così non devi metterti a cercare un parcheggiatore.»

Mi lanciò uno sguardo fulminante. «Non lo avrei fatto. Non l'ho mai fatto in vita mia. Sarei andata a piedi.»

Guardai i suoi sandali con la zeppa. «No. Ti porto io. Non vorrai mica che i fiori appassiscano. Aspetta il furgone... sarà pronto in un paio d'ore.»

Inspirò ed espirò lentamente, come se fosse nervosa.

«Sarà fantastico. Ti ameranno.»

«Dici?»

Annuii. «Sicuro.»

Si avvicinò un po' di più a me, nel mio spazio personale. Mi impedii di toccarla finché non mi resi conto che era quello che voleva, quindi le misi un braccio attorno alla vita e la attirai contro di me.

Alzò il suo bel viso. «Sono nervosa.»

«Fiori, una donna come te? Con un talento pazzesco e nessuna fisima da diva? Non c'è nessuno in questa città che *non vorrebbe* lavorare con te. Te lo garantisco. Bisogna solo capire con chi lavorano attualmente e quali sono le loro esigenze. Alcune relazioni potrebbero richiedere più tempo per fiorire, ma alla fine lo faranno.

Sbatté le ciglia verso di me. «Voglio crederti.»

«Non devi credere a me, Fiori. Devi credere *in te*. Questa è l'unica cosa che ti porterà al traguardo.»

Si tirò su e raddrizzò le spalle. «E tu in chi credi?»

Era una domanda semplice. Avrebbe dovuto essere facile anche la risposta, ma mi sentivo come se avessi ingoiato un macigno. «In nessuno, Fiori. In un cazzo di nessuno.»

Capitolo ventitré

annah

Josie continuò a cercare di beccarmi da sola, ma Armando non glielo permise. Sembrava ingannevolmente rilassato, mentre oziava sul retro, ma aveva scelto una posizione da dove poteva tenere d'occhio tutto: porta d'ingresso, porta sul retro. Bancone da lavoro. Refrigeratori. Cucinino. Non che il negozio fosse così grande, ma non c'era nessun posto in cui potessi andare senza sentire il peso del suo sguardo.

E ogni volta che Josie cercava di seguirmi da qualche parte con un milione di domande negli occhi, Armando piombava improvvisamente lì, come un avvertimento, senza dire una parola.

In quel momento mi trovavo nell'area dei refrigeratori, ma quando Josie era entrata dopo di me, Armando aveva aperto la porta per poter sentire.

Era strano. La cosa non avrebbe dovuto farmi bagnare. Non ero sicura del motivo per cui la sua intimidazione mi eccitasse così tanto. Dovevo essere fatta davvero male.

Ma la preoccupazione di Josie mi fece venire i brividi allo stomaco. Avrei dovuto essere più spaventata da Armando e dalla mia situazione, ma fino ad ora, fino a quando non l'avevo vista attraverso i suoi occhi, non mi ero resa conto di quanto fosse incasinata.

E, naturalmente, non potevo dirglielo. Anche se Armando non mi avesse vista, non lo avrei detto.

Forse ero una di quelle persone irrimediabilmente leali che portavano i segreti degli amici nella tomba. E immaginavo che Armando rientrasse nella categoria degli amici. C'era già dentro quando la situazione era precipitata. Avevo fatto il tifo per lui fin dall'inizio.

Avevo creduto in lui. Semplicemente era lui a non credere ancora in me.

Avrei voluto che non facesse così male.

Ma dovevo darci un taglio. Probabilmente aveva il disturbo da stress post-traumatico dalla prigione. Qualcuno stava cercando di ucciderlo e lui non sapeva di chi fidarsi.

Perché avrebbe dovuto fidarsi di me? Non doveva.

Sentii il trillo del mio telefono, come se avessi ricevuto un messaggio. Ripetutamente.

Dov'era il mio dannato telefono? Ce l'aveva Armando da qualche parte. L'aveva tenuto con sé per tutto il tempo, anche se apprezzavo il fatto che si fosse assicurato di caricarlo.

Guardai attraverso il vetro e vidi Josie dietro il bancone che teneva in mano il telefono e allungava il collo per guardarmi da sopra la spalla. Eravamo amiche fin dalle scuole medie, da quando lei mi aveva difesa contro Erica Bane, una delle ragazze popolari, il terzo giorno di scuola. Mi conosceva a fondo. Ero una stupida se pensavo di poterla ingannare su qualsiasi cosa.

Mi stava scrivendo. E si era appena resa conto che non avevo il telefono.

Questo avrebbe potuto essere un problema.

Uscii dal refrigeratore come se fossi la proprietaria, cosa che, stranamente, ero. Peccato non essermici mai sentita. «Hai visto il mio telefono?» chiesi dolcemente ad Armando.

«Uh Huh. L'hai lasciato qui.» Me lo passò, impassibile. Ero leggermente turbata da quanto fosse stato convincente. Con quanta facilità avesse coperto la bugia. Ma dopotutto era un membro di una famiglia criminale organizzata. E probabilmente ci era cresciuto.

Controllai i messaggi, che erano tutti di Josie che mi chiedeva se stessi bene, se dovesse andare a cercare aiuto e che cazzo stesse succedendo.

Va tutto bene, risposi. *Ho fatto amicizia con lui e ora sta nei paraggi. Mi ha aiutata a pagare l'affitto.* Permisi che Armando leggesse da sopra la mia spalla prima di inviarlo.

Era tutto vero. Tranne forse per il fatto che non andava tutto bene.

Non l'avevo perdonato per avermi legata la scorsa sera. Quell'incazzatura persisteva ancora, ma per il resto... stavo bene. Armando mi innervosiva, ma in parte era per l'emozione di averlo vicino. Che mi controllava. Non sapendo cosa avrebbe fatto dopo.

Pensavo che mi avrebbe sepolta nel lago Michigan quando tutto fosse finito? No. Non riuscivo a vedercelo.

Potevo anche essere una merda negli affari, ma ero un'empatica. Non potevo fare a meno di capire le persone, perché percepivo le loro emozioni come mie. Almeno era così che mi faceva sentire. Josie pensava che io fossi matta ogni volta che glielo dicevo, ma potevo giurare che era vero. Non avvertivo la minaccia di Armando nei miei confronti. Emanava molto poco emotivamente a meno che non considerassi la lussuria. Ma non era cattivo. Non stava pianificando la mia morte.

Josie: *Sei uscita con lui? Chi è? Un perfetto sconosciuto!!! Non l'ho mai visto in negozio prima d'ora.*

Io: *È quell'uomo di cui ti parlavo di quando lavoravo per Mary Alice. È tornato in negozio ieri a ridosso dell'orario di chiusura.*

Josie: *Per comprare dei fiori per la sua fidanzata? Ti prego, dimmi che non ti stai scopando un uomo impegnato. Hannah!!*

Io: *Non sta più con lei. Si sono lasciati anni fa.*

Avevo quasi aggiunto che era appena uscito di prigione, ma non credevo che fossero affari di Josie. Inoltre, pensavo che avrebbe giudicato non solo lui ma anche me per aver fatto amicizia con un criminale. Non ero dell'umore giusto per difendere le mie azioni.

Josie: *Beh... il sesso è stato eccitante? È stato all'altezza delle tue fantasie?*

Sentii la faccia avvampare e lanciai un'occhiata ad Armando che mi stava osservando, ma non cercava più di leggere i miei messaggi. Mi sembrava di aver almeno guadagnato quel piccolo livello di fiducia da lui.

Continuavo a provare a dimostrargli che poteva fidarsi di me, e che mi avrebbe liberata, ma volendo essere del tutto onesta con me stessa, avrei dovuto ammettere che non ero pronta all'idea che tutto finisse. Mi piaceva il formicolio di eccitazione che provavo sapendo che stava osservando ogni mia mossa. Ricordando quanto apprezzasse il mio corpo. Forse potevo già essere dipendente dal modo in cui mi toccava.

Io: *davvero bollente.*

Josie: *Ma perché è qui?*

Io: *È protettivo, immagino...*

Josie: *Ok, è super sexy. Protettivo, possessivo... sì!*

Io: *Non puoi neanche immaginare.*

Capitolo ventiquattro

Armando

Una volta che Hannah aveva portato i fiori all'hotel e lasciato i suoi bigliettini, mi fermai in un supermercato. Mi servivano un rasoio, uno spazzolino da denti e altre cianfrusaglie. Inoltre, non aveva cibo in casa sua.

«Che cosa stiamo facendo?» chiese Hannah.

«Facciamo la spesa.» Spensi il furgone e scesi, guardandomi intorno per assicurarmi che nessuno ci stesse guardando. Oggi non avevo visto nulla di sospetto, ma sarei stato uno stupido a compiacermene. «Andiamo.»

Lei saltò giù e mi raggiunse.

«Stammi vicino. Segui le indicazioni. Dimostrami che posso fidarmi di te.»

Si lasciò scappare un piccolo sbuffo di indignazione. Se avesse voluto provare qualcosa, l'avrebbe fatto molto tempo fa. Lo sapevo. Ma non mi fidavo più di niente.

«Prendi un carrello.»

Mi lanciò uno sguardo fulminante. «Hai intenzione di legarmici?»

Il cazzo mi si tese al pensiero. «Non tentarmi, Ricci.»

«Oh, adesso mi chiami Ricci? Pensavo di essere Fiori.»

La ignorai, soprattutto perché avevo superato di gran lunga il mio quoziente giornaliero di parole. La mia gola era letteralmente irritata per aver parlato così tanto oggi. Agganciando le dita attorno alla parte anteriore del carrello, la condussi verso il corridoio degli articoli da toilette. Trovai spazzolino e dentifricio e un sacchetto di rasoi. Quando gettai la scatola di preservativi nel carrello, lei se ne accorse.

«Stai supponendo che faremo di nuovo sesso? E se volessi tornare alla mia regola del niente sesso?»

«Ok»

«Perché dici *ok* come se non mi credessi?»

Fermai il carrello e mi voltai a guardarla. Era così dannatamente bella, anche quando era sprezzante. «Tranquilla, Fiori. Rispetterò la tua decisione su qualunque cosa tu voglia al riguardo.»

Questo non la calmò. Anzi, diede una spinta al carrello, costringendomi a spostarmi per non esserne colpito. Camminai accanto al carrello mentre lei marciava lungo il corridoio. «Allora, a cosa servono i preservativi? Torni al tuo strip club? Hmm? Vai a cercarti delle ragazze lì?»

Oh, cazzo. Ero convinto che la mia faccia si stesse per aprire in due perché sentii un sorriso in arrivo. Era gelosa? Era fottutamente adorabile da gelosa.

Soffocai il sorriso e mantenni un'espressione impassibile. «No. Non tornerò allo strip club, Fiori. Li ho presi nel caso tu decida di voler continuare a fare sesso con me.»

Fermò il carrello e mi guardò, riflettendo. Le sue labbra erano imbronciate, ma la sua postura si era ammorbidita. «Ci penserò.»

Alzai le spalle. «Va bene.»

Arrossì e ricominciò a spingere il carrello a una velocità determinata. «Cos'altro vuoi prendere?»

«Cibo.»

«Mi serve la lettiera» borbottò.

«Prendiamola.» Ci dirigemmo verso la corsia degli animali domestici. Scelse la lettiera per il gattino. Misi dentro un po' di Kitten Chow, dei bocconcini di erba gatta e uno di quei bastoncini con le piume attaccate all'estremità per farlo giocare.

«Non pensavo ti piacessero i gatti.» Hannah mi guardò da sotto una ciocca di riccioli.

Per qualche ragione, mi fece male che l'avesse notato. La mia incapacità di nascondere la mia mancanza di umanità. «Non mi piacciono» dissi burbero.

Non era vero. Il fatto che mi piacessero o no non era il punto. Non me ne fregava niente di loro. Ma sapevo che non era tanto normale poter guardare un gattino nel muso in questo momento e non sentire niente. C'era sicuramente qualcosa che non andava in me. Tutti i mammiferi erano programmati per pensare che i cuccioli di animale fossero carini. L'avevo imparato durante il corso di scienze alla scuola media.

Attraversai il negozio. Avevo preso alcune cose al supermercato prima di trasferirmi nell'appartamento che Marco mi aveva affittato, ma allora ero sotto shock culturale. Il solo fatto di essere al supermercato era stata un'esperienza fuori dal corpo, come quasi tutto quello che era successo la scorsa settimana. Ora ero determinato a trovare qualcosa che mi piacesse o che desiderassi. Trascinai Hannah lungo ogni corridoio riempiendo il carrello di ogni tipo di cibo. Bistecca. Gelato. Patatine. Frutta e verdura fresca. Biscotti Oreo.

«Faresti meglio a pagare tu per tutto questo perché io non lo farò» mormorò Hannah quando il carrello si riempì.

«Sì, ci penso io.»

Dopo pochi istanti, disse: «Mi dispiace, sono stata stronza.»

Sul serio. Questa ragazza. Chi lo faceva? Chi si scusava per una semplice frecciatina?

«No, me lo merito.»

«Beh, non mi piace come ci si sente.»

Non le piaceva come ci si sentiva. Hannah Munn era così pura che mi faceva girare la testa. Non era innocente o ingenua. Non era una timorosa. Era solo... gentile. Buona. Onesta.

163

E ora era dispiaciuta perché fare la stronza non era nelle sue corde. Grace avrebbe potuto tirarsela tutto il giorno e non si sarebbe mai scusata per questo. Hannah non si era nemmeno avvicinata a offendermi e non poteva spingersi oltre.

«Era fuori luogo. Mi hai aiutata con i soldi in banca e con il furgone.» Le si spezzò un po' la voce.

Aw, merda, si stava corrucciando? Per questo?

«Vieni qui, Fiori.» Me la strinsi al petto e la abbracciai. «Va tutto bene. Sono solo soldi. Devi superare la tua paura.»

«Non ho paura dei soldi» disse, suonando ancora più turbata. Si liberò dal mio abbraccio e io la lasciai andare.

«Potresti non avere paura, ma è sicuramente il tuo punto debole. Ti arrabbi più per i soldi che per qualsiasi altra cosa. Compreso quello che è successo ieri.»

«Beh, è un grosso problema» scattò.

«Non lo è. Tu l'hai reso un grosso problema. Sono solo soldi.»

«Ti è mai capitato di non averne abbastanza?» chiese.

Tornai con la memoria all'adolescenza. Il mio primo lavoro per Don G, occuparmi della sicurezza al Lollipops all'età di sedici anni. Quando tendevo i muscoli e fingevo di fare l'eroe davanti a un gruppo di ragazze nude. Avevo iniziato ad apprezzare i contanti. Vedere i ragazzi mostrarli in giro, tornare a casa con una mazzetta in tasca. Comprare generi alimentari e benzina per mia madre. Permettermi di dirle di lasciare il suo secondo lavoro. «Ne ho sempre voluti di più» ammisi. «È così che sono entrato nell'organizzazione.»

Spalancò gli occhi e si calmò, metabolizzando l'informazione. «Te ne sei mai pentito?»

Sbuffai. Lo ero? Non mi era permesso nemmeno di pensarlo. Non potevo pensarlo perché se lo avessi fatto, non avrei avuto più un motivo per continuare a vivere.

Una volta che ci eri dentro, non ne potevi uscire, se non in un sacco per cadaveri.

«Ufficialmente no.»

«Ufficiosamente?» chiese dolcemente.

«Ho dei rimpianti» ammisi. «Ma non c'è via d'uscita. Ci sono dentro per tutta la vita adesso.» Alzai le spalle. «Devo farmela andare bene.»

Sbatté le ciglia verso di me, vedendo molto di più di quello che volevo mostrare.

Dovevo cambiare argomento. «»Andiamo, Fiori. La spesa la offro io, quindi finisci di riempire questo carrello. Non so cosa ti piace.»

«Aragosta e caviale, sì.» Scosse i capelli e agitò i fianchi mentre spingeva il carrello lungo il corridoio.

Sentii di nuovo quella sensazione alla bocca.

Un sorriso. Hannah mi faceva venire voglia di sorridere.

«Se la mia principessa vuole l'aragosta, allora aragosta sia» dissi.

Fece una pausa, si mordicchiò il labbro inferiore e poi prese una scatola di deodoranti per ambienti. «Preferirei questi all'aragosta. Può aiutare con gli odori del gattino. Sono solo super costosi considerato che si tratta di un po' di olio da collegare al muro. Ma...»

Glieli strappai di mano, senza nemmeno guardare il prezzo. «Sei un appuntamento economico.»

Sorrise di nuovo - un sorriso che avrei potuto guardare tutto il giorno per tutti i giorni - e proseguì verso la cassa.

Uscimmo e ci assalì il rumore di bassi proveniente da una Chevy Impala low-rider. Mi girai per affrontare Hannah, afferrando il carrello per fermarlo e fermare lei.

«Che c'è?» spalancò gli occhi. Era abbastanza intelligente da riconoscere l'emergenza in me e scrutò la strada, seguendo il veicolo con lo sguardo. «Li conosci?»

Non mi girai, anche se lo volevo. Odiavo fottutamente dover affrontare il pericolo. «Non lo so» mormorai. La musica martellante svanì.

«Non c'è più» mi disse Hannah.

Tornai al furgone e tirai il carrello, riprendendo a comportarmi come se nulla fosse.

Fanculo.

Avrebbero potuto essere gli Hermanos. Avrebbero potuto avere armi d'assalto e sparare dall'auto. Hannah sarebbe stata uccisa.

Ero ancora impassibile e privo di emozioni quando mi immaginavo di essere ucciso a colpi di arma da fuoco, ma il pensiero che Hannah potesse morire a causa mia mi faceva venire la bile in bocca.

Non avrei dovuto nascondermi con lei. Sarebbe stato meglio espormi al pericolo piuttosto che usarla come scudo.

Dovevo uscire dalla sua vita.

Presto, cazzo.

Accompagnandola dal lato del passeggero del furgone, aprii la portiera e la aiutai a salire, sentendomi ancora osservato. Come se stessero guardando ogni mia mossa. Notai che Hannah stava studiando il mio viso, ovviamente captando il mio disagio. Senza dare nessuna spiegazione, chiusi la portiera e feci il giro del furgone incazzato per aver abbassato la guardia. I miei occhi guizzavano da una parte all'altra, scrutando il parcheggio e infine facendomi comportare nel modo per cui sono stato addestrato.

Avevamo finito di giocare alla coppietta. Le nostre fottute vite erano in pericolo.

Capitolo venticinque

annah

Shadow corse ad accoglierci quando arrivammo a casa, arrampicandosi sulla gamba dei pantaloni di Armando.

«Che cazzo è?» Si ritrasse per guardare dall'alto in basso il mio minuscolo fastidiosetto dagli artigli affilati.

«Mi dispiace.» Mi precipitai a districare gli artigli del gattino dalla sua coscia. «È un elemento di disturbo.»

«Fammelo vedere.» Armando tese la mano. Esitai un attimo prima di consegnarglielo. Non ero sicura di dove si posizionasse Armando nella scala di valori del trattamento degli animali, anche se aveva comprato dei giocattoli per Shadow.

Me lo prese e se lo sollevò all'altezza del viso. «Ascolta, ometto. La mia gamba non è il tuo tiragraffi. Capito?»

Ridacchiai e mi allungai per riprenderlo.

«Dagli uno di quegli sfizi» disse Armando, e il mio cuore si strinse in quel modo strano. Come se insieme fossimo genitori di animaletti domestici o qualcosa di stupido del genere. Era ridicolo e strano e Dio... tutta questa situazione mi sfiniva.

167

Recuperai gli snack e ne diedi uno da mangiare a Shadow mentre Armando metteva via la spesa e apparecchiava la tavola.

Sono arrabbiata con lui, ricordai alle mie ovaie, che rilasciavano ovuli ogni trenta secondi. *Arrabbiata con lui.* Mi aveva legata nel mio letto la scorsa notte. Mi aveva preso il telefono, di cui avevo bisogno. Mi faceva ancora la guardia come se fossi una prigioniera.

Tecnicamente, ero una prigioniera. Lo ero? Era difficile sentirmi una prigioniera quando continuavo a scoparmi il mio carceriere. Mi stavo sforzando per tenere le mani lontane da lui in questo momento.

Ci sedemmo e mangiammo uno di quei polli allo spiedo precotti e una Caesar salad che aveva preparato Armando. Armando mangiò veloce, a testa bassa, senza dire una parola. Me lo immaginai mentre mangiava così in prigione e mi si strinse il petto. Avrei voluto chiederglielo, ma era così chiuso che non osai.

Alla fine, alzò lo sguardo, fece una pausa a metà della masticazione e deglutì a fatica. Come se gli fosse appena venuto in mente che eravamo rimasti seduti qui in silenzio mentre si cacciava il cibo in bocca come se una guardia stesse aspettando di portargli via il vassoio.

«Allora dimmi qualcosa di te» disse.

«Ehm... tipo cosa?»

Fece una pausa, i suoi occhi guizzarono per la stanza e poi si concentrarono di nuovo su di me. «Qual è il tuo fiore preferito? So che ci hai a che fare tutto il giorno e conosci le preferenze dei tuoi clienti. Ma qual è il tuo?»

«Devo averne uno?»

«Sì. Tutti ne hanno uno.»

«Forse... mi piacciono le rose» dissi. «Rosse.» Non ero sicura che avrei risposto così se non fossi stata messa in difficoltà.

«L'avrei immaginato» disse. «Hai la personalità di una rosa.»

Il respiro mi si bloccò in gola. «Quale sarebbe?»

«Forte, bella e che richiede attenzione.»

«Non richiedo attenzione» dissi, sorpresa dalle sue parole.

«Dovresti.» Mi inchiodò con uno sguardo che mi fece tremare la pancia. «»Non accontentarti mai di nient'altro.»

«E tu?» chiesi. «Hai un fiore preferito?»

«Qualunque fiore ti renda felice. Quello è il mio.»

Non sorrise. Non disse le parole in un modo inteso ad affascinarmi o corteggiarmi. Erano semplici, dirette e pacate. Non sapevo come rispondere a quest'uomo.

Quindi, piuttosto, continuai a mangiare, come fece lui. Anche se parlammo molto poco, ero confortata dalla sua presenza e dal suono del suo coltello e della sua forchetta contro il piatto. Non avrei dovuto cercare di interpretare le sue parole o le sue azioni, eppure non potevo farne a meno.

Quando finimmo, mi aiutò a pulire con la stessa efficienza con cui faceva tutto. Era come se stessimo giocando alla coppietta, in piedi fianco a fianco a lavare i piatti e metterli via. L'unico rumore nella stanza era l'acqua che scorreva e i miagolii di Shadow che implorava per avere avanzi di pollo.

Fui sorpresa quando Armando si inginocchiò e gli diede un assaggio tenendolo con le dita. «Ecco. È buono» disse al gattino mentre Shadow leccava fino all'ultimo assaggio di sugo dalle dita forti di Armando.

Poi prese lo spazzolino da denti e gli altri articoli da toeletta dal bancone e si diresse in bagno. Mi sentivo... strana. Non sapevo come elaborare tutto ciò che stava accadendo e l'ondata di emozioni sia buone che cattive che mi scorreva dentro. Ma dovevo trovare il mio telefono. Potevano esserci messaggi che richiedevano una risposta. Non sopportavo il fatto che non me lo voleva dare.

Cercai negli armadietti in alto perché era lì che aveva riposto la mia borsa la scorsa sera. Niente da fare.

Poi lo vidi. Era in cima al frigorifero, spinto in fondo dietro i cestini di fiori che avevo impilato lì. Mi divertiva il fatto che lo avesse nascosto in alto. Come se fossi una ragazzina che non lo poteva raggiungere.

Ok, in realtà, non mi bastò allungarmi perché ero bassa, ma appoggiai un ginocchio sul bancone e lo raggiunsi. Ripresi il telefono e controllai i messaggi.

Ce n'erano due. Uno di mia madre, che mi chiedeva se sarei andata a cena l'indomani, e uno di Josie, che mi diceva che avrebbe fatto tardi lunedì.

Non me lo stava chiedendo. Me lo stava *dicendo*.

Sospirai. Un altro problema per cui stavo ficcando la testa sotto la sabbia.

Cominciai a rispondere quando sentii Armando imprecare.

Si scagliò contro di me, ma io non sussultai. Sì, era capace di farmi del male. Era violento. Pericoloso. Ma c'erano pensiero e controllo dietro la violenza. Ed ero abbastanza certa che avesse delle regole sul fare del male alle donne. Non lo avrebbe fatto. E francamente, se avesse voluto farmi del male, l'avrebbe già fatto.

«Che cazzo, Hannah!» mi strappò il telefono dalla mano, corrucciò la fronte mentre scorreva sullo schermo. «A chi hai scritto?»

«*A nessuno.*» Lasciai trasparire la mia irritazione. Alzai il mento verso il telefono. «Controlla tu stesso.»

Il suo pollice volò sullo schermo mentre controllava anche il registro del mio telefono. «Avresti potuto inviarne uno e cancellarlo.»

«Ho bisogno del mio fottuto telefono, Armando.» Mi permisi di sembrare stronza perché era un'alternativa migliore al permettergli di fare il prepotente con me o mostrare paura.

Scosse la testa e infilò il telefono nella tasca posteriore dei pantaloni. «Non è così che funziona, e lo sai, Fiori.» Mi afferrò i polsi e mi bloccò con uno sguardo cupo. «Mi fido di te e me ne vado per un minuto... E ora sei nei guai con me.»

Grossi guai.

Perché la cosa mi fece capovolgere la pancia per l'eccitazione?

Perché sapevo già che mi piacevano le sue punizioni. Mi fece girare e mi schiaffò le mani sul frigorifero, poi mi tirò indietro i fianchi per piegarmi alla vita. I miei polsi erano bloccati sotto uno dei suoi palmi possenti.

Ero preparata per lo schiaffo quando arrivò, ma fu più forte di quanto mi aspettassi e sussultai. Mi schiaffeggiò l'altra natica altrettanto forte, poi mi tirò su il miniabito fino alle ascelle. Mi sculacciò ancora un po' il culo sopra le mutandine.

«Oh, ok.» Scattai perché faceva davvero male.

Avvicinò la bocca al mio orecchio, abbastanza vicino che il suo respiro caldo mi sfiorò la mascella quando parlò. «Tieni le mani incollate a quel frigorifero, Hannah» mi avvertì. «Se ti muovi, te ne farò pentire.»

Non aspettò che annuissi ma mi liberò i polsi per tirarmi giù le mutandine lungo le cosce.

Oh Dio.

Era così sexy ma anche al limite dell'umiliante. Soprattutto perché mi si aggrovigliarono intorno alle cosce e ci restarono. Mossi e scossi le gambe finché non caddero.

«Brava ragazza» disse Armando, e tutto cambiò.

Forse fino a quel momento avevo avuto un po' di paura. Era stato un po' più brutale di quanto non fosse stato in passato. Mi aveva sculacciata un po' più forte. Ora ero di nuovo sicura di lui.

«Non farò sesso con te» dissi, cercando di mantenere l'unico livello di controllo che mi aveva dato.

Il sesso era l'unica leva che avevo, non che non potesse semplicemente costringermi. Ma sapevo che non lo avrebbe fatto.

«Capito, ma questo non fermerà la tua punizione.» La sua voce era profonda e roca.

Bene bene. Non volevo interrompere la mia punizione. Solo che riprese a sculacciarmi di nuovo, ed era ancora troppo forte.

«Ahia!» sussultai e mi agitai mentre mi colpiva il culo con altre cinque sculacciate potenti.

«E c'è così tanto che posso farti oltre a scoparti.»

Continuò a sculacciarmi di più. Il culo mi si scaldava a ogni colpo della sua mano. Quello che faceva male era anche così fottutamente bello.

«Farai la brava ragazza e seguirai le mie regole? O devo continuare a sculacciarti? La sua voce era profonda, autorevole, e la figa mi pulsò a ogni sillaba della sua domanda.

«Sarò una brava ragazza.» Anche se avevo pronunciato quelle parole, sembrarono svanire, annegando tra i miei rantoli e i miei gemiti.

«Vuoi che paparino ti punisca come una ragazza cattiva o ti punisca come la cattiva ragazza che sei?»

Ma porca puttana. La sua unica domanda mi attraversò come un fulmine. Così fottutamente intenso.

«Entrambe, *paparino*.» Inspirai profondamente. «Entrambe.»

Poi si inginocchiò dietro di me e mi pizzicò le natiche con i pollici. Le separò e leccò la mia fessura.

Emisi un gemito di piacere. Dio, sì. Ovunque quest'uomo avesse imparato a scopare, l'aveva imparato bene.

Mi leccò l'ano con la lingua, poi mi allargò le cosce per aprirmi a lui. Affondò la faccia nel mio culo, mi leccò fino al clitoride e poi di nuovo indietro. Il bruciore delle sue sculacciate si trasformò in un caldo formicolio, portando ulteriore calore in quell'area, come se il mio nucleo non fosse già fuso.

Mi schiaffeggiò il culo a intermittenza mentre passava tra le mie pieghe con la lingua, poi mi avvitò un dito dentro. Con il pollice mi strofinò l'ano.

«Meno male che non facciamo sesso, Fiori. Altrimenti adesso ti piegherei, ti metterei il cazzo nel culo e ti fotterei forte.

Oh. Mio. *Dio*.

Armando si spostò per intingere il pollice nella figa, poi tornò all'ano con il dito ricoperto dei miei succhi e spinse come se stesse cercando di entrare. Mi mise tre - cazzo, forse quattro - dita nella figa contemporaneamente.

Urlai, un forte, «Oh mio Dio!» Persi l'equilibrio, mi si piegarono le ginocchia. Armando mi afferrò il bacino per sostenermi e tolse le dita. «No» piagnucolai. Dannazione. Ero vicinissima a venire.

Mi afferrò per la vita e si tirò indietro. Urlai mentre gli cadevo in grembo, ma lui non perse un colpo. Mi agganciò la mano dietro il ginocchio sinistro e lo sollevò e lo aprì, allargandomi. Con il palmo destro iniziò a sculacciarmi la figa.

Schiaffi rapidi e decisi. Schiaffeggiò tutto: il clitoride, il mio ingresso, le mie labbra. Mi dimenai sulle sue ginocchia, cercando di spingerlo via mentre lo avvicinavo di più. Era intenso in modo pazzesco. Intenso al punto di farmi perdere la testa in un modo tanto buono che cattivo. Doloroso, ma davvero dannatamente soddisfacente.

Urlai e afferrai la mano che mi sculacciava, la misi sul mio monte di Venere, così da poter venire. Arricciò le dita e le immerse dentro - due, forse tre - e io venni, uno spasmo di liberazione mi attraversò.

«Oh cazzo» ansimai. «Dio mio.»

Venni ancora un po'.

Fece ondeggiare la mano, spingendo la parte bassa del palmo contro il clitoride. Venni di nuovo.

«Gesù.» Mi gettai di nuovo tra le sue braccia, la testa mi ciondolava sulla sua spalla.

Tirò fuori le dita da me e io gemetti, ma lui mi diede altri tre rapidi schiaffi alla fica e io venni di nuovo.

«Porca merda» ansimai. «Cosa diavolo mi hai appena fatto?» Tutto il mio corpo era in fermento, il culo formicolava, la figa era irritata e dolorante per via delle sculacciate, l'ano pulsava ancora per essere stato violato.

Girai la faccia contro il suo collo perché improvvisamente mi bruciavano gli occhi per il rilascio. Sapevo che se non avessi fatto qualcosa, le emozioni mi avrebbero travolta, ma non volevo che lui vedesse. Era così strano quanto piangessi facilmente.

Mi spostò il culo per trattenermi meglio, e sentii la sua erezione dura come una roccia che mi pungolava il sedere. Non mi sentii in colpa. Affatto.

Ma la verità era che ero ancora su di giri. Non lo so, forse il mio corpo non sarebbe stato del tutto soddisfatto finché non fossi andata fino in fondo. Finché non avessi cavalcato davvero il suo cazzo.

«L'unico modo in cui accetterei di fare sesso con te sarebbe se fossi io a legarti questa volta» gli dissi.

«Non succederà» rispose senza esitazione, ma sentii il cazzo spingermi contro il sedere. Portò le dita sul clitoride e strofinò con un lento movimento circolare.

Merda!

Il tocco di quest'uomo era la mia criptonite. Era certo che mi sarei fatta fare qualsiasi cosa se solo mi avesse fatta venire così forte ogni giorno.

Rimisi la faccia nell'incavo del suo collo e piagnucolai. Potevo anche essere appena venuta, ma il bisogno c'era ancora. E lo stava amplificando a ogni tocco del clitoride.

«Ti lascerei cavalcare senza mani» offrì.

Gli morsi il collo perché ero frustrata. «Che vuol dire?»

«Sai. Come in uno strip club. Puoi arrampicarti su di me, ma io non posso toccarti.»

Aveva per forza dovuto tirare in ballo gli strip club e ricordarmi della scorsa notte. «No, non lo so. Non ci sono mai stata» dissi con tono acido.

«Vuoi cavalcare il mio cazzo?» Mi massaggiò una manciata di culo.

Sfortunatamente, sembrava che il mio corpo non aspettasse altro. Non portasse rancore.

Quando esitai, si mosse, sollevandomi dal suo grembo e mettendomi in piedi mentre si alzava. Poi mi prese in braccio. Ansimai, preoccupata di essere troppo pesante, ma lui non sembrò sforzarsi.

Ed essere trasportati era una sensazione deliziosa. Una a cui non volevo affezionarmi perché c'erano già troppe cose che mi piacevano nel modo in cui Armando mi toccava. Non volevo abituarmi a niente di tutto ciò, perché non avevamo una relazione. Non era permanente. Era questa strana esperienza condivisa ad alto tasso di stress che aveva forgiato l'intimità. Come le persone che si univano durante l'apocalisse degli zombi ed erano costrette a sviluppare legami che altrimenti non sarebbero mai esistiti.

E sì, il fatto che stavo paragonando la nostra situazione a quella affrontata dai personaggi di *The Walking Dead* la diceva lunga.

Mi mise in piedi vicino al letto e mi sfilò via il vestito, che avevo ancora aggrovigliato intorno alle ascelle.

Gli diedi una leggera spinta al petto, che ovviamente non lo mosse affatto. «Non toccare» gli ricordai.

Capitolo ventisei

Armando

Maria, Regina della Pace. Ero più duro della pietra per Hannah. Che tipo di creatura magica era lei per trasformare ogni conflitto in sesso esplosivo? Lei si arrendeva a me, cazzo. Anche quando voleva trattenersi, il suo corpo si scioglieva al mio tocco, a tutte le cose sporche che le facevo. Non avevo intenzione di farle, ma era lei a portarmi a farle. Me le tirava fuori. Il suo corpo riceveva e il mio voleva dare. Era impossibile per me non offrirle ogni carezza, ogni sculacciata, ogni orgasmo che lei sembrava bramare.

E in questo momento voleva fingere di avere il controllo, quindi glielo avrei dato. Mi spogliai e presi un preservativo dal portafoglio. Mi buttai sul letto di schiena e srotolai il preservativo sulla mia erezione.

Hannah si era tolta tutti i vestiti. Era incredibilmente meravigliosa: tutte curve morbide e pelle scura con quella folle criniera di capelli che le cadeva sulle spalle e lungo la schiena. Salì sul letto.

Misi una mano dietro la testa ma tenni la base del mio cazzo con l'altra finché lei non prese il sopravvento. Un brivido di piacere mi percorse nel momento in cui lo strinse nel pugno.

«Scommetto che vuoi che te lo succhi» disse, con le pupille dilatate.

L'erezione si irrigidì ancora di più. «Cazzo!»

«Non sono sicuro che te lo meriti.» Stava fingendo di tirarsela, ma non me ne fregava un cazzo perché si arrampicò su di me e allineò quella sua dolce figa con la cappella del mio albero. Ci strofinò sopra i suoi succhi, poi sprofondò.

Ringhiai, trattenendomi a malapena dal raggiungere i suoi fianchi per aiutarla. Era fottutamente difficile non usare le mani. Perché non era una spogliarellista sconosciuta. Era Hannah e non vedevo l'ora di vederla venire sul mio cazzo.

Si dondolò lentamente sopra di me, il suo bacino ondeggiava, le sue tette si muovevano. Era come una dea. Volevo toccare quelle tette succose. Volevo strofinarle il clitoride. Volevo tirarla giù così forte da farle vedere le stelle. Ma ora aveva il controllo. Ed ero dannatamente grato di essere dentro di lei.

Roteai i fianchi a tempo con i suoi, spostandomi verso l'alto per spingermi contro di lei quando si abbassava. Divenne rapidamente troppo per lei. Mi mise le mani sulle spalle e iniziò a cavalcarmi più velocemente, i seni ondeggiavano, i capelli caddero come una tenda intorno alla mia testa.

Strinsi il cuscino dietro la testa, strappandolo, per non infrangere la parola data di non toccarla. Quando vide il mio dilemma, mi bloccò i polsi sul letto come se fossi suo prigioniero e fece scivolare quella figa magica sempre più velocemente sul mio cazzo. Andò avanti e avanti come un fottuto coniglietto Duracell, finché non rimase senza fiato per lo sforzo e smise di muoversi, ansimando.

Alzai i fianchi per andarle incontro ad ogni spinta verso il basso. Sembrava incredibile. Era così bagnata e così stretta. E quando alzai lo sguardo, vidi le sue tette rimbalzare e i suoi capezzoli irrigidirsi. Non c'era più modo di tenere le mani ferme, neanche per qualche secondo in più. Non vedevano l'ora di toccarla. Di spremere quei tumuli maturi. Di stringere i capezzoli rigidi tra pollice e indice. Di scivolare sul clitoride e farla venire.

Ero al limite. Con le palle in profondità in quella fica liscia, appoggiata contro la sua cervice, spingevo i fianchi per andare ancora più in profondità. Contrassi le dita.

Lei si inarcò all'indietro e mi strinse forte il cazzo. Lo shock dei muscoli della sua figa che si contraevano intorno a me fu quasi sufficiente a mandarmi oltre. Ora stava ansimando, le sue tette rimbalzavano mentre macinava il bacino avanti e indietro.

Allungai le braccia e feci scivolare le mani lungo il suo corpo fino a coprirle i seni, stringendoli e massaggiandoli. Spalancò gli occhi e deglutì. Lasciai cadere una mano per accarezzarle il clitoride. Non riuscii a trattenermi. Ci ero troppo vicino. I suoi fianchi urtarono contro i miei, fottendomi. Mossi il pollice con movimenti circolari sul clitoride finché lei non gemette e implorò di essere liberata.

Lasciai andare la sua tetta e le afferrai il culo per seppellirmi in lei il più a fondo possibile. La guardai inarcarsi all'indietro per venirmi incontro mentre emetteva un gemito roco.

Cazzo.

«Lascia che ti tocchi» cominciai a implorare. «Lasciami guidare, bambolina. Ti farò sentire benissimo, te lo prometto.»

Aveva lo sguardo annebbiato, la pelle arrossata. Sbatté le ciglia mentre rifletteva. Sollevai i fianchi per andare più in profondità e lei gemette.

Nel momento in cui mi fece un minuscolo cenno del capo, avvolsi le dita intorno ai suoi fianchi e cominciai a controllare il movimento. La sollevai e la abbassai sopra di me, spingendo i fianchi a ritmo per incontrare i suoi. Sembrava di stare in paradiso, ma stavo anche cercando disperatamente di finire. Ce l'avevo avuto duro per lei tutto il giorno e l'avevo appena vista venire sul pavimento della cucina.

Gemeva come se si stesse avvicinando, con grida brevi e acute che risuonavano come musica nella stanza.

Ci eravamo entrambi vicini, ma non succedeva, e pensai che un cambio di posizione avrebbe aiutato. «Lascia che ti metta sulla schiena.»

Di solito non ero uno che chiedeva il permesso per fare qualcosa, ma ora lei deteneva questo potere su di me e glielo avrei permesso. Era la mia penitenza. Ed era migliore di quelle che assegnava padre Fantoni.

«Va bene» ansimò.

La girai in un secondo netto, tenendo i nostri fianchi incollati insieme. Appena fui sopra iniziai a spingere con forza. Gli occhi di Hannah ruotarono all'indietro, le sue labbra si aprirono per il piacere. Si coprì i seni. La tenevo nel punto in cui la spalla incontrava il collo per impedire che la sua testa sbattesse contro il muro e la scopai a morte.

Quando decisi di dover andare ancora più a fondo, le sollevai una delle cosce e la colpii in quella posizione.

La baciai forte di nuovo, ancora una volta. La mia lingua era diventata forte e dominante. Le presi la lingua e me la succhiai forte in bocca, costringendola a sottomettersi. Lei era mia. Se lo sarebbe ricordato. Volevo lasciare un segno su di lei. Volevo che fosse in grado di annusarmi su di lei, di sentirmi nel profondo. Volevo che pensasse a me ogni volta che si toccava o ricordava questa notte.

«Hai un sapore così fottutamente buono, Hannah. Ti farò venire fortissimo. Ti farò urlare.»

La guardai crollare intorno a me, le gambe le tremarono e la sua schiena si inarcò, tutto il suo corpo reggeva il peso di un orgasmo troppo intenso. Respirò profondamente e con forza dal profondo, contorcendosi contro di me, aggrappando saldamente le mani ai miei avambracci. Ogni volta che il suo corpo si avvolgeva attorno al mio, sentivo crescere il mio orgasmo.

«Sto per venire, piccola» ringhiai. «Ti riempirò...»

Cominciò a urlare, riempiendo la stanza di urla estatiche e bisognose. Mi si strinsero le palle, le cosce tremarono.

«Cazzo, Hannah, sto per venire» le dissi mentre le stelle iniziavano a esplodermi negli occhi.

«Sì!» piagnucolò. «Anche io!»

L'orgasmo di Hannah era stato così potente che stava tremando anche mentre il mio mi squarciava il corpo, prendendo il sopravvento e scuotendomi nel profondo. Non volevo fermarmi. Volevo restare dentro di lei per sempre, sentire il suo corpo attirarmi più a fondo, tenermi qui, connesso.

Continuai a venire, continuando a sbatterla forte, e lei si morse il labbro, inarcò la schiena e urlò ancora. La figa si contrasse attorno al mio cazzo, pulsando e stringendomi con il suo orgasmo.

Cristo, lei era tutto.

Lo era davvero.

Rallentai e spinsi lentamente per un po', trasformando il movimento in una carezza, poi finalmente mi fermai e sentii il cazzo pulsare e contrarsi dentro di lei per le scosse di assestamento.

«*Bella.*»

Aggrottò la fronte e sollevò la testa dal cuscino. «Che cosa?»

«Sei bella.»

«Mi hai appena chiamata con il nome di un'altra donna?» La sua voce era tagliente e offesa.

Uno sbuffo di risate mi sorprese. Gesù. Quando era stata l'ultima volta che avevo riso?

«No, ho detto *bella*. È un aggettivo, in italiano. Mi allontanai e mi tolsi il preservativo, allungando una mano dietro di me per gettarlo nella spazzatura vicino al letto.

«Oh.» Divenne di nuovo morbida e ricettiva. Cazzo, mi piaceva quanto fosse ricettiva. Amavo anche la sua gelosia. «Parli italiano?»

Mi sistemai accanto a lei e le accarezzai il fianco con il palmo della mano. «Un po'. Lo capisco meglio di come lo parlo. Sono americano di seconda generazione, quindi i miei nonni lo parlano.»

«Wow.» Si girò verso di me, posandomi il palmo sul petto. «Sei sempre... così?»

Le scostai una ciocca di riccioli sopra la spalla, così da poter vedere il suo splendido seno. «Così come?»

Si mordicchiò il labbro. «Così a letto.»

Riuscii a nascondere la mia sorpresa solo in parte. Avevo imparato molto tempo fa che ogni volta che convincevi una donna a parlare di sesso, non era il caso di fare nulla per interrompere quella comunicazione. Hannah voleva parlare, ci stavo. Anche se ero così lontano dal contatto con le mie emozioni, ero un robot.

Valutai la risposta. «No. Non credo. Tendevo a comportarmi diversamente. Le mie tecniche erano... più stilizzate. Pensavo persino sofisticate. Ma con te...» chiusi gli occhi lasciandomi travolgere dal piacere di quello che avevamo appena fatto. «È più crudo. Affamato. Quasi disperato.»

Lei sbatté le palpebre. In quei sensuali occhi castani brillava della vulnerabilità, ma non ero sicuro di cosa volesse che dicessi. O se avevo già mandato tutto a puttane.

«Ogni volta che lo facciamo, qualcosa in me si scioglie» ammisi.

Più vulnerabilità le bagnò il viso e il suo respiro accelerò. Le tremava il labbro inferiore?

Ne uscii fuori con tutta l'onestà che potevo darle. «Mi stai guarendo.»

Le si riempirono gli occhi di lacrime e sbuffò. Le presi il viso, cercando di non reagire alle lacrime. Un paio le caddero lungo la guancia e io ne asciugai una.

«Mi stai *distruggendo*.» La sua voce era strozzata dalle lacrime.

Mi bloccai. Smisi di respirare.

Cosa stava dicendo? Cosa diavolo mi stava dicendo? Fanculo.

Mi accadde di nuovo qualcosa nel petto.

«Come?» Mi si tese tutto il corpo in attesa della risposta.

Si sedette e io la seguii. «Armando, cos'è questa cosa? Non so nemmeno cosa stiamo facendo, ma so che è una cattiva idea.»

Ah, merda. Il mio cuore smise di battere. Il petto si irrigidì.

«Non ho le risposte che stai cercando» ammisi.

«Succede tutto così in fretta. Come una tempesta infuriata.»

«È così.»

«Allora cos'è questa cosa? È solo sesso... molto sesso?»

Scossi la testa. «No, Fiori. Non è solo sesso. Questo posso dirtelo.» Anche se non riuscivo a tenere le mie dannate mani lontane da questa donna.

«Ma è pericoloso» aggiunse.

Mi si strinse un nodo nello stomaco.

«Non tengo i sentimenti rinchiusi in una scatola. Le mie emozioni sono forti e defluiscono in tutto. E non voglio cadere giù nel baratro quando so che non ci sarà nessuno nei paraggi a tirarmi fuori.»

Digerii quella metafora. *Il baratro* significava amore?

Fanculo.

Volevo dirle che non le avrei fatto del male. Ma aveva ragione. Qualcuno mi voleva morto. Non sapevo se sarei sopravvissuto alla settimana. E anche se ci fossi riuscito, io e Hannah eravamo mondi separati. Lei era fatta di colore e fiori leggeri e delicati.

Io ero fatto di oscurità.

Morte.

Distruzione.

Vivevo e respiravo in una tana di peccato.

Non avevo niente da offrirle.

In effetti, la mia continua presenza nella sua vita comportava solo un grave pericolo per lei.

Non appena avessi smesso di fingere di credere che lei rappresentasse davvero un problema per me, sarei dovuto andare.

Allontanarmi e non voltarmi mai indietro.

Se avessi avuto un po' di decenza, lo avrei fatto subito.

Ma non ne avevo. Le afferrai il viso e ne reclamai la bocca come se mi avesse appena professato il suo amore. Cosa che, in un certo senso, aveva fatto.

«Siamo entrambi nel baratro, Fiori» le dissi quando ci separammo.

Non ero mai stato così a fondo in un baratro.

Lei sanguinava.... Io sanguinavo.

Capitolo ventisette

Hannah

Il telefono di Armando squillò nel cuore della notte. Il modo in cui si era alzato dal letto senza fiato mi disse che era abituato a svegliarsi in guardia. Inspirò a fondo dalle narici e la luce del suo telefono si accese. La sua espressione era dura. Simile a quella di un guerriero. «Sì?»

Sentii una voce maschile tagliente dall'altra parte, il tono duro quanto quello di Armando. Sentii le parole *sparato* e *poliziotti*.

Armando imprecò e iniziò a vestirsi come se stesse per andare a combattere. «Bene. Sto scendendo... No, prendo un Uber... Sì.»

Accesi la lampada da comodino e mi alzai anche io. Il cuore mi batteva forte, anche se non sapevo quale fosse l'emergenza.

Armando terminò la telefonata e si abbottonò i pantaloni, poi si infilò il cellulare in tasca.

«Qual è il problema? Chi era?» chiesi. Forse ero troppo diretta, ma lui era nel mio appartamento e *nel mio letto*. Pensavo di essermi guadagnata il diritto.

Si voltò a guardarmi. La sua faccia era dura. Intransigente. L'espressione letale.

«Devo andare.» Gli occhi vagarono per la stanza. «Dovrai restare...»

«Non pensare nemmeno a legarmi.» Mi sentivo orgogliosa di me stessa per aver mantenuto la voce bassa e minacciosa, invece che isterica come l'ultima volta.

Ci stava pensando. Potevo dirlo perché non si mosse. Era ancora lì, che mi guardava.

«No. Armando, quando hai intenzione di fidarti di me? Non vado da nessuna parte. Me ne torno a dormire.»

Aprì il cassetto e tirò fuori di nuovo un paio dei miei collant. «Non mi fido di te, ok? *Non mi fido*. Credimi quando dico che legarti è meglio di quello che dovrei fare per lasciare il mio messaggio e andarmene. Non ci sarebbe ritorno da quello.»

Le sue parole bruciavano. Poteva *scoparmi* ma non fidarsi di me.

«Non ci sarà modo di tornare indietro se mi leghi di nuovo» lo avvertii. Cercai un'arma in giro. Quando non ne vidi una buona, presi la lampada. «Ti combatterò.» La sollevai come se volessi usarla per colpirlo. Probabilmente non sarei riuscita a convincermi a usarla, soprattutto perché dopo averlo visto combattere nel mio negozio, sapevo che le possibilità di vincere qualsiasi battaglia con lui erano ridicole. E probabilmente mi sarei fatta male... *ah*.

Ricordai il suo punto debole. «Dovrai farmi del male.» Questo lo avrebbe infastidito. Era contro il suo codice personale.

Sul suo viso non cambiò nulla, eppure in qualche modo capii di aver vinto perché si mosse di nuovo, lasciando cadere i collant nel cassetto e cercando le chiavi. «Metti giù la lampada. Entra in quel letto.» Era un ordine netto.

Non mi mossi.

Il suo telefono squillò di nuovo. Guardò lo schermo, con espressione cupa. «Sono Armando...Sì, signore. Sì, ho già sentito... No, non sono nelle vicinanze, ma posso essere lì in venti minuti.... Ok, vengo subito.»

Quando riattaccò, mi puntò un dito contro. «Nel letto prima che cambi idea. Prendo il tuo telefono e il tuo iPad. Se apri quella porta d'ingresso, lo saprò e la pagherai quando torno. Lo dico per la tua sicurezza. *Capito?*»

Il cuore mi batteva forte, ma il mio corpo ridicolo era eccitato dalla sua prepotenza. Salii sul letto, soddisfatta di me stessa per aver negoziato con successo la mia libertà. Se si poteva contare come libertà l'autonomia delle mie mani.

«Cosa è successo?» chiesi, anche se sapevo che non me lo avrebbe detto.

«Torna a dormire, Fiori.»

«Puoi prendere il furgone» proposi. «Oppure potrei accompagnarti io.»

«Non c'è problema.» La sua affermazione era ferma e sapevo che non si poteva discutere. «Quello che succede nella mia *vita* non può coinvolgerti. Punto.»

Alzai gli occhi al cielo e aspettai, sedendomi sul letto, guardandolo andarsene. Fece per uscire dalla porta, poi rientrò, guardandomi.

«Ehi ascolta...»

Aspettai.

«Se non torno entro domattina, puoi andartene. Tieni la bocca chiusa e fatti i fatti tuoi come se non mi avessi mai conosciuto. Va bene?»

Lo fissai, il ghiaccio mi scorreva nelle vene.

Quando non risposi, aggiunse: «Dico sul serio, Hannah. Non mi hai mai conosciuto. Non mi ha mai visto. Niente. Chiaro?»

Pensava che ci fosse una possibilità che non tornasse. Che cosa significava? Che sarebbe morto? O sarebbe finito di nuovo in prigione?

Cosa diavolo stava succedendo?

All'improvviso fui terrorizzata per lui, ma non ci fu niente da dire o da fare, perché se n'era già andato.

Rimasi seduta a lungo alla luce della lampada, il cuore che mi batteva forte per lui.

Armando. Merda!

Perché sembrava anche a me di trovarmi in una situazione di vita o morte? Non volevo preoccuparmi così tanto. Non era il mio ragazzo. Non era nemmeno un amico. Lui non era niente. Eppure, ero già completamente travolta. Come al solito...mi legavo troppo in fretta. Troppo forte. Troppo intensamente.

Ma sapere questo non cambiava questa sensazione distruttiva che sentivo intorno a me. Armando era coinvolto in qualcosa di brutto. E davvero non volevo che morisse.

Ma questa sarebbe stata la mia realtà se ci fosse stato qualcosa con quest'uomo. Era nella mafia. Lo sapevo. Non potevo ignorarlo. Lui era quello che era, e io ero solo una ragazza che possedeva un negozio di fiori.

C'era un muro intorno a lui fatto di mattoni di tradizioni, regole, dettami di persone più potenti di lui. Viveva in una tana di peccati, e non importava quanto mi divertisse giocherellare alla coppietta con lui: dovevo ricordare la mia realtà.

E se non fosse tornato?

E se *fosse* tornato?

Capitolo ventotto

Armando

Porca puttana.

Ero di sasso mentre scendevo dall'Uber davanti al mio condominio. Quattro volanti e un'ambulanza bloccavano la strada con le luci lampeggianti. I poliziotti si muovevano dappertutto. Alzai le mani mentre mi avvicinavo.

«Sono Armando Rossi, hanno sparato nel mio appartamento» dissi al primo poliziotto che mi vide.

«Ok.» Parlò nella sua ricetrasmittente. «Ho la vittima quaggiù.» Ascoltò la risposta. «Sì, lo porto su.» Mi guardò sospettoso. «Ha delle armi con sé?»

Tenni le mani in aria. «No signore.»

Mi perquisì per essere sicuro, poi disse: «Venga con me.»

Al mio piano vidi Marco in piedi con un agente. Il suo appartamento era due piani più in alto, accanto a quello di Leo. Pregai che anche i loro appartamenti non fossero stati coinvolti in questa merda.

Lui alzò il mento verso di me. Oltrepassammo il gestore dell'appartamento, che indicò e ringhiò: «Ti voglio fuori da qui entro domani. Non avrei mai dovuto lasciare che un criminale affittasse qui.»

«Lui rimane» la voce ferma ma alta di Marco interruppe le conversazioni in corso, facendo girare tutti.

Li ignorai entrambi. Ero morto di nuovo. Sentivo la cenere sulla lingua. I miei movimenti erano meccanici. Vedevo solo nei toni del grigio scuro. Tutto si chiuse intorno a me come le sbarre di metallo della mia cella a Joliet. Avrei potuto facilmente uccidere o essere ucciso in questo momento senza una sola emozione.

Un agente di polizia mi venne incontro alla mia porta. «Lei è Armando Rossi?»

«Si signore.»

Guardò l'agente che mi aveva portato su. «È stato perquisito?»

«Sì, signore, è pulito.»

«Posso vedere un documento?»

Tirai fuori il portafogli e la carta d'identità che mi avevano dato la settimana scorsa, visto che mi era stata revocata la patente. Tirò fuori un taccuino e una matita e copiò le mie informazioni. «Può dirmi cosa è successo qui?»

Scossi la testa. «No signore. Ero via.»

«Cosa pensi che sia successo?» sbottò, ovviamente irritato da me. Si era già fatto un'idea su di me ed ero sicuro che non era stato generoso.

«Penso...» Mi guardai intorno nel mio appartamento. C'erano fori di proiettile in ogni parete. Il vetro del quadro che Marco aveva appeso era andato in frantumi, coprendo i pavimenti. Lo schermo piatto era andato. Una gigantesca ragnatela di crepe attraversava la finestra che si affacciava sulla strada, ma il vetro non era caduto né dentro né fuori.

Ancora.

L'imbottitura del divano sbucava dal rivestimento. Marco mi aveva già raccontato quello che aveva sentito e visto, quindi era facile immaginarlo. Alcuni tizi avevano fatto irruzione e avevano sparato centinaia di colpi da un'arma semiautomatica contro casa mia. «Credo che qualcuno mi voglia morto.»

«Chi?»

Scossi subito la testa. «Non ne ho idea.»

Socchiuse gli occhi. «Chi pensi possa essere stato?»

Alzai le spalle. «Non ne ho idea.»

«Il padrone di casa ha detto che sei appena uscito di prigione.»

Avrei dovuto dire di *sì, signore*, ma all'improvviso avevo chiuso con quella fottuta conversazione. Volevo solo che tutti se ne andassero. Dovevo parlare con Marco e Leo. Quindi fissai quello stronzo. Tecnicamente non era una domanda, quindi non mi sarei degnato di rispondere.

Mi schiarii la gola. «Posso dare un'occhiata in giro?»

Il poliziotto socchiuse di nuovo gli occhi. «Hai qualcosa che valga la pena di rubare qui?»

«No.» Non aggiunsi il *signore*. Come avevo detto, avevo chiuso.

Si rimise in tasca taccuino e matita. «Ok. Guardati intorno, fammi sapere se manca qualcosa.»

Mi diressi in camera da letto. Sembrava messa male come il soggiorno. Fori di proiettile nelle porte, nella testiera del letto. Le piume dei cuscini sparse per la stanza. Probabilmente avevano iniziato da qui. Quando si erano accorti che non ero a casa, avevano sparato comunque.

Era un messaggio. Erano venuti per me.

Sembrava più nelle corde degli Hermanos rispetto a quanto successo venerdì.

Avevo messo da parte nell'appartamento un po' di quel denaro che mi aveva dato il don per ricominciare, ma non volevo controllare in presenza della polizia. Non c'era bisogno di spiegare dove avevo preso settemila dollari: quel che restava dei soldi dopo aver aiutato mia madre e Hannah. Marco non avrebbe accettato soldi per la caparra e l'affitto che aveva pagato per l'appartamento né per gli arredi che aveva comprato per riempirlo.

Restammo lì senza fare un cazzo per altri quaranta minuti prima che i tizi in divisa finalmente facessero fagotto e se ne andassero. Il padrone di casa era ancora fuori, in attesa di affrontarmi. Marco si avvicinò per mettersi al mio fianco.

«Ascolta» disse, allargando le mani in modo conciliante. «Non posso proprio avere il tuo tipo da queste parti. I miei residenti hanno bisogno di sentirsi al sicuro e quello che è successo stanotte ammazzerà i miei affari.»

Un tempo gli avrei risposto a tono. Ero un fottuto cane alfa e non permettevo a nessuno di prendermi in giro. Ma in questo momento, non riuscivo a convincermi a interessarmene. Non mi importava se potevo rimanere in questo condominio o me ne dovevo andare. Tanto per cominciare, non avevo trascorso molto tempo qui da quando avevo incontrato Hannah.

Non ero nemmeno arrabbiato per quello che era successo. Non c'era alcun senso di vendetta che mi risuonava dentro. Nessun desiderio di rivalsa.

Ero solo fottutamente morto di nuovo.

E questa era davvero l'unica cosa che trovavo inquietante.

Ma poi in fondo, chi se ne fregava? Perché era una specie di esperienza fuori dal corpo.

Ma Marco se ne fregò di tutto. Entrò nello spazio personale del padrone di casa, non toccandolo, ma entrando dritto nel suo spazio vitale. «No, quello che ucciderebbe i tuoi affari, amico, sarebbe mettersi dalla parte sbagliata della famiglia Pachino. Mio cugino resta. Io resto. Mio fratello resta. E se infastidisci di nuovo qualcuno di noi, manderò a picco questa cazzo di attività, insieme a te e a tutti quelli a cui tieni.» Marco fece un passo indietro. «Stanne certo, vecchio.»

Il padrone di casa ci credette. Ci credette così tanto che sbiancò e iniziarono a tremargli i dannati denti. E Leo, con tempismo impeccabile, colse quel momento per presentarsi, arricchendo la minaccia della sua figura ingombrante.

«Ora levati di mezzo.»

Il padrone di casa scappò.

Marco e Leo aspettarono che se ne andasse prima di entrare nel mio appartamento. Marco indossava una canottiera bianca e un paio di pantaloni, come se li avesse infilati al volo quando era successo tutto. Sembrava che Leo avesse impiegato più tempo a vestirsi. «Sicuramente gli Hermanos» disse Marco. «Ho visto quegli stronzi correre verso un'auto per strada. Indossavano passamontagna ed erano armati. Ho sentito un poliziotto dire che hanno sparato alle telecamere davanti e alla porta a vetri. Poi hanno preso il fottuto ascensore fin qui e hanno sparato a casa tua. L'hai detto a Don G?»

«Non ancora.» Tenevo d'occhio Leo, perché anche se era come un fratello per me, meno persone erano a conoscenza delle mie cazzate, meglio era.

Tirò fuori una pistola dalla cintura posteriore e munizioni dalla tasca. «So che non ti è permesso tenere una pistola, ma saresti più al sicuro con un'arma addosso sempre con te in questo momento.»

Forse la mia anima non si era completamente avvizzita perché avvertii un filo di gratitudine. La mia famiglia si prendeva cura di me. Tra alti e bassi.

Presi la pistola e la infilai nella cintura posteriore dei pantaloni. «Sì, grazie.»

«Sono preoccupato per tua madre» disse Marco. «Se non ti trovassero qui, pensi che verrebbero a cercarti a casa sua?»

Mi passai una mano sul viso. «Ho avuto lo stesso pensiero. Vedrò se posso mandarla in vacanza da qualche parte.»

Andai in camera da letto a cercare i soldi sotto il lavandino del bagno. Era ancora tutto lì. Ma non ne ero sorpreso. Non si era trattato di una rapina.

Erano in cerca di sangue, di sicuro. E dopo aver fatto tanto casino, erano dovuti scappare in fretta. Francamente, ero sorpreso che si fossero azzardati a rischiare in un condominio come questo.

Tirai fuori un borsone dall'armadio e cominciai a buttarci dentro vestiti, scarpe e articoli da toeletta. L'appartamento di Hannah era ancora il posto più sicuro per me. Il mio istinto ci aveva beccato in pieno sul fatto di voler stare lì. Ma Marco aveva ragione, mia mamma poteva essere in pericolo. E quel pensiero mi fece capire che avrei fatto qualsiasi cosa per mia madre. Crescendo, eravamo rimasti solo noi due, e io avrei ucciso o sarei morto per lei in un attimo.

«Domani porterò qui la mia squadra per pulire il casino» si offrì Marco.

«Grazie.»

«Cos'altro posso fare?»

«Niente. Ti sono già debitore. Non mi piace essere così tanto un peso per te, amico.» Gli diedi uno di quegli abbracci fraterni e una pacca sulla schiena.

Si tirò indietro e incrociò il mio sguardo. Aveva gli occhi verde chiaro dello stesso colore dei contanti. Da sciupafemmine. «Tu per me lo faresti.» La sua espressione era estremamente seria, come se fosse un patto.

Mi resi conto allora che non si stava solo prendendo cura della famiglia. E non era solo pietà. Si sentiva in colpa perché ero stato beccato. Ero stato messo dentro, e lui no. Leo no. Il resto del nostro gruppo che aveva gestito la rapina in macchina no. Avevo solo avuto la sfortuna di essere pizzicato. E ovviamente, avevo tenuto la bocca cucita.

Avrei voluto dire qualcosa per alleggerirlo di quel peso. Perché era la stessa storia: avrebbe fatto la stessa cosa nei miei panni. Forse era divorato dentro per quanto ero finito nel baratro. All'epoca ero al vertice della mia organizzazione. Pensavo di essere innamorato. Ero fidanzato con una bella donna. Facevo soldi a palate. Avevo ottenuto riconoscimento e rispetto all'interno dell'organizzazione. Avevo guidato la mia squadra: Marco e Leo lavoravano per me. Ero pronto a diventare un leader e a salire di grado, mentre la vecchia generazione si ritirava.

E poi il mio castello era crollato e mi ero presentato al suo garage guidando una Mercedes Benz rubata nuova di zecca nel momento sbagliato. Ero sceso ed ero scappato, ma mi avevano messo alle strette ed era finita così. Tutto quello che avevo potuto fare era stato cavarmela. Scontare la mia pena e ricominciare.

Dato che le parole non facevano più per me, soffocai ogni sentimento e mi accontentai di un pugno contro punto. Lo feci anche con Leo. «Hai ancora la chiave di casa mia, vero?»

«Sì, ce l'abbiamo. Vuoi stare da me stanotte?» chiese Marco.

«No. So dove andare.» Presi il borsone e mi diressi verso la porta.

Marco mi scrutò con aria indagatrice, ma non mi chiese dove avrei dormito. Nel nostro giro, meno sapevi, più eri al sicuro. Sapevo che Marco e Leo non mi avrebbero mai tradito, ma non volevo metterli nella posizione di dover mantenere segreti per me. Ne dovevano tenere già abbastanza.

«Vola basso, allora.»

«Sì. Lo farò. Grazie ancora.» Toccai la pistola sulla schiena e feci un cenno a Leo.

«Aspetta, per nessun motivo ti lascerò uscire da quella porta senza guardarti le spalle. Specialmente se ora c'è di mezzo una ragazza» disse Leo.

«Ho tutto sotto controllo» dissi.

«Leo ha ragione» disse Marco. «Almeno mettiamo un uomo di guardia. Un supporto per ogni evenienza.»

Aprii la bocca per controbattere, ma poi pensai ad Hannah. Anche se stavo cercando di mantenere un profilo basso, c'era la possibilità che chiunque mi volesse morto ora sapesse di lei. Se non per me, dovevo sicuramente assicurarmi che ci fossero sempre degli occhi puntati su di lei. Annuendo, dissi: «Sì, non è una cattiva idea. Voglio che Hannah sia al sicuro.»

«Quindi ha un nome» disse Leo con un sorrisetto.

Andai in cucina, che era un disastro, e trovai un taccuino e una penna nel cassetto. Annotai l'indirizzo del suo appartamento e del Giardino dell'Eden e lo consegnai a Leo.

Guardò l'indirizzo. «Quel fioraio accanto al negozio di Rocco?»

Annuii di nuovo. «Ti manderò un messaggio con le informazioni sulla sua amica e dipendente. Lavora anche lei lì. Vorrei assicurarmi che sia tenuta al sicuro durante tutta questa storia. Non voglio che venga coinvolta nel fuoco incrociato.»

Marco guardò il biglietto da sopra la spalla di Leo e aggiunse: «Consideralo fatto.»

«Scopriremo chi è il responsabile e porremo fine a tutto ciò. Garantito» promise Leo.

Mio cugino più giovane era diventato un uomo mentre ero via. Vedevo una maturità in Leo che non c'era prima che andassi in prigione.

Un milione di piccole cose era cambiato mentre ero via. I cambiamenti sembravano minimi, eppure erano sufficienti per farmi sentire in un mondo completamente diverso.

O forse ero semplicemente io ad essere completamente diverso.

E se volevo vivere per arrivare alla prossima settimana, era meglio che iniziassi a capirci qualcosa, in fretta.

Cosa stava succedendo. Cosa fare al riguardo.

Di chi potevo fidarmi.

Chi dovevo uccidere per mettere fine a tutto.

Eppure, mi risultava ancora difficile impegnarmi a risolvere i miei problemi.

L'unica cosa che mi interessava lontanamente in questo momento era Hannah. Volevo solo dormire nel suo letto.

Ero un avido bastardo.

Sapevo che avrei dovuto lasciarla in pace. Avrei dovuto stare alla larga da lei, soprattutto considerando il pericolo che arrecavo a chiunque mi stesse intorno.

Ma non potevo.

Lei era la mia ancora di salvezza.

L'unica strada illuminata era quella che portava a lei in questo momento.

L'unico modo che vedevo per tornare a casa.

Capitolo ventinove

Hannah

Fissai la figura addormentata di Armando nel mio letto. Era arrivato più o meno all'alba e da allora era crollato. Era disteso sulla schiena, il lenzuolo aggrovigliato intorno alla vita. I suoi muscoli magri e scolpiti lo facevano sembrare pericoloso anche nel sonno. Shadow era raggomitolato e faceva le fusa contro la sua vita, un improbabile compagno di letto.

Non vidi sangue, graffi o lividi su di lui, e mi fece pensare che questa sarebbe potuta diventare la mia nuova normalità: scansionare il suo corpo alla ricerca di danni. Se Armando e io avessimo continuato questa cosa, qualsiasi cosa fosse, la nostra vita sarebbe stata scandita da lui che se ne andava nel cuore della notte e io che mi chiedevo se sarebbe tornato a casa illeso.

Ma potevo gestirlo?

Potevo gestire *lui?*

Quando era entrato e si era arrampicato dietro di me, avevo fatto finta di dormire. Non sapevo cosa dire o fare. Certo non potevo chiedergli come era andata la sua giornata di lavoro. Non potevo dirgli che avevo passato la notte sull'orlo del vomito e del pianto. Ero terro-

197

rizzata da quello che poteva accadergli e da cosa sarebbe successo se non fosse mai tornato indietro a varcare quella porta. Ma mentre metteva il suo corpo caldo contro il mio, avvolgendo il suo braccio pesante attorno al mio corpo, mi ero sentita al sicuro. In effetti, non mi ero mai sentita più al sicuro. La sensazione che mi aveva dato in quel preciso secondo aveva fatto sì che ne valesse la pena. Per *lui* ne valeva la pena.

Mi chiesi se svegliarlo o lasciarlo dormire. Dovevo andare al negozio. Non sapevo perché mi sentissi come se dovessi chiedergli il permesso di andarmene. Solo perché mi considerava una prigioniera non significava che lo fossi.

Solo che mi piaceva essere sua prigioniera. Questa era la sciocca verità. In realtà non volevo che mi liberasse e se ne andasse. Perché mi stavo già innamorando di questo ragazzo. Proprio come facevo sempre quando iniziavo a dormire con qualcuno.

Non sapevo come contenere le mie emozioni. Come trattenerle. Amavo con tutta me stessa, ed era sempre un casino. Finiva sempre per spaventare il ragazzo in questione.

Forse era per questo che essere una prigioniera mi attraeva. Armando non si spaventava. Si stava imponendo su di me, non il contrario. Non potevo davvero rovinare tutto perché non c'era niente da rovinare. Non era una relazione. Non l'avevo scelto. Non potevo nemmeno non sceglierlo, a parte il rifiutarmi di fare sesso con lui, cosa in cui fallivo epicamente.

E perché avrei dovuto farlo? Era la parte migliore di questa situazione. Anche se non era solo il sesso a piacermi. Amavo l'eccitazione. Il limite del pericolo compensato da un livello di fiducia. Inoltre, mi piaceva come si prendeva cura di me in micro-modi, come comprarmi del cibo e portare fuori la spazzatura. Pulire dopo mangiato. La mia vita sembrava un po' più gestibile con qualcuno che si prendeva cura di me. Contribuiva. Ero così abituata a essere quella che si preoccupava per tutti gli altri, che era bello avere qualcuno che mi prestava attenzione, tanto per cambiare.

Gli toccai i bicipiti duri. «Armando?»

Emise un respiro affannato, si sedette di scatto con una pistola in mano... puntata contro di me.

Urlai di sorpresa e mi bloccai. Non sapevo nemmeno da dove provenisse la pistola: dovetti rivedere la scena per rendermi conto che l'aveva tirata fuori da sotto il cuscino.

Il mio cuscino. Dove sicuramente prima non c'era una pistola.

Sbatté le palpebre, abbassò la pistola. Non disse niente.

«Gesù, Armando» esclamai con un respiro tremante. Quando ancora non parlò, dissi: «Senti, devo andare al negozio. Va bene se vuoi restare qui e dormire...»

Ma era già in piedi, fece oscillare le gambe oltre il bordo del letto e fece saltare Shadow sul pavimento che inarcò la sua piccola schiena.

«Non devi venire. Penso che ora abbiamo stabilito che non parlerò, giusto? Quindi ho solo bisogno del mio telefono e me ne andrò di qui. Sei il benvenuto a restare.»

Armando mi ignorò, infilandosi una maglietta che tirò fuori da un borsone sotto il mio letto.

Bene. Quindi immaginavo che si stesse trasferendo.

Non avrebbe dovuto rendermi felice, ma in un certo senso fu così.

Si vestì in pochi secondi, legandosi la pistola alla gamba prima di infilarsi i pantaloni. Tirò fuori la borsa, il telefono e le chiavi del furgone, questa volta dal forno. Quando ci ritrovammo a uscire dalla porta di casa non aveva ancora detto una parola.

Una volta sul marciapiede, Armando alzò il mento in direzione dello Starbucks all'angolo. «Vuoi qualcosa?» la sua voce era roca e impastata di sonno. Scontrosa, persino.

Non sapevo perché lo trovassi sexy.

«No.» Non mangiavo in modo regolare. Di notte mangiavo per lo stress, ma di solito ero troppo occupata e in ritardo per i pasti regolari. Peccato che i pasti mancati non avessero portato a una silhouette da Hollywood. Ma fanculo Hollywood. Ero curvy in tutti i posti giusti. Un fatto di cui Armando sembrava godere con un certo abbandono.

Entrò nello Starbucks e tirò fuori il portafoglio. Aveva gli occhi spenti stamattina. Li avevo già visti morti in questo modo, ma oggi avevano una luce particolarmente spenta. O forse era l'empatia in me che rilevava la completa mancanza di emozioni in lui.

Continuavo a pensare a quella pistola che mi aveva puntato contro stamattina. La minaccia sul suo volto prima che vedesse che ero io. Allora avevo percepito un'emozione da parte sua: era stato letale. Come un animale in trappola che stava per uccidere per la sua libertà. Che tipo di vita aveva condotto che lo portava a svegliarsi e puntare una pistola come prima cosa? Cos'era successo ieri sera? Avrei voluto chiederglielo, ma sapevo che non avrebbe risposto.

Armando ordinò un panino all'uovo e un doppio espresso e si voltò verso di me. Io ordinai porridge e un cappuccino. Pagò di nuovo.

Era stupido, non si trattava di molti soldi, ma mi piaceva uscire con Armando. Fargli pagare i pasti e la spesa. Mi piaceva che se ne prendesse cura. Il modo in cui non aveva chiesto né discusso di riparare il furgone, l'aveva semplicemente portato in un'officina e l'aveva fatto fare.

Avrebbe potuto infastidire alcune donne, ma io lo trovavo eccitante.

C'era un elemento da paparino sexy in lui, e anche se non mi ero mai resa conto di avere un debole per questa cosa, stavo iniziando a rendermi conto che era così.

Prendemmo il cibo da asporto e Armando si mise alla guida di nuovo. Lo apprezzai. Non mi interessava se era il mio furgone, odiavo guidare in città. Mi piaceva che qualcun altro fosse al comando. Potevo semplicemente mangiare la mia farina d'avena, sorseggiare il mio latte e guardare fuori dal finestrino senza preoccuparmi del mondo, anche se solo momentaneamente.

Era ancora completamente silenzioso e non tentai di conversare. Conoscevo un sacco di persone a cui non piace parlare la mattina, anche se avevano dormito a sufficienza e non avevano affrontato qualche tipo di crisi per tutta la notte. Avrei aspettato che si riprendesse.

Entrammo in negozio dalla porta sul retro. Armando si aggirò per il locale e aprì le persiane delle finestre anteriori. Poi girò il cartello con scritto aperto e gli orari.

«Che cazzo, Hannah?» ringhiò.

Mi bloccai. La minaccia era tornata: la sentii dall'altra parte della stanza e mi spaventò. «Che c'è?»

Indicò il cartello. «Non dovresti essere aperta la domenica. Cosa diavolo stai cercando di fare?» si girò di lato, guardando su e giù per il marciapiede attraverso la vetrina.

Cristo. Pensava che l'avessi incastrato? Come se stesse per arrivare la polizia per arrestarlo? O se avessi avvisato chi stava cercando di ucciderlo?

Capitolo trenta

annah
Camminai verso di lui, in parte per vincere la mia
paura viscerale di lui in questo stato e in parte perché ero
incazzata perché non si fidava di me. E incazzata perché mi aveva
spaventata. «Nel caso non l'avessi notato, Armando, non riesco a
pagare l'affitto. Devo rimanere aperta ogni minuto che posso, e questo
significa lavorare anche la domenica. Lavoro tutti i giorni. Ogni ora. È
l'unico modo in cui posso sopravvivere.»

Sbatté le palpebre, un po' della durezza nella sua espressione
svanì.

Lo guardai. «Non urlarmi di nuovo in quel modo. Sei spaventoso
quando sei cattivo.»

Mi aspettavo che fosse dispiaciuto. Volevo che mi chiamasse
bambina, mi accarezzasse i capelli, mi tenesse stretta e promettesse di
non essere mai più spaventoso, ma invece si acciglió. «Sì, fai bene ad
aver paura di me, Fiori.»

L'offesa mi colpì rapida e profonda, dritta nel mio petto. Alzai il
mento. «Sul serio? Beh, perché non lo dici allora? Di' qualunque cosa

sia da cui non potremo tornare indietro. Fai le tue minacce e falla finita. Così puoi andartene. Sarebbe molto più facile per entrambi.»

Restò lì per un minuto, c'era del conflitto sul suo viso. Potevo giurare che la stanza avesse iniziato a girare intorno a noi, come in quei film. E poi la sua mano scattò fuori e mi afferrò la nuca. Le sue labbra si infransero sulle mie. Fu un bacio succoso e vigoroso, perché risposi subito.

Questo era ciò che sapevamo fare meglio. La nostra relazione poteva anche essere una farsa, la comunicazione uno scherzo, ma conoscevamo questa danza. Dedussi che fosse proprio per questo che l'aveva fatto. Proprio come l'avevo baciato io la prima volta, quando si stava chiedendo cosa fare con me.

Avevo fatto così.

Perché questo era quello che facevamo.

Interruppe il bacio ma non mi liberò la testa. «È questo che vuoi, Hannah? Vuoi che me ne vada?» disse miseramente. Con un pizzico di disperazione. Stava sostenendo il mio sguardo come se la mia risposta facesse orbitare la luna.

«No» ammisi. Era l'ultima cosa che volevo.

Avvicinò di nuovo la mia bocca alla sua e mi consumò in un bacio bruciante. Lo baciai di rimando, le mie labbra si aprirono e si chiusero contro le sue, tirandole.

«Mi dispiace» gracchiò quando le nostre labbra si separarono. «Qualcuno ha sparato a casa mia la scorsa notte, e in questo momento sono paranoico da morire. Non avrei dovuto urlare. Soprattutto a te.»

Roteai gli occhi intorno, anche se avevo sospettato che si trattasse di qualcosa di orribile di quel tipo.

«*Non voglio* che tu abbia paura.» Spostò la mano dietro la mia testa per cullarmi il viso e fece scorrere il pollice sul mio labbro inferiore. «Voglio baciarti come se fosse la fine del mondo. Scoparti come se le nostre vite dipendessero da questo.»

Un'ondata di calore mi investì.

«Sei l'unica cosa che mi mantiene sano di mente in questo

momento. Sono sul punto di perdere la testa, cazzo. Ma sei tu che tieni la chiave della mia sanità mentale, Hannah. Tu.»

Adoravo il modo in cui marcava il mio nome. Iniziò a baciarmi, premendo questa volta i miei seni contro i suoi muscoli duri. «Come se le nostre vite dipendessero da questo, eh?» mormorai quando mi staccai per prendere aria.

Mi spinse contro le porte di vetro e richiuse le tapparelle. Le sue mani vagarono ovunque, mi accarezzarono i fianchi, mi strinsero il sedere. Sollevai una gamba per avvolgergli la vita, e quando lui si spostò per mettere l'avambraccio sotto al mio sedere, tirai su anche l'altra. Mi premette contro la finestra, battendo sulle persiane mentre mi infilava il rigonfiamento del cazzo tra le gambe.

Fece danzare le sue labbra sulla mia clavicola, e poi si fermò per trovare il mio orecchio con i denti, catturandomi il lobo con un morso più breve e più acuto di prima. Lo sentii fino in fondo. La sua voce era bassa e gutturale, le sue parole mi mandavano vibrazioni sexy nell'orecchio. «Sei stupenda cazzo. E baciabile. E scopabile. Voglio piegarti proprio qui, proprio ora. Voglio spingerti contro questa finestra e fotterti fino a farti urlare.»

Ero troppo senza fiato per rispondere. Non riuscivo a pensare a niente da dire. «Fallo, ora, ho bisogno di te.»

Spostò la mano dal mio culo al mio fianco, e poi intorno al mio stomaco, premendo le dita con forza sulla mia pelle. «Voglio guardarti venire da dietro. Voglio vedere la tua dolce fighetta prendere il mio cazzo. Voglio scoparti per ore.»

«Anche io lo voglio» gli dissi, con la gola stretta e secca. Lo volevo, ma non volevo che finisse. Volevo restare qui. Volevo rimanere in questo momento per sempre.

Mi baciò di nuovo, e questa volta non fu un bacio gentile, ma urgente. Poi si girò e mi portò dietro il bancone alla mia scrivania. Il mio culo toccò la superficie. La freddezza del bancone mi riportò alla realtà.

La realtà.

Eravamo in negozio. Il mio lavoro. La realtà.

«Aspetta» ansimai. «Non possiamo continuare a farlo.»

Era troppo. Lui era troppo. Io sentivo decisamente troppo.

Si irrigidì. Si tirò indietro. Registrai la perdita del suo tocco come uno scroscio di acqua fredda. «Sì.»

Mi dispiacque subito averlo fermato. Lo raggiunsi. «Aspetta.»

Fece un passo indietro tra le mie gambe e mi accarezzò con il palmo la coscia nuda. Le sue dita raggiunsero l'orlo del mio vestitino corto e scivolarono sotto. Le nostre fronti si toccarono. «Parlami, Hannah.»

Parlare con lui. Questo era il momento in cui mostravo i miei veri colori e lui scappava. Ma forse era meglio così. Era quello di cui avevo bisogno.

«È solo che...» feci un respiro incoraggiante. «Non faccio sesso occasionale. Lo sento troppo, sai? E mi affeziono troppo in fretta...»

La cosa peggiore da dire a un ragazzo.

Ma era la verità.

«Ti sembra occasionale?» La voce di Armando suonò graffiante.

«No» ammisi.

Mi scostò una ciocca di capelli e se la avvolse intorno al pugno, fissando i riccioli schiariti che si mescolavano a quelli scuri. «Non mi sembra occasionale. Sembra disperato e vivificante. Come il primo sorso di latte di un bambino affamato.»

Oh Dio. Mi crollò il cuore. Mi piaceva dannatamente sapere che gli stavo dando qualcosa che non riusciva a trovare da nessun'altra parte. Forse lo stavo anche cambiando. Dando significato alla nostra danza. A chi ero e cosa significava la mia vita. Alzai le labbra per un bacio, ma lui si ritrasse di mezzo centimetro e mi lasciò in sospeso.

«Ma se hai bisogno di prendere fiato, farò un passo indietro. Non costringo le donne.»

Quasi svenni. «Non dimenticare...» respirai, guardandolo da sotto le ciglia. «Mi piace essere costretta.»

Il suo respiro affannoso significava tutto.

Così come il modo in cui mi afferrò lentamente il polso e mi tirò giù dalla scrivania, poi mi girò e mi fece piegare. Mi inchiodò il braccio dietro la schiena e mi schiaffeggiò il culo. «Quindi ti piace.»

La sua voce aveva di nuovo quel suono gracchiante. Mi prese lentamente l'altro polso e torse anche quello dietro la schiena. Il mio viso premeva contro la superficie liscia della scrivania, il profumo dell'inchiostro e della carta si mescolò al suo profumo maschile. Mi tirò su l'orlo del vestito, spingendomi il tessuto sopra al culo. Poi mi tolse le mutandine quel tanto che bastava per accarezzarmi il sedere con una mano. «Sei dolorante per quella sculacciata che ti ho dato prima?»

La figa si contrasse alla menzione di quello che mi aveva fatto. O forse si stava stringendo per quello che stava facendo ora. Scossi la testa.

«L'hai presa da brava ragazza, vero?»

Oh Dio.

Era così sexy.

Schiaffeggiò una natica, afferrando la parte inferiore e facendola riverberare proprio nel mio nucleo. Passò la mano sul bruciore. «Sì, continua a provocarmi, Fiori, perché avrò sempre voglia di sculacciare questo culo rosa.»

Mossi il culo avanti e indietro per tentarlo di nuovo, e lui mi sculacciò. Massaggiò via il bruciore. «Sei la donna più sexy con cui sia mai stato. Di gran lunga.» Mi sculacciò di nuovo.

Chiusi gli occhi, immergendomi sia nelle sensazioni che nelle sue parole. Di solito non parlava molto, quindi la sua espressione verbale ora era un balsamo per i miei nervi logori.

«E mi piace quanto senti.» Colpì un po' più forte. «Mi piace starti attaccato.» Un altro schiaffo. «Perché l'unico momento in cui sento qualcosa è quando sono con te.»

Le lacrime mi bruciarono gli occhi. Per una volta, sembrava che il ragazzo di cui mi stavo innamorando fosse sulla mia stessa lunghezza d'onda. Era un dannato miracolo.

«Oh, cazzo» ringhiò, con la bocca sul mio collo. «Ti piace quando paparino ti punisce?» Mi sculacciò di nuovo e io gemetti mentre premevo contro il suo palmo.

Mi sollevò un po', e il tessuto ruvido dei suoi pantaloni grattò la pelle calda e pronta del mio sedere. Rabbrividii, sollevai i fianchi per incontrare il suo tocco.

«S-sì. Lo voglio. Lo voglio... *paparino*.» Quella parola sembrava così fottutamente giusta mentre rotolava fuori dalla mia lingua.

«Cosa vuoi, Fiori?» ringhiò, le sue labbra risalirono il mio collo per baciarmi. «Dimmi cosa vuoi.»

«Voglio che mi scopi» sussurrai, ansimando. «Voglio che tu mi fotta qui, con il culo per aria e il tuo cazzo dentro di me.»

Strofinò la mano contro il mio clitoride, e io piagnucolai, il cervello mi fluttuava in un nebbioso mare di piacere che era molto più intenso di qualsiasi cosa avessi mai provato.

Mi premette un dito dentro. Ero così bagnata che scivolò facilmente e le mie ginocchia quasi si piegarono. Ne infilò un secondo e iniziò ad accarezzarmi dentro e fuori mentre la punta del suo pollice strofinava il clitoride dolorante.

Premetti la faccia contro la scrivania e le mie grida soffocate di bisogno echeggiarono nella stanza. Il legno era fresco contro la mia guancia e le sue labbra sussurravano contro la mia schiena, pronunciando cose sporche che mi andavano dritte alla testa.

«Ti scoperò così, piccola» mi ringhiò all'orecchio. «Ti farò venire così forte con il cazzo nella tua dolce piccola figa. Ma prima, c'è qualcosa che devi fare per me.»

Fece scivolare le dita fuori da me e io gemetti per la sensazione di vuoto.

Tirò dietro di sé la sedia della scrivania e vi affondò, liberando la sua erezione. Mi voltai verso di lui e caddi in ginocchio. Il suo sguardo si fece determinato. Torturato, anche. Gli dovevo senza dubbio del sesso orale dopo tutte le volte che mi aveva dato un piacere intenso. Era sempre al comando e io ero... beh, ero stata sua prigioniera. Un ruolo che mi sembrava di amare.

Ma volevo che mi ordinasse di succhiarglielo. Volevo che guidasse la mia testa con i miei capelli, comandando ogni mossa. Volevo succhiargli il cazzo perché lo richiedeva.

Come se mi leggesse nella mente, disse: «Metti quelle labbra attorno al mio cazzo.»

Avvolsi la mano intorno alla base del suo cazzo e feci roteare la lingua intorno alla cappella. La sua erezione sporse, improvvisamente si ispessì e si allungò nella mia mano.

«Oh cazzo.» mormorò, le narici dilatate, il respiro affannato.

Mi afferrò i capelli e mi tirò indietro la testa, così che incrociassi il suo sguardo. Il calore mi inondò le gambe. Ero eccitata dal potere che avevo su di lui e da quanto lui ne avesse su di me. Ero eccitata da quanto piacere gli avrei dato.

Sostenni il suo sguardo mentre stringevo lentamente le labbra attorno alla sua cappella e le affondai di più.

Il suo gemito sembrò addolorato. «Oh, Hannah.» Aggrovigliò le dita nei miei capelli e strinse il pugno. «Tu...» soffocò mentre mi spingeva la testa in avanti per accoglierlo di nuovo.

Era un altro spettacolo di dominazione sessuale. Se qualcuno mi avesse chiesto prima se mi sarebbe piaciuto, avrei detto assolutamente no, ma mi piaceva. Anche se ero leggermente offesa dall'apparente mancanza di gratitudine, visto che stava usando la mia bocca come nient'altro che un buco del cazzo, la figa era carica di eccitazione, i miei capezzoli stretti formicolavano e facevo roteare la lingua intorno alla parte inferiore del suo cazzo con entusiasmo.

«Brava, Hannah» canticchiò. «È così fottutamente bello. Sei una brava ragazza.» Era la terza volta che mi diceva *brava*. Ancora una volta, lo trovavo offensivo, ma anche sexy. Strinse di più il pugno tra i miei capelli, tirandomi verso di lui più velocemente. Succhiai forte e usai la mano per mungerlo, facendo del mio meglio per dargli piacere.

I suoi fianchi roteavano e il cazzo spingeva contro la mia lingua. Avvolsi le mie labbra attorno a lui e lo attirai nella mia bocca, avevo le guance così incavate che i suoi colpi scivolavano con un suono umido dalle mie labbra alle sue palle. Respirava più velocemente e sentivo i suoi bicipiti tesi. Sapevo che ci era vicino. Volevo farlo venire.

Volevo il gusto salato in bocca.

Il suo cazzo si indurì e si contrasse. Gemette e spinse più a fondo, e io lo presi più avidamente che potevo.

Flessi la mano attorno alla sua lunghezza e gli massaggiai la parte inferiore della cappella con la lingua. Strinse la mano tra i miei capelli, e io lo presi ancora più in profondità in bocca, usando la mano per accarezzargli la lunghezza come sapevo che gli piaceva.

Era ancora così duro che era quasi impossibile inserirmelo interamente in bocca, e la mascella mi faceva male mentre cercavo di succhiarlo.

Lo stavo ingoiando, succhiandolo giù il più velocemente possibile. Combattendo il riflesso del vomito, gli occhi mi lacrimavano mentre sentivo il cazzo gonfiarsi fino a raggiungere dimensioni impossibili. Si stava preparando a venire, e quando lo avesse fatto, volevo che fosse nella mia bocca. Volevo assaggiarlo. Volevo sentirgli sparare lo sperma sulla mia lingua. Volevo inghiottirlo.

Cominciai a far scorrere la lingua su e giù per la sua asta e lui si irrigidì.

«Oh» ansimò. «Merda.» Mi tirò via, ansimando mentre mi fissava con occhi vitrei. «Volevo che continuasse per sempre, ma non sarei durato.» Si infilò la mano in tasca e tirò fuori un preservativo. «Sali, Fiori. Ti faccio fare un giro. La sua voce era un rombo profondo e sexy. Il suo discorso sporco era perfetto oggi.

Lasciai le mutandine ancora aggrovigliate intorno alle cosce e mi misi a cavalcioni sulla sua vita mentre lui srotolava il preservativo.

«Oh Dio.» Un brivido di piacere lo attraversò quando mi abbassai sul suo cazzo. «Hannah. Sei una fottuta dea. La dea dei fiori. Esiste?»

Non avevo mai sentito pronunciare così tante parole non necessarie da lui. Qualcosa gli aveva liberato la lingua e lo adorai. Mi palpò il sedere e controllò i miei movimenti, anche se si trovava sotto. Lo presi in profondità quando si alzò per venirmi incontro nello stesso momento in cui mi tirava verso il basso.

Mi impastò il culo. «Adoro questo culo, Hannah. È così sexy.» Era affannato, sembrava senza fiato. Adoravo vedergli perdere il controllo. «Fottuta dea dei fiori. O ninfa dei boschi. Sei come quella fata sulla tua spalla... ma molto di più. Sei carnale.» Mi affondò le dita nella pelle. Ero a pochi secondi dall'orgasmo.

Anche lui, a giudicare dall'intensità delle spinte, dai suoi denti stretti e dallo sguardo selvaggio nei suoi occhi. Mi fece rimbalzare su di lui, le gambe mi penzolarono intorno ai suoi fianchi, i capelli mi caddero sul lato destro della faccia.

«Sei bellissima, davvero bellissima.» Guardò attraverso le palpebre pesanti. «Ci sei vicina?» Aggiustò le mani per avvicinare il pollice al mio clitoride.

«Sì! Sono pronta!» sussultai. Ero più che pronta perché nel momento in cui mi massaggiò il clitoride, partii, i miei muscoli si contrassero intorno al suo cazzo.

«Oh cazzo» ruggì, dimenticando il mio clitoride per afferrarmi i fianchi e tirarmi su e giù sopra il suo cazzo.

Venne, sollevandoci entrambi in aria mentre si spingeva così profondamente dentro di me da lasciare la sedia. Appoggiò il mio sedere sulla scrivania e mi colpì mentre entrava e usciva.

Ricaddi sui gomiti, ansimando, guardando il tizio che stamattina era fatto di pietra sciogliersi.

Nel miglior modo possibile.

«*Cristo*» mormorò quando aprì gli occhi e mi accolse. Mi mise un braccio dietro la schiena e mi tirò su contro il suo petto. «Stai bene?»

«Sì.» Gli morsi il petto e gli strinsi il cazzo con il mio nucleo. Emisi una risata soffocata. E poi improvvisamente piansi.

Non lacrime tristi, solo una liberazione. Ma odiavo quando lo facevo.

Il braccio di Armando si strinse intorno a me. Mi aspettavo che desse di matto, pensando di avermi fatto male o qualcosa del genere. O peggio, che mi allontanasse perché ero diventata troppo intensa. Questo era quello che succedeva di solito. Di solito era questo il momento in cui il ragazzo andava fuori di testa e se ne andava.

Non disse una parola, però. Non mi chiese cosa c'era che non andava. Mi tenne solo stretta contro il suo petto solido come una roccia e mi lasciò piangere nella sua camicia.

Quando finalmente passò, si allontanò e mi asciugò le lacrime con i pollici. «Adoro le tue lacrime, cazzo» mormorò.

«Che cosa?»

Scosse la testa. «Ugh, suonava male. Non intendevo questo.»

Aspettai, ma non elaborò. Stava già prendendo le distanze, facendo la cosa che succedeva sempre. Ma le sue parole... quelle erano diverse.

Gli presi la mano. «Dillo di nuovo. Cosa intendevi?»

Mi cullò il lato del viso con il palmo calloso. «Stai bene, vero? Era solo... *una cosa tua?* O ho fatto di nuovo una cazzata?»

Il *di nuovo* mi fece torcere lo stomaco. In un buon modo. Perché gli importava di non fare cazzate con me.

Scossi la testa. «Sì, ero solo... troppo. Come al solito.» Lo dissi con tono sconfitto, non perché mi avesse fatta sentire sconfitta, ma per l'accumulo di tutta una vita passata a sentire tutto troppo.

Abbassò la testa per incontrare il mio sguardo. «No. Non è stato troppo. L'ho adorato, cazzo. Sei come... una selvaggia creatura mitica...» si fermò, alzando lo sguardo come se stesse cercando le parole. «Non voglio dire *unicorno* perché è stupido. Ma qualcosa del genere.»

Il cuore mi traboccò, mi uscì dalla bocca, mi riempì il petto. Mi uscirono un paio di lacrime. Armando le asciugò di nuovo.

«Non lo so, Fiori. Sei aperta. Prendi tutto. Semplicemente disposta a *ricevere* da me, cazzo. E penso che sia bellissimo. E se devo dire *mi dispiace* ora, lo farò. Ma sarebbe una bugia perché adoro vederti andare in pezzi e sanguinare la tua essenza dappertutto, poi raccoglierla e ricominciare da capo.»

Fissai gli occhi nocciola di Armando, bevendo le sue lodi. Espandendomi. Espandendomi in me stessa. Chi ero veramente. La persona che ero con Armando, quella era la vera me. Ero più me stessa con lui che con chiunque altro. Compresa me stessa, probabilmente. Celebrava le parti di me che non mi piacevano nemmeno.

E sapere questo, credere che lui pensasse che ero speciale, mi cambiava. Mi rendeva più forte. Più intera.

Si guardò intorno nel negozio e sorrise. «È qualcosa che riguarda il Giardino dell'Eden. Mi fa venire voglia di peccare. Ancora ed ancora.» Mi baciò. «E ancora.»

Capitolo trentuno

Armando

Uscendo dall'euforia post-orgasmica, decisi che era ora di discutere di qualcosa che mi pesava da quando mi ero svegliato.

Appoggiai la fronte contro quella di Hannah. «Sono cattivo per te? Vuoi che me ne vada? Sinceramente?»

Fece cenno di no con la testa contro la mia. «No» sussurrò. «Non ho mai voluto che tu te ne andassi. Era questo ciò di cui avevo paura, che stavo cercando di evitare. Ma ci siamo.»

«Ci siamo» ripetei. Capivo logicamente, ma non avevo idea di cosa provasse. Io ero vuoto e lei era troppo piena. Forse era per questo che ci adattavamo. Che tra di noi funzionava.

Non c'era modo di capire Hannah perché era così diversa da me e dalle persone che avevo conosciuto. Ecco perché sembrava una creatura mitica. La sua capacità di accettazione era monumentale.

Accarezzai i suoi riccioli ribelli e poi li strinsi quando non li trovai facili da accarezzare. Erano fatti per essere afferrati, di sicuro. «Allora, sono perdonato? Mi dispiace di essere stato un coglione.»

Sbuffò una risata. «Siamo a posto.»

215

Mi allontanai da lei e gettai il preservativo nella spazzatura accanto alla scrivania. «Cosa posso fare qui per aiutare?» Rimisi dentro il cazzo e mi allacciai i pantaloni. Recuperò le sue mutandine dal pavimento e si accovacciò per infilarle sulle caviglie.

«Ehm...» Sembrò aver paura di chiedermi qualcosa.

«Sì? Che cosa? Dimmelo, Fiori.»

«Vuoi aiutarmi a pulire il frigorifero? È quello che faccio di solito la domenica prima dell'apertura.»

«Lo pulirò io. Fai qualsiasi altra cosa tu debba fare.»

Il suo viso si illuminò di colpevole sorpresa. Scese dalla scrivania e si tirò su le mutandine. «Veramente? È una specie di lavoro di merda anche se sarà più facile per te perché sei forte.»

Aggrottai la fronte, cercando di capire cosa richiedesse forza.

«Devi spostare tutti i pesanti secchi di fiori in giro per pulire sotto. Di solito finisco per versare così tanta acqua che mi inzuppo. In inverno, mi tolgo i pantaloni prima di entrare, così non si bagnano.»

Mi venne un barzotto. «Devo prendere nota. Venire qui la domenica d'inverno.»

Il suo sorriso fu una dolce ricompensa. Diavolo, avrei pulito una stanza piena di merda di cane per quel sorriso.

Sapevo già dove si trovavano i prodotti per la pulizia, dato che avevo dovuto sbiancare a morte il suo pavimento. Li tirai fuori e andai nel frigorifero e spostai tutti i secchi di fiori nel corridoio per spazzare e pulire.

Ci misi un po' prima di realizzare una cosa: ero sveglio. Vivo. Quella sensazione di morte e di vuoto che mi era piombata addosso la scorsa notte si era dissipata. In effetti, tutto il mio corpo stava ronzando. Non solo, ma c'era qualcosa che non sentivo da anni.

Un filo di felicità.

Ero uscito da una settimana con una banda che cercava di uccidermi, ed ero pieno di una ritrovata contentezza.

Hannah mi rendeva felice. Questa era l'unica spiegazione. Mi piaceva stare con lei. Le cose avevano più senso quando c'era lei. E, naturalmente, il sesso era fuori classifica.

Sentii un urlo dall'angolo cottura e tutta quella felicità si trasformò in furia.

Nessuno poteva fare casino con la mia ragazza.

Pistola imbracciata e puntata, fui lì in un lampo, pronto a uccidere chiunque fosse lì dentro. Pronto a rinunciare alla mia vita se mi avesse permesso di salvare la sua.

Girai l'angolo e mi fermai, puntando la pistola a destra e a sinistra.

Ehm...

Non c'era nessuno lì con lei. Era bloccata nel mezzo della minuscola stanzetta del personale, con gli occhi spalancati e terrorizzata.

A causa mia. Per la pistola.

La abbassai velocemente. «Hai urlato.»

Fece una risatina tremante e indicò il pavimento nell'angolo. «C'è un topo.»

«Un topo.» Feci rallentare il battito. Provai ad allentare la presa mortale sulla pistola. La girai di lato e piegai la testa. «Vuoi che gli spari?» Ero impassibile.

Mi sorrise e si avvicinò finché i suoi morbidi seni non premettero contro le mie costole. «Una battuta. Penso sia la prima che fai.»

Davvero?

Dannazione.

Stavo tornando in vita.

«Sembravi davvero spaventoso quando sei entrato qui.» Fece le fusa come se fosse eccitata.

Infilai la pistola dietro la cintura e la cinsi con un braccio. «Me lo chiedevo.»

«Che cosa?»

«Cosa ti ha spinto a baciarmi quella prima volta? Ti piacciono i duri?»

«*Tu* mi piaci» confessò, le sue mani scivolarono sui miei pettorali. «Da sempre.»

«Sì?» Questo mi sorprese. La ricordavo da prima, ma era giovane. E off-limits. In più ero fidanzato. Avevo pensato che fosse carina, ma non le avevo prestato molta più attenzione. Ora mi meravigliavo di quanto mi ero perso. Mi sarebbe piaciuto tornare indietro nel tempo e rivedere tutte le mie visite al negozio per metterla al centro dell'attenzione.

«E, sì, mi piace che tu sia pericoloso. Mi eccita molto.»

«Sei speciale, Fiori.» Le accarezzai la guancia con il pollice.

Lei fece marcia indietro. «Quindi puoi essere pericoloso per i miei topi?»

Ridacchiai. «Sì certo. Hai delle trappole?»

«Ehm, sì. Ne ho comprate alcune, ma non sono riuscita a usarle perché non posso affrontare il pensiero di dover pulire il negozio da dei topi morti. Stesso motivo per cui non ho usato il veleno.»

Contrassi le labbra. Porca merda. Avrei potuto davvero sorridere. Non sapevo che la mia bocca ricordasse come. «Quindi piuttosto li sopporti.»

Annuì. «Esattamente.»

«Ci penserò io per te, bambolina. Sono il tuo ragazzo. Non dovrai più preoccuparti di loro.»

E mentre tornavo a pulire il frigorifero, lo notai di nuovo: quella leggerezza piombata intorno a me all'improvviso.

Come se ci fosse una ragione per continuare a vivere.

Potevo quasi osare azzardare che stavo iniziando a sentirmi di nuovo normale. Se era possibile.

«Ehi, Fiori!» Gridai dal frigorifero, sentendo che era ora di affrontare qualcos'altro che avevo evitato da quando ero uscito di prigione. Avevo pensato che sarebbe passato molto tempo prima che fossi di nuovo dell'umore giusto, ma improvvisamente sentivo che era quello il momento migliore.

Aprì il frigorifero e si appoggiò alla cornice. «Hai chiamato?» Aveva un sorriso dannatamente grande stampato sul viso. Avrei potuto fissarlo tutto il giorno.

«È domenica.»

Annuì. «L'abbiamo già stabilito.»

«Prenditi il giorno libero.»

«Non posso. Te l'ho detto...»

Raggiunsi il portafogli, tirai fuori una banconota da cento dollari e gliela misi in mano. «Considerale delle ferie retribuite e vieni con me in chiesa.»

Avevo bisogno di espiare i miei peccati. Di purificarmi per essere degno di questo tesoro di donna. Non sapevo se quelle storie fossero reali, ma mia madre ci credeva. Accendeva per me una candela ogni volta che andava a messa, due volte alla settimana.

Poteva anche non essere reale, ma mi sembrava che un cenno in quella direzione fosse giustificato. Per Hannah.

Spalancò gli occhi. «In chiesa?»

«È domenica. In chiesa.»

«Ora?»

Annuii. «La messa è già finita, ma è comunque aperta.»

Abbassò lo sguardo sui suoi vestiti. «Devo andare a casa e cambiarmi.»

La presi per mano e la allontanai dal frigorifero. «Fidati di me. Dopo i segreti e le confessioni che questa chiesa ha ascoltato, l'ultima cosa su cui verremo giudicati è il nostro abbigliamento. Inoltre» premetti le labbra sulla sua fronte «sei bellissima».

«Non ti immaginavo un uomo di chiesa.»

«Una volta lo ero» confessai. «È passato molto tempo. Ma devo farlo da parecchio. Inoltre, ho promesso a padre Fantoni che sarei passato, e non l'ho ancora fatto. Posso anche essere un peccatore, ma sono un uomo di parola.»

Mi rivolse un sorriso dolce. «Va bene, fammi andare a controllare che l'ingresso sia chiuso.» Si affrettò verso la porta d'ingresso e si bloccò con un sussulto. Presi immediatamente la mia pistola, ma poi mi resi conto che probabilmente si trattava solo di un altro topo.

«Armando» sussurrò, con la voce intrisa di paura.

Tirando fuori la pistola, mi precipitai verso di lei.

Indicò attraverso una fessura delle persiane e la porta. «C'è un uomo fuori.»

Tolsi la sicura, pronto a difendere la donna che... vidi Marco dall'altra parte.

Liberando il respiro che stavo trattenendo, misi via la pistola, aprii la porta e diedi scherzosamente un pugno sul braccio a mio cugino, poi dissi: «Avrei potuto spararti proprio lì, amico.»

«Leo e io ti abbiamo detto che avremmo messo degli occhi in più.» Marco scrutò Hannah dalla testa ai piedi e vidi dell'approvazione nel sorriso diabolico che mi fece.

«Perché sei venuto tu? Non hai nessuno dei tuoi uomini?»

Marco alzò le spalle. «È domenica. La maggior parte degli uomini oggi è con le proprie famiglie. Non ho niente di meglio da fare. Inoltre, se vuoi che qualcosa sia fatto bene, devi fartelo da solo.»

Hannah si schiarì la gola dietro di me, ricordandomi le buone maniere. «Marco, ti presento Hannah. Hannah, lui è mio cugino Marco.

Allungò la mano e con la voce più dolce disse: «Piacere di conoscerti, ufficialmente. Ricordo di averti visto ogni tanto comprare qualcosa in negozio.»

«Sei la proprietaria ora, giusto?» chiese Marco.

«Sì.»

«Stavamo giusto uscendo. Andiamo alla St. Andrews. Ti va di venire?» gli chiesi.

Marco ridacchiò. «Se metto piede in quella chiesa, verrò abbattuto. È passato così tanto tempo dall'ultima volta che mi sono confessato che non saprei nemmeno da dove cominciare.»

«Perfetto» dissi. «Allora possiamo essere abbattuti insieme.»

Gli occhi di Marco guizzarono prima su Hannah e poi su di me. «Chiesa, eh?»

«È domenica» dissi.

«Sì, so che giorno è.» Marco sorrise. «Bene, allora, chiesa sia.» Poi si rivolse ad Hannah. «Ma ti avverto, Hannah. Non starci troppo vicino. Potrebbe non essere un bello spettacolo se prendessimo fuoco.»

Capitolo trentadue

Hannah

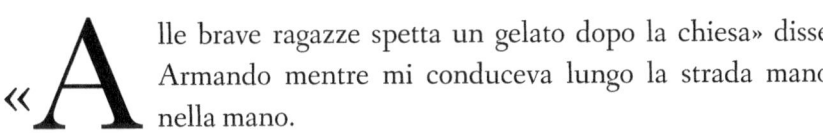

«Alle brave ragazze spetta un gelato dopo la chiesa» disse Armando mentre mi conduceva lungo la strada mano nella mano.

Avevamo appena salutato Marco. Armando lo aveva praticamente minacciato perché ci lasciasse soli per qualche ora. Gli aveva promesso che saremmo tornati al mio appartamento e saremmo rimasti lì, quindi ero confusa riguardo al motivo per cui non stavamo tornando a casa.

«Da piccolo, mia madre mi premiava sempre con il gelato se mi comportavo bene durante la funzione in chiesa» aggiunse. Mi guardò e fece l'occhiolino. «Sei stata brava.»

Il mio corpo si accese, sentendosi caldo e annebbiato. Ci tenevamo per mano come una coppia, camminando sotto la luce del sole per andare a prendere un gelato. Era come se fossimo a un appuntamento ufficiale. Per trascorrere insieme una piacevole domenica. Tutto sembrava così normale e così giusto.

La gelateria era solo a un isolato di distanza e appena la vidi mi innamorai del suo fascino. Il negozietto era dipinto di rosa pastello e bianco, con una gigantesca insegna a forma di cono gelato appesa sopra l'ingresso. L'aria all'interno era fresca e dolce, e sentii il dolce rintocco del campanello sopra la porta mentre entravamo.

Il caratteristico locale aveva un aspetto vintage e l'aroma dei coni di cialda appena fatti ci colpì nel momento in cui entrammo. Era pieno di gente, ma riuscimmo a trovare un tavolo libero in un angolo. Il suono di una chitarra che suonava riempiva l'atmosfera, e notai un giovane seduto in un angolo, che strimpellava il suo strumento.

«Qual è il tuo gusto preferito?» mi chiese.

«Quello che prendi tu» risposi. Quando si trattava di gelato, non esisteva un gusto cattivo.

Armando andò a ordinare, lasciandomi godere la musica. Mentre aspettava in fila, si girò e mi salutò, con un bel sorriso sul viso. Il cuore mi batté forte mentre lo salutavo, sentendo una calda sensazione nel petto. Quando tornò al tavolo, aveva in mano due coni.

«Due palline. Uno è cioccolato al caramello e l'altro è biscotto.» Vidi l'orgoglio sul suo volto per aver scelto i due gusti migliori.

«Perfetto.»

Rimanemmo seduti lì, gustando il nostro gelato e ascoltando la musica. Era semplice. Rilassato.

«Sei cresciuta a Chicago?» mi chiese Armando, studiandomi da dietro il suo cono.

«Sì. Nata e cresciuta.»

«I tuoi genitori vivono qui?»

Annuii. «Sì. Mia madre è un'infermiera e mio padre lavora nell'edilizia.»

Era pazzesco avere questa conversazione casuale con Armando. Niente di Armando e me fino a questo punto era stato semplicemente casuale. Era come se fossimo le uniche due persone al mondo in questo momento, e nient'altro avesse importanza.

«Tu?»

Annuì. «Nato e cresciuto. Eravamo solo io e mia madre, ma siamo italiani, quindi ho una grande famiglia allargata. Una ventina di cugini. Sono più vicino a Marco e suo fratello Leo. Sono come fratelli per me, davvero. Stavamo sempre insieme.» Il suo sguardo, generalmente spento divenne caldo. La luce nei suoi occhi mi fece sentire più viva di quanto mi sentissi da molto tempo. In realtà stava condividendo. Si stava aprendo, e non pensavo neanche che fosse possibile per lui.

«Grazie per tutto questo» dissi quando finimmo il nostro dolce. «Non ho avuto un vero giorno libero da molto tempo» ammisi. «E anche quando ci ho provato, avevo sempre la testa piena di preoccupazioni. Quindi questo è un giorno raro per me.»

«Dovremo rimediare.»

«Noi due?»

Sorrise. «Sei legata a me, Fiori.» Il suo viso si fece serio, gli occhi si incupirono. «Lavori troppo. Carichi troppo su quelle tue spalle perfette. È ora che qualcuno ti aiuti ad alleggerire il peso.»

Ero sempre stata una donna indipendente. Una che voleva stare in piedi da sola, ma dannazione se non era bello avere un uomo seduto di fronte a me... che mi proteggeva e si prendeva cura del mio benessere.

Finii il mio cono e mi asciugai la bocca con un tovagliolo. «Grazie» dissi, non volendo che il momento finisse.

«Figurati» rispose, prendendomi di nuovo la mano tra le sue. «Dovremmo farlo più spesso.»

Annuii, sentendo un sorriso diffondersi sul mio viso. «Mi piacerebbe.»

Mentre lasciavamo il negozio, mi resi conto che quello era il momento più felice che vivevo da molto tempo. Non sapevo cosa mi avrebbe riservato il futuro, ma sapevo che lo voglio al mio fianco. Volevo tenergli la mano e camminare alla luce del sole ogni giorno. Volevo ascoltarlo parlare e capire come farlo ridere, ma non mi importava nemmeno della sua oscurità e delle ombre che perseguitavano i suoi occhi.

Volevo gustare altri gelati con lui ed esplorare negozietti più affascinanti, ma volevo anche essere lì per lui quando le cicatrici del suo passato fossero tornate o quando i suoi demoni avessero oscurato le sue giornate. Volevo innamorarmi di lui e volevo che lui si innamorasse di me.

Camminammo per strada, godendoci la brezza calda e la reciproca compagnia. Non sembrava che avessimo una destinazione in mente, ma non importava. Eravamo contenti per il semplice fatto di stare insieme.

All'improvviso si fermò davanti a una piccola boutique. Era piena di vestiti e accessori vintage. Si girò verso di me, gli occhi gli brillavano di eccitazione. «Entriamo.»

Lo seguii all'interno, sentendomi come una bambina in un negozio di dolci. La boutique era ancora più affascinante della gelateria. Le pareti erano coperte di carta da parati dai colori vivaci e i vestiti sugli scaffali non assomigliavano a niente che io avessi mai visto prima. Era come tornare indietro nel tempo, ma anche tanto trendy.

Cominciò a scegliere i vestiti da farmi provare e non riuscii a fare a meno di ridere. Aveva un grande senso dello stile che qualsiasi cosa avesse scelto mi sarebbe stato benissimo. Mentre navigavamo tra gli scaffali, provai un senso di vicinanza con lui che non avevo mai provato prima. Era come se fossimo chiusi nel nostro piccolo mondo e niente potesse abbatterci.

Dopo aver provato alcuni abiti per cui aveva insistito, mi accontentai di un vestito floreale vintage. Lo pagò senza esitazione, insistendo sul fatto che ero bellissima. Stavo notando che gli piaceva prendersi cura di me e dovevo permettergli di farlo. Avevo bisogno di resistere all'impulso di discuterci per i soldi e di preoccuparmi costantemente per ogni piccolo centesimo.

Mentre lasciavamo il negozio, disse: «Suppongo che dovremmo tornare a casa. Se Marco o uno dei suoi uomini arriva a fare la guardia prima del nostro arrivo, mio cugino mi ucciderà.»

«No, per carità» dissi con un sorriso.

«Non hai visto Marco arrabbiato» rispose accennando un sorriso.

L'aria felice donava ad Armando. Era così fottutamente sexy in questo momento.

Mi chinai in avanti, così vicino che potevo sentire il suo alito caldo sul suo viso e annusare la dolcezza zuccherina del gelato.

«Baciami» dissi. «Baciami come un fidanzato bacia la fidanzata.»

Mi guardò con un misto di sorpresa ed esitazione, come se cercasse di leggermi nella mente. Sentii il suo cuore battere forte e sapevo che lo stavo spingendo ben oltre la sua zona di comfort. Avevo detto *fidanzato e fidanzata*. Ma non mi interessava. Volevo che mi baciasse, che mi rivendicasse come sua, che mi facesse dimenticare tutto il resto del mondo.

Si avvicinò lentamente, le sue labbra si librarono a pochi centimetri dalle mie. La sua mano scese sulla mia vita, attirandomi più vicina a lui. Chiusi gli occhi e feci un respiro profondo, cercando di calmare il battito del mio cuore. E poi, finalmente, le sue labbra incontrarono le mie in un bacio tenero, quasi esitante.

All'inizio fu gentile e incerto, come se avesse paura di farmi del male. Ma poi, mentre rispondevo con entusiasmo, approfondì il bacio, la sua lingua sondò le mie labbra. Gemetti piano, gli strinsi le spalle con le mani, incitandolo a continuare. Mi premette contro il muro della boutique, il suo corpo era duro contro il mio, e sentii un'ondata di desiderio che non avevo mai provato prima.

Gli avvolsi le braccia intorno al collo, affondai le dita nei capelli corti sulla sua nuca. Sentii la forza nelle sue braccia mentre mi teneva stretta. Con un gemito, interruppe il bacio, tirandosi indietro per guardarmi. «Che cosa stiamo facendo?» La sua voce era roca.

«Ci stiamo baciando» dissi, con un sorriso accennati.

«Come un fidanzato e una fidanzata?»

«Esattamente» dissi semplicemente, prima di tirarlo a me per un altro bacio. Questa volta, rispose con ancora maggiore passione, le sue mani vagarono sul mio corpo mentre mi baciava profondamente.

Mentre le nostre bocche si muovevano in perfetta armonia, mi resi conto che questo era ciò che mi mancava. Passione, desiderio e il brivido dell'ignoto. Non sapevo dove questo ci avrebbe portato, ma per ora, tutto ciò che contava era il calore tra di noi, la fame nel nostro bacio e la promessa che sarebbe seguito molto altro.

Capitolo trentatré

rmando
Entrammo nel suo minuscolo appartamento, baciandoci, circondati da un uragano di lussuria e desiderio. Avevo bisogno di questa donna più di quanto avessi bisogno di respirare.

Mentre inciampavamo sulla porta, con le labbra premute insieme in una passione frenetica, mi travolse una sensazione di sollievo. Finalmente ero qui, con lei, e nient'altro al mondo aveva importanza. Il suo appartamento era piccolo, persino angusto, ma non mi interessava. Tutto ciò di cui avevo bisogno era lei. Eravamo due animali di ritorno alla nostra tana. La nostra tana dei peccati.

Le mie mani vagavano sul suo corpo, tracciando le curve e gli avvallamenti della sua figura. Il calore si irradiava dalla sua pelle e non faceva altro che alimentare ulteriormente il mio desiderio. Avevo bisogno di essere dentro di lei. Subito.

La sollevai da terra, mi avvolse le gambe intorno alla vita mentre inciampavamo muovendoci verso il letto. Il suo profumo mi riempiva le narici, inebriandomi ulteriormente.

Mentre crollavamo sul letto, interruppi il bacio solo per un momento per guardarla negli occhi. Erano scuri, pieni di una fame che corrispondeva alla mia. Avevo bisogno di lei, di tutto di lei, e sapevo che anche lei aveva bisogno di me.

«Ti scoperò come un fidanzato scopa una fidanzata» dissi, ricordando la sua richiesta di prima e come voleva che la baciassi.

Le sue mani erano tra i miei capelli, attirandomi più vicino. Sentii la sua urgenza, il suo bisogno di me. «No. Fottimi come un animale fotterebbe la sua preda.»

Questa ragazza... stava mandando a puttane tutto nella mia testa. Qualunque cosa.

Abbassai il viso per baciarla di nuovo, la mia lingua scivolò nella sua bocca mentre lei gemeva di piacere. I nostri corpi erano premuti insieme, il mio cazzo indurito desiderava ardentemente trovarsi dentro di lei. Facendo scivolare la mano tra le sue gambe, accarezzai la sua umidità e capii che era pronta per me, e questo mi spronò solo ad andare oltre. Avevo bisogno di essere dentro di lei. Dovevo farla mia.

Con una mano, le slacciai i bottoni della camicetta, rivelando la morbida pelle sottostante. Le mie labbra lasciarono le sue, scendendo lungo il collo e il petto, lasciando dietro di sé una scia di baci. Con l'altra mano afferrai la gonna, tirandola giù lungo il suo corpo finché non cadde a terra.

Le mie mani vagavano ovunque, cercando ogni centimetro della sua pelle. Lei gemeva e si contorceva sotto di me, mentre con le dita mi afferrava i capelli e mi tiravano più vicino come se temesse che l'avrei lasciata andare.

Trovai il capezzolo con la bocca e cominciai a succhiarlo, stuzzicandolo con la lingua mentre l'altra mano trovava e iniziava a stuzzicare l'altro.

Il suo corpo tremò sotto il mio, il suo respiro divenne irregolare. Feci scivolare la mano lungo il suo corpo, cercando disperatamente con le dita la sua umidità.

Sollevò le gambe e me le avvolse intorno alla vita, attirandomi più vicino a sé, sperando disperatamente che io la penetrassi. Quando trovai l'orlo delle sue mutandine, infilai un dito sul lato e le tirai giù con facilità.

Feci scivolare un dito dentro di lei, tirandolo fuori e facendolo scivolare di nuovo mentre lei gemeva di piacere. La stuzzicai, torturandola con il mio tocco. Volevo che mi implorasse. Volevo che riconoscesse il potere che avevo su di lei.

«Ti prego» sospirò. «Ti prego, ho bisogno di te. Fottimi.»

Mossi le dita più velocemente, scivolando dentro e fuori di lei, mentre il mio pollice le accarezzava il clitoride con piccoli e veloci movimenti circolari.

Gettò indietro la testa e gemette, la voce piena di desiderio.

Era il suono più erotico che avessi mai sentito. Tutto quello che volevo era vederla urlare sotto di me, gemendo il mio nome per il resto della mia vita.

Mi afferrò i vestiti, liberandomene in modo quasi disperato e gettandoli a terra.

Avevo bisogno di essere dentro di lei, subito.

Con rapidità, mi slacciai i pantaloni, sfilandoli e gettandoli a terra. Mi strappai via i boxer mentre lei si abbassava per avvolgere la sua mano attorno al mio cazzo. Gemetti di piacere, sapendo cosa sarebbe successo dopo.

Il mio cazzo pulsò, il precum trasudò dalla cappella mentre aspettavo di essere dentro di lei. Le sue dita scivolarono su e giù per la mia asta, stuzzicando la cappella con il pollice. Gemetti mentre lei giocava con me, il mio corpo teso mentre aspettavo il seguito.

Feci scivolare due dita nel suo canale accogliente. Si contrasse e si irrigidì al minimo tocco, come se fosse già vicina all'orgasmo.

Avevo bisogno di entrare dentro di lei, subito.

La cappella trovò il suo ingresso bagnato e Hannah spinse i fianchi in su, disperata dal bisogno di portarmi dentro di lei. Era bagnata fradicia, e fece scivolare il mio cazzo dentro senza sforzo, il calore delle sue pieghe mi abbracciò il cazzo, portandomi dentro. Il suo corpo rabbrividì mentre entravo, e percepii che aveva un disperato bisogno che io mi muovessi.

Mi sfilai finché solo la cappella era dentro, prima di rituffarmi a fondo. Le afferrai i fianchi mentre la prendevo in pura beatitudine animalesca. Non ero gentile e, a ogni spinta aggressiva, lei mi veniva incontro con la stessa forza. Inarcò la schiena, incontrando ogni spinta con la sua. Lo sguardo di puro piacere sul suo viso era indescrivibile. La stavo prendendo e lei ne adorava ogni secondo.

Mi tirai fuori e Hannah piagnucolò. Volevo che avesse bisogno di me.

«Pregami» ringhiai. «Implorami di fotterti.»

«Ti prego» rispose. «Ho bisogno di te. Ti prego, fottimi.»

La sua voce era disperata e io avevo bisogno di sentire di più.

Scivolai profondamente dentro di lei, che avvolse le gambe intorno a me, attirandomi più a fondo. «Scopami» disse. «Scopami come un animale.»

Mi sfilai, ma Hannah era pronta per me. Aveva un bisogno disperato e sapevo che voleva essere riempita da me.

«Ti prego tesoro. Riempimi. Lasciami venire. Fammi venire» gridò. «Ne ho bisogno. Ho bisogno di te. Fottimi. Per favore.»

Era il suono più bello che avessi mai sentito. Immersi il cazzo dentro di lei ancora e ancora, il mio ritmo accelerava a ogni spinta, a ogni movimento.

Mentre ci muovevamo insieme, gemevamo, ansimavamo e sussurravamo. La sentii andarci vicino, il suo corpo tendersi sotto il mio. Affondò le unghie nella mia schiena mentre cercava di resistere.

Il cazzo mi pulsava mentre lei sollevava i fianchi, incontrando ogni spinta con un gemito di piacere. Il piacere cresceva così tanto che sentii avvicinarsi l'orgasmo.

Era la sensazione più intensa che avessi mai provato. Il cazzo palpitava e pulsava mentre mi tuffavo dentro e fuori. Piagnucolò, implorandomi di farla venire ancora e ancora.

A quel punto ci era vicina. Potevo dirlo mentre i gemiti diventavano più forti e il suo corpo iniziava a contorcersi sotto il mio.

«Vieni con me» ringhiai. «Vieni adesso.»

Immersi il cazzo in profondità dentro di lei, riempiendola e spingendola oltre il limite mentre rabbrividiva sotto di me. La figa strinse il cazzo, i suoi succhi scorrevano fuori da lei mentre urlava.

Il corpo le tremò e lei mosse i fianchi contro i miei, l'orgasmo la scosse nel profondo. Le palle pomparono una, due, quattro volte mentre mi seppellivo profondamente dentro di lei, rilasciandole dentro il mio seme.

Non sapevo dire per quanto tempo restammo sdraiati lì, appiccicosi, caldi e completi. I nostri respiri sembravano fondersi in uno, il nostro battito cardiaco trovò lo stesso ritmo. E per la prima volta in tutta la mia vita, mi sentii come se fossi a casa.

Capitolo trentaquattro

Hannah

«Quindi ora vivete insieme?» chiese Josie. «Non pensi che le cose si stiano muovendo un po' troppo velocemente?»

Alzai le spalle. «In un certo senso sì. Non lo so. Non è una situazione normale quella tra di noi. Il modo in cui abbiamo iniziato in qualche modo ha amplificato le cose.»

«È lui il motivo per cui adesso un sicario mi segue da e verso il lavoro?»

«Si sta assicurando ti tenerci al sicuro» mi difesi. «È solo per il tempo necessario a sistemare le cose circa una situazione che riguarda il suo lavoro.»

«Siamo in pericolo?» spalancò gli occhi. «Non mi ci sono infilata io in questa merda.»

«È solo eccessivamente protettivo. È dovuto a ciò che fa.»

«Almeno ne vale la pena? È bravo?» chiese Josie con voce canzonatoria mentre tirava fuori un bouquet appassito dal frigo e versava l'acqua nel mio lavandino industriale.

Avevo la solita sensazione di ansia alla bocca dello stomaco che provavo sempre quando lei lavorava, ma anche così, ero sollevata di sviscerare i dettagli di Armando con lei.

Sbattei le palpebre. «Tanto. Bravo al punto da tre volte ieri e una volta stamattina.»

«Oh dannazione. È così sexy. Quindi è come... un accordo? Come se ti ripagasse per l'affitto? O cosa?»

Le lanciai una rosa appassita in testa. «Stronza, non mi sono prostituita. Si è solo offerto di pagare l'affitto. E ho accettato l'offerta.»

«Mmm ehm. E come è andata a finire, esattamente?»

Ok, merda. Non potevo raccontarle la vera storia. «Va bene, sì, mi sono svenduta» borbottai, come se stessi confessando.

Gli occhi di Josie si spalancarono. «Oh, è sexy. Penso davvero che sia sexy. Ti ha semplicemente dato i soldi e ha detto *entra nel mio letto, puttanella?*»

Sbuffai e risi. «Sì, proprio così.»

Josie mi guardò con pura curiosità. Era tanto alta lei quanto bassa io: un metro e ottanta ed era la più bassa di tutti i suoi fratelli. E sì, giocavano tutti a basket. La sua famiglia era migrata dal Brasile quando lei aveva quattro anni. Era di carnagione scura come me, bellissima, con i capelli biondo platino che le esplodevano in un'aureola intorno alla testa. Era lei la ragione per cui avevo decolorato le estremità dei miei ricci, anche se non ero diventata così leggera come lei.

Inclinò la testa. «Non riesco a decidere cosa pensare di tutto questo.»

«Cosa intendi?» forse ero un po' sulla difensiva.

«Non lo so. Sembri felice. Più felice di quanto tu non sia da tempo. Ma è una situazione così lontana dal tuo carattere, che ho la sensazione di dover intervenire o qualcosa del genere.»

Mi accaldai. «Mi piace, Jos.»

Mi puntò contro un dito con fare severo. «Non dirglielo. E non piangere! Ti prego, dimmi che non hai già pianto.»

Rabbrividii un po'. Josie sapeva come andavano sempre a finire le mie relazioni. Eravamo amiche dai tempi del liceo e c'era sicuramente uno schema. Mi affezionavo troppo in fretta, assegnavo troppo significato alle cose. Poi sbottavo con un: «Ti amo!» o qualche altra cosa altrettanto appiccicosa. Oppure scoppiavo in lacrime o in qualche modo mi emozionavo eccessivamente per qualcosa, e poi improvvisamente finiva. Il ragazzo in questione spariva. Ero troppo da gestire per lui.

«Beh, ho pianto» ammisi. «... È stato dopo il sesso, però!» Aggiunsi velocemente quando Josie mi lanciò un'occhiata alla *è finita*.

«Uh Huh. E come è andata?»

«Ehm.» Ci pensai. «In realtà non in modo terribile. Mi ha lasciata fare. Come se non sembrasse pensargli, come se non fosse un grosso problema.» Nel dirlo mi sorpresi. Perché non si era sentito a disagio o aveva cercato di recuperare o aveva pensato che fossi pazza? «Non lo so... forse le donne piangono regolarmente dopo aver fatto sesso con lui» scherzai, ma pensare a lui che faceva sesso con altre donne mi fece venire l'amaro in bocca. «È così bravo.»

Josie si mise le mani sui fianchi. «Quando è stato?»

La sensazione di rabbia ritornò. «Ieri... forse anche il giorno prima.» E stamattina aveva interrotto bruscamente la faccenda.

Se n'era andato mentre dormivo ancora. Mi aveva giusto baciata in fronte e aveva detto che doveva andare a lavorare. Come se non fosse un grosso problema, e non fossi stata sua prigioniera per giorni. Mi aveva detto che ci sarebbe stato un uomo fuori dal negozio tutto il giorno e di non andarmene senza che qualcuno mi accompagnasse. Ma non mi stava più controllando. Mi aveva detto che ci saremmo sentiti più tardi come se fossimo stati una coppia normale.

Avevo pensato che significasse che finalmente si fidava di me, ma forse era stato per il pianto. O per me. Ero troppo da gestire, come sempre. Stava scappando.

I campanelli della porta tintinnarono e Jack, il tizio della FedEx, entrò. «Pacco per te, signorina.» Mi sorrise in modo paterno mentre mi porgeva una busta imbottita. «Devi firmare.»

Perplessa, firmai la sua cartella elettronica ed esaminai il pacco. Non avevo ordinato niente perché non avevo più credito nella mia carta o contanti nel mio conto in banca, a meno che non contassi i soldi che Armando ci aveva messo.

Aprii la confezione per trovare un minuscolo portagioie. «Oh wow.» Mi accelerò il battito. Mi aveva fatto un regalo.

Un regalo.

Significava qualcosa, no?

Josie emise un versetto eccitato. «Piaci a qualcuno.»

«Oh wow» mormorai di nuovo, aprendo il piccolo coperchio con dita tremanti. «Oh.» era praticamente l'unica cosa che ricordavo come dire. Aprii la scatola. All'interno c'era un piercing per il naso, d'oro con un diamante all'estremità.

Josie afferrò il certificato che lo accompagnava. «Oro a diciotto carati con un diamante VVS senza conflitti.» Mi guardò. *Cavolo.* Gli piaci decisamente.»

Non riuscii a fermare lo stupido sorriso che mi coprì la faccia.

Gli piacevo.

Era un regalo pensato. Adatto a me. Non era una stupida collana con cuore di diamanti o altri gioielli cliché. Mi aveva comprato qualcosa che mi sarebbe piaciuto indossare. Tolsi il mio semplice anellino dorato e misi il diamante. «Come ti sembra?»

Josie sorrise. «È perfetto.»

«Sì, è vero.» Ovviamente l'aveva ordinato un paio di giorni fa perché arrivasse oggi, quindi non era garantito che fosse ancora preso da me, ma improvvisamente mi sentivo molto più fiduciosa sul fatto di avere una possibilità.

Volevo assolutamente che avessimo una possibilità.

Ma non dovevo iniziare ad affibbiare un significato alle cose. Era per questo che mi andavano male tutte le relazioni.

Guardai Josie, pensando che poteva essere il momento giusto per parlarle di come il suo lavoro qui potesse necessitare di qualche aggiustamento. Ora che eravamo a nostro agio e vicine.

«Ascolta, Josie...»

«Ehm?»

«Ehm, mi stavo chiedendo...ti piace lavorare qui?»

Mi scrutò, un'espressione allarmata sul viso. Le farfalle sbattevano selvaggiamente le ali nel mio ventre. Su per l'esofago. In gola.

«Mi piace, perché?» Ero io o sembrava nervosa?

«Oh, ehm, io...» Cristo! Ero una stupida balbuziente! «Bene. Sono contenta. Solo per sapere.» Mi voltai e scappai al tavolo di lavoro.

Grande. Era andata bene. Ah. Non ero poi così tagliata per gestire questo business da sola!

Avevo bisogno di una boccata d'aria fresca ed uscii nel vicolo. Vidi Marco appoggiato al muro, che scrollava il telefono.

«Ehi, Marco» dissi, sentendomi allo stesso tempo strana e protetta dalla sua presenza. «Armando mi aveva detto che uno dei tuoi uomini sarebbe stato qui oggi. Non mi aspettavo che venissi tu.»

«Non mi dispiace.» Alzò lo sguardo dal telefono e sorrise. Marco assomigliava molto ad Armando: tra i due la consanguineità era evidente. Tanto che mi mancava già e speravo che mi chiamasse presto. «Mi piace tastare il terreno per primo.»

«Ah sì?» Alzai un sopracciglio e chiesi: «Cosa ne pensi della situazione?»

«Piaci a mio cugino. Molto.»

Il cuore mi palpitò e mi si bloccò il respiro. «Davvero?»

«Davvero.» Marco inclinò la testa e sembrò scrutare ogni centimetro del mio viso. «Non ha mai portato nessuna in chiesa prima d'ora.»

Non me n'ero resa conto, ma mi piacque sentirlo.

«Devo presumere che il sentimento sia reciproco?» chiese lui.

Sentivo il viso accaldato, come se la temperatura fosse a cento gradi. Avevo i palmi sudati e all'improvviso desiderai una sigaretta. Non fumavo, ma almeno avrei avuto qualcosa da fare, e non mi sarei sentita così a disagio a starmene semplicemente nel vicolo con un uomo che conoscevo a malapena.

«È reciproco.»

«E sai cosa significa?»

Alzai lo sguardo e lo guardai negli occhi.

«Capisci che tipo di vita conduce Armando, vero?»

Annuii e concentrai lo sguardo sulle mie Converse logore. «Sì.»

«La cosa non può essere cambiata.»

«Non desidero affatto cambiarlo.»

Marco fece un passo verso di me e usò il dito per sollevarmi il mento, quindi fui costretta a guardarlo negli occhi. Aprì la bocca per parlare, ma mi squillò il telefono, interrompendoci.

«Potrebbe essere Armando» dissi, non riconoscendo il numero, ma sperando che fosse lui.

Marco mi fece cenno di rispondere al telefono.

Capitolo trentacinque

A rmando

«Dai un bacio a nonna da parte mia, va bene?»

Mia madre mi aveva chiamato mentre stava andando all'aeroporto. Le avevo comprato un biglietto per andare a trovare mia nonna in Arizona per un paio di settimane, solo così non avrei dovuto preoccuparmi che qualcuno facesse qualche casino con lei.

«Lo farò. So che c'è qualche tipo di problema e so che non puoi dirmelo, ma Mando?»

Trattenni il respiro. «Sì, mamma?»

«Prenditi cura di te.» Le tremava la voce.

«Lo farò, mamma. Lo farò. Ho solo bisogno di sapere che sei al sicuro.»

«Resti nel tuo appartamento? Forse non è una buona idea.»

«Non. Sto volando basso. In realtà...»

Non sapevo perché avevo il bisogno di dirglielo. Forse era solo perché meritava qualcosa, qualsiasi cosa, per illuminare i suoi pensieri su di me.

«Ho conosciuto una ragazza. Vado a casa sua finché le acque non si calmano.»

Mia madre fece un piccolo verso di sorpresa. «È fantastico. Deve piacerti se mi parli di lei.»

«Sì. È così.»

«Ti rende felice?»

«Sì. Non pensavo fosse possibile. Ma sì.»

«Meriti di essere felice.»

«Non sono sicuro di cosa merito» ammisi.

«Puoi aver commesso degli errori, figliolo. Potresti farne molti altri a venire. Ma l'unica cosa che so è che meriti la felicità. Non resisterle.»

«Sto cercando di non farlo.»

«Come si chiama?»

Esitai perché eravamo al telefono, ma dubitavo che i ragazzi che mi stavano cercando fossero abbastanza sofisticati da intercettarmi. Inoltre, era un usa e getta che avevo preso il giorno in cui ero uscito di prigione.

«Hannah.»

«Hannah. È cattolica?»

Lasciai che mia madre me lo chiedesse. «Siamo andati in chiesa insieme ieri.»

«È fantastico. Ti sei confessato?»

«L'ho fatto.»

Era stata la cosa più difficile e allo stesso tempo più facile che avessi fatto da molto tempo. L'avevo fatto per me. L'avevo fatto per Hannah e l'avevo fatto per cercare di liberare la mia anima. Avevo pronunciato le parole di cui avevo bisogno e non mi ero trattenuto:

Benedicimi Padre perché ho peccato.

La mia anima è danneggiata irreparabilmente.

Sono passati cinque anni dalla mia ultima confessione.

Cinque anni da quando mia madre piangeva mentre mi portavano fuori dal tribunale in manette.

Tre anni da quando ho ucciso un uomo in prigione. Ora c'è una taglia sulla mia testa.

Tre giorni fuori e ho commesso un altro peccato per rimanere in vita.

E poi un altro con lei, la mia bella testimone.

E un altro con lei.

E un altro.

Non sto chiedendo l'assoluzione.

Tutto quello che voglio veramente è lei.

«Sono felice di sentirlo» disse. «Mi piacerebbe conoscerla.»

Qualcosa mi scosse il petto. Perché non riuscivo a fare le cose normali. Probabilmente non sarei riuscito a presentare Hannah a mia madre anche se ero sicuro che si sarebbero amate. Erano entrambe donne affettuose e di cuore aperto.

«Sì, vedremo. Fai buon viaggio, mamma.»

«Lo farò. Stai attento, Mando. Pregherò per te.»

«So che lo farai. Ti voglio bene.» Pronunciai quelle parole, ma pensai di provare un barlume di quella sensazione. O solo il ricordo del sentimento. Le mamme erano davvero potenti.

Attaccai mentre mi dirigevo verso il mio nuovo lavoro. Il don mi aveva detto di darmi malato ma fanculo, ci sarei andato. Fanculo gli Hermanos. Potevano venire a prendermi in cantiere se volevano. Avevo un'arma ed ero pronto.

Avevo bisogno di farmi una vita all'esterno. Nascondermi con Hannah per sempre non era un'opzione, per quanto mi divertisse. Sì, mi divertiva.

Era una parola che non pensavo avrei usato tanto presto.

Ero stato di nuovo dentro di lei più volte la scorsa sera. Coinvolto in una sessione epica mentre la mettevo in ginocchio sul letto e la scopavo con il pollice nel culo. Poi, prima ancora che il sole sorgesse, le avevo piazzato la mano a coppa sulla figa quando mi ero svegliato, ed era di nuovo eccitata. L'avevo fatta rotolare sulla pancia e le avevo allargato le gambe. L'avevo tenuta ferma con la mano sulla sua nuca perché le piaceva lottare un po'.

Era venuta due volte: era così dannatamente reattiva. Così coraggiosa.

L'avevo capito a un certo punto ieri sera. Il livello di vulnerabilità che mostrava poteva nascere solo da un immenso coraggio. Il suo esempio era l'unica cosa che mi mostrava la via per tornare ad essere di nuovo umano.

Non che io pensassi che ci fossero molti esseri umani come lei.

Era così divertente per me quanto sembrasse normale, come una normale ventenne. Si sarebbe adattata ovunque. Ma lei era tutt'altro.

Non riuscivo a togliermela dalla mente. Non riuscivo a togliermi il suo odore dalle narici. Non riuscivo a far sparire la visione di lei sdraiata sul letto che mi fissava. Lei era ovunque io guardassi. Era struggente.

Prima di uscire dal suo furgone che avevo preso in prestito, decisi che dovevo chiamarla. Sapevo che c'era Marco a fare la guardia, ma sentire la sua voce mi avrebbe tranquillizzato.

«Ciao, Fiori.» dissi quando rispose al telefono.

«Speravo fossi tu.» Sentii il sorriso nella sua voce.

«Com'è andata la mattinata finora?»

«Bene. Josie è arrivata puntuale e abbiamo parlato.»

«Marco è venuto? Ha detto che l'avrebbe fatto.»

«Sì, in effetti, sono fuori a parlare con lui proprio ora.»

Proprio mentre stavo per dirle di rientrare e mettersi al sicuro, sentii il peggior rumore immaginabile. Fu un forte *pop, pop, pop,* seguito da un urlo penetrante.

«Hannah!»

L'urlo non si fermò.

«Hannah!»

E poi ci fu silenzio...

Radicato nel peccato

Capitolo uno

Hannah
    Un'auto entrò stridendo nel vicolo dietro il Giardino dell'Eden, il mio negozio di fiori.

Il cugino di Armando, Marco, che era a distanza nel vialetto per proteggermi, si girò, allungando la mano verso la pistola che aveva agganciata sul fianco.

Istintivamente sussultai, mi si fermò il cuore. Un tizio si sporse dal finestrino aperto, puntando la pistola contro di noi. Il tempo sembrò rallentare mentre Marco spalancò gli occhi nel realizzare. «Stai giù!» Si lanciò verso di me, scaraventandomi sul freddo suolo di cemento, dietro il cassonetto della spazzatura.

Il corpo di Marco fece da scudo al mio mentre il suono assordante degli spari riempiva il vicolo. Alzò la pistola per rispondere al fuoco, ma prima che potesse farlo, venne colpito.

Il dolore divampò nei suoi occhi. Il suo corpo sussultò.

Gridai. Il sangue schizzò dappertutto e un po' si accumulò sulle mie gambe, caldo e appiccicoso.

«Marco!» La mia voce era appena udibile sopra il frastuono degli spari che colpivano il cassonetto di metallo.

Mi tremarono le mani mentre le allungavo per toccarlo, stavo realizzando la realtà della situazione. Questo non era un atto di violenza casuale: ci avevano presi di mira.

«Stai giù» disse a denti stretti, il corpo tremante per lo shock o l'adrenalina.

Anche se il suo sangue si accumulava tra di noi, non distolse mai lo sguardo da me, come se fosse determinato a proteggermi a tutti i costi.

Oh Dio.

Avevo già visto un uomo morire nell'ultima settimana. Ero già stata esposta alla violenza della vita di Armando. Ma quella morte sembrava surreale. Come guardare un film. Marco era un uomo che conoscevo. Era il cugino di Armando. Se fosse morto...

No, non riuscivo nemmeno a pensarlo. Respirava ancora. Sembrava vigile.

Delle voci gridarono dall'auto: «Non è lui» e «Vai! Vai! Vai! Vai!» Si allontanarono a tutta velocità, lasciando una nuvola di polvere e il rumore di pneumatici che stridevano come unica prova della sparatoria.

Non è lui.

Stavano cercando di uccidere Armando ed erano venuti nel mio negozio. Nel vicolo sul retro. Significava che mi avevano collegata a lui?

Non era più al sicuro nel mio appartamento?

Quel pensiero mi chiuse la gola.

Il sangue di Marco continuava a defluire, macchiandomi i vestiti e la pelle. Lui gemeva e cercava di rotolare lontano da me, di tirarsi su.

«Calmati. Chiamo aiuto.»

Cercai il mio telefono e lo vidi di lato. Armando. Stavo parlando con Armando prima che accadesse tutto questo.

«Armando!» gridai, cercando di tirar via le gambe da sotto quelle di Marco. «Armando, hanno colpito Marco!» Forse riusciva ancora a sentire cosa stesse succedendo e ora sapeva che eravamo entrambi vivi ma in pericolo.

Quasi richiamato dalla mia voce, Armando apparve all'imbocco del vicolo, gli occhi spalancati dal panico. Osservò la scena davanti a lui: Marco ferito e io coperta di sangue e tremante in modo incontrollabile.

«Hannah!» Corse verso di noi, ma il suo sguardo era solo su di me.

«Sto bene, ma Marco è stato colpito.»

«*Madonna mia*, che cazzo è successo?» si accovacciò accanto a noi, le mani sopra a Marco, come se non sapesse dove toccarlo o come aiutarlo. La paura era impressa sul suo viso pallido, una vulnerabilità che non avevo mai visto prima in lui.

«I tuoi amici» gemette Marco, alzandosi a sedere e stringendo i denti per il dolore. «Sono venuti fuori dal nulla.»

«Sei riuscito a vedere chi erano?» chiese Armando. Vidi gli ingranaggi girargli in testa: stava già pianificando una rappresaglia.

«N-non lo so» balbettai, ancora sotto shock. «Non li ho visti in faccia.»

«Fanculo.» Lo sguardo di Armando si spostava tra me e Marco, la sua preoccupazione era palpabile. «Dobbiamo portarvi entrambi in un posto sicuro. Puoi camminare?»

«Certo che posso camminare» scherzò Marco, cercando di rimettersi in piedi. La sua faccia si contorse per il dolore e crollò di nuovo a terra. La mascella di Armando si serrò e prese il braccio di Marco per passarselo intorno alla spalla, sollevandolo in piedi.

«Sì, non camminerai da nessuna parte in questo modo.»

Mi spostai dall'altra parte di Marco per aiutare. Insieme riuscimmo a rimettere in piedi Marco, ognuno di noi si prese un braccio sulle spalle.

«Mando» disse piano Marco, la voce tesa. «Non l'ho visto arrivare.»

«Ci penseremo dopo» tagliò corto Armando. «In questo momento, dobbiamo concentrarci sul farvi uscire di qui entrambi.»

Mentre sostenevamo e trascinavamo Marco fuori dal vicolo verso il mio negozio, i miei pensieri turbinavano con una consapevolezza straziante: la mia vita si era irrevocabilmente intrecciata con questo mondo pericoloso e con l'uomo che mi ci aveva portata. Non che vederlo uccidere un uomo a mani nude non ci avesse già uniti.

Il sangue inzuppava la parte posteriore della gamba di Marco, e vidi Armando rendersene conto, le sue narici dilatate. «Dobbiamo portarti in ospedale» disse.

«Sto bene» insistette Marco a denti stretti mentre cercavo di tenerlo in piedi. «Chiedi a uno dei ragazzi di estrarre il proiettile.»

«Zitto» sbottò Armando. «Ti porto in ospedale. Dammi le tue chiavi.» Appoggiò suo cugino contro il muro di mattoni vicino alla mia porta sul retro.

«Amico, non voglio sangue sui sedili del Beamer.»

«Preferisci andare in ambulanza?»

Ringhiò in modo gutturale. «Va bene.» Marco consegnò a malincuore le chiavi.

«Riesci a tenerlo per un minuto, Fiori? Giro la macchina.»

«Ovviamente.» Avevo la voce rotta. Stavo ancora tremando, in stato di shock totale.

Armando dovette cogliere la paura nella mia voce perché fece una pausa, lo sguardo vagò di nuovo su di me, come se stesse ancora cercando un segno qualsiasi di ferita.

«Sto bene» assicurai. «Vai a prendere la macchina.»

La preoccupazione offuscò i suoi occhi scuri. «Sei sicura?»

Annuii, cercando di ignorare la paura persistente che mi aderiva addosso come una seconda pelle. «Sto bene. Veramente. Vai!»

Fece un cenno e corse via.

Pochi minuti dopo, una BMW sfrecciò nel vicolo e si fermò. Armando spalancò la portiera del passeggero, poi scese per aiutarmi a far salire Marco. Salii sul sedile posteriore.

«Dovresti semplicemente scaricarmi lì davanti» disse Marco quando Armando partì. «Non vorrei che questo influisse sulla tua libertà vigilata.»

La mascella di Armando si strinse. «È colpa mia, cazzo» scattò.

«Smettila con la tua festa della pietà, *stronzo*. Sono io quello a cui hanno sparato. Mi lascerai lì davanti e te ne andrai. Chiama Leo e assicurati che lo tenga nascosto a nostra madre, poi entra con lui quando arriva, come se lo avessi appena scoperto.»

Armando sembrava cupo, ma annuì. Lo vidi controllare lo specchietto retrovisore verso di me.

«Entrerò io con lui» dissi. «Non sono in libertà vigilata.»

«No» disse subito Armando. «Non voglio che tu sia legata a questa storia in alcun modo. *Capito?*»

In ospedale, Armando accelerò fino al marciapiede dell'area Emergency. «Ehi, *cugino*» gracchiò Marco. «Non preoccuparti per me. È solo una ferita.» Spalancò la portiera e cadde fuori, riuscendo in qualche modo a barcollare verso l'ingresso.

«Dovrei andare con lui.»

«Resta qui» ringhiò Armando, lo sguardo fisso su suo cugino ancora per un momento, prima di avviare la macchina e andarsene.

Girò intorno all'ospedale, poi entrò nel parcheggio e spense l'auto. Le mani di Armando tremarono mentre tirava fuori il cellulare. «Devo chiamare Leo» mormorò, con lo sguardo che si spostava nel parcheggio come se si aspettasse un altro attacco da un momento all'altro.

«Leo, sono io.» La voce di Armando era densa di urgenza quando rispose il fratello di Marco. «Hanno sparato a Marco...nel vicolo sul retro del Giardino dell'Eden. Stava proteggendo Hannah. L'obiettivo ero io. Adesso siamo al Cook County. Vediamoci qui. Ah, e Marco ha detto di non dirlo a vostra madre.»

La conversazione finì in fretta e Armando si rimise in tasca il cellulare.

Quando scendemmo dall'auto, mi stava ancora esaminando in cerca di ferite, come se pensasse che mi avessero sparato di nascosto e non gliel'avessi detto.

«Sei ferita?»

Scossi la testa.

«Fammi vedere» insistette.

Mi avvolse un braccio intorno alla vita, tirandomi più vicina a lui.

Il suo tocco mi fece venire i brividi lungo la schiena, ma era esattamente ciò di cui avevo bisogno per placare il tremito delle mie membra. Mi motivava.

Le mani di Armando si mossero dolcemente sul mio corpo, controllando eventuali ferite. Ringhiò quando vide i graffi sulle mie ginocchia causati dal marciapiede. «Cazzo, Hannah. Grazie a Dio non sei stata colpita.» Abbassò la fronte contro la mia.

«Armando...» cominciai, incerta su cosa dire o fare.

«Mi dispiace, Hannah.» Il braccio di Armando rimase avvolto attorno a me, aveva il respiro irregolare mentre osservava ciò che ci circondava, il suo sguardo saettava da un angolo oscuro all'altro. Sentii la tensione crescere in lui. «Mi dispiace che tu sia rimasta intrappolata nella mia rete.»

«Non lo sono» dissi a bassa voce. Ed era vero.

Se Armando non avesse ucciso un uomo nel mio negozio la scorsa settimana, non avrei avuto il privilegio di conoscerlo. Di sapere cosa significasse essere posseduta da un uomo come lui.

E non ci avrei rinunciato per niente al mondo.

Ma la sua espressione era vuota, come se la sparatoria avesse alterato il suo disturbo da stress post-traumatico. Si limitò a scuotere la testa. «Volevo che tu fossi al sicuro da tutto questo.»

«Ehi.» Gli misi una mano sulla guancia, costringendolo a guardarmi. «Io sono al sicuro. E anche Marco starà bene, Armando.»

I suoi occhi scuri incontrano i miei e per un momento vidi qualcosa di crudo e vulnerabile. «Non so cosa avrei fatto se fosse successo a te, Hannah.» Deglutì a fatica. «Non sopporto il pensiero che tu ti faccia male a causa mia.»

«Andrà tutto bene. Sto bene. E anche Marco starà bene presto.»

Armando scosse la testa. «Niente va bene in questo momento. Ma mi assicurerò dannatamente che sia così.»

Capitolo due

A*rmando*

Le zeppe colorate di Hannah ticchettavano sui pavimenti sterili, riecheggiando nel pronto soccorso mentre camminava.

Leo se ne stava seduto con la caviglia sul ginocchio, il piede che dondolava. «L'hai detto al don?» chiese lui.

Scossi la testa. «Non ancora.»

C'era stato un tempo in cui sarei andato da Don G in un batter d'occhio. Per tutto. Ma ora mi sentivo così disconnesso dalla *Famiglia*.

Ovviamente dovevo dirglielo. Dovevo dirgli cosa stava succedendo. Ma volevo essere in grado di dirgli che avevo capito tutto quando lo avessi fatto. Che avevo tutto sotto controllo.

Il problema era che ero così fottutamente lontano dall'avere il controllo. Avevo bisogno di risposte, così da porre fine a questa merda.

Soprattutto perché ora Hannah era coinvolta.

Non potevo farle del male.

Guardai l'orologio. Erano passate ore da quando Marco era stato portato dentro, e il silenzio in questa stanza fredda e bianca era assordante.

«Dio, quando ci diranno qualcosa?» borbottai sottovoce, cercando di contenere la mia frustrazione e la mia paura.

Rimuginavo in un angolo della stanza, lontano da Hannah, combattendo l'impulso di sbattere il pugno contro il muro. Immaginai la scena di Marco che prendeva il proiettile destinato a me ancora e ancora nella mia mente, un costante promemoria che la colpa era mia. E se lo avessero colpito al cuore? Alla testa? In questo momento mi sarei ritrovato a spiegare a mia zia come era morto suo figlio.

Il pensiero mi faceva star male.

Volevo provare qualcosa, qualsiasi cosa, ma non questo.

Grazie, cazzo, almeno Hannah non era stata colpita.

«Accidenti.» Strinsi i pugni. Il mio sguardo si spostò su Hannah, il suo bel viso segnato dalla preoccupazione, e il mio petto si strinse ancora di più. Se solo non l'avessi portata in questo mondo, nel caos del mio passato, non sarebbe stata qui ad affrontare questo pericolo.

«Armando.» Si avvicinò a me. «Starà bene. E non è colpa tua.»

Distolsi lo sguardo, incapace di incrociare il suo. Come poteva essere ancora così fottutamente dolce dopo tutto questo? Dopo che non le avevo procurato altro che guai e dolore?

«Smettila di incolparti» mi supplicò, aveva la voce spezzata mentre le lacrime le sgorgavano dagli occhi. «Non potevi sapere che sarebbe successo.»

La fissai. Non sapevo come cazzo facesse a piangere per me. Io ero un morto che camminava e lei era un oceano di emozioni.

«Non potevo?» chiesi amaramente, le immagini del mio passato lampeggiavano davanti a me. Ogni affare fallito, ogni nemico vendicativo: tutto aveva portato a questo momento. «Devi essere al sicuro.»

«Quello di cui ho bisogno sei tu» sussurrò, allungandosi per toccarmi la mano.

«Hai bisogno di me?» sbuffai, allontanando la mano come se il suo tocco potesse bruciare. «Non sai cosa stai chiedendo.»

Colsi il dolore nel suo sguardo e il mio senso di colpa crebbe.

«Forse no.» Si guardò i piedi prima di alzare gli occhi per incrociare di nuovo i miei. «Ma so che i miei sentimenti per te non cambiano solo per quello che è successo in quel vicolo.»

Fanculo. Questa ragazza. Era molto più di quanto meritassi.

Un'infermiera entrò nella sala d'attesa e si rivolse a Leo e a me. «L'intervento è finito» ci disse. «Abbiamo rimosso il proiettile dal suo...»

Mi alzai in piedi e mi diressi direttamente nella stanza senza chiedere se potessimo vederlo. Hannah mi seguì. Leo rimase ad ascoltare l'infermiera.

Dovevo solo vedere con i miei occhi che stava bene.

«Ehi, ragazzi» Marco ci chiamò debolmente dal suo letto d'ospedale. «A quanto pare era solo una pallottola nel culo. Ho sempre saputo che il mio culo aveva un bell'aspetto, ma non avrei mai pensato che sarebbe stato un vero e proprio bersaglio!» Ridacchiò meglio che poteva, visto il dolore che provava.

Mi sforzai di sorridere, apprezzando il suo tentativo di alleggerire l'atmosfera nonostante la sua stessa sofferenza. Il suono della sua risata fu come un balsamo per la pesantezza del mio petto. Anche se cercava di nasconderlo, vidi la tensione sul suo viso. Era evidente che stava assumendo un atteggiamento coraggioso per il nostro bene.

«Bella battuta, *cugino*» dissi con un mezzo sorriso.

«Dai, Hannah, puoi anche non ridere delle mie battute, ma almeno fammi un sorriso.» Marco la guardò in attesa.

«Solo perché sei ferito.» Il suo sorriso avrebbe potuto illuminare la cella più buia della prigione.

«Ehi, prendo quello che posso» scherzò, sussultando mentre si spostava sul letto.

«Grazie Marco. Per esserti preso il proiettile» dissi sinceramente.

«Sì, grazie» aggiunse Hannah. «So che avrebbe potuto colpirmi. Mi hai salvato la vita.»

«Quando vuoi.» Alzò le spalle. «Sono stato in questa vita abbastanza a lungo per conoscere i rischi. Non sono un passante innocente che è rimasto coinvolto nei tuoi guai, Armando. Ho fatto le mie scelte.»

Nonostante le parole di Marco, il senso di colpa mi rose come un lupo famelico. Strinsi i pugni lungo i fianchi e distolsi lo sguardo da loro, cercando di combattere l'impulso di infuriarmi e uccidere qualcuno.

«Marco non avrebbe dovuto essere lì» dissi, con voce tesa. «Avrei dovuto esserci io in quel vicolo. Il proiettile era destinato a me.»

«Armando, non puoi...» iniziò Hannah, ma venne interrotta dall'ingresso improvviso del fratello di Marco, Leo.

«Cosa diavolo è successo?» Leo entrò nella stanza d'ospedale.

«Mi hanno sparato al sedere.»

«L'ho sentito dire.» Leo sbottò in una risata. «Beh, almeno non era qualcosa di importante.»

«Ah, molto divertente.» Marco fece un sorriso mesto. «Ho fatto quello che dovevo fare.»

«Quindi ora hai due buchi nel culo?» insistette Leo. «Quindi sei un doppio stronzo ora.»

«Continua così, fratellino» ringhiò Marco.

«Ascolta» intervenni, rivolgendomi a Leo. «Questo è il mio casino. Rimedierò. Promesso.» Il peso della responsabilità gravava ancora di più sulle mie spalle. Lanciai un'occhiata ad Hannah, che mi studiò come se potesse sentirlo. Ero sicuro che poteva. Quella ragazza sentiva tutto.

Io non riuscivo a leggere i suoi pensieri.

Leo smise di scherzare con Marco e si voltò verso di me. «Conta su di me, nel trovare gli stronzi che hanno sfregiato il culo bianco come un giglio di mio fratello.» La faccia di Leo era seria. «Li faremo pentire di aver mai incrociato la nostra famiglia.»

Mentre discutevamo dei piani per la vendetta, intervenne Marco, sussultando mentre si sistemava sul letto.

«Prima che voi ragazzi diventiate tutti dei vigilanti, c'è qualcosa che dobbiamo considerare.» Inclinò la testa in direzione di Hannah.

«Forse è meglio che anche lei lasci la città per un po'. Come tua madre.»

«Assolutamente no» rispose immediatamente Hannah, con voce ferma.

Fanculo. Marco aveva ragione. Se qualcuno mi avesse collegato ad Hannah, lei sarebbe diventata un bersaglio. Gli *stronzi* che mi volevano morto erano nel vicolo dietro il suo negozio oggi. Forse mi avevano già collegato a lei.

Oppure, forse avevano pensato che sarei stato lì a causa di Rocco. Perché era lì che mi avevano trovato l'ultima volta.

Hannah si mise le mani sui fianchi. «No. Ho un'attività da gestire. Non vado da nessuna parte.»

Ero doppiamente stronzo perché la verità era che non volevo che se ne andasse. Non volevo smettere di nascondermi a casa sua. Non volevo lasciarla andare. Era l'unico colore nella mia vita in bianco e nero.

«Non credo che sia un bersaglio. Solo io lo sono.»

«Vero. Li ho sentiti urlare 'non è lui' dopo che mi hanno sparato» disse Marco.

Una piccola scheggia di sollievo si fece strada nel mio petto. «Va bene. Allora Hannah rimane.»

Si avvicinò a me e io la avvolsi tra le braccia, tirandola a me, inalando il profumo dei suoi capelli, un misto di fiori freschi e vaniglia.

«Rimani, ma dovremo prendere ulteriori precauzioni.»

«Okay» mormorò, stringendo le braccia intorno a me.

«Va bene, allora» intervenne Leo, con espressione ancora seria. «Ci assicureremo di tenerla al sicuro mentre ti occupi di questa cosa. E io ti aiuterò a gestire la vendetta, Armando.»

«Ehi, non dimenticatevi di me» gridò Marco, tentando di sorridere nonostante il dolore inciso sul suo volto. «Posso anche essere stato colpito, ma non sono fuori gioco. Tornerò presto in piedi. La vendetta dovrebbe essere mia.» Sbadigliò. «Ma in questo momento, ho bisogno di chiudere gli occhi e godermi lo sballo di tutti questi antidolorifici.»

Leo si appoggiò al muro incrociando le braccia sul petto. «Sì, bello, e ora avrai tutte le infermiere qui a litigare su chi può cambiarti le bende.»

«Forse dovrei farmi sparare più spesso, eh?» Marco ridacchiò, sussultando leggermente per lo sforzo.

«Magari non nel sedere la prossima volta, però. Elimina il fattore interessante dall'equazione» scherzai, guadagnandomi una risata da tutti nella stanza.

«Va bene, va bene, basta con le battute» disse Marco, riprendendo fiato. «Ma sul serio, Mando, promettimi che non te ne andrai in giro da solo per questa volta. Siamo una squadra, ricordi?»

«Sì.» La stanza si fece silenziosa mentre annuivo, sostenendo lo sguardo di Marco. «Promesso.» Presi la mano di Hannah e la condussi fuori dalla stanza. «Andiamo a casa.»

Capitolo tre

rmando

A«Dobbiamo infilarti sotto la doccia.» Spinsi Hannah nel bagno del suo appartamento.

Quando la mia mano raggiunse la parte bassa della sua schiena, sentii un tremito. Fanculo. Probabilmente era ancora sotto shock.

Odiavo vedere il sangue su di lei. Anche se non era il suo, mi faceva ancora male allo stomaco immaginare cosa sarebbe potuto succedere se Marco non fosse stato lì a prendersi il proiettile.

La guidai sotto la doccia, aprii l'acqua e aggiustai la temperatura finché non divenne calda, ma non troppo. Rimase lì, gli occhi chiusi, il vapore che le saliva intorno mentre l'acqua le scendeva a cascata lungo il corpo. Vidi che la tensione nelle sue spalle iniziava ad allentarsi mentre si rilassava, e per un momento mi permisi di lasciar andare il terrore che mi attanagliava da quando avevo trovato lei e Marco nel vicolo.

Chiuse gli occhi e inclinò la testa all'indietro, lasciando che l'acqua le penetrasse nei capelli. Presi il bagnoschiuma e lo insaponai tra le mani prima di massaggiarglielo delicatamente lungo la pelle nuda.

«Stai bene?» gracchiai. «Davvero bene?»

Annuì, la tensione abbandonò il suo corpo. Era al sicuro, almeno per ora. Sapevo che non potevo restare ancora a lungo nella sua vita. Non quando le stavo facendo vivere questo tipo di merda.

«Va tutto bene» mormorai, «non permetterò che tu venga coinvolta in nient'altro. Promesso.»

Ventiquattr'ore fa, non sarebbe stato possibile lavare semplicemente questa donna e non voler spingere il mio cazzo dentro di lei. L'acqua saponata che scorreva lungo la sua pelle scura me lo fece venire duro, ma mi concentrai sul mio obiettivo. In questo momento, tutto quello che volevo fare era calmarla. Avvolgerla in una soffice coperta e scacciare via tutti i suoi mostri.

Una volta pulita, la aiutai a uscire dalla doccia e la avvolsi in un asciugamano. La condussi in camera da letto e l'aiutai a infilarsi un pigiama pulito prima di metterla a letto.

«Sto bene, Armando» insistette ancora.

Mi sedetti accanto a lei, incapace di pensare ad altro che alla sparatoria. Il sangue che si raccoglieva sotto Marco. Si era preso una pallottola per Hannah. Sapevo che lo avrebbe rifatto in un batter d'occhio.

Lei non avrebbe dovuto essere coinvolta in niente di tutto questo. Non avrebbe dovuto vedermi soffocare via la vita di un uomo nel suo negozio. Non avrebbero dovuto spararle nel vicolo.

Era un'innocente e noi non coinvolgevamo gli innocenti. Soprattutto non le donne.

Fanculo. Mi alzai. «Dormi un po'» dissi burbero.

Mi prese la mano per fermarmi. «Non andare. Vieni a letto con me.»

Ah, la tentazione. Mi stava guardando con quei grandi occhi castani. Così bella nel suo letto.

Ma non aveva bisogno di sesso in questo momento. Aveva bisogno di conforto.

Mi tolsi i vestiti e mi misi a letto accanto a lei, e lei si accoccolò contro il mio petto, la sua mano appoggiata sul mio cuore. L'alzarsi e abbassarsi dei suoi respiri era rilassante.

Restai sdraiato lì e fissai il soffitto, la mia mente macinava gli eventi della giornata.

Non avrei dovuto permettermi di avvicinarmi a questa ragazza. Mi sentivo come se stessi firmando il suo certificato di morte.

Stare con me era come camminare verso il Mietitore in persona.

Cazzo, avrei dovuto andarmene...

«Che succede ora?»

Non avevo una risposta. Tutto quello che sapevo era che non potevo continuare a metterla in pericolo. Non potevo continuare così per sempre. «Non lo so» ammisi. «Ma lo capirò. Non permetterò che ti succeda niente. Chiunque abbia sparato a te e a Marco morirà. Gli staccherò la testa a mani nude.»

Sentii della tensione in lei.

«Scusa.» Avrei decisamente dovuto risparmiarle i dettagli del mio piano di vendetta. «Quello che voglio dire è che quello che è successo oggi non accadrà mai più.»

Fece un cenno incerto. Il suo sguardo non rivelava alcuna paura o repulsione per me. No, questa era la ragazza che mi aveva visto uccidere un uomo a mani nude e mi aveva baciato lo stesso.

Mi avvicinai e assaggiai la sua bocca.

Mentre le sue labbra si aprivano, approfondii il bacio, esplorando le dolci profondità della sua bocca con la lingua. Lei mi rispose, il suo corpo premette contro il mio con crescente urgenza. Il nostro respiro divenne affannoso mentre continuavamo a baciarci, persi nella sensazione inebriante del reciproco tocco.

Le feci scivolare le mani lungo la schiena, attirandola più vicino a me. I suoi seni premevano contro il mio petto e un gemito le sfuggì dalle labbra.

Mi allontanai per un momento per riprendere fiato, guardandola negli occhi mentre passavo la mano tra i suoi capelli. Eravamo persi l'uno nell'altra e il mondo al di fuori di quel momento non esisteva.

Mi avvicinai per baciarla di nuovo, e mi arrampicai sopra di lei, mentre le mie mani vagavano sul suo corpo e la baciavo profondamente. Lei rispose con fervore, i suoi fianchi sfregarono contro i miei. Potevo sentire la sua umidità attraverso le mutandine e la cosa rese il mio cazzo duro come una roccia.

Entrambi ci togliemmo lentamente tutti i vestiti, non volendo che nulla impedisse alla nostra pelle di fondersi in una sola.

Feci scorrere i baci lungo il suo corpo, iniziando dal collo, continuando giù fino ai seni e poi ancora più in basso fino alla morbida ciocca di peli scuri tra le cosce. La baciai dolcemente all'inizio, poi le schiusi le labbra con la lingua e mi immersi dentro, assaporandola.

Emise un rantolo, mi afferrò la testa con le mani mentre inarcava la schiena. Continuai a esplorare, la lingua saettò con rapidi colpi mentre leccavo i suoi succhi. Ansimò di nuovo, emettendo un gemito acuto mentre mi afferrava i capelli.

Le allargai le cosce con le mani, facendo scorrere lentamente la lingua tra le sue pieghe. Lei rabbrividì in risposta.

«Oh Dio.» Emise un respiro tremante.

Infilai le braccia sotto le sue cosce, tirandole le gambe fino alle mie spalle. Il suo respiro accelerò mentre la mia lingua schioccava contro il clitoride. Affondò le unghie nella mia schiena, inarcandosi mentre la leccavo lentamente, la mia lingua accarezzò la sua protuberanza sensibile. Il suo corpo si irrigidì mentre colpivo più velocemente, i suoi muscoli si irrigidirono mentre la spingevo sempre più vicina al limite.

Continuai il mio assalto al clitoride, passandoci sopra la lingua in cerchi stretti. Alternando tra leccare e succhiare mentre sentivo il suo respiro diventare più profondo e tremante.

«Sto per venire» borbottò. Tutto il suo corpo ora stava tremando, i suoi muscoli si irrigidirono e si rilasciarono in un potente orgasmo. I suoi succhi scorrevano nella mia bocca mentre gemeva forte.

Continuai finché non ebbe finito, finalmente mi sedetti e la guardai. Respirava affannosamente, il suo petto si alzava e si abbassava rapidamente. Mi avvolse le braccia intorno al collo, attirandomi in un bacio.

Presi un preservativo dal comodino. Strappai l'involucro con i denti e lo infilai. Le sollevai le gambe fino alle mie spalle, guardandola profondamente negli occhi mentre entravo in lei con un unico affondo. Entrambi sussultammo, persi nella sensazione dei nostri corpi che si univano. Mi tirai fuori e spinsi di nuovo dentro di lei. Mi tirai indietro e spinsi una terza volta, ogni spinta diventava sempre più potente.

Mi attirò la testa e mi baciò, le sue labbra incontrarono le mie in un bacio potente e pieno di sentimento mentre continuavamo a fare l'amore l'uno con l'altra.

Non era solo scopare. Era fare l'amore. La mia penitenza per tutto quello che le avevo fatto passare.

Interruppe il bacio, premendo la fronte contro la mia, e continuammo a muoverci insieme all'unisono. Il suo respiro era caldo contro il mio viso. Il mio stesso desiderio crebbe e cominciai a spingere sempre più forte dentro di lei. Cominciai a sentire la familiare sensazione di formicolio all'inguine mentre lei continuava a gemere e piagnucolare, e il suo respiro diventava sempre più affannoso. Eravamo ormai entrambi vicini al limite, e lei stringeva le gambe attorno alla mia vita mentre il suo respiro accelerava. Mi spinsi dentro di lei un'ultima volta. Esplodemmo in una serie di gemiti e grida, cavalcando insieme l'onda finché non si infranse. Scivolai lentamente fuori, sdraiandomi accanto a lei nel letto. Stavamo entrambi cercando di riprendere fiato.

Si girò verso di me, accoccolandosi sul mio corpo accaldato. L'avvolsi con un braccio, tenendola stretta a me. Nonostante lo spettacolo di merda della giornata, sembrava tutto giusto.

Essere qui, con Hannah. Questa connessione.

Eppure, questa era esattamente la cosa a cui avrei dovuto rinunciare se ci tenevo a questa ragazza.

Mentre mi appoggiava di nuovo la testa sul petto, riuscii a sentire il suo corpo rilassarsi e il suo respiro farsi lento e regolare. Chiuse gli

261

occhi e capii che finalmente si era arresa allo sfinimento che minacciava di sopraffarla da quando l'avevo trovata nel vicolo.

Me ne stavo lì sdraiato, tenendola stretta, e non potevo fare a meno di pensare a quanto fosse ironico che l'unica donna che avrei dovuto tenere a debita distanza fosse anche l'unica donna che non riuscivo a lasciar andare.

Capitolo quattro

Hannah

Mi svegliai tra le braccia di Armando. La stanza era buia, il suo respiro pesante mi diceva che dormiva da un po'.

Avrei dovuto avere paura di quest'uomo. Essere terrorizzata dalla situazione in cui mi trovavo. Non sapevo nemmeno come definire il mio rapporto con Armando. Ero ancora sua prigioniera? La sua ragazza?

Era qui solo perché aveva bisogno di un posto dove nascondersi? Si stava ancora assicurando che non lo denunciassi?

O voleva essere qui? *Con me?*

Alla parte sciocca di me piaceva credere che stavo facendo qualcosa per lui. Come se fossi un ammortizzatore nella sua vita disordinata e criminale.

Sapevo che era completamente incasinato, ma era così. Volevo essere importante per lui. Volevo sapere che aveva bisogno di me come io stavo iniziando ad aver bisogno di lui.

Strinse le braccia intorno a me. La sua presa era possessiva, come se avesse ancora paura che io potessi scappare.

Sembrava passata una vita da quando si era letteralmente schiantato contro il mio negozio.

C'era stata tanta paura. E poi l'ignoto. Il piacere. La lussuria. E anche la tenerezza.

Sì, la tenerezza dell'assassino nel mio letto.

Ora, mentre giacevo tra le sue braccia, non potevo fare a meno di provare uno strano senso di conforto. Era come se fossi finalmente al sicuro dal mondo esterno. Il mondo che mi avrebbe giudicata per il fatto di essere qui. Il mondo che non capiva il legame che si era formato tra di noi.

Io almeno lo capivo il legame?

Mi voltai a guardarlo, e lui si agitò nel sonno. Aprì gli occhi e sorrise quando vide che lo guardavo. Sentii un calore diffondersi nel mio corpo. Era pazzesco, lo sapevo. Ma non potevo fare a meno di sentirmi come mi sentivo. Lo amavo. Sapevo che non avrei dovuto, ma era così.

«Non riesci a dormire?» mormorò, tirandomi più vicino.

Scossi la testa, incapace di trovare le parole per esprimere quello che sentivo. Mi limitai a fissarlo, e lui ricambiò lo sguardo, i suoi occhi cercavano qualcosa nel mio viso. Si avvicinò e mi sfiorò le labbra con le sue, facendomi venire i brividi lungo la schiena. Risposi con entusiasmo, premendo il mio corpo contro il suo.

In quel momento, dimenticai tutto ciò che ci circondava. L'aggressione ad Armando. La sparatoria nel vicolo. Il rischio che Armando violasse la libertà vigilata e finisse di nuovo in prigione.

Interruppi il bacio, tirandomi indietro quel tanto che bastava perché le mie dita potessero tracciare cerchi leggeri sul suo petto. «Sto solo pensando» sussurrai in risposta, riluttante a spezzare l'incantesimo del momento.

Lui annuì, i suoi occhi cercarono i miei. «A cosa?»

«A quanto mi sento vicina a te. E a cosa succederà.»

Rimase in silenzio per un momento, la sua espressione imperscrutabile. «Non ho le risposte, Fiori. Non lo so.»

«Lo so» dissi velocemente. «Certo che no. Non importa.»

«So una cosa...» mosse la mano verso la mia coscia.

Il respiro mi si bloccò in gola quando sentii le sue dita sfiorarmi la gamba. Mi venne la pelle d'oca, il mio corpo rispose al suo tocco.

Aprii di più le gambe nel tentativo di avvicinare le sue dita alla figa.

Abbassò la mano sul bordo delle mie mutandine. «Sei un dono.»

Ogni cellula del mio corpo celebrò la sua affermazione. La conferma che significavo qualcosa. Che io ero un contributo alla sua vita. Che aveva bisogno di me.

«Sei un fottuto dono, e ti voglio più di quanto ti abbia mai voluta prima.» Le sue dita scivolarono sotto il tessuto e trovarono il clitoride gonfio. Ansimai, il suo tocco mi provocò una scossa attraverso il corpo.

Tutto il mio corpo tremò in attesa mentre faceva scivolare un dito dentro di me. Lo spinse a fondo, pompandolo dentro e fuori con un movimento ritmico. Il mio corpo sapeva cosa fare. Sapeva come rispondere al suo tocco. Era stato così dal momento in cui l'avevo incontrato.

«Grazie per avermi accettato.» Accarezzò le mie pareti interne. «Amo il modo in cui ti arrendi a me. È inebriante. Non ne ho mai abbastanza di te.» Inalò il profumo dei miei capelli. «Mai.»

Mi resi conto che io e Armando forse avevamo ancora difficoltà con le parole e stavamo giusto imparando a comunicare. Ma una cosa era certa.

I nostri corpi sapevano parlare.

Più delle parole.

Emisi un leggero gemito mentre il suo dito scivolava dentro e fuori dalla figa. «Di più» sussurrai, i miei occhi non avevano mai lasciato i suoi.

«Di più?» Piegò le labbra in un sorriso.

«Voglio di più. Ti voglio dentro di me. Ho bisogno di te» ammisi, mentre la voce mi si bloccava in gola.

Non ero mai stata una in grado di esprimere facilmente i miei bisogni e desideri sessuali. Ma quando ero vicina a lui, tirava fuori un lato di me che non sapevo esistesse.

Un lato che bramava il suo tocco.

«So di cosa hai bisogno, Fiori.» Mi fece rotolare sulla schiena e mi bloccò gli avambracci lungo i fianchi.

«Sì» sospirai, elettrizzata dal suo dominio.

«Hai bisogno che ti scopi?»

«Sì», risposi subito.

«Hai bisogno che ti scopi forte, piccola?»

«Sì, ti prego.»

«Lo hai voluto tu.» Si abbassò per afferrarmi le mutandine e me le tirò giù per le gambe. Le gettò a terra, poi mi afferrò le caviglie e mi sollevò le gambe verso la testiera. Mi dimenai dal piacere mentre mi allargava le gambe, esponendo la mia fica al suo sguardo affamato.

«Sei così fottutamente bagnata per me» ringhiò mentre abbassava la testa, premendo le labbra contro la mia coscia, poi spostandosi verso la figa. «Bagnatissima e pronta per me, vero?»

Non aspettò una risposta. Posò le labbra sul clitoride e lo succhiò. La lingua calda sfiorò il clitoride, torturandolo nel modo più delizioso.

Chiusi gli occhi, il calore si diffuse attraverso il mio corpo mentre una scarica di elettricità mi percorreva la spina dorsale. Ansimai mentre spingeva la lingua dentro di me, gemendo mentre scivolava contro il clitoride gonfio. Spinse la lingua dentro di me, e la figa si contrasse, tremando contro la sua bocca.

Spinse due dita dentro di me e la figa si contrasse intorno ad essa. Ci ero così vicina. «Mettilo dentro» sospirai, sforzandomi di trovare voce.

«Cosa devo mettere dentro?» affondò ancora di più le dita, facendomi impazzire. Mi stava facendo implorare.

Lo assecondai. «Il tuo cazzo. Lo voglio. Ne ho bisogno.»

«Piacevole e lento?» chiese.

«Sì» annuii.

«Sei sicura? O lo vuoi duro e brutale?» mi stuzzicò.

«Comunque tu voglia. Voglio solo che mi scopi.» Il cuore mi martellava nel petto. Il sangue mi sfrigolava nelle vene.

Non ero mai stata una da dipendenze. Non bevevo. Non fumavo. Niente aveva mai preso possesso dei miei sensi.

Fino ad Armando.

Ero completamente dipendente da lui.

E avevo il terrore che mi spezzasse il cuore.

Capitolo cinque

annah
Il sole penetrava attraverso le sottili tende del mio piccolo appartamento, gettando un tenue bagliore sulla stanza.

Sentii l'acqua che scorreva nella doccia, e sapere che Armando era ancora qui mi tranquillizzò.

Mi alzai e vagai senza meta per la camera da letto, raccogliendo vestiti sparpagliati senza pensarci. No, non era vero. Stavo *cercando* di non pensare, ma gli eventi di ieri continuavano a ripetersi nella mia mente. Lo stridio improvviso delle gomme, il crepitio acuto degli spari e gli occhi sofferenti di Marco mi perseguitavano.

Qualcuno voleva Armando morto.

Quel pensiero mi terrorizzava. Fissai il pavimento, cercando risposte che non c'erano.

Proprio in quel momento, la porta del bagno si aprì cigolando e Armando uscì a grandi passi, i capelli umidi tirati indietro. Era vestito in modo impeccabile con un abito su misura, e sembrava in tutto e per tutto l'uomo potente e pericoloso che era. Era come se la scorsa notte non fosse mai accaduta, come se fosse intoccabile. Come sempre, la sua presenza era tanto rassicurante quanto intimidatoria.

«'Giorno, Fiori» disse freddamente, scrutandomi dalla testa ai piedi. La sua voce era come il velluto, in grado di calmare parte dell'ansia che mi corrodeva da quando mi ero svegliata. Ma il suo comportamento stoico mi ricordava anche che questo tipo di violenza non era nuovo per lui, faceva parte della sua vita.

«Buongiorno» risposi, cercando di calmare la voce. «Come sta Marco?»

«Vivo» rispose semplicemente, la sua espressione era ancora calma e composta come sempre. «Starà bene. Non è la prima volta che gli sparano.» C'era una punta di amarezza nelle sue parole, che mi suggerì di non andare avanti con le domande. Ma non riuscivo a trattenermi.

«Ha detto per quanto tempo resterà in ospedale? Stavo pensando di mandargli dei fiori.»

«No. Non voglio che ti vedano con lui. O con me. Non voglio che nessuno stabilisca questa connessione. Ok?»

«La tua vita sarà sempre così? Saremo costantemente in pericolo?»

I suoi occhi lampeggiarono mostrando qualcosa di oscuro, quasi vulnerabile, prima che si allontanasse. «Non c'è un *noi*, Hannah» disse piano, dandomi le spalle. «A causa del pericolo. Mi dispiace che tu sia stata trascinata in tutto questo, ma cercherò di tenerti fuori da qualsiasi altra cosa.»

Giusto. Non c'era un *noi*.

Armando si girò, e dovette cogliere il mio dolore perché mi si avvicinò, mi abbracciò e mi strinse a sé. Premetti il viso contro il suo petto, il ritmo costante del suo cuore mi batteva sotto l'orecchio. Era confortante, mi teneva ben salda in questo momento.

«Mi dispiace di averti coinvolta in tutto questo.» La sua voce era tesa, ma le sue dita mi accarezzavano dolcemente la schiena.

«Penso che l'adrenalina di ieri sera stia svanendo. Mi sento...

spaventata» confessai, con le mani aggrappate al tessuto della sua giacca. «Non per me, ma per te.»

Sbuffò scioccato. «Per me? Non preoccuparti per me, piccola. L'organizzazione... è una parte di me. Il pericolo è una parte costante di tutti i miei giorni. Questo non cambierà. Non potrei tirarmi indietro, anche se lo volessi.» La sua voce si incrinò leggermente, tradendo il dolore che provava nell'ammettere questa verità.

«È questo che sei allora? Un uomo costantemente circondato dalla violenza e dalla paura?» chiesi, cercando di capire la profondità del suo coinvolgimento nella mafia ma anche sperando di non sembrare giudicante.

«Purtroppo sì», ammise, stringendomi. «Sono nato in questa vita e ho fatto cose di cui non vado fiero. Ma non voglio che ti tocchi più di quanto non abbia già fatto, Hannah. Meriti di più.»

Mi si riempirono gli occhi di lacrime.

Sapevo che stava dicendo di tenere a me, ma mi stava anche respingendo. Mi stava tagliando fuori. Mi stava dicendo che non avevamo futuro.

«Solo perché ho paura...» mi fermai. Non ero sicura di cosa dire. «Armando, non mi interessa il tuo passato o quello che sei.»

Sembrò smettere di respirare. «Dovresti.» La sua voce era dura. Cupa.

«So cosa merito. E in questo momento, sei tu.»

Mi si strinse il petto al pensiero di un futuro pieno di violenza e paura, ma non riuscivo a immaginare la mia vita senza di lui. Sapevo che non era colpa sua se era nato e cresciuto in quel mondo e non volevo chiedergli di cambiare chi era. Tuttavia, non potevo ignorare il fatto che stando con lui avrei accettato una vita non esente da pericoli.

Prendere consapevolezza di quella realtà non significava che avrei dovuto sfuggirle.

«Te lo prometto, farò tutto ciò che è in mio potere per tenerti al sicuro. Quello che è successo ieri non resterà impunito. Farò in modo che niente di tutto questo ti tocchi più.» Armando serrò la mascella e vidi il feroce senso di protezione che cresceva dentro di lui.

Mi guardò per un lungo momento, il peso del suo passato pesante nello sguardo. Il suo respiro caldo contro la mia pelle. A quel punto qualcosa nella sua espressione cambiò, nei suoi occhi si accese una scintilla.

* * *

Armando

Portai l'El al cantiere e andai dal caposquadra, Larry. Mi guardò dall'alto in basso. Ero vestito in giacca e cravatta, che sapevo essere esagerato per un cantiere. Ma non era troppo per un comandante della mafia, e dovevo stabilire chi cazzo ero.

«Sì. Ok. Dunque, sui libri sei inserito come supervisore. Se mai qualcuno si dovesse presentare qui per un'ispezione, basta che sembri ufficiale. Interpreti bene il ruolo, quindi va bene. A parte questo, fai quello che vuoi. Sono sicuro che già sai tutto.»

Annuii. «Sì. Decisamente. Quindi dovrei essere il tuo supervisore?»

Allargò le narici. «Giusto. Il vero supervisore gestisce altri otto cantieri. Qui gestisco tutto da solo.»

Mi infilai le mani in tasca per sembrare meno minaccioso. Non era un atteggiamento che avevo approfondito, ma da qualche parte dentro di me c'era un ragazzo che sapeva come essere disinvolto. «Quindi forse mi limiterò ad aggregarmi a te... imparare i trucchi del mestiere.»

Cos'altro dovevo fare? Avevo passato quattro anni e mezzo ad annoiarmi. Ora che ero fuori, non volevo oziare senza fare niente. In più, avevo bisogno di qualcosa che potesse distrarmi dal pensiero che Hannah avesse rischiato di essere uccisa. Quello, e la nottata e la mattinata di scopate epiche.

Ovviamente a Larry non piaceva l'idea. Nemmeno per un cazzo.

Lo capii subito perché si irrigidì e si bloccò per un paio di secondi prima di emettere un soffocato «Sì, ok.»

Era costretto a dire *ok*. Nessuno voleva fare casino con me qui. La famiglia Pachino dirigeva il sindacato.

Lo seguii in giro e prestai attenzione, presentandomi ai ragazzi quando Larry non si preoccupava di farlo. Non che mi sentissi improvvisamente amichevole. Col cazzo. Ma mi costrinsi a farlo seppur poco convinto.

«È il supervisore mandato dal sindacato» aggiungeva Larry rimarcandolo ogni volta, facendo sapere a tutti esattamente cosa significasse.

Ero un mafioso lì per spillare al loro datore di lavoro uno stipendio senza fare nulla.

Beh, magari si sarebbero sorpresi. Magari avrei finito per fare di più che mandare messaggi ai miei amici tutto il giorno. O magari no. Chi cazzo poteva saperlo? Tutto quello che sapevo era che avevo fame di lavorare. Mi ero dovuto trattenere dall'infilarmi negli affari di Hannah. Raccontandole tutte le idee che avevo.

Sarebbe stato sbagliato. Hannah non aveva bisogno che io irrompessi nei suoi affari e le dicessi come fare qualsiasi cosa. Doveva capirlo da sola, altrimenti non avrebbe mai assunto la piena proprietà. Ma dannazione, volevo aiutarla.

Un grosso tizio nero sulla cinquantina venne a parlare con Larry. Quando mi presentai, scoprii che si chiamava Harold ed era un elettricista.

Potevo dire per certo che non voleva dire quello che stava per dire. «Ascolta, ultimamente ho avuto un po' di affanno e mia moglie mi ha fissato un appuntamento questo pomeriggio con uno dei suoi dottori all'ospedale. So che il preavviso è breve e abbiamo una scadenza, ma...»

«Assolutamente no, Harold. Assolutamente no. Sai che oggi dobbiamo sistemare il cablaggio o non passeremo l'ispezione.»

Non ero certo se stessi solo facendo lo stronzo con Larry o se volessi dare il massimo, ma intervenni. Dopotutto, tecnicamente ero il suo capo, giusto? «Lascialo finire» dissi. «Forse ha un piano per assicurarsi che venga fatto tutto lo stesso.» Volsi lo sguardo su Harold. «È così?»

«Sì» disse. Riuscii a percepire l'incazzatura nella sua voce. «Stavo per dire che dovrei aver finito per l'ora di pranzo, e se dovesse emergere qualcosa durante l'ispezione, può occuparsene Chad.»

«Chad non può gestire una cosa così importante. Assolutamente no» farfugliò Larry. Era probabile che fosse solo incazzato perché mi ero intromesso. O forse era solo un coglione. Larry era sulla trentina. Bell'aspetto. Probabilmente aveva una bella moglie e un figlio a casa.

Avrei voluto spaccargli i denti, ed ero sicuro che volesse fare lo stesso con me per il fatto che avevo ficcato il naso negli affari.

«L'affanno sembra una cosa seria» dissi. «Faresti meglio a non disdire quell'appuntamento.»

Beccati questa, Larry.

La faccia di Larry divenne rosso intenso.

«Se durante l'ispezione viene fuori qualcosa che Chad non può gestire, possiamo chiamarti al cellulare?» Tirai fuori il telefono.

Harold sembrò sollevato. «Ovviamente.» Mi diede il suo numero mentre Larry si spostava da un piede all'altro, con l'aria di chi stava per essere preso a pugni.

Probabilmente non era stata la mia mossa migliore quella di far incazzare il caposquadra il primo giorno. Ma alla fine, questi stronzi non potevano toccarmi. Non che io avessi bisogno che l'organizzazione si intromettesse in questa situazione, ma i Pachino avevano instillato abbastanza paura nel Local 352 negli ultimi 30 anni che nessuno sano di mente avrebbe mai osato fiatare.

Ed ero già un briciolo più vicino all'idea di divertirmi. Probabilmente il maschio alfa che era in me aveva bisogno di pisciare su qualcuno. Inoltre, sapevo di avere ragione. Perché cazzo un caposquadra avrebbe dovuto negare a un tizio con l'affanno la visita di un medico per una semi-emergenza? Era sbagliato.

«Fammi vedere chi è Chad» ordinai ad Harold e lo seguii più avanti nell'edificio.

Avrei fatto di questo lavoro la mia puttanella. Perché in questo momento era l'unica cosa che avevo.

A meno che non contassi Hannah. Insomma, contavo sicuramente Hannah, ma non potevo davvero considerarla mia. Sì, l'avevo reclamata fin dall'inizio, cazzo. E lei era stata decisamente d'accordo.

Ma potevo offrirle solo un sacco di merda. Non potevo essere il suo ragazzo. Non quando una banda aveva sparato nel mio appartamento, avevano cercato di uccidere mio cugino e io ero una carcassa emotiva.

Lei meritava di meglio.

Il che significava... cazzo. Probabilmente avrei dovuto lasciarla in pace. Darci un taglio netto prima che si facesse male.

Solo che in questo momento ero troppo egoista per farlo, cazzo.

Perché quella ragazza era l'unica cosa che mi illuminava in questo momento.

Capitolo sette

H*annah*
    Alle 17:30 iniziai a chiudere. In realtà avevo detto a
Josie di andarsene presto perché non c'era niente da fare,
e averla intorno mi rendeva ansiosa.

Ero comunque ancora ansiosa anche se lei se n'era andata. Era
una sensazione diversa però. Josie non c'entrava.

Era per Armando.

Perché stavo cercando di capire cosa fare. Dovevo chiamarlo per
chiedere quando sarebbe venuto a casa? In realtà non pensavo
nemmeno di avere il suo numero di telefono, cosa abbastanza triste.
L'avrei trovato a casa al mio ritorno? Avrebbe dovuto esserci. Aveva
lasciato lì un borsone pieno di vestiti.

Ma cosa sarebbe successo se non lo avessi trovato?

Perché se n'era andato stamattina? Aveva detto che doveva lavorare, ma non sapevo nemmeno cosa facesse. Era la persona meno
aperta che avessi mai conosciuto.

Probabilmente perché aveva molto da nascondere.

Certo, non pensavo che stamattina se ne fosse andato in giro a rapinare banche o altro, ma non si poteva mai sapere. Faceva parte della mafia. Avrebbe potuto fare qualsiasi cosa.

Il ricordo di lui alle prese con il tizio che aveva cercato di ucciderlo mi balenò nella mente. La sua calma, offensiva ma micidiale. Era stato magnifico. Era strano che non fossi eccessivamente infastidita dalla sua carriera o da quello che aveva fatto? E ieri c'era stata una sparatoria che, sì, mi aveva scossa, ma stranamente l'avevo già superata. Avrei dovuto esserne terrorizzata, ma non lo ero. Forse era per gli uomini in completo che se ne stavano fuori dal mio negozio tutto il giorno, ma la paura che avevo avuto questa mattina si era per lo più dissipata.

L'unica cosa che avevo provato tutto il giorno era stato il desiderio. Mi mancava Armando.

Ai miei occhi, il pericolo rendeva Armando ancora più attraente. Era un ragazzaccio che viveva secondo un codice. C'era onore in quello che faceva. Aveva ucciso, sì, ma era successo in battaglia. Come un soldato.

Solo che il suo esercito era una famiglia siciliana, non una truppa governativa.

Forse stavo cercando di razionalizzare tutto, ma restava un fatto: non riuscivo ad avere molti dubbi al riguardo. Perché mi piaceva come ci si sentiva ad essere consumati da lui.

E fu allora che varcò la porta.

Il mio cuore saltò all'impazzata. Aveva un aspetto elegante in completo, e una mano infilata con disinvoltura in tasca.

Mi bloccai, senza fiato per il fatto di averlo di nuovo qui. Si avvicinò a me senza una parola, mi afferrò la nuca e abbassò lo sguardo.

«Ehi» sospirai.

Il suo sguardo mi vagò sul viso, fissandosi sul gioiello per il naso che mi aveva regalato poco prima che sparassero a Marco. Avevo dimenticato di ringraziarlo a causa di tutto quello che era successo.

«Bello.» Un uomo di poche parole.

E poi mi baciò. Non fu il tipo di bacio disperato che ci eravamo già scambiati, quello con cui lui mi consumava e io andavo in fiamme.

Questo era un bacio più sensuale. Come quelli dei film di Holly-wood. Uno di quei film in cui il ragazzo prende la ragazza, la musica si alza e la telecamera gira intorno a loro.

Non alzai le braccia, le lasciai semplicemente penzolare lungo i fianchi, amando la sensazione di ricevere ciò che mi stava offrendo. Lasciandogli prendere ciò che voleva senza cercare di ottenere di più.

Quando interruppe il bacio, il negozio girava proprio come le scene riprese dalla telecamera panoramica, e lui guardò me e l'anello al naso. «Ti piace?»

Ritrovai il respiro. «Lo adoro.» E poi, stupida me, mi si riempi-rono gli occhi di lacrime. Perché, come al solito, avevo considerato il regalo molto più importante di quanto probabilmente non fosse. «Volevo ringraziarti prima. Ma con tutto quello che è successo a Marco, io...»

Mi baciò di nuovo. Forte. Con rivendicazione.

Non era toccato dalle lacrime. Non nel senso cattivo, ma non reagì affatto, continuò a guardarmi dall'alto in basso come se stesse cercando di scrutare nella mia anima.

«Cosa stai pensando?» chiesi. Perché avevo un disperato bisogno di entrare nella sua testa in questo momento.

«Sto cercando di capire se dovrei portarti a casa a consumare il tuo letto o portarti a cena.» La mia espressione dovette rivelare il mio piacere perché disse: «Vuoi cenare, eh?»

In realtà non mi interessa cosa scegliesse, non vedevo l'ora di stare con lui, ma un appuntamento suonava bene. Mi avvicinai, metten-dogli le braccia al collo e iniziando un bacio.

E immediatamente si accese. La sua fame oscura si impennò di nuovo, e il suo bacio e il suo tocco divennero aggressivi. Fece scivolare le mani sul mio vestito, stringendomi il culo, e infilando le dita nelle mie mutandine al respiro successivo.

Ero già bagnata. Forse lo ero stata dal momento in cui aveva varcato quella porta. Il mio corpo sembrava appartenergli. Lo coman-dava, e tutto quello che volevo fare era consegnarglielo.

Ma era tutto così pericoloso. Era fuori dalle mie possibilità. E da un giorno all'altro avrei capito che non aveva intenzione di andare avanti con me.

E dannazione, non si trattava semplicemente della follia delle relazioni? Non si aveva mai la garanzia che l'altra persona volesse la stessa cosa che volevi tu. Lo speravi e desideravi e facevi del tuo meglio mentre ti ci trovavi. E sì, era un casino. Sì, di solito finiva con un sogno infranto.

Probabilmente sarebbe successo anche qui. Cercavo di ricordarmelo ad ogni respiro, e questo creava un tripudio di ansia mescolato al piacere di sapere che non se n'era ancora andato, il che purtroppo non faceva che aumentare la sensazione.

Era ancora pericoloso per me, solo che ora lo era in modo peggiore.

Avrei perso il mio cuore per lui.

Passò la bocca aperta lungo il mio collo e mi morse. «Lascerai che ti scopi di nuovo nel tuo negozio?» La sua voce era roca, un basso ringhio. «Per scaricarmi, così potrò superare la cena?»

Nel senso che si sarebbe trovato con le palle gonfie se prima non avessimo fatto sesso. Come se avesse davvero bisogno di me. Era una sensazione potente sapere di essere io quella desiderata, non l'avevo mai provata prima.

«Tu cosa pensi?» Volevo sentirlo parlare. Scoprire se i suoi pensieri corrispondevano ai sentimenti che percepivo da lui.

«Io penso di sì.» Fece un passo indietro e si slacciò la cintura.

I miei occhi seguirono il movimento, trovandolo leggermente minaccioso ed estremamente sexy.

«Oh, vuoi la cintura?»

Merda! La volevo? Sicuramente no. Solo... il calore mi si riversò tra le gambe.

Mi avvolse la cintura intorno alla vita e la usò per tirare i miei fianchi contro il suo corpo. «Dimmi, bellezza, come la vuoi la mia cintura?»

Un brivido mi percorse il corpo al pensiero di lui che la usava per sculacciarmi. Lo volevo? Io pensavo di no, ma il mio corpo non era d'accordo, il mio livello di eccitazione aumentò ancora di più.

Continuò a parlare mentre mi spingeva verso la porta e la chiudeva a chiave, girando il cartello che indicava Aperto in Chiuso. «La vuoi intorno alla gola mentre ti fotto da dietro? Hmm?» Il suo respiro era caldo sul mio orecchio. «O dovrei usarla per legarti i polsi dietro la schiena?»

Oh dannazione. Non avevo considerato nessuna di queste possibilità. Ed entrambe mi facevano impazzire e mi eccitavano in egual misura.

«O volevi solo sentirla sul culo?»

Questa volta il brivido che mi percorse fu abbastanza forte da permettergli di percepirlo.

«Non preoccuparti, Fiori. Mi assicurerò che ti piaccia.»

Spostò la cintura sotto il mio culo e si tirò su per inchiodare i nostri corpi insieme. Sentii il mio nucleo fondersi proprio in quel momento. Avevamo appena iniziato e stavo già perdendo la sanità mentale. Ero vicina all'orgasmo.

Questo era quello che mi faceva quest'uomo.

Era pazzesco.

Mi fece girare e mi spinse nella sala relax. «Ti voglio sul tuo letto. Sugli avambracci e sulle ginocchia con quelle cosce divaricate. Lo farai per me più tardi, bellezza?»

«Sì» certamente. Gli avrei promesso qualsiasi cosa in questo momento. Ero ubriaca di lussuria. Ubriaca di lui.

Mi fece voltare e tirò su l'orlo del vestito corto di cotone. «Indossi sempre questi fottuti vestitini corti. Mi fanno impazzire, Fiori. Rendi così facile per me scoprire il tuo culo e sculacciare questa bella pelle fino a farla diventare viola.» Era quando facevamo sesso che questo ragazzo parlava di più. Non c'era da stupirsi che fosse il posto in cui sentivo che ci connettevamo meglio. Mi tirò giù le mutandine e mi diede quattro schiaffi sul sedere, poi strofinò via il bruciore. «Sei così sexy. Così bella.»

Continua a parlare, capo. Le sue parole erano un balsamo per le mie orecchie. Forse *ero* davvero bisognosa. Appiccicosa. O quello che era. Perché bevevo le sue lodi in questo momento come se fosse un elisir. Ma questo ragazzo non parlava molto, quindi quando lo faceva, sembrava significativo.

«Aprile» mi ordinò, spingendomi giù le mutandine finché non caddero sul pavimento. La sua voce era così profonda e sicura. Non potevo credere che qualcuno volesse mai litigare con lui.

Allargai la mia posizione e incurvai la schiena, incoraggiata da tutte le sue lodi. Mi fece scivolare la cintura tra le gambe e fece passare la pelle sul mio nucleo.

«Mmm» gemetti.

La allontanò e poi ne fece scorrere solo l'estremità tra le mie gambe, sculacciandomi la figa.

Sussultai. Bruciava, ma ci era andato leggero. Non era realmente doloroso. Faceva solo un po' male.

«Ti piace farti sculacciare la figa, bambina?»

Oh dannazione. Ora mi chiamava *bambina*. Perché mi piaceva così tanto?

«N-no» mentii.

Sostituì la cintura con le dita e mi strofinò la fessura. Ero fradicia. «Io penso di sì. Vuoi che ti sculacci il culo con la cinta?»

Respiravo rumorosamente. Non era proprio un sussulto, ma un raschiare tra di noi. Non risposi.

«Hmm? Penso che tu voglia provarlo, vero? Hai paura, Flowers?»

Feci su e giù con la testa. Ero di fronte al tavolo di formica, la superficie grigia maculata mi nuotava davanti agli occhi.

Si avvicinò a me, mi allargò le gambe con un movimento del ginocchio e mi ingabbiò la gola, tirandomi su il busto finché la mia schiena non raggiunse la sua fronte. Il suo cazzo indurito mi premeva contro il culo dai pantaloni. «Ti piace mischiare un po' di dolore con il piacere, vero, Hannah? O è paura?»

Calde spine mi sfrecciarono sulla pelle. Potevo già dire che avrei pianto quando tutto questo fosse finito, perché sentivo pressione sul viso, le lacrime in gola. La sua mano lì amplificava la sensazione. Non stava stringendo, ma avrebbe potuto facilmente farlo. Se avesse stretto le dita, avrebbe potuto porre fine alla mia vita, proprio così.

L'aveva già fatto, ne ero sicura.

Sì, era il pericolo. «Paura» sussurrai. Sentivo le cose così intensamente. Quando il sesso si sommava al pericolo, amplificava tutto.

Mi morse l'orecchio. Non un semplice morso, ma un morso punitivo che fu quasi troppo forte. «Hai paura di quello che ti farò adesso?» Era malvagio, mi prendeva in giro come il diavolo che stuzzicava la sua preda.

«Sì.»

«Tre colpi», mormorò e mi spinse il busto verso il tavolo.

Emisi un piagnucolio. *Avevo* paura. Paura che avrebbe fatto male. Paura di mettermi in imbarazzo con la mia reazione. Paura di essere così vulnerabile con quest'uomo che stava rapidamente diventando così importante per me.

«Allora ti scoperò per bene. E dopo ti tratterò come una principessa. *Capito?*»

Capivo? Nemmeno lontanamente.

Ma ero totalmente d'accordo. Una scarica di adrenalina mi inondò le vene mentre faceva un passo indietro e si avvolgeva un'estremità della cintura intorno al pugno.

Oh Dio. In cosa mi stavo cacciando? Questo era pazzesco. Più folle che baciare un assassino.

Schioccò la cintura in aria. Atterrò sulla parte inferiore delle mie natiche lasciando una linea di fuoco. Ansimai, stringendo le natiche.

«Oh Dio.» Cercai di raddrizzarmi, ma lui mi trattenne.

«Ancora?» Mi stava facendo sapere che potevo fermarlo anche se mi stava trattenendo. Non riuscivo a convincermi a chiedere di più. Non ero sicura di volerlo. Ma non gli dissi nemmeno di smettere.

Lasciai decidere lui.

E, naturalmente, lo capì. Nonostante Armando potesse sembrare emotivamente non disponibile, era piuttosto perspicace quando si trattava delle mie emozioni. Ci faceva attenzione.

Mi frustò di nuovo, e questa volta sobbalzai e mi lasciai sfuggire un grido. Massaggiò le due strisce, impastando il dolore in un bruciore più generalizzato.

Gemetti piano.

«Ho detto tre colpi. Prenderai l'ultimo come una brava ragazza?»

Controllava ancora.

«Sì.» Scossi la testa, come se promettere di fare la brava avrebbe reso tutto più facile.

Fece scivolare la mano verso il basso e mi accarezzò tra le gambe. «Sì, sei una brava ragazza, vero? Sempre bravissima.»

Stavo tremando dappertutto. Ero in uno stato febbrile.

Lui giocherellò con il mio clitoride e io mi inarcai all'indietro, gemendo. Mi afferrò i fianchi e si chinò per baciare una delle mie natiche in fiamme. «Ancora uno» disse con fermezza mentre si alzava.

Dannazione.

Mi colpì e io sussultai, e poi fu finita. I vestiti di Armando frusciarono e sentii il crepitio dell'involucro del preservativo. Trascinò la cappella attraverso i miei succhi. Trovandomi così pronta, si infilò dentro.

Non ero sicura che la penetrazione fosse mai stata così soddisfacente come lo era in questo momento. La sensazione di perfezione di lui che mi riempiva non avrebbe potuto essere più evidente. Come se il mio corpo fosse fatto per accettare il suo. Come se fosse questo il suo scopo.

Armando gemette. «Sei perfetta, Hannah. Così perfetta.» Si avvicinò, centimetro dopo centimetro, poi indietreggiò lentamente, stuzzicandomi con la sua lunghezza.

Magari lui poteva aver bisogno di scaldarsi, ma io no. Ero pronta per i suoi colpi forti. Per farmi schiacciare di nuovo i fianchi o tirare i capelli. Invece, fece scivolare le mani lungo i miei fianchi, dentro il mio vestito e affondò le dita nel reggiseno per pizzicarmi un capezzolo.

Schiacciai le mani sul tavolo e mi inarcai, sollevando la testa.

«Non giocare con me» gli dissi. Il bisogno mi aveva ormai resa irritabile. «Devo venire.»

Rispose con un colpo a forte. «È questo che vuoi, bella? Una bella scopata brutale? Perché a me va sempre bene.»

Mi mise un braccio intorno alla vita, stavolta attento a proteggere i miei fianchi dal tavolo, e iniziò a martellarmi.

«Sì» gemetti, mentre la soddisfazione incombeva.

Mise una mano accanto alla mia come leva e mi penetrò a fondo, mentre i suoi lombi mi schiaffeggiavano il sedere, macinando il bruciore della sua cintura, levigandolo, soddisfacendolo.

«Ti amo.»

Oh merda. Perché cazzo l'avevo detto? Sicuramente non intendevo farlo. Queste cose mi scappavano sempre di bocca! Insomma, era vero. In questo momento sentivo scorrere l'amore, ma Gesù!

Perché avevo dovuto dirlo?

Vacillò, interruppe il ritmo, e fui subito sicura che sarebbe finita male.

E sarebbe stato forse il peggiore di tutti i finali perché questa volta stavo davvero impazzendo per questo ragazzo.

Ma invece di diventare goffo e strano, divenne più aggressivo. Mi afferrò i capelli e mi tirò bruscamente indietro la testa, provocando mille minuscole fitte di dolore sul cuoio capelluto.

«Ti piace quando ti scopo forte, vero, *bellezza?*» ringhiò, come se fosse arrabbiato con me. Come se stesse dicendo quelle parole a denti stretti.

«Sì!» gridai, sollevata dal modo in cui aveva distorto le mie parole. Come le aveva affrontate.

«Ti piacerà anche quando fotterò questo culo.»

Oh Dio. Quasi quasi risi ad alta voce. Forse era questo che l'amore significava per lui. L'anale.

«Più forte» lo incitai, volendo arrivare alla fine, ma forse anche cercando di superare il mio errore.

Continuò a martellarmi dentro, dandomelo come piaceva a me. Amandomi con quel suo grosso cazzo.

«Ho bisogno di te.»

Oh mio Dio, la mia bocca non voleva fermarsi.

Mi tirò più forte i capelli. «Te lo darò» ringhiò. E lo fece. Ancora più forte. Abbastanza forte che iniziava a farmi male. Meravigliosamente brutale. Come una bestia liberata dalla sua gabbia.

E poi urlai. Venni di brutto, mentre lui diventava sempre più brutale con me.

Venne, e quando ebbe finito, si allungò per massaggiarmi il clitoride provocandomi un secondo orgasmo.

E ora che era finita, avrei voluto che fossimo a letto per crollare con la faccia su un cuscino e fingere di essermi addormentata.

Capitolo otto

rmando
Lei mi amava. Era un altro di quei momenti in cui ero sicuro che avrei dovuto sentire di più. Ma ero vuoto.

Insomma, non ero così stupido da credere a tutte le chiacchiere che uscivano dalla bocca di una ragazza quando stava per raggiungere l'orgasmo, ma sapevo anche che Hannah era un libro aperto. Provava amore per me in quel momento e non riusciva a mantenere il segreto.

E nonostante la mia mancanza di reazione a quelle parole, in qualche modo mi avevano cambiato.

L'unico problema era che potevo dire che era imbarazzata e desiderava non averlo detto.

Tremava anche da morire. Sentivo le sue gambe oscillare nel punto in cui le nostre cosce si incontravano. Pulii entrambi e l'aiutai a rimettersi le mutandine.

Evitò il contatto visivo. «Ehi, spero che tu non ascolti tutte le cose folli che dico durante il sesso» disse in fretta.

«No, ma lo conservo nella testa» le dissi, conducendola fuori dalla saletta e spegnendo le luci. «È passato molto tempo dall'ultima volta che ho sentito quella merda.»

Non avrei dovuto chiamarla *merda*, era stata una pessima scelta di parole. Ma stavo cercando di minimizzarne l'importanza, pur continuando ad apprezzarlo.

Mi lanciò uno sguardo leggermente sofferente che mi prese alla sprovvista. «Sei arrabbiato con lei? La tua fidanzata?»

Oh.

Era gelosa. Quello sì che lo sentii visceralmente. Come un piacere che mi andava dritto nel petto.

Hannah mi stava reclamando.

Solo che non avrebbe dovuto piacermi. Perché non potevo essere il suo ragazzo. Anche se non avessi avuto alle calcagna un'intera banda che cercava di uccidermi, non ero tipo da fidanzarmi. Ero un morto che camminava. Non avevo niente da offrire a una ragazza come Hannah, a parte il sesso fantastico. Era brillante, vibrante. Aveva tutto il mondo davanti a sé. Lei meritava tutto.

Non volevo affrontare questa conversazione. Avrei quasi preferito asportarmi un'unghia del piede con le pinze piuttosto che parlare di Grace, ma Hannah era in attesa, vulnerabile al punto da leccarsi le labbra e guardarsi intorno.

Quindi mi fermai nel corridoio buio e la affrontai. «Grace è una stronza. Assolutamente sleale. Quando sono finito in prigione, mi ha sostituito in poche settimane – delle fottute settimane – con un altro mafioso. Non ha avuto il coraggio di dirmelo per mesi, però.»

Hannah inclinò la testa. «Mafioso nel senso di un altro... tizio nell'organizzazione?»

«Sì. Emilio. È una specie di cugino. Non un vero fottuto cugino, ma una cosa simile, sai?»

Trattenne il respiro. Sembravo un po' arrabbiato, il che mi faceva incazzare. Volevo tornare a non sentire niente al riguardo.

«Quando sono uscito la scorsa settimana, tutti pensavano che ci sarebbero stati problemi. Tra me e lui, sai? Una volta ero...» Non volevo nemmeno dirlo. Quello che ero. Presuntuoso. Sicuro di me. Orgoglioso. Non conoscevo nemmeno più quel ragazzo. «Non lo so. Davvero un fottuto cane alfa. E posso essere brutale. Ma questo l'hai visto.» Sussultai un po', pensando a quello che aveva visto qui nel suo negozio. Ero ancora stupito che non avesse mostrato segni di trauma.

«Il don mi ha avvertito per prima cosa di non toccarlo.»

La preoccupazione di Hannah era solo aumentata. Porca puttana, stavo assimilando quella sua empatia perché anche se non provavo emozioni mie, registravo chiaramente le sue.»

«Ma la cosa che non sanno è che... non sono più quel ragazzo. Nessuno di loro mi conosce più, cazzo. E non me ne frega niente di nessuno dei due. Insomma, sono disgustato da quella merda - la loro mancanza di onore e lealtà - ma non significano niente per me. Onestamente, sai cosa sarebbe stato peggio?»

«Che cosa?» sussurrò Hannah, con gli occhi spalancati.

Trassi un respiro, realizzando solo ora quello che stavo per dire. «Se mi avesse aspettato.»

Era vero. Se fossi uscito con l'aspettativa di essere di nuovo il ragazzo perfetto, di vivere con Grace e organizzare il nostro matrimonio insieme, sarei andato in pezzi.

«Non riesco a immaginare come sarebbe stato doverla sposare quando sono uscito. Perché non sono lo stesso ragazzo che le ha messo l'anello al dito.»

«Ma lo avresti fatto?» chiese Anna.

Non ero sicuro di cosa stesse cercando di ottenere o perché stesse insistendo, ma risposi onestamente. «Sì. Insomma, le avrei dato una via d'uscita se l'avesse voluta, ma non sarei venuto meno ai miei impegni.» Alzai le spalle. «Sono un uomo di parola.»

Mi studiò con quei caldi occhi castani che vedevano tutto e sembravano non giudicare mai. «Sei leale» disse.

Annuii. «Sempre.» La condussi fuori dalla porta del vicolo fino al furgone. Aprii il lato del passeggero e l'aiutai a salire. «Ah, ehi. Ho dimenticato di controllare le trappole per topi. Hai avuto qualche visita?»

Lei rabbrividì. «Sì.»

«Ci sono ancora? Hai bisogno che me ne occupi io?»

Rabbrividì ancora. «Sì grazie.»

Le feci un rapido cenno e tornai dentro per occuparmene. Una cazzatina facile da fare per lei. Ero contento di poter fare qualcosa.

Quando tornai, misi in moto il furgone. «Dove vuoi andare a cena?»

«Dipende da te, paghi tu.» Mi lanciò uno sguardo malizioso. Le piaceva quando pagavo. Ero pieno di soldi prima di essere preso. Se avessi avuto ancora quei soldi, li avrei usati tutti per lei.

Ma al momento, stavo bene. Avevo ancora metà dei soldi iniziali che mi aveva dato il don e avrei ricevuto uno stipendio di duemila dollari ogni due settimane. Non ero di certo ricco, ma potevo sicuramente portare fuori una ragazza per una bella cena.

«Scegli tu.» Non potevo andare in nessun posto che frequentavo prima. La casa di Hannah era ancora il mio nascondiglio più sicuro.

«Va bene, ehm... conosco un posto.»

Prima di uscire, mi fermai e la guardai. La guardai davvero. Non volevo solo che dimenticasse la gelosia o preoccupazione per Grace, ma non volevo proprio più parlare di Grace. «Sei bellissima, lo sai?»

Spalancò gli occhi, il suo sorriso crebbe e vidi che apprezzava il complimento. Non ero bravo con le parole, ma per lei ci avrei provato. Ci avrei provato ogni fottuto giorno.

«Non ho mai avuto il privilegio di stare con una donna più bella prima d'ora. Veramente sbalorditiva» aggiunsi.

Capitolo nove

*A*rmando

Hannah mi indirizzò verso una caffetteria artistica. Non elegante ma nemmeno una bettola. Aspetto industriale con uno di quei soffitti alti in cui puoi vedere tutte le condutture sopra la tua testa e i mattoni di muri centenari. Non avevano superalcolici, ma il cameriere ci portò una bottiglia di vino da condividere.

Ordinai un hamburger con patatine fritte invece di quelle normali. Lei ordinò un'insalata raffinata: pistacchi, barbabietola o roba del genere. Guardai il suo piacere scavare dentro e desiderai di portarla fuori a mangiare ogni sera. Meritava di essere viziata molto più di quanto non viziasse sé stessa.

«Allora che lavoro dovevi fare oggi?» chiese dopo che il cameriere era scomparso.

Il mio istinto fu quello di chiudermi e non parlare. Di non dire una parola, ma l'avevo portata a cena. Eravamo ad un dannato appuntamento, quindi scossi la testa. «Non chiedermi del mio lavoro.»

Le mie parole erano troppo dure. Troppo rigide. Mi accorsi che non le aveva prese bene da quanto si irrigidì.

291

«È per la tua sicurezza, Hannah» cercai di spiegare. «Non parliamo di affari, nemmeno con le nostre donne.»

Mi studiò per un attimo. «Sono la tua donna?»

Svuotai il mio bicchiere di vino e lo riempii di nuovo. Fanculo. Non ero così pronto per parlare di relazioni. «Non ho un'etichetta per te, Fiori.»

Lei si agitò, diventando silenziosa, e una fitta di qualcosa si mosse nel mio petto. Che cos'era? Senso di colpa? Per essere un accompagnatore così di merda?

Cercai nel mio cervello qualcosa da dire e alla fine risolsi con: «Come è stata la tua giornata?»

Fece una smorfia. «Lenta. Ma i martedì sono sempre lenti.» Imburrò uno dei mini-muffin che avevano portato in un cestino del pane. «Sto ancora lavorando su quello che hai detto. Sto solo provando cose nuove.» Prese un sorso di vino.

«Sì?» La incoraggiai.

«Sì. Ho alcune idee.»

Mi sporsi in avanti. «Bene. Ok. Tipo cosa?»

Lei alzò le spalle, arrossendo leggermente. «Tante idee. Non so quali siano buone o da dove iniziare.»

«Non lo sai mai.»

«Finalmente ho aperto un account Instagram e ci ho pubblicato alcune delle mie creazioni preferite. Josie mi ha sempre detto di farlo.»

Instagram. Era uscita tutta questa nuova merda dei social media da quando ero stato messo dentro. Forse avevo sentito parlare di Instagram prima di entrare, ma non l'avevo visto. Annuii, prendendo nota mentalmente di controllare e verificare il suo account. «È fantastico.»

«C'è questa competizione tra un paio di mesi. Un concorso di composizioni floreali. Mary Alice si è aggiudicata il secondo posto una volta. Insomma, non credo che si tradurrebbe direttamente in affari, ma potrebbe aiutarmi a costruirmi una reputazione. Per le persone che non si fidano del fatto che il negozio funzioni anche senza Mary Alice.»

«O per le persone che non hanno mai sentito parlare del Giardino dell'Eden. Questa è una grande idea. Quindi hai intenzione di partecipare?»

Si mordicchiò il labbro inferiore. «Forse. Non lo so. È un'idea.»

«È una buona idea.» Cercai di capire perché esitava. A me sembrava un gioco da ragazzi. «C'è una quota di iscrizione?»

«Ehm, sì, ma non è terribile. Più o meno settantacinque dollari o qualcosa del genere.

«La pagherò io» proposi subito. Non come beneficenza, ma solo per togliere almeno i soldi dalle criticità. Se questo rappresentava un problema per lei.

Si illuminò, apparve un debole sorriso. «Grazie. Pensi davvero che dovrei partecipare?»

«Certo che sì» dissi con fermezza. «Quali sono le tue altre idee?»

«Beh, questo è strano, ma... hai qualche legame con gli obitori?»

«Per che cosa?»

«I matrimoni portano un sacco di soldi, ma richiedono anche molto lavoro. Le corone di fiori invece sono soldi facili. Ho bisogno di entrare nel giro di alcuni obitori, in modo che mi raccomandino o mi usino automaticamente quando prendono gli accordi.»

Annuii. «Lo scoprirò. Potrei avere un collegamento. Fammi verificare.» Mi sembrava di ricordare che ogni funerale a cui ero stato per la Famiglia fosse stato organizzato dalla stessa agenzia di pompe funebri. Dovevo solo chiederlo a mia madre. «Cos'altro?»

«Matrimoni. Mi sono fermata all'Hotel Casper, ma devo andare a visitare tutti i centri eventi nei dintorni, così penseranno a me per riunioni o matrimoni o qualunque cosa stiano organizzando.»

«Va bene.»

«Il fatto è che odio quella parte. Mi piace occuparmi dei fiori, ma la parte dei rapporti mi fa impazzire.»

Scossi la testa. «No. Puoi farcela. Come ti ho detto quando ti sei fermata in quel primo hotel, sei bellissima, dentro e fuori. I tuoi fiori sono bellissimi. Tutti vorranno fare affari con te.»

Mi scrutò in viso come se stesse cercando un indizio che la stessi prendendo per il culo.

«Te lo garantisco, Fiori.»

Arrivò il nostro cibo, presi il mio hamburger e gli diedi un grosso morso. Era buono, meglio di quanto mi aspettassi. «Qualche altra idea?» chiesi.

A quanto pareva mi ricordavo come avere una conversazione una volta che mi ci mettevo.

Hannah strinse le spalle. «Non lo so.» Aveva un tono dubbioso.

«Sì, che lo sai. Che cos'è?»

Sospirò. «Stavo pensando di vedere se Mary Alice può rinegoziare i miei pagamenti. In fondo dovrebbe preferire ottenere meno che non ottenere nulla, giusto? Ad esempio, se fallisco, lei dovrà tornare qui e gestire lei stessa il locale o perdere i soldi della pensione che le do io.

«Giusto. È coinvolta nel tuo successo quanto te. Vorrà che funzioni.»

Hannah sbatté rapidamente le palpebre. «Lo spero davvero.»

«Mandale subito un messaggio e dille che devi parlarle.»

Hannah spalancò gli occhi. «Che cosa?»

«Concludi la cosa. Prima lo fai meglio è. Mandale un messaggio ora.»

Hannah prese lentamente la borsa. «Sei sicuro che sia una buona idea?»

«Assolutamente. Fallo.»

Mi guardò un paio di volte mentre lo faceva, come se non ne fosse ancora sicura.

Avevamo appena finito di mangiare quando le squillò il telefono. Lei lo guardò, poi spostò su di me gli occhi sgranati. «È lei.»

«Rispondi.»

Esitò. «No. La chiamo domani.» Fissò lo schermo. «O dovrei rispondere?»

«Rispondi» ripetei.

«Merda.» Hannah passò il dito sullo schermo e si portò il telefono all'orecchio. «Ciao.» Si alzò dal tavolo, tappandosi l'altro orecchio con il dito per sentire. «Sì.» Mi guardò e indicò fuori, poi prese la borsetta e si precipitò fuori dall'ingresso.

Oh cazzo no. Non l'avrei lasciata stare fuori sul marciapiede di notte da sola. Una bella ragazza come lei? Le avrebbero dato fastidio di sicuro.

Fermai la cameriera per il conto e lo pagai, poi uscii e trovai Hannah davanti a me, che camminava avanti e indietro sul marciapiede, la testa china come se stesse ascoltando attentamente.

Mi guardai intorno, controllando se c'era qualcosa che non andava. Ragazzi che bighellonavano, macchine che correvano sul marciapiede. Non mi piaceva stare qui fuori come se avessi un bersaglio sulla fronte, ma proteggere Hannah era più importante. Una macchina passò lentamente e la tenni d'occhio finché non girò l'angolo.

«Giusto. Sì. Di sicuro. Questo aiuterebbe sicuramente. Aiuterebbe molto. Grazie.» Lei mi guardò, gli occhi le brillavano per le lacrime. «Grazie» disse con voce strozzata. «Va bene. Buona notte.» Attaccò.

«Ha detto sì?» ipotizzai.

Hannah annuì con una risata lacrimosa. «Sì. Mi darà tre mesi per rimettermi in piedi, e poi pagherò quello che posso a partire da quel momento.» Cadde contro di me con un singhiozzo.

Feci scivolare le braccia intorno a lei e affondai le dita tra i suoi capelli per massaggiarle il cuoio capelluto. «È fantastico.»

Lei si allontanò da me. «Scusa.» Si asciugò gli occhi. «Questo è davvero imbarazzante.»

«No.» Le presi la mano e le asciugai una lacrima con il pollice. «Mi piace quando piangi.»

Aggrottò la fronte. «Ehm. Questo è bizzarro.» Mi diede un colpo sul petto. «Anche un po' malato.»

Alzai le spalle. «Non sento nulla. Intendo dire, niente di niente.

295

Ma tu... le tue emozioni sono così grandi. Non lo so, forse troverò la via del ritorno grazie a te.»

L'espressione di Hannah divenne prima morbida e poi appassionata. Mi gettò le braccia al collo e mi baciò. Era uno dei nostri baci folli e frenetici, e il mio cazzo si indurì anche se l'avevo già avuta in negozio.

Le misi un braccio attorno alla vita e feci scorrere la mano per stringerle rudemente il sedere. «Attenta» dissi con voce impastata quando lei si tirò indietro per prendere aria. «O finirai per farti scopare nel retro del tuo furgone.»

Quasi le esplosero le pupille, ma divennero persino più grandi, come se adorasse l'idea. La girai verso il furgone. «Non stasera.» Le schiaffeggiai il culo. «Ho dei piani per te che coinvolgono il letto.»

Capitolo dieci

H*annah*
Apprezzai il calore delle mani di Armando sulle mie guance mentre le sue labbra sfioravano leggermente le mie. Le sue dita si aggrovigliarono tra i miei capelli e l'odore della sua acqua di colonia mi riempì i sensi. Le sue labbra erano morbidissime e mi baciò con una ferocia appassionata che mi lasciò senza fiato.

L'intensità del bacio stava crescendo, l'elettricità si accendeva tra di noi. Finalmente ci separammo e vidi il fuoco nei suoi occhi. Mi guardò con un'intensità che mi fece palpitare il cuore. Avrei potuto perdermi in quegli occhi per sempre.

Mi prese la mano tra le sue e salimmo le scale fino al mio appartamento. Il cuore mi batteva all'impazzata mentre entravamo dalla porta principale.

«Come posso ringraziarti per tutto quello che hai fatto per me?» chiesi tra i nostri baci.

Si staccò con un sorrisetto e un bagliore diabolico negli occhi. «Oh, mi vengono in mente molti modi.»

La lussuria crebbe. Avevo un bisogno frenetico di sbottonargli la camicia e abbassargli i pantaloni. Avevo bisogno di sentire la sua pelle contro la mia. Volevo sentire la sua bocca sulla mia. Non potevo aspettare un altro secondo. Avevo bisogno di lui dentro di me, subito.

Le nostre labbra si incontrarono in un abbraccio di pura passione. Le nostre lingue si sigillarono e si accarezzarono l'una con l'altra. La sua erezione premette contro la mia coscia. Dovevo averlo dentro di me. Dovevo averlo. Mi inginocchiai pronta a compiacere quest'uomo in qualunque modo volesse.

Lui mi ascoltava. A lui interessava. Non gli importava delle mie emozioni esagerate.

E per questo doveva essere premiato.

Gli tirai giù i pantaloni fino in fondo, e la sua erezione saltò fuori, dura e spessa, implorando la mia attenzione. Il mio stesso corpo era pieno di un profondo bisogno di compiacerlo, un desiderio che poteva essere soddisfatto solo dal suo piacere.

Lo presi in bocca, assaporandolo mentre prendevo più a fondo e più forte. I suoi gemiti riempivano la stanza, spronandomi a portarlo a nuove vette di piacere. Emise un gemito profondo e affondò le dita nei miei capelli, guidandomi dolcemente. Usai la mano per accarezzare ciò che non riuscivo a prendere in bocca, e lo sentii allungarsi e ispessirsi in risposta.

Un'umidità familiare mi si formò tra le gambe mentre continuavo a prenderlo. Lo sentii andarci vicino e mossi la lingua più forte, più a fondo su di lui. Potevo sentire il suo piacere crescere, potevo sentire i suoi muscoli tendersi. Volevo portarlo al limite, volevo farlo sentire come lui faceva sentire me.

Mentre la mia mano e la mia bocca lavoravano insieme per portarlo al limite, mi accarezzava la guancia, guardandomi negli occhi. La lussuria e il desiderio che vedevo era quasi travolgente. Spingendogli i pantaloni ancora più in basso sulle gambe, lo presi tutto in bocca e giù per la gola. Ne presi lo spessore e adorai il brivido di dover lottare per respirare. La sensualità di quel sacrificio mi spinse a farlo di nuovo, questa volta mandandolo più in profondità.

«Cazzo sì» mormorò tra i gemiti. «Gola profonda, Fiori. Proprio così.»

La lode di Armando mi spronò a farlo ancora e ancora. Ogni volta il mio riflesso di vomito si stringeva attorno al suo grosso cazzo. Continuai a prenderlo. Lo sentii andarci vicino e mossi la lingua più forte, più a fondo su di lui.

Emise un gemito profondo e strinse la presa sui miei capelli, attirando la mia bocca più a fondo su di lui. Ci era così vicino, così vicino che potevo sentire il precum. Il suo respiro si fermò, poi emise un gemito profondo e rimbombante mentre mi scendeva in gola. Lo ingoiai e poi lo leccai per pulirlo.

Mi sollevò in piedi, le mani correvano lungo le curve del mio corpo, togliendomi i vestiti. Una volta che fui nuda, mi prese i seni. Prendendo un capezzolo in bocca, lo stuzzicò dolcemente, inviandomi un'onda d'urto di piacere. Con le mani che esploravano il mio corpo, sentendo le curve intorno alla mia vita, i miei fianchi e l'umidità tra le mie gambe. Non sentivo un briciolo di autocoscienza quando ero con lui. Era chiaramente eccitato da ogni curva, ogni rigonfiamento e ogni centimetro del mio corpo.

Si inginocchiò e mi attirò a sé. «Siediti sul bordo del letto» mi ordinò.

Obbedii, e lui mi allargò le gambe e seppellì il viso nella mia umidità. Buttai indietro la testa e gemetti mentre spingeva la sua lingua dentro di me, accarezzandomi le pareti interne.

«Stanotte ti fotterò dove non sei mai stato fottuta» mi avvertì, poi affondò la lingua dentro di me.

Gemetti in risposta, incapace di formare parole di senso compiuto.

Armando continuò a darmi piacere con la lingua, massaggiandomi il clitoride con il pollice. Spinse la lingua dentro di me e il mondo si dissolse. La sua lingua era implacabile, il piacere mi pervase.

Mi allargò di più le gambe e il calore della sua bocca si concentrò sul clitoride. Leccò e stuzzicò, attizzando un'ustione nel profondo del mio cuore. La sensazione crebbe e crebbe ancora, e mi ritrovai a strofinare i fianchi contro la sua faccia.

«Ti voglio» sussultai.

Non prestò attenzione, continuò a leccarmi, succhiarmi e accarezzarmi. Gli afferrai i capelli, tirandolo più vicino, avendo bisogno di sentire l'intensità ancora un po'. Sentii la spirale, la catena del piacere, e quasi venni. Ci ero così vicina che non ce la facevo più.

Armando si fermò e mi guardò con quegli occhi scuri e profondi. «Ti fotterò il culo. Ti piacerebbe, Fiori?»

Annuii piano, non fidandomi della mia voce.

«Brava ragazza.»

Armando mi rivolse un sorriso rassicurante e mi guidò verso il centro del letto e si sdraiò accanto a me. Si avvicinò e mi sussurrò all'orecchio: «Ti farò venire. Ti farò sentire benissimo. Ma dovrai rilassarti. Dovrai farmi entrare.»

«Farà male?»

«Un po'. Ma amerai ogni colpo.»

Mi sfiorò il collo con le labbra, mordicchiandomi l'orecchio. La sua mano scrutò il mio corpo, afferrandomi il seno. Inarcai la schiena e spinsi il seno nella sua mano. Me lo strinse, massaggiandomi il capezzolo tra le dita.

Sentii la sua durezza contro il mio fianco, e fui sopraffatta dal desiderio di averlo dentro di me, dentro il mio culo.

Mi afferrò per le caviglie e mi tirò a sé. Allargandomi le gambe e posizionando il suo corpo nel mezzo, poi mise il cazzo nella mia stretta entrata posteriore.

«Si allargherà, piccola. Sei pronta?»

«Sono pronta» dissi, facendo un respiro profondo.

Mi stuzzicò il culo con la punta del pene, approcciando solo all'esterno, come per avvertirmi di quello che stava per succedere. Feci un respiro profondo e mi rilassai, sapendo che più avessi lasciato andare ogni tensione, più mi sarebbe piaciuto.

Proprio mentre spingeva la cappella dentro di me, sentii la tensione e l'allargamento. Non era male. In realtà era piacevole.

Cominciò a spingersi dentro di me, facendosi strada.

«Respira e rilassati, Fiori» sussurrò, mentre lo sentivo superare la tensione.

«Ahi» sussultai. «Fa male.»

«Stai andando così bene, piccola. Solo un po' di più.»

Si fece strada il panico. Magari era troppo grosso per me, per sopportarlo.

«Oh, fa male» supplicai.

«Respira, piccola. Non irrigidirti. Rilassati e prendimi.»

Fu come se mi stesse attraversando una scossa elettrica, il mio corpo si irrigidì e un brivido mi attraversò.

Mentre si spingeva più a fondo, iniziai a rilassarmi. Mi ritrovai a scivolare in una sorta di trance, sentendolo scivolare sempre più in profondità dentro di me. Era totalizzante, la sua pelle mi riscaldava, il suo cazzo riempiva una parte di me che non era mai stata toccata in quel modo prima.

«Stai bene?» chiese.

Annuii. «Continua» sussurrai.

Armando gemette e scivolò più a fondo. Era così in profondità e così grosso che non riuscivo a respirare. Si trattenne lì, nel profondo di me, e sentii il piacere, la tensione cominciò a crescere dentro di me. Continuò a crescere, così pieno, così caldo.

«Sei così fottutamente stretta» gemette Armando mentre mi univa le gambe e si spingeva più a fondo. Sentii il sangue scorrere dentro di me, la sua lunghezza mi riempì.

Fece male di nuovo mentre spingeva più a fondo. Ma come mi aveva avvertito Armando, il dolore era così fottutamente piacevole.

Armando iniziò a macinare dentro di me, il sudore scese dal suo corpo sul mio. Il calore della sua passione mi sciolse, la nostra pelle era in fiamme l'uno per l'altra.

Si spinse dentro e fuori di me come un uomo posseduto. Accarezzandomi i seni. Baciandomi e succhiandomi il collo. Si tirò fuori e strofinò la cappella in circolo intorno al mio buco stretto. Il piacere era quasi troppo da sopportare. Guidò il suo cazzo dentro di me, e una fitta di dolore mi esplose nel culo. Il mio corpo tremò mentre si spingeva di nuovo dentro di me. All'improvviso, il piacere ritornò sostituendo il dolore. Si tirò indietro e spinse di nuovo dentro, ogni volta con un po' più di forza, un po' più di profondità. Colpì le mie pareti, ancora e ancora, più forte, più veloce.

Lo presi da ogni angolazione, il piacere del suo cazzo che si muoveva dentro di me mi spinse sull'orlo dell'orgasmo. Mi strinsi, stringendolo. Si tirò fuori, mentre il mio culo si stringeva intorno a lui. Si spinse di nuovo dentro e io urlai di piacere. Il mio corpo andò a fuoco. Ogni spinta era come un'onda d'urto di sensazioni carnali.

Affondò dentro di me, fin dove poteva andare, fin dove poteva spingersi.

«Ci sono vicina» gemetti.

Armando mi tenne la mano sulla bocca: «Voglio sentirti. Voglio sentirti venire per me. Voglio sentirti emettere quel dolce suono lamentoso.»

Tutto il mio corpo tremò. Mi spinsi contro di lui, riempiendomi completamente del suo cazzo. Abbassai la mano e raggiunsi il clitoride, accarezzandolo con le dita.

«Adoro il modo in cui il tuo culo fa sentire il mio cazzo, bambina» mi gemette nell'orecchio.

Armando mi afferrò per i fianchi, tenendomi stretta a sé.

Il mio corpo esplose in un misto di piacere orgasmico e dolore acuto e pungente. Continuò a spingere dentro e fuori mentre le ondate di piacere si infrangevano su di me.

Lo sentii esplodere dentro di me, riempiendomi. Ogni spinta mandò un'altra ondata di elettricità dentro di me. Spinse ancora una volta, trattenendosi nel profondo. Pulsò e mi riempì, costringendomi a venire di nuovo con lui.

Armando mi girò rapidamente su un fianco, stringendomi da

dietro. Avvolse le sue forti braccia intorno alla mia vita, tirandomi più vicino. Mi baciò la spalla e avvolse la sua gamba attorno alla mia.

«È stato incredibile» dissi, senza fiato.

Armando mi baciò la spalla. «Stai bene?»

Annuii. «Sì.»

«Bene», disse, asciugandosi il sudore dalla fronte. «Perché non ho ancora finito con te.»

Capitolo undici

Armando

«Mando.»

Era Arturo, mi chiamò di giorno mentre ero sul posto di lavoro. Non al lavoro. Nel posto squallido in cui dovevo andare per guadagnare uno stipendio per non aver fatto niente. Mi allontanai dal cantiere, con il telefono attaccato all'orecchio. «Sì?»

«Ho sentito che stai facendo incazzare la gente laggiù.» Ridacchiò.

Mi accigliai, anche se non aveva torto. Larry, il caposquadra, mi odiava, cazzo. Gli ero stato addosso per tutta la settimana, osservando quello che faceva, facendo domande. Imponendomi quando ne avevo voglia. Il che generalmente finiva con me che mettevo in discussione le sue decisioni di fronte ai suoi uomini. Perché lui non mi piaceva e perché potevo farlo.

Ero un rompicoglioni, ma anche lui era decisamente uno *stronzo*. Non piaceva a nessuno dei lavoratori, e pensavo che fosse significativo. Ma nemmeno io piacevo a nessuno dei lavoratori. Però nessuno voleva essere mio nemico; questo era un dato di fatto. Ma nessuno voleva nemmeno essere mio amico. Anche l'uomo con l'appuntamento dal dottore che avevo difeso si era allontanato da me. Non potevo dire di farne una colpa a nessuno di loro. Era meglio evitare uomini come me.

«Cosa hai sentito?» ringhiai.

«Don G ha ricevuto una telefonata dal tizio del sindacato. Chiedeva davvero gentilmente se potessi lavorare di meno nel tuo lavoro non-lavoro. Sentii la risata sommessa di Arturo. «Gli stai facendo passare l'inferno laggiù?»

«Che cazzo, che altro devo fare?»

Non avrei dovuto lamentarmi. Sembravo una stronzetta viziata pur avendo questo lavoretto in cui non dovevo fare un cazzo. Il problema era che non avevo fatto un cazzo per cinque anni. Ero stufo di quella merda.

«Mi stai chiamando per dirmi di smetterla?»

«No, fai quello che diavolo vuoi. È roba tua, Mando. Il don voleva solo trasmettere il messaggio. Fai quello che ritieni opportuno.» Fece una pausa. «Sai che non sei nemmeno tenuto ad andarci, vero? È tutto per la facciata.»

«Ho bisogno di stare qui» fu tutto quello che dissi.

Riprendendo quello che avevo detto, Arturo aggiunse: «Qualunque cosa ti renda felice, amico.»

Avrei dovuto ringraziarlo ora, ma non ne avevo voglia. Ero stato irritabile e irrequieto per tutta la fottuta settimana. Non avevo ottenuto nessuna informazione su chi mi voleva morto o su cosa stessero pianificando. Marco era uscito dall'ospedale, ma il mio senso di colpa per l'incidente non si era attenuato. E anche se venivo al lavoro tutti i giorni, l'unica cosa che volevo fare era correre a casa e scoparmi Hannah. Quella donna aveva una presa sul mio cazzo così forte che non riuscivo nemmeno a spiegarlo. Non avevo niente da offrirle se non il mio cazzo, e anche se a lei non sembrava importare, dovevo trovare un modo per darle di più. Lei meritava molto di più. Ma dovevo costringermi a lasciarla e venire qui. Dovevo presentarmi e passare tutto il giorno con questi stronzi, e continuavo ad aspettare che la mia vita ricominciasse, ma non era così.

Non lo avrebbe fatto.

Tutto quel tempo in prigione aspettando di uscire e vivere di nuovo, e ora risultava impossibile. Avevo portato la prigione con me.

E ora c'erano queste fighette mosce che andavano a piangere dal don come le puttane che erano. Il mio umore peggiorava di secondo in secondo.

«Ascolta, Mando, domenica c'è il battesimo di mio nipote. Dopo faremo una festa a casa mia. Mi dispiace, mia figlia non ti ha mandato un invito perché ha fatto la lista prima che tu uscissi. Nessun rancore, eh?»

«Sì. No, va bene.»

«Allora ci sarai? Alla Sant'Angela alle 10 del mattino.»

Fanculo.

«Sì. Certo. Ci sarò.»

«Bene. Ci vediamo allora. Ciao.»

«Ciao.»

Attaccai, più irritabile che mai. Chiamai Luis, che mi aveva dato solo un sacco di cazzate quando avevamo parlato cinque giorni fa.

«Sì, che cos'hai?»

«Tutto inconcludente. Quello che so è che, sì, gli Hermanos ce l'hanno con te. Ma sospetto di essere stato io ad avvertirli che sei fuori. Il che significa che non sono stati loro a commissionare il primo colpo, ma probabilmente sono stati loro a fare tutto quel casino nel tuo appartamento.»

Imprecai in italiano.

Quindi ora avevo due cazzo di bersagli in testa.

Fottutamente fantastico.

«Ho bisogno di saperne di più» dissi.

«Ci sto lavorando.»

Capitolo dodici

Hannah

Erano le 18:30 e lui non si era fatto vivo. Tutte le sere di questa settimana, Armando era comparso all'ora di chiusura per accompagnarmi a casa con il furgone. Avevamo cenato insieme. Fatto sesso. Guardato la TV. Sapevo che era pericoloso abituarsi alla sua presenza.

Avevo sempre saputo che non sarebbe rimasto. Questa cosa non era permanente.

Ma anche così, mi ero permessa di sprofondarci dentro. Di godermi il falso calore domestico. Di cucinare. Mangiare. Lavare i piatti. Di lasciarmi sfilare di mano il sacco della spazzatura o la scatola della raccolta differenziata sentendomi dire che lo avrebbe fatto lui. Ero un po' morta dentro quando era tornato dal cassonetto con delle scatole vuote in cui Shadow poteva giocare. Era ovvio che si era affezionato al mio gattino e il cuore mi batteva forte al pensiero.

Ma stasera non si era presentato. Avevo aspettato, lavorato fino a tardi, prendendo più accordi del necessario, sperando che si facesse vivo, ma non era venuto.

Mi si era stretto lo stomaco.

Avevo un suo numero di telefono, ma quando l'avevo chiamato, aveva risposto la segreteria e avevo lasciato un messaggio generico, a cui non aveva risposto. Per quanto ne sapevo, ormai aveva cambiato telefono. Non ero sicura di cosa facesse un mafioso. Riceveva nuovi telefoni formattati a settimane alterne?

Non ero nemmeno sicura che mandargli messaggi e chiamarlo fosse appropriato. Si nascondeva a casa mia perché qualcuno stava cercando di ucciderlo e voleva tenermi al sicuro. E ci capitava anche di fare sesso. Un sacco di sesso. Ma questo non lo rendeva il mio ragazzo, non importava quanto lo percepissi in quel modo.

Lo aveva già chiarito.

Non importava che questo improbabile scenario squilibrato potesse effettivamente essere la mia relazione più sana. Perché Armando mi vedeva e non si tirava indietro. E questa era la cosa più terrificante di tutte.

Salii sul furgone e guidai verso casa, le dita strette sul volante mentre navigavo nel traffico cittadino. Mi ci volle un'eternità per trovare un parcheggio, perché ero tornata a casa tardissimo, ma alla fine beccai qualcuno che usciva e feci avanti e indietro trenta o quaranta volte per far entrare il furgone gigante in quel piccolo posto.

Quando salii nel mio appartamento, esitai fuori dalla porta.

Sentii la TV.

Lo stomaco iniziò a fare capriole in uno strano mix di euforia e incazzatura. Aprii la porta e trovai Armando sul divano, con i piedi sul tavolino, che guardava la TV. Buttai la borsa sul tavolo e chiusi la porta. «Sei qui.»

«Ehi.» Sfoggiava la sua maschera inespressiva che in quel momento mi fece venir voglia di prenderlo a calci negli stinchi.

Mi diressi in cucina. C'erano scatole di cibo cinese aperte sul ripiano e sembrava che avesse già mangiato.

Era uno di quei momenti in cui sapevo che stavo reagendo in modo eccessivo, sapevo di essere appiccicosa e strana, ma non riuscivo a fermare il naufragio delle emozioni meschine che mi attraversavano.

Misi un po' di cibo in una ciotola, presi una forchetta e poi mi girai, mangiando in piedi.

«Dunque, non ho mai accettato di avere solo un coinquilino permanente» dissi.

Si comportò in modo disinvolto, indifferente. Sembrava una dichiarazione legittima.

Prese il telecomando e tolse l'audio della televisione, quindi distese il suo grande corpo per alzarsi. La sua posizione rilassata sul divano era ingannevole. Ora era improvvisamente imponente, sia per le dimensioni che per il suo comportamento da non-crearmi-problemi.

Venne verso di me, un cipiglio sul viso.

Dovetti sforzarmi di mantenere la mia posizione e non sottrarmi alla sua intensità.

«Vuoi che trovi un altro posto dove andare?»

Il mio stomaco sprofondò. Questa era la cosa ironica delle relazioni: respingevi quando in realtà volevi di più. Posai la ciotola sul tavolo. Spinsi il mento in avanti e alzai le spalle.

Si avvicinò, torreggiando su di me, ma senza toccarmi. Volevo che mi toccasse, che mi gestisse in quel modo ruvido e prepotente che aveva, ma non lo fece. «Sì o no?» Il suo tono era completamente autoritario, esigeva la mia risposta.

Deglutii e scossi la testa, voltandomi.

Mi prese per un braccio e mi tirò indietro. «Che c'è?»

«Niente» scattai, ora infastidita.

«Dimmi.»

Forse non volevo essere gestita perché avrei preferito sicuramente voltargli le spalle a quel punto. Il collo e il petto mi si arrossarono per il calore. Scossi di nuovo la testa e distolsi lo sguardo. «Non lo so.»

«*Cazzate.*»

Armando aveva un modo di dire *cazzate* che colpiva come un pugno. Era un assalto ai miei sensi e lo sentivo ovunque. Quando sussultai, mi tirò ancora più forte, proprio contro il suo corpo. «Non dire che non sai quando lo sai. Perché ce l'hai con me?»

Trattenni le lacrime. Accidenti a loro! Accidenti a lui! Accidenti a me. Ero così ridicola!

Mi cinse la schiena con un braccio e con la mano libera mi scostò i riccioli dal viso. «Cosa ho fatto?» lo chiese più dolcemente.

«Mi dispiace» deglutii e poi mi rimproverai per essermi scusata. «Sono una stupida. Lasciamo perdere.»

Non si mosse, si limitò a fissarmi. «Non lasceremo perdere. Dillo e basta.»

Alzai le spalle, sconfitta. Era così dannatamente imbarazzante, ma lo ammisi. «Potresti comunicare un po' di più. Sai, tipo chiamarmi per farmi sapere che verrai qui invece che al negozio?»

Sì, sembravo appiccicosa. La sua espressione divenne vacua, mi lasciò e fece un passo indietro, proprio come mi aspettavo.

«Te l'ho detto... sono stupida. Non sei il mio ragazzo.» Alzai le braccia in aria. «Non so cosa diavolo sei, ma di certo non sei quello.» Presi di nuovo la mia ciotola e girai intorno ad Armando, che se ne stava lì come una statua di pietra. Mi lasciai cadere sul divano e alzai di nuovo il volume.

Armando non si mosse. Anche se stavo fissando lo schermo della TV, in realtà non vedevo nulla. Tutto quello che potevo fare era sforzarmi di mandare giù l'emozione che sentivo in gola. Adesso se ne sarebbe andato, e in fondo andava bene. Era ciò che doveva accadere. Perché prima lo portavo fuori di qui, prima avrei smesso di preoccuparmene.

Andò verso la porta ma si fermò e restò lì, a guardarla. Quando si voltò, gli lanciai un'occhiata. «Non posso essere il tuo ragazzo, Hannah.» Sembrava vecchio. Esausto.

Rabbrividii. Non volevo sentirlo. Sicuramente non volevo sentire questo.

«Non ho niente da offrire. Sono fottutamente vuoto e morto e apparentemente a un centimetro dal fatto che qualcuno mi stacchi la testa.»

«Lo so» mi affrettai ad assecondarlo, volendo porre fine a questa conversazione. «Possiamo dimenticare tutto?»

«Sono uno stronzo a stare qui. So di essere uno stronzo a prendere da te quando non ho niente da dare.» Mi rivolse uno sguardo lungo e imperscrutabile. «Ma io non voglio andarmene.» Si infilò le mani in tasca.

Avevo lo stomaco in gola e non riuscivo a respirare. Non sapevo cosa dire.

Lui alzò le spalle. «Se vuoi che me vada, lo farò. Devi solo dirlo. La scelta è tua.»

Come una stupida, mi alzai e mi precipitai da lui, avvolgendogli le braccia intorno alla vita e premendogli il viso contro il petto. Le sue braccia mi circondarono, forti e protettive. Questo ragazzo avrebbe ucciso per me in un batter d'occhio. Lo sapevo già. La lealtà era la sua priorità e io ero sotto la sua protezione.

«Non voglio che tu vada», ammisi. La pancia mi tremò cercando di trattenere un singhiozzo.

Fece scivolare la mano tra i miei ricci e mi massaggiò la nuca. «Piangi per me, Fiori» mormorò, appoggiando il mento sulla mia testa.

Singhiozzai un po' sulla sua camicia. «È così sbagliato.»

«Forse mi sveglierò» mormorò. «Forse mi sveglierò e sarò il tuo principe.»

Il mio principe. Era già il mio principe. Forse non voleva dire molto, forse era solo la prova che non avevo frequentato uomini decenti. O forse *desideravo* solo disperatamente che fosse il mio principe. Volevo credere che ci fosse un lieto fine per noi due. Che l'amore avrebbe superato tutto e tutte quelle storie lì.

Ma per ora mi bastava. Sapere che *voleva* svegliarsi ed essere il mio principe era tutto.

E lo amavo anche per aver accettato le mie lacrime. Non mi aveva mai detto, nemmeno una volta, di non piangere, e mi era stato detto per tutta la mia dannata vita da quasi tutti quelli con cui avevo avuto a che fare.

Armando mi diceva di piangere di più. Di piangere per lui. Di piangere le sue lacrime.

Lo rendeva quasi un tributo. Dava alle lacrime un significato. Le faceva passare attraverso di me più facilmente. Mi asciugai le guance con le dita. «Cosa stai guardando?» dissi per riportare le cose alla normalità.

«Vecchi episodi di *Parks 'n Rec*. Vieni qui.» Mi prese la mano e la ciotola del cibo e mi trascinò sul divano. «Cosa vuoi vedere?»

Mi rannicchiai accanto a lui e mi mise un braccio intorno alle spalle, stringendomi al suo fianco mentre apriva Netflix e scorreva tra i suggerimenti del mio account.

«*Una vedova allegra...ma non troppo*» sbottai, poi me ne pentii perché ora avrebbe pensato che volessi sposarlo. Ero sicura che il mio subconscio l'avesse prodotto perché avevo rimuginato sulle conseguenze di frequentare un mafioso.

«Oh Cristo» mormorò, ma lo cercò.

«Non dobbiamo guardarlo per forza» feci marcia indietro.

«No, è divertente. E Michelle Pfeiffer è sexy. Basta che non mi chieda se qualcosa di quello che vedi è verosimile.»

«Non lo farò» promisi, anche se sapevo di volerlo fare. Volevo sapere tutto quello che c'era da sapere.

E ancora di più perché non voleva dirmelo. Ma mi piaceva anche che mantenesse le linee così chiare.

Shadow miagolò e saltò sul divano, poi si rannicchiò prontamente in grembo ad Armando mentre lui avviava il film. Posò il telecomando e strofinò il muso di Shadow.

«Ciao, bello» disse mentre Shadow iniziava a fare le fusa rumorosamente. «Sei il gatto più figo, lo sai?»

Sorrisi e mi unii alle carezze a Shadow. «Scusa se sono stata stronza.»

«Non scusarti.» Mi baciò la sommità della testa come un vero fidanzato. «Ti ho rovinato la vita, lo so.» Abbassò la testa e mi sfiorò le labbra con le sue. «Apprezzo che tu mi abbia permesso di restare qui.»

Era proprio così, lo perdonavo per tutto.

Capitolo tredici

rmando

A   I giorni successivi, fui più bravo a comunicare con Hannah. Le mandavo un messaggio alla fine della giornata per dirle quando e dove l'avrei incontrata. O cosa c'è per cena. Ero stato uno stronzo quella notte in cui mi aveva chiamato, e mi ero meritato una lavata di capo. Ma Hannah mi aveva graziato, e per questo la apprezzavo ancora di più.

Non mi avrebbe mica ucciso trattarla come la regina che era. Almeno per ora, mentre eravamo in questa situazione. Non era una relazione perché c'era una scadenza. Dovevo scoprire chi mi volesse morto, liberarmene e poi sarei potuto tornare a casa mia.

Avrei voluto avere qualcosa di più da offrirle, ma non potevo. Non avevo niente per nessuno a questo punto. Non ero adatto a nessun tipo di relazione.

Mi fermai all'obitorio mentre andavo da Hannah. Avevo chiamato mia madre in Arizona per chiederglielo, e lei mi aveva dato il nome: Angel's Wings, gestito da un ragazzo di nome Angelo. Ovviamente era italiano. Don G non avrebbe mai affidato i suoi affari altrove se c'era un *compaesano* disponibile. Inoltre, immaginavo che ci fossero dei vantaggi nell'avere un becchino a disposizione. Per nascondere prove o cose del genere.

Mi feci strada nel tranquillo salotto. C'erano candele accese davanti a una croce e opuscoli sul lutto. Una donna sulla trentina con un vestito blu di buon gusto uscì per salutarmi. Chissà se era imparentata con Angelo. Questo non sembrava il tipo di attività in cui si assumevano estranei. Nessuno voleva lavorare in un obitorio, giusto?

«Benvenuto.» La sua voce era sommessa e rispettosa, come se fossimo in una chiesa. «Come posso aiutarla?»

«Sono qui per vedere Angelo. Gli dica che sono Mando, il nipote di don Pachino.»

Vidi che aveva capito e un bagliore di curiosità le illuminò gli occhi. Sicuramente era un business a gestione famigliare. Non era solo una receptionist, conosceva l'organizzazione.

«Certo» disse dolcemente. «Gli farò sapere che è qui.»

Pochi istanti dopo, un uomo basso e stempiato sulla sessantina uscì da una stanza in fondo al corridoio, tirando i risvolti della giacca del completo per chiuderla intorno al ventre sporgente. Mi tese la mano come se fossi un vecchio amico. «Mando, cosa posso fare per te?»

«Sì. Possiamo parlare in privato?» Alzai il mento verso il suo ufficio.

Vacillò solo per un secondo. Era un po' nervoso, ma dubitavo che avesse fatto qualcosa che giustificasse la paura della Famiglia. Il saluto era stato caloroso, solo perplesso. «Certo, andiamo.»

Lo seguii e mi sedetti di fronte alla sua scrivania mentre raddrizzava una pila di fogli. «So che il tuo è l'obitorio preferito dalla mia famiglia, quindi grazie per il servizio che hai svolto in questi anni.» Ero fottutamente arrugginito a oliare gli ingranaggi, davvero arrugginito. Ma lo stavo facendo per Hannah, quindi avrei fatto in modo che funzionasse.

Angelo scosse la testa, ancora preoccupato. «Certo, qualsiasi cosa per don Pachino e i suoi familiari.»

«Andrò dritto al punto. Ordini corone di fiori? Quando le persone non hanno il proprio fiorista o non vogliono farlo da sole?»

«Sì.» rispose con fare interrogativo.

Spinsi una pila di bigliettini di Hannah sulla scrivania. «Vorrei che li ordinassi da questa attività, come favore personale.» Toccai la pila. Era così che si facevano affari all'interno della *Famiglia*. Non chiedevamo, dicevamo. Ma poi lo chiamavamo *favore*.

Stava a lui, se voleva, chiedersi se dovesse farlo o se si trattava di una richiesta educata.

No, fanculo. Anche le richieste educate venivano assecondate quando si aveva a che fare con i Pachino.

Mi chiesi se Don G si sarebbe incazzato per il fatto che avevo usato il suo nome per aiutare la ragazza che mi stavo scopando. Forse solo un po'. Se si fosse incazzato, mi sarei assunto la responsabilità. Prima di entrare non avevo pensato che avrei dovuto elemosinare il suo permesso. Non stavo uccidendo nessuno qui. Stavo solo facendo un affare.

Angelo prese uno dei bigliettini e lo guardò. «Ne sarei felice.»

Ecco. Facilissimo.

Mi alzai. «Lo apprezzo.» Gli strinsi la mano. «Mi farò vivo. Buona giornata.»

«*Buona giornata*» disse Angelo alle mie spalle.

Non mi guardai indietro.

Quando tornai a casa - beh, a casa di Hannah, ma ora sembrava molto più mia di quel fottuto appartamento vuoto con tutta la mia vecchia merda a cui non potevo tornare - la trovai sotto la doccia.

Mi spogliai e mi unii a lei per un'altra scopata.

Perché mettere il mio cazzo in Hannah era praticamente l'unica cosa per cui valeva la pena vivere a questo punto.

«Ehi» disse, invitandomi a unirmi a lei.

Non ero dell'umore giusto per parlare. Oggi avevo detto più parole di quante non volessi. In questo momento, avevo un solo obiettivo in mente. Feci girare Hannah, che posò i palmi sulle piastrelle della doccia.

«Metti il culo in fuori» le dissi.

Hannah fece come le era stato detto, sapendo che mi piaceva quando si sottometteva in questo modo.

Era così bagnata che il mio cazzo le scivolò dentro con facilità.

Il calore dell'acqua ci eccitò e scopammo con spericolato abbandono. Emetteva dei piccoli lamenti, e i gemiti diventavano forti quando la speronavo con il cazzo.

«Cazzo sì» ringhiai. «Proprio così.»

L'acqua si abbatteva sui nostri corpi intrecciati, i capelli arruffati le cadevano sul viso, mentre le stringevo forte i fianchi con le mani.

«Più forte» chiese. «Dammelo più forte.»

La compiacqui e i suoi gemiti divennero così forti da sembrare quasi urla.

Le stavo sbattendo contro, ed era così fottutamente eccitante.

Volevo venirle su tutto il culo. Feci scorrere la mano per esplorare tra le sue gambe e giocare con il clitoride.

«Fanculo. Oh, cazzo. Oh, cazzo» gridò, più forte che mai.

Le sculacciai il culo, andando più in profondità ad ogni spinta.

Era animalesco. Primordiale. E lo adoravo, cazzo.

«Ti piace quando ti sculaccio, ragazzaccia?»

Spinse fuori il culo e lo dimenò. «Sì.»

La sculacciai ancora e ancora. «Questo è quello che mi piace sentire.»

«Brucia con l'acqua» disse con un gemito.

La colpii più forte. «Bene.»

La strinsi e le sculacciai la figa. Lei strillò e sentii la figa stringersi attorno al mio cazzo.

«Di chi è questa figa?» chiesi mentre le sculacciavo di nuovo la figa.

Lei miagolò: «Tua. È tua.»

La sculacciai di nuovo. «Non dimenticarlo mai.»

Le scostai i capelli dal viso e la guardai negli occhi mentre pompavo dentro di lei.

Era così sexy.

Il suo viso era teso. Il corpo rigido per il piacere che le stavo dando.

Rientrai dentro di lei e lei urlò mentre veniva sul mio cazzo.

Mi allontanai da lei e collassammo entrambi contro la parete della doccia.

L'acqua calda continuava a picchiettarci addosso e ci faceva stare così fottutamente bene.

Mi staccai da lei e sorrisi.

«Perché mi guardi così?» chiese lei.

«Sei mia» le dissi. Almeno per ora. Proprio in questo momento. E mi sarei goduto ogni cazzo di minuto.

Lei sorrise e mi baciò.

«Sì. Sono tua.»

Capitolo quattordici

annah

"Sì, ci sarò" promisi a mia madre mentre mettevo insieme una ghirlanda per cavalli rossa, bianca e blu. Mary Alice organizzava questa serata ogni quattro di luglio facendo ghirlande per i cavalli della parata che si teneva in centro. Il vero schifo era che si era presa il loro deposito del cinquanta per cento prima di andarsene, quindi una volta pagato il costo dei fiori, non avrei guadagnato un dannato centesimo da questo affare. Ma speravo che avrebbero ordinato di nuovo l'anno prossimo.

"Ci sei mancata la scorsa settimana" si lamentò mia madre. Era seccata perché non ero andata a cena domenica scorsa. Odiavo l'idea di dovermi obbligare ad andare questa domenica: avrei preferito stare con Armando, e dubitavo che si sarebbe avvicinato alla casa dei miei genitori, ma era impossibile scoraggiare mia madre.

"Tuo padre ha fatto delle analisi. Ha il colesterolo e la pressione sanguigna alti" mi disse. "Stanno facendo degli esami sul suo cuore."

"Qualcosa di cui dovrei preoccuparmi?"

"Be', aveva l'affanno. Ma l'ho portato da un bravo specialista."

Mia madre era un'infermiera in uno studio pediatrico, quindi conosceva tutti i migliori medici di Chicago.

«Magari è solo perché ha cinquantacinque anni ed è fuori forma» dissi seccamente.

«Non è così fuori forma. Tuo padre è ancora tonico.»

«Muscoli tonici con una pancia da birra» sottolineai, ma mia madre aveva ragione. Mio padre lavorava sodo e il suo corpo era in forma migliore della maggior parte degli uomini della sua età.

«Allora, che mi racconti di nuovo?» chiese mia madre.

Mi morsi il labbro, chiedendomi se avrei dovuto dirle di Armando. Odiavo nasconderle le cose, ma cosa dovevo dire? C'è questo mafioso che si nasconde nel mio appartamento e non può andarsene perché anche la mia vita potrebbe essere in pericolo?

«Mary Alice mi sta concedendo una pausa dai pagamenti per un paio di mesi, così posso ravvivare gli affari.»

Grazie ad Armando che mi aveva fatto rinegoziare.

«Hai problemi?» La voce di mia madre si fece tesa e preoccupata. I miei genitori erano sempre stati preoccupati all'idea che rilevassi l'attività. Mi avevano aiutato a mettere insieme un acconto e avrebbero voluto aiutarmi di più, ma la mia sorellina, Kiana, era alla SIU e le tasse universitarie li stavano soffocando.

«No, penso che andrà bene.» Non ero certa se fosse vero o no, ma sicuramente sembrava più vero di quanto non fosse stato una settimana fa. Ma in fondo, tutto sembrava più facile con Armando nei paraggi.

Fanculo, dovevo dirglielo. «Sto uscendo con un ragazzo.»

«Davvero? Portalo domenica!» esclamò mia madre.

«Ehm, no, mamma. È troppo presto per quello. Ed è un po' asociale al momento.»

«Cosa intendi per asociale?» chiese sospettosa.

Espirai, intrecciando un altro fiore nella rete. «Non lo so. Ha un disturbo da stress post-traumatico in corso. Dice che non sente niente.»

«È un militare?» chiese mia madre.

«Non esattamente. Ma è una cosa del genere. Non voglio raccontare la sua storia senza il suo permesso.»

«Bene» disse lentamente mia madre. «Sembra che la chimica del suo cervello sia inattiva. Dovresti fargli controllare i livelli dei suoi neurotrasmettitori.»

Era così ovvio che mi chiesi perché non avevo dato una spiegazione scientifica al malessere di Armando. Ovviamente era una questione di chimica del cervello. La depressione probabilmente era iniziata in prigione e il cambiamento nei livelli dei neurotrasmettitori non sarebbe tornata indietro all'istante solo perché adesso era fuori. Aveva perfettamente senso. Non ero sicura che fosse il tipo di persona che avrei potuto convincere a fare le analisi o a farsi aiutare, però.

Eppure, l'idea mi aveva fatto sentire meglio. Sembrava che Armando pensasse di avere una sorta di difetto fatale. Di essere senz'anima. Come se fosse morto dentro e niente lo avrebbe più riportato indietro. Forse sapere che si trattava solo di neurochimica lo avrebbe aiutato.

«»Grazie mamma, gliene parlerò. Questa è una buona idea.»

«Bene, se vuole venire domenica, è il benvenuto. E non ne faremo un grosso problema.»

«Non se ne parla, mamma. Ci vediamo domenica.»

«Va bene, tesoro. Ti voglio bene.»

«Anch'io.»

Attaccai proprio mentre arrivava Josie, di nuovo in ritardo. Lo stomaco mi si contrasse come sempre quando c'era lei in questi giorni. La mia bellissima migliore amica che mi stava facendo disperare nel ruolo di dipendente. Pensai ad Armando. A cosa avrebbe detto. A come mi aveva esortata a mandare un messaggio a Mary Alice appena avevo preso una decisione. Mi si seccò la bocca al solo pensiero di cosa fare in questo caso.

«Josie» iniziai, la voce mi uscì come un guaito.

«Sì?» Infilò la borsetta dietro il bancone e si avvicinò.

«Possiamo parlare?» Le ali che mi sbattevano nel ventre si agitarono di più.

Ero sicura di aver percepito la stessa ansia che provavo io nella sua espressione.

Oh Dio. Non sapevo se sarei riuscita a farlo.

«Sai che ti voglio bene, vero?»

Si bloccò. Aveva un illuminante color bronzo sulla parte superiore degli zigomi e sulla fronte che la faceva sembrare una modella. In realtà non sapevo perché non lo fosse, a pensarci bene. Aveva la bellezza e l'altezza giuste.

«Sì.» La sua voce era calma. Al punto da sembrare spaventata.

Merda.

Anch'io avevo paura. Ecco perché avevo rimandato questo discorso per così tanto tempo. Non volevo perdere la mia migliore amica. Non volevo ferirla o offenderla. Ma se non avessi cambiato le cose, avrei finito per odiarla. Pensai ad Armando che mi aveva costretta a dire perché ero arrabbiata. Era stata una buona cosa. Forse lo sarebbe stato anche questo.

«Non so se il fatto che tu lavori qui sia la cosa migliore per la nostra amicizia.» Lo tirai fuori tutto d'un fiato, come l'aria che usciva da un palloncino.

Spalancò gli occhi. «Sì» disse, suonando un po' sorpresa.

Aprii la bocca, ma non uscì niente, principalmente perché ero stata presa alla sprovvista da lei, sì.

Fece scorrere l'unghia del pollice sulla superficie del banco da lavoro, con gli occhi bassi. «È da un po' che volevo parlartene.» La sua voce era bassa e dispiaciuta.

Sbattei le palpebre. «Davvero?»

Lei annuì. «Sì. Non volevo lasciarti nei guai, sai? Questo posto è tutto per te e stai lavorando così duramente. Non voglio abbandonarti, ma... il negozio di fiori non fa proprio per me. Voglio tornare all'interior design, ma non mi metterò mai in gioco se continuo a ripetermi che hai bisogno di me.»

Sentii il sollievo scorrermi dentro, mescolato a un po' di dolore.

«Giusto. Mi stavi solo aiutando. Ovviamente questo non è il tuo futuro.»

«E tu stavi aiutando me» disse lei con fermezza. Era depressa dopo essere stata licenziata dal suo apprendistato quando le avevo offerto il lavoro. Era brava nel design d'interni. Avevo pensato che anche lei avrebbe adorato i fiori. Entrambe volevamo aiutarci a vicenda. Ma era probabile che questo lavoro la stesse trattenendo dai suoi sogni.

«Allora... troverai qualcos'altro?»

Annuì. «Se per te va bene. Mi dispiace, era da settimane che volevo parlartene, ma non mi è mai sembrato il momento giusto. Ho avuto lo stomaco sottosopra ogni volta che sono stata qui.»

«Oh mio Dio» scoppiai in una risata. «Era per te!» Mi strofinai la pancia e all'improvviso, ora che ne avevo identificato l'origine, la sensazione nervosa era sparita. «Stavo sentendo quello che provavi tu!»

Josie scosse la testa. «Sei così strana. Strana stile fantascienza.»

«Lo so. Tipo da Star Trek: sono Gem, l'empatico che ruba il dolore degli altri. Solo che non lo tolgo davvero, lo sento anch'io. È un'abilità così inutile. Ad esempio, non sarebbe meglio essere in grado di vedere i fantasmi o predire il futuro o qualcosa del genere? Essere empatici non è un superpotere, è un handicap.»

Josie mi attirò per un abbraccio. «È un superpotere. Non hai ancora capito come usarlo. Quindi, cosa posso fare per aiutarti oggi?»

«Corone di fiori. Credo che Armando abbia ordinato all'obitorio di darmi del lavoro. Il tizio ha chiamato e ha detto che aveva deciso che il mio sarebbe stato il negozio di fiori con cui avrebbe avuto a che fare d'ora in poi.» Spalancai gli occhi e coprii l'espressione stupita volutamente esagerata.

«Dio mio! Accompagnarsi alla mafia ha i suoi vantaggi.»

«Non sono accompagnata. Ma ehm, sì. Lui fa accadere le cose, questo è sicuro.»

Josie fece schioccare la lingua. «Non ti avrei mai pensata con un ragazzo così, ma sai una cosa? Lo vedo che funziona.»

«Davvero?»

Lei alzò le spalle. «Sì. Insomma, gli italiani non dovrebbero essere tanto appassionati? E tu sei miss emotiva. Quindi funziona.»

Scossi la testa. «Lui non è affatto emotivo. È l'opposto, ma proprio l'opposto. Ma hai ragione. Forse è per questo che non gli importa delle mie emozioni eccessive. Ci è abituato.»

«O forse è davvero preso da te.» Josie inarcò le sopracciglia.

Toccai con il dito l'anellino di diamanti per il naso che mi aveva comprato. «Non sembra. Ma non lo so. Immagino sia difficile dirlo con un ragazzo che non ha emozioni.»

«Se hai pianto e lui non si è tirato indietro, è preso da te. Fidati di me.»

Le rivolsi uno stupido sorriso felice, desiderosa di crederci. E anche così sollevata che avessimo messo in chiaro le cose.

Ero scaramantica, ma sembrava che la mia vita stesse effettivamente iniziando a funzionare. Stavo affrontando le questioni di lavoro. I problemi con la mia amica. Stavo facendo dell'ottimo sesso. Ero innamorata di un ragazzo che mi accettava per quello che ero e mi incoraggiava anche a essere qualcosa di più. C'erano problemi da risolvere, di sicuro. Ma la speranza stava penetrando da tutte le fessure.

Capitolo quindici

rmando

Hannah si mise a cavalcioni sul mio culo, la figa bagnata scivolava sulla mia pelle e le sue mani scivolavano lentamente sulla mia schiena oliata, mentre mi faceva un massaggio.

Era difficile da sopportare. Non era per il sesso, l'avevo già scopata a fondo. L'avevo scopata fino a quando i vicini non avevano battuto contro il muro e avevo dovuto urlare loro un po' di merda per farli tacere.

Ma questo?

Era quasi una tortura. Non mi piaceva essere toccato.

Forse una volta sì... era difficile da dire. Era passato troppo tempo per ricordarlo. Mi era sempre piaciuto essere al comando, questo era certo. Ma ora era proprio difficile da accettare. Ma Hannah voleva farlo. Aveva fatto le cose per bene: era andata a prendere l'olio dal bagno, sembrava così soddisfatta di se stessa.

Quindi chiusi gli occhi e ascoltai. Ascoltai i suoi gemiti sommessi e ansimanti mentre appoggiava il peso sui pollici, sollevandomi i muscoli. Come se accarezzarmi il corpo la eccitasse. Mi immersi nell'attenzione che stava prestando al mio corpo, nel modo in cui trovava tutte le contratture e le trattava finché non si ammorbidivano.

E per tutto il tempo, continuai a chiedermi perché lo stava facendo. Perché *voleva* farlo.

«Cosa ti è mancato di più quando eri in prigione?» chiese. «Insomma, a parte la libertà?»

Oh Cristo. Avremmo davvero parlato di prigione ora?

Tutto il lavoro che avevo fatto - il lavoro che aveva fatto lei - per rilassare i miei muscoli andò a farsi benedire. Sentii il mio tono diventare di nuovo duro. Ero tentato di chiuderla. Bastava non rispondere o dirle che non volevo parlarne. Ma si stava impegnando così tanto in questo momento, che la sola idea mi faceva sentire uno stronzo. Quindi pensai alla domanda.

«Il sesso sarebbe la risposta facile. All'inizio mi mancava di più, prima che io...»

«Prima che tu cosa?» chiese dolcemente.

«Prima che cambiassi. Che perdessi i sentimenti. Sono usciti dal mio corpo.»

Le mani di Hannah continuarono ad accarezzarmi la schiena, attenuando le contratture da malcontento che emergevano mentre parlavo.

«Allora, cosa non vedevi l'ora di fare quando sei uscito?»

Ci pensai. Era soprattutto concentrato sulla libertà. Non volevo vedere nessuno. O nulla. «Il cibo, forse» ammisi. Era l'unica cosa che suonava anche lontanamente vera. «Gli ziti al forno di mia madre. I calzoni di Gio.»

«Ti piace il tuo cibo italiano.» Sentii un sorriso nella voce di Hannah. «Tutto quello che so cucinare sono gli spaghetti.»

Lo disse come se volesse cucinare per me, il che era davvero fottutamente dolce. Soprattutto considerando che non era una cuoca, per quanto ne sapevo. Non ero nemmeno sicuro che le piacesse molto il cibo.

«Erano i calzoni che hai ordinato la prima sera che sei stato qui?»

«Sì.»

«E gli ziti? Li hai già mangiati?»

«No. Ho mandato mia madre fuori città mentre sistemavo le cose qui. Non voglio che si faccia male.» Stavo parlando di affari con Hannah, una cosa che non avrei mai dovuto fare.

Ma sembrava giusto. Come se si meritasse di sapere queste cose su di me.

«Le sei legato?»

«Lo ero prima, sì. Lei è la migliore. Farebbe qualsiasi cosa per me, sai? Mio padre se ne è andato quando avevo otto anni, quindi siamo sempre stati solo io e lei.»

«E sei entrato nell'organizzazione per aiutarla, sostenerla?» Fece scivolare le mani lungo le mie spalle, massaggiando i muscoli degli avambracci.

Aspettai un attimo, sapendo che non avrei dovuto discutere di queste stronzate con lei. «Sì» dissi alla fine. «Sua sorella è sposata con il don. Quindi ero considerato di famiglia e mi è stata fatta l'offerta di un lavoro. A me, Marco e Leo. Sono cugini da parte di mia madre. Siamo entrati tutti insieme. Adesso sono come fratelli per me, come sai.»

Hannah canticchiò dolcemente e continuò a massaggiarmi i muscoli.

«Perché stai facendo tutto questo?»

«Che cosa?»

«Il massaggio? Le domande?»

Rimase in silenzio, e pensai di aver fatto una domanda da cazzone, e non volesse rispondere. Poi disse: «Voglio solo farti stare bene. Come tu fai con me.»

Voleva farmi stare bene. Non aveva nessun obiettivo in mente oltre a quello. Nemmeno un orgasmo. Non aveva mai un secondo fine.

Quella consapevolezza mi smosse qualcosa. Si aprì una fessura nell'involucro di metallo attorno al mio petto. Lentamente, per dei lunghi minuti, mi lasciai andare. Lasciai che mi desse quello che voleva, come voleva.

E poi mi girai e la fissai. Lei ricambiò lo sguardo, le sue mani unte scorrevano sui miei pettorali, lungo la parte anteriore delle mie spalle. E per tutto il tempo, fissai i suoi caldi occhi castani.

«Sei bellissima» mormorai.

C'era qualcosa di più profondo del sesso. Molto più profondo. Questa... questa era fottuta intimità. E dovevo sentire qualcosa. Non era niente di enorme. Sconforto. Un leggero tremolio. Una pienezza nel mio petto.

Della connessione.

Questo era quello che sentivo.

Ero bloccato e irretito in Hannah. Raggiunsi il suo viso e misi la mano sulla sua guancia. Le afferrai la testa e la girai sulla schiena, scambiandoci di posizione. Sentivo il bisogno di andarci pesante, come facevamo sempre, ma tenni il desiderio a freno. Continuai a fissarla. A tenere viva la connessione. La baciai come se fosse la cosa più importante. Non come se pensassi che sarei morto se non lo avessi fatto, ed era così che mi sentivo di solito quando la toccavo. Questa volta ci andai più leggero. Ascoltai lo spazio tra di noi. Intorno a noi. In noi. Le mie labbra scivolarono sulle sue, in modo sensuale. Erotico ma non lussurioso. La mia lingua le scivolò in bocca, le nostre labbra si attorcigliarono.

Ce l'avevo di nuovo duro e non sopportavo l'idea di mettermi il preservativo. Era come se non volessi barriere tra di noi in questo momento.

Le divaricai le gambe e spinsi dentro. «Mi tirerò fuori» promisi. «Voglio sentirti. Va bene?»

C'era così tanta fiducia nel suo sguardo mentre annuiva, gli occhi che brillavano come se fossi tutto il suo mondo in questo momento. Scivolai dentro e fuori da lei lentamente, senza cercare un ritmo, assaporando solo ogni singola sensazione. Questo doveva essere amore. Se solo avessi potuto sentirlo, questo avrebbe dovuto essere ciò che faceva credere alle persone di essere innamorate.

La presenza.

La baciai di nuovo, come se fosse il nostro primo bacio. Come se fossi il tipo di ragazzo che ci andava piano e mostrava un po' di finezza.

Alla fine costruimmo un crescendo, e mi sentii così bloccato nel suo sguardo che quasi dimenticai di tirarmi fuori e venire sulla sua pancia.

E questo mi sembrò sbagliato. Come se avessi dovuto assolutamente rientrare dentro di lei. Mi appoggiai sugli avambracci e continuai a fissarla finché quei caldi occhi castani non si riempirono di lacrime. Lei ricambiò lo sguardo, lasciandole uscire dai lati degli occhi e cadere sul cuscino sotto di lei, senza nascondersi o farsi piccola.

Per dare a me quelle lacrime, per offrirmele.

Se solo avessi potuto capire cosa farne.

Ma sentivo di poterlo fare. Di esserci vicino.

Sentivo che qualcosa in me stava cambiando. Qualche intrappolata frazione di umanità stava trovando il modo di liberarsi.

Ogni notte con Hannah mi ci portava più vicino.

Capitolo sedici

annah
H Non potevo fare a meno di sentirmi allegra mentre pianificavo l'appuntamento a sorpresa alla cascata. Il battito cardiaco mi accelerò per l'anticipazione, sperando che l'ambiente sereno potesse essere esattamente ciò di cui Armando aveva bisogno per rilassarsi e aprirsi con me. Inoltre, avevo un disperato bisogno di una pausa dalla costante routine che mi portava a preoccuparmi continuamente per il Giardino dell'Eden. Entrambi meritavamo questo momento di tregua.

«Armando.» La voce mi tremò leggermente per l'eccitazione. «Ho una sorpresa per te.»

Alzò un sopracciglio, la sua espressione era imperscrutabile. «Che cos'è?»

Andai verso di lui, accarezzandogli gli addominali duri come la roccia. «Se te lo dicessi, non sarebbe una sorpresa.»

Esitò. «Le sorprese... potrebbero non essere una buona idea per me in questo momento. Considerando la mia situazione.»

Mi aspettavo questo tipo di risposta. Non mi scoraggiò, però. Ero determinata a portare un po' di luce nella sua vita, anche se ciò significava abbattere quei muri che si era costruito intorno.

«Capisco la tua situazione, ma prometto che questo non ci metterà in pericolo. Ecco» gli lanciai le chiavi «puoi guidare tu.» Speravo che dargli la giusta dose di controllo fosse sufficiente per convincerlo a venire con me.

Gli angoli delle sue labbra si inclinarono leggermente verso l'alto. «Va bene, Fiori. Se posso guidare.» Mi tese una mano e io la presi mentre lasciavamo l'appartamento e ci dirigevamo verso il furgone.

Rimase guardingo, tuttavia, mentre ci dirigevamo verso la destinazione sconosciuta. Ero consapevole che il peso del suo passato e i pericoli che ancora si nascondevano nell'ombra non lasciavano mai la sua mente. Ma ero deciso a sfondare il muro che aveva costruito per proteggersi.

«Hai intenzione di darmi qualche indizio?» chiese infine, lanciandomi un'occhiata mentre guidava.

Stavo praticamente saltando sul mio sedile, sforzandomi di non spifferare cosa sarebbe successo. Non ero mai stata brava con i segreti. «No!» Ridacchiai, scuotendo la testa. «Dovrai solo aspettare e vedere.»

Emise un sospiro quasi impercettibile. «Bene» ammise, accennando un sorriso che gli tirò l'angolo delle labbra. «Ma è meglio che rimanga impressionato.»

Non riuscii a contenere la mia felicità quando notai il sorriso di Armando. Era minimo, ma c'era, e mi sembrò una vittoria. Ci stavamo avvicinando alla cascata, un piccolo segreto nascosto appena fuori dai confini della città di Chicago, e la mia eccitazione cresceva a ogni chilometro che facevamo. Non andavo in quel posto da secoli e mi chiesi perché, mentre ci allontanavamo sempre di più dalla città.

«Ci siamo quasi.» Praticamente saltavo sul sedile. «Meno di trenta minuti, lo prometto.»

Armando scosse la testa, ma c'era un'espressione divertita nei suoi occhi. La luce del sole stava iniziando a sfondare la resistenza della sua aria scontrosa. Il mio piano avrebbe potuto funzionare.

Lo diressi sul posto. Il suono dell'acqua che scrosciava riempiva l'aria quando finalmente scendemmo dal furgone. La lussureggiante foresta che ci circondava sembrava un mondo segreto che aspettava solo di essere esplorato.

«Ti sembro il tipo da escursionismo?» mi stuzzicò, ma si vedeva che era felice.

«Non è lontano. Dai» dissi, afferrando la mano di Armando e conducendolo lungo il sentiero battuto verso la cascata. «Ti piacerà qui.»

Mentre ci avvicinavamo all'acqua scrosciante, scrutò ciò che ci circondava, osservando la vegetazione vibrante e i delicati fiori di campo che fiancheggiavano il sentiero. Mi sembrò il momento perfetto per condividere con lui un pezzo del mio passato.

«Venivo sempre qui quando ero bambina» confessai, sentendomi un po' vulnerabile mentre mi aprivo con lui. «Era una pausa necessaria dal chiasso e dall'ottusità della città. È qui che mi sono innamorata per la prima volta di fiori e fogliame. Ho sempre saputo che dovevo lavorare tenendo colore e cose belle intorno a me.

«Non sono mai stato un tipo da natura.» Si avvicinò e mi abbracciò. «Ma ora lo sono.» Mi baciò la mascella. «O almeno, sono un grande fan dei fiori.»

Risi.

«Sì, ho tutto il colore e le cose belle di cui ho bisogno semplicemente stando con te.»

Quasi mi si fermò il cuore per la sensazione di vittoria. Armando si stava ammorbidendo. Aprendo. Lo sentii dalla fermezza del suo abbraccio. Lo sentii nelle sue parole. E lo vidi mentre mi guardava negli occhi.

Fece un respiro profondo. «La prigione era... soffocante» iniziò, con la voce carica di emozione. «Tutto era grigio, dalle pareti, ai pavimenti, alle sbarre che mi tenevano in gabbia. Era difficile immaginare qualcos'altro.» Si chinò e mi diede un piccolo bacio sulle labbra. «Finora.»

Non riuscivo nemmeno a immaginare cosa doveva aver passato,

ma apprezzavo la sua disponibilità ad aprirsi con me. Avevo così tante domande sul suo periodo in prigione, ma non le avrei mai fatte. Avrei semplicemente aspettato momenti come questo. Aspettando che mi offrisse di sua volontà la possibilità di dare una sbirciatina a quei momenti.

«Non ti merito» disse.

«Invece sì.» Lo baciai. «Sei la cosa migliore che mi sia capitata.»

«La mia vita...» Fece una pausa e si guardò intorno. Fece un cenno a ciò che lo circondava. «Questa non è mai stata la mia vita. Fiori e natura e... questa non era la mia vita.»

«Lo è adesso.» Lo trascinai verso la destinazione finale.

Mentre lo conducevo lungo la riva del fiume, il suono dell'acqua che scorreva e i delicati canti degli uccellini che riempivano l'aria. Il sole filtrava attraverso gli alberi, proiettando ombre screziate sul terreno sotto i nostri piedi.

Mentre continuavamo la nostra passeggiata, il mio piede scivolò su una roccia particolarmente scivolosa. Istintivamente, Armando allungò la mano e mi afferrò il braccio per sostenermi, assicurandosi che non perdessi l'equilibrio. Il suo tocco vigile mi trasmise una scossa di elettricità ma per quanto apprezzassi la sua protezione, volevo dimostrargli che ero capace anche di prendermi cura di me stessa. Delicatamente, allontanai la mano dalla sua presa e mi mossi tra le rocce da sola.

«Tutto ok?» La sua voce era roca. Il mio uomo duro. Tutto ringhi e brontolii.

«Va tutto bene» gli assicurai. «Voglio solo dimostrare a me stessa e a te che posso farcela da sola.»

Lui annuì, comprendendo in apparenza il mio bisogno di indipendenza, anche se riuscivo a cogliere la preoccupazione nei suoi occhi.

«Solo non rovinarti il culo, Fiori» disse, indietreggiando leggermente ma continuando a osservarmi attentamente. «Mi ci sono affezionato ultimamente.»

Il suono della cascata divenne più forte mentre ci inoltravamo lungo la riva del fiume, i suoi spruzzi nebbiosi creavano nell'aria una pioggerellina rinfrescante. Mentre superavamo una curva, apparve in piena vista la cascata, che scrosciava in una pozza cristallina sottostante.

«Wow» sospirai, colpita dalla bellezza della scena davanti a noi. «È ancora più sorprendente di quanto ricordassi. È passato troppo tempo dall'ultima volta che sono stata qui.»

Armando assaporò la serenità del luogo appartato. Il suo sguardo indugiò su di me per un momento, e vidi la tensione nelle sue spalle allentarsi leggermente. Sembrava quasi... rilassato.

«Chiudi gli occhi» lo istruii dolcemente, mettendogli una mano sul petto. Esitò ma alla fine obbedì, chiudendo le palpebre. Con l'altra mano raccolsi un fiore di campo da un cespuglio vicino e glielo avvicinai al naso, lasciandogli respirare il suo profumo delicato. «Lo senti?» chiesi dolcemente. «Questo è l'odore della felicità per me.»

Lentamente, aprì gli occhi, si chinò verso il mio collo e inspirò profondamente. «Questo è l'odore della felicità per me.»

Mi attirò a sé e catturò le mie labbra in un bacio di fuoco. Infilò le mani tra i miei capelli, ancorandomi a lui mentre ci perdevamo l'uno nell'abbraccio dell'altra. Prendendomi tra le sue braccia, mi fece sdraiare su un morbido letto di muschio vicino al bordo della cascata. Le nostre labbra si incontrarono di nuovo, la passione tra di noi diventava più intensa di secondo in secondo.

Feci scorrere le mani sul suo petto, sentendo i muscoli definiti incresparsi sotto la sua camicia. Le mani di Armando vagavano sul mio corpo, tracciando le curve della mia figura. Inarcai la schiena contro di lui, un basso gemito mi sfuggì dalle labbra mentre premeva il suo corpo contro il mio.

Le sue labbra si staccarono dalle mie, lasciando una scia di dolci baci lungo il mio collo, facendomi venire i brividi lungo la schiena. Agganciò le dita alla cintura dei miei jeans, tirandoli giù per le gambe insieme alle mutandine. Gemetti mentre mi sfiorava l'interno coscia, il suo respiro caldo mi solleticava la pelle.

«Hannah» mi sembrò di sentirgli dire, al di sopra del suono della cascata.

Mi baciò di nuovo il corpo, le sue labbra incontrarono le mie ancora una volta. Sentivo il calore che emanava dal suo corpo, il rigonfiamento dei suoi pantaloni che mi premeva contro la coscia. Mi allungai per slacciargli i pantaloni, liberando la sua lunghezza indurita.

Lo attirai più vicino a me mentre i nostri corpi diventavano uno solo. L'eccitazione tra di noi era palpabile, il nostro desiderio aveva acceso un fuoco che ardeva ferocemente. Lo volevo, avevo bisogno di lui e lui lo sapeva. Le sue mani percorsero il mio corpo, trovando il punto giusto tra le mie gambe. Ansimai quando iniziò ad accarezzarmi, ogni tocco inviava onde d'urto di piacere attraverso il mio corpo.

Non credevo fosse mai possibile stancarsi di quest'uomo. Non avevo mai fatto così tanto sesso in vita mia ed ero avida di averne ancora.

Lui gemette mentre avvolgevo la mia mano intorno a lui, accarezzandolo lentamente. Mi baciò profondamente, la sua lingua si aggrovigliò con la mia mentre si posizionava al mio ingresso.

«Ti voglio.» La sua voce era roca di desiderio. «Non so se fosse questo il tuo intento portandomi qui. Ma non posso più resistere.»

Lentamente, si spinse dentro di me, la sua durezza mi riempì completamente. Gemetti forte mentre iniziava a spingere, ogni movimento mi portava sempre più vicina al baratro. Conficcai le unghie nella sua schiena, tenendolo stretto mentre i nostri corpi dondolavano insieme.

Sentivo di avvicinarmi al climax ogni secondo che passava. Tesi i muscoli e trattenni il respiro, cercando di trattenere l'estasi che sapevo essere all'orizzonte.

Il respiro di Armando era irregolare, il viso e il collo arrossati dalla passione. Ero sicura che si stesse avvicinando al rilascio, ma qualcosa lo tratteneva.

«Vieni insieme a me» gli sussurrai all'orecchio, stringendo le mie cosce contro di lui mentre premevo le labbra sulle sue.

Le mie parole sussurrate sembrarono spronarlo. Mi colpì più forte che mai, seppellendosi profondamente dentro di me. Gridai mentre sentivo un'ondata di piacere che si abbatteva su di me. I miei muscoli si contrassero quando sentii Armando sparare il suo seme dentro di me, tremando di piacere mentre raggiungeva l'orgasmo.

Si accasciò su di me, rubandomi il respiro dai polmoni. I nostri corpi erano lucidi di sudore, ma non ci muovemmo. Restammo sdraiati insieme per qualche istante finché Armando finalmente si staccò da me. Mi baciò lentamente sulle labbra.

Non parlammo. Respirammo soltanto.

Mentre il sole iniziava a calare sotto l'orizzonte, proiettando il mondo intorno a noi in sfumature di oro e rosa, Armando e io ci separammo per un momento, i nostri sguardi si incrociarono. Lo sguardo nei suoi occhi mi disse tutto quello che avevo bisogno di sapere: era coinvolto tanto profondamente quanto me.

Capitolo diciassette

Armando

Parcheggiai in doppia fila il furgone e attivai il mio sensore per i pericoli. Era sabato ed eravamo in centro, perché Hannah doveva consegnare una dozzina di ghirlande per cavalli per la parata del 4 luglio. Era un fottuto zoo, ma la cosa non mi preoccupava. Mi piaceva l'energia della città, o almeno, mi piaceva quando la sentivo.

Ai tempi in cui non mi guardavo alle spalle ogni secondo.

Hannah ne era eccitata, di sicuro. Indossava un vestito bianco dannatamente sexy che faceva sembrare le sue tette quasi commestibili, ma ero pronto a tirare un pugno al primo ragazzo che le avesse guardate.

«Perché sei accigliato?» chiese con leggerezza, ammucchiando un'enorme pila di ghirlande tra le mie braccia in attesa.

«Niente» mormorai.

«Cazzatc.»

Guardai Fiori perché non era da lei imprecare, e mi resi conto che mi stava imitando dall'altra sera. Sorrise.

«La tua fottuta scollatura» ammisi. «Ucciderò il primo stronzo che la guarderà. E poi dovrò tornare in prigione.»

Sorrise come se le avessi appena detto qualcosa di dolce. «No, non lo farai. Ti pavoneggerai perché questo» - indicò il suo corpo - «è qui con *te*.»

Accidenti. Fui un po' sorpreso dalla sensazione che provocò quella promessa. Forse stavo davvero riscoprendo i sentimenti, perché emerse un senso di approvazione quando lo disse.

Tipo, *dannatamente giusto*.

La inchiodai con uno sguardo. «Quello» - le diedi un'altra tastata - «è mio.»

Volevo solo chiarire le cose.

Inarcò le sopracciglia. «Oh veramente?»

Scossi la testa in segno di avvertimento. «Non ci provare. Sai quanto poco mi ci vorrebbe per spaccare la faccia a un ragazzo.»

Il suo sorriso si allargò mentre tirava fuori il resto delle ghirlande da portare da sola. Le piacevano i miei modi da stronzo.

Buon per me, immaginavo.

Ci facemmo strada tra la folla che si radunava. La sfilata non sarebbe iniziata prima di due ore, ma le strade erano già piene zeppe. Trovammo il gruppo che aveva ordinato le ghirlande e le lasciammo al responsabile.

«Vuoi restare e andare un po' in giro?» Il viso di Hannah risplendeva luminoso. La sua folle cortina di riccioli oscillava lungo la sua schiena mentre camminava, spazzandole il sedere ad ogni rotazione dei fianchi sexy. Era felice oggi, molto più leggera. Lei e la sua migliore amica Josie avevano parlato la scorsa settimana e Josie si era licenziata. Oppure Hannah l'aveva licenziata. Ma erano in buoni rapporti e l'umore di Hannah si era risollevato di molto. Avrei dovuto sapere che quella relazione stava pesando su di lei con tutti gli altri problemi del negozio.

«Non devi tornare al negozio?»

Aveva lasciato Josie al comando oggi, il suo ultimo giorno di lavoro, ma sapevo che la sua amica non era del tutto affidabile.

«Potrei anche godermi l'aiuto finché ce l'ho» disse. «Lavorerò da sola per alcuni mesi mentre mi rimetto in sesto. Questa è la mia ultima possibilità di non lavorare di sabato.»

Le presi la mano e intrecciai le mie dita con le sue. Sentivo che un po' della sua gioia stava filtrando. Camminammo attraverso la folla che si stava radunando, il sole era caldo sulla mia testa e sulle mie spalle. Mi fermai da un Jamba Juice per comprarci dei frullati perché faceva troppo caldo. La musica risuonava dagli altoparlanti per le strade, la gente camminava con abiti rossi, bianchi e blu e pittura sul viso.

E poi incontrammo alcuni tizi sul marciapiede. Riconobbi i tatuaggi, ma abbassai la testa e continuai a camminare. Dopo pochi passi, lanciai un'occhiata di soppiatto indietro.

Cazzo.

Si erano fermati e mi stavano guardando.

Misi in mano a Hannah le chiavi del furgone. «Corri. Vai al furgone e aspettami. Se non mi faccio vedere entro venti minuti, torna a casa. Dimentica di avermi conosciuto.»

«Che cosa?» Il panico le divampò negli occhi, ma la spinsi in mezzo alla folla e iniziai a correre dall'altra parte, lungo un vicolo, pregando che non cercassero di andare verso Hannah per raggiungermi.

Non lo fecero. Tutti e tre si infilarono nel vicolo dietro di me.

Corsi a perdifiato, ma le mie capacità cardio al momento facevano schifo. Potevo anche essere stato in grado di mantenere il mio fisico con flessioni e addominali in galera, ma di certo non correvamo intorno al cortile della prigione.

Comunque, la mia fottuta vita dipendeva da questo. Lodai Gesù che non avevano pistole, o ero abbastanza sicuro che a questo punto mi sarei già ritrovato una pallottola nella schiena.

C'era una buona possibilità che potessi metterli fuori gioco tutti e tre. Dipendeva dal fatto che fossero armati o meno. Ma eravamo nel bel mezzo del centro con gente dappertutto, e di sicuro non volevano che i poliziotti fossero coinvolti in questa merda.

Corsi verso la stazione e riuscii a entrare e a pagare prima che salissero le scale. C'era un agente di sicurezza in piedi vicino alla sommità e io piazzai il sedere vicino a lui, chinandomi per fingere di allacciarmi la scarpa.

Si avvicinarono e si guardarono intorno, all'inizio non mi videro.

Il treno entrò rombando e le porte si aprirono. Mi mossi troppo velocemente, attirando la loro attenzione, e loro si precipitarono per salire sul mio stesso vagone. Cominciai a correre verso l'estremità opposta, guardandoli mentre si facevano largo tra la folla per raggiungermi. Nel momento in cui le porte iniziarono a chiudersi, saltai di nuovo fuori.

Uno di loro riuscì a scendere per seguirmi. Gli altri due indicarono e gridarono dal finestrino mentre il treno si allontanava.

Ero affannato per la corsa e il mio battito cardiaco era fuori controllo.

Fissai il tizio che era sceso e lui fissò me. Era solo un ragazzo. Probabilmente avrei potuto sottometterlo. Non sembrava così coraggioso senza i suoi amici. Certo, forse avrei dovuto ucciderlo come avevo fatto con il sicario nel negozio di fiori. Ed eravamo in un luogo pubblico, il che significava che sarei finito dentro.

Sarei finito dentro di brutto.

Mi ricordai di Hannah.

Era la ragione per cui ero scappato in primo luogo. Per allontanarli da lei.

Lei era la ragione per cui non avevo rischiato. E adesso mi stava aspettando.

Partii, correndo giù per i gradini due alla volta e saltando gli ultimi quattro. Dovevo solo seminare questo ragazzo e arrivare a Hannah. Potevo farlo, anche se i miei polmoni mi davano già la sensazione di voler cedere.

Macinai le strade. Pensavo che il tizio della banda mi stesse seguendo, ma mi spinsi in mezzo alla folla e lo persi.

Corsi per otto isolati finché non vidi il furgone. Prima mi guardai intorno. In nessun modo avrei lasciato che qualcuno mi vedesse entrare se mi stavano ancora pedinando. Hannah era al volante e mise in moto non appena mi vide arrivare. Sembrava tutto sotto controllo. Saltai dentro e sbattei la portiera.

«Guida, Fiori. Più veloce che puoi.»

Lei annuì, le narici dilatate, gli occhi spalancati. Le sue mani tenevano il volante in una stretta mortale.

Mentre scendevamo lungo la strada, intravidi il tizio.

E fui abbastanza sicuro che mi avesse visto anche lui. Che avesse visto il furgone. Hannah, cazzo.

«Fanculo!» sbottai, sbattendo il palmo della mano sul cruscotto.

Hannah saltò. «Che c'è?»

Scossi la testa. Non volevo dirglielo, era già abbastanza spaventata. «Va tutto bene. Me ne occuperò io» promisi, anche se non avevo la più pallida idea di come avrei fatto.

Tutto quello che sapevo era che nessuno se la sarebbe presa con Hannah. E mi sarei assicurato di rimanere in vita per mantenere quella promessa.

Capitolo diciotto

Hannah

Il cuore mi palpitò per tutto il viaggio di ritorno verso casa. Armando peggiorava le cose non dicendo una parola, eppure il suo corpo era un filo sotto tensione, che riempiva il furgone di un'agitazione soffocante.

Non è una cosa mia, ricordai a me stessa, rammentando come l'ansia che avevo provato stando insieme a Josie fosse stata in realtà una cosa sua. *Non è una cosa mia. È sua.*

Tuttavia, l'uomo a cui tenevo profondamente, nonostante il mio desiderio di non farlo, veniva braccato come una preda, quindi eliminare la tensione era impossibile.

«Chi ti insegue, Armando? E perché?» Sapevo che non avrei dovuto chiederlo. Non parlava di affari, ma questa era la seconda volta che mi sentivo in pericolo di vita. Avevo il diritto di sapere.

Si strofinò la faccia. «Ho ucciso un tizio in prigione. Difesa personale.» Mi lanciò un'occhiata cupa, come se fosse preoccupato per la mia reazione alle sue parole.

Annuii. In realtà non ero scioccata. Sapevo che lì gli erano successe cose brutte.

«Era un membro di una banda. Ora stanno cercando di uccidermi.»

No! Urlò una voce dentro la mia testa. Anche se sapevo che qualcuno stava cercando di uccidere Armando, sentirmelo dire mi faceva venire voglia di infuriarmi per lui. Era un bravo ragazzo. Aveva una bussola morale. Seguiva un codice. Era stato coinvolto in affari pericolosi fin dalla giovane età, ma non era colpa sua. Stava facendo del suo meglio con ciò che la vita gli aveva riservato.

E volevo davvero che la vita gli concedesse una pausa per un cambiamento.

Trovai un parcheggio proprio quando chiamò mia madre. Dovevo andare da lei domani a cena, quindi la ignorai. Non appena smise di squillare, chiamò di nuovo.

Parcheggiai il furgone e risposi.

«Hannah, è per tuo padre» disse con voce tesa. «Ho dovuto chiamare un'ambulanza, e la sto seguendo proprio adesso.»

«Che cosa?» Un singhiozzo mi soffocò la voce. Questa giornata poteva ancora peggiorare? «Cosa è successo?»

Armando si irrigidì per il terrore nella mia voce, i suoi occhi fissi sul mio viso.

«Ha avuto un infarto, ma ho continuato a fare le compressioni toraciche finché non sono arrivati i paramedici. Penso che starà bene, ma dobbiamo aspettare e vedere.»

«Quale ospedale?» riuscii a chiederle.

«Al Cook County.»

«Va bene» dissi con voce strozzata. «Ti raggiungo.»

«Grazie tesoro. Chiamami quando arrivi.»

«Che è successo?» chiese Armando non appena attaccai.

«Mio padre.» Le lacrime mi scesero sulle guance. «Ha avuto un infarto.»

«Va bene» disse piano Armando, aprendo la portiera. «Guido io, *Bambi.*»

Non avevo idea del perché mi avesse chiamata Bambi, ma non ebbi la presenza di spirito per chiederlo. Quasi caddi giù dal posto di guida e lasciai che mi afferrasse mentre scendevo. Mi strinse in un forte abbraccio.

Io assorbii tutta la sua forza e il suo potere. Il suo sostegno.

Andammo in ospedale in silenzio, mentre io mi tormentavo un'unghia fino a farla sanguinare. Armando mi lanciava delle occhiate preoccupate. C'era qualcuno che cercava di ucciderlo, ma era più preoccupato per me.

Trovammo mia madre nella sala d'attesa e dovetti presentarle Armando, ma tutto si confuse. Mentre ci sedevamo ad aspettare, iniziai a capire la vacuità di Armando.

Si fece strada una sorta di intorpidimento. Bloccai la paura e al suo posto non trovai nulla. Un totale vuoto di sentimenti.

Sentivo dei rumori - la televisione, la gente che parlava - ma non significavano niente. Sentivo la mano di Armando stringere la mia, ma non riuscivo a ricavarne gratitudine e nemmeno conforto.

Non sapevo per quanto tempo aspettammo così, io che non respiravo, sopravvivevo a malapena, aspettando nel purgatorio dell'ignoto. Del vuoto.

E poi uscì un dottore. «Signora Munn?»

Mia madre si alzò in piedi, e io e Armando la seguimmo.

«Può andare adesso. Suo marito ha avuto un lieve infarto. Vorrei tenerlo qui sotto osservazione per la notte, ma probabilmente domani sarà pronto per tornare a casa.»

«Grazie a Dio» sospirai, accasciandomi su Armando. Mi sostenne forte con un braccio intorno alla schiena. Le sue labbra trovarono la parte superiore della mia testa prima che seguissimo il dottore.

Mentre entravamo e mi precipitavo ad abbracciare e baciare mio padre, mi adeguai allo shock di vederlo collegato ai monitor, quindi non notai che Armando si era irrigidito.

«Tu» sbottò mio padre, guardando Armando oltre me.

Mia madre ed io rimanemmo a bocca aperta per la sorpresa di trovarlo a fissare Armando.

«Perché diavolo sei qui?»

Alzai lo sguardo su Armando, con un dubbio che mi contorceva le viscere. «Conosci mio padre?»

«Oh no» mi interruppe mio padre, deciso. «Non mia figlia. Non puoi girare intorno a mia figlia.»

Armando tenne i palmi in aria e cominciò ad indietreggiare verso la porta.

«*Armando*.» Cercai di fermarlo.

«Non voglio turbare nessuno.» Alzò il mento verso mio padre.

Era una buona idea, considerando che mio padre aveva appena avuto un infarto, ma ero troppo turbata dal fatto di non capire cosa stesse succedendo.

«Aspetta, come conosci mio padre? Cosa sta succedendo?»

«Lavoriamo insieme» disse Armando, e mio padre sbuffò. Armando aveva raggiunto la porta. «Ti aspetto nell'atrio. Prenditi il tuo tempo.»

Fissai la porta chiusa, sentendomi più che un po' abbandonata. Che cazzo succedeva? Guardai mio padre. «Come lo conosci?»

Mio padre mi guardò accigliato. «Dimmi che non esci con quel ragazzo.»

«Non esattamente.» Scopavamo regolarmente, ma non ci frequentavamo ufficialmente. In qualche modo non pensavo che questo avrebbe ingraziato Armando agli occhi di mio padre, quindi non mi spiegai.

«È quello di cui mi hai parlato?» chiese mia madre. «Con disturbo da stress post-traumatico?»

Annuii, continuando a guardare mio padre. «Dimmi come lo conosci.»

Mio padre cercò di spingersi per mettersi a sedere e sussultò.

«Calmati.» Gli appoggiai una mano sul petto. Mia madre infilò la mano nella sua e strinse.

«Hannah, tesoro, mi dispiace dirtelo, ma quel tizio è un mafioso.»

Quasi quasi risi. «Oh. Sì, lo so, papà. Ricordi che ti ho detto che l'edificio dove ho il Giardino dell'Eden è di proprietà della mafia? Conosco Armando da anni.»

Mio padre abbassò le sopracciglia e guardò torvo verso la porta. «Non voglio che tu abbia a che fare con ragazzi come lui.»

Mi irritai, ma mio padre era in un letto d'ospedale e probabilmente non avrei dovuto turbarlo. «È un bravo ragazzo, papà. Ma non ci frequentiamo ufficialmente, quindi non preoccuparti.»

Guardai di nuovo la porta. Armando non ci aveva nemmeno provato con mio padre. Si era semplicemente tirato indietro e se n'era andato. Sapevo che non era il mio ragazzo, ma faceva comunque male. Come se non avesse voluto combattere per me.

«Quindi aspetta, lavora *nell'edilizia?*» chiesi, quasi incredula.

«È un peso morto» disse mio padre. «Uno di quei tizi per cui la mafia costringe il sindacato a dargli un lavoro. Prende uno stipendio per non fare nulla. È un tizio davvero onesto, il tuo ragazzo» sogghignò mio padre.

«Non è il mio ragazzo.» Lo dissi con fermezza, come se fossi finalmente disposta ad accettarlo. Insomma, quanto avevo ancora bisogno che lo rendesse ovvio? Non stavamo entrando in una relazione. Si nascondeva nel mio appartamento e facevamo sesso.

Fine della storia.

Ero tutta accaldata e arrossata. Ora che avevo visto che mio padre stava bene, non vedevo l'ora di uscire da lì. Mi avvicinai e gli diedi un bacio sulla guancia. «Sono contenta che sia stato solo un piccolo infarto, papà. Ci hai davvero fatte spaventare.»

«Sto bene, piccola» mi disse, prendendomi la mano e stringendomela. «Vieni domani sera?»

«Se sei a casa, vengo. In caso contrario, verrò a trovarti qui. D'accordo?»

«D'accordo» disse.

«Va bene, riprenditi, papà.»

«Stai attenta con quel ragazzo, Hannah» mi avvertì mio padre mentre raggiungevo la porta. «Non voglio che ti immischi nei guai in cui si troverà lui.»

Armando poteva anche non aver combattuto per me, ma io non la pensavo allo stesso modo. Mi voltai, con una tensione difensiva che mi saliva fino al collo. «Non è nei guai. È letteralmente appena uscito di prigione e sta cercando di capire come vivere di nuovo.»

Gli occhi di mia madre si addolcirono, la bocca di mio padre si strinse. «Portalo a cena domani, così possiamo conoscerlo» suggerì mia madre, e mio padre scosse la testa con quella specie di sbuffo rassegnato.

«Non credo» dissi, mentre il cuore mi sprofondava giù nella pancia. «Ma grazie. Ci vediamo domani.»

Uscii dalla stanza e trovai Armando in piedi con le mani infilate nelle tasche, sexy da morire. La sua faccia sfoggiava quella maschera vuota che mostrava sempre. Ero pronta a incazzarmi, ma poi lui aprì le braccia e mi ci avvolse, e io mi lasciai scappare un singhiozzo involontario.

Mi passò le dita tra i riccioli e mi accarezzò la nuca, e io mi sciolsi in lui, lasciando che la sua forza mi sostenesse.

Non era il mio ragazzo, ma in questo momento era abbastanza.

Era quello di cui avevo bisogno.

Capitolo diciannove

Armando

Tornammo a casa in silenzio. Non dovevo leggerle nel pensiero per sapere che Hannah era sconvolta. Questa era una di quelle volte in cui non sapevo come gestire la relazione. Dovevo spingerla a parlare? O permetterle di stare tranquilla e sola con i suoi pensieri? Alla fine, mentre entravamo nel parcheggio più vicino, spensi il furgone e le presi la mano.

«Sono sicuro che tuo padre starà bene» cercai di confortarla.

«È un duro» fu tutto ciò che disse mentre guardava fuori dal finestrino, liberando la sua mano dalla mia.

Feci un respiro profondo. «Ti ho fatta arrabbiare?» Era una domanda stupida. Era chiaro che l'avevo fatto.

Alzò le spalle. «Non proprio. Forse. Non lo so.» Girò la testa e incrociò il mio sguardo. «Mi permetterai di chiedere come conosci mio padre o mi darai solo un po' di informazioni?»

«Lavoriamo nello stesso cantiere» dissi.

«Edilizia? Vai al lavoro tutti i giorni in giacca e cravatta.» Strinse gli occhi mentre pronunciava quelle parole.

«Io sovrintendo.» Stavo cercando di darle informazioni sufficienti per soddisfarla, ma mi sentivo a disagio nel dirle qualsiasi cosa. «Ho aiutato tuo padre a interagire con il suo capo di merda per prendersi un po' di tempo libero per andare a un appuntamento, e così ci siamo incrociati.» Vidi che stava analizzando ogni parola che dicevo. «Non è che lavoriamo davvero fianco a fianco o altro.» Non volevo che pensasse che suo padre fosse coinvolto nella mafia o le stesse nascondendo dei segreti.

Sentendo di aver detto abbastanza, scesi dal furgone, mi precipitai al suo fianco e la condussi di sopra sperando di poter concludere questa giornata di merda in modo migliore. O per lo meno, potevamo saltarci addosso e fingere che non fosse mai successo nulla.

Shadow ci accolse sulla porta e io raccolsi la piccola palla di pelo, felice che qualcuno in questa stanza non fosse rancoroso con me. Guardai Hannah mentre se ne andava dritta in cucina dove iniziò subito a lavare i piatti. Questa non era Hannah. Non la mia Hannah.

«Okay, spara» dissi, posando Shadow dopo un paio di grattatine dietro l'orecchio. «Dimmi cosa devo fare per tirarti su di morale.»

«Niente» disse, facendo scorrere un bicchiere di vino sotto l'acqua. «È stata una lunga giornata.»

«Hannah» usai il mio collaudato tono di avvertimento. «Non mi piacciono i giochetti.»

Chiuse l'acqua e mi guardò. «Nemmeno a me.» C'era un'accusa che trasudava dalle sue labbra.

«*Nemmeno a me.*»

Scosse la testa. «Non so nemmeno come spiegare cosa siamo ai miei genitori.»

Ed eccolo lì il problema... era stato detto qualcosa in quella stanza d'ospedale. Sarei stato uno sciocco a pensare il contrario. Era molto ovvio che il padre di Hannah non fosse contento di vedermi.

«Cosa vuoi che dica?»

Incrociò le braccia contro il petto. «Niente, suppongo.»

«Sei infelice?» chiesi, detestando l'idea di aver davvero sconvolto questa donna.

«No. In realtà sono più felice di quanto possa ricordare di essere mai stata. Ma sono anche... confusa.»

«Come mai?»

«Un minuto usi parole come 'mia' e sei eccessivamente protettivo e possessivo, e il minuto dopo mi rendo conto che non so assolutamente nulla di te. E poi quando si tratta di definirci, non so nemmeno come cominciare. E poi passiamo tutte le serate insieme come se fossimo una coppia, eppure non lo siamo...»

Mi squillò il telefono e pensai che fossimo entrambi grati per l'interruzione.

«Fai pure» mi disse, facendomi cenno di rispondere.

Era Marco. «Ehi» dissi mentre mi ricomponevo. Hannah e io stavamo per intraprendere un percorso per il quale non ero ancora pronto. Ero sicuro che avrebbe iniziato a farmi domande per le quali non avevo risposte. Almeno non quelle giuste.

«Incontriamoci al Sins stasera. Viene anche Leo...»

«Sono con Hannah» lo interruppi, usando lei come scusa per non andare al sex club che Marco adorava frequentare.

«Lo so. Portala. Anche io e Leo portiamo delle donne. Può essere uno di quei tripli appuntamenti che fanno le persone normali.»

«Siamo tutt'altro che normali» dissi. «Hannah e io abbiamo avuto una lunga giornata...»

«Devo giocare la carta 'proiettile nel culo' per farti fare qualcosa con tuo cugino?» mi interruppe Marco. «Perché lo farò. Il mio culo sarà segnato per sempre e...»

«Marco vuole che stasera usciamo con lui e Leo. Hanno degli appuntamenti» dissi ad Hannah.

Inarcò le sopracciglia e sorrise. «Sembra divertente.»

Scossi la testa e mormorai un «no.»

«Sarebbe bello rivederli» continuò, ignorandomi.

«È un sex club» sbottai, sapendo che sarebbe stato sufficiente per spaventarla.

Inclinò la testa. «Veramente?»

«Smettila di cercare di dissuaderla, testa di cazzo» intervenne

Marco dall'altra parte del telefono. «Non farle pensare che sia tutto pelle scoperta e orge.»

Il sorriso di Hannah crebbe. «Ci piace il sesso.» Non riuscivo a capire se mi stesse prendendo in giro o no. Ma sinceramente non sembrava aver paura dell'idea.

«Il mio culo colpito da un proiettile vi vedrà al Sins alle nove» disse Marco e riattaccò prima di darmi l'opportunità di discutere ulteriormente.

«C'è un sex club a Chicago?» chiese Hannah.

«Ce ne sono diversi, ma questo è il più soft per quanto riguarda i sex club. È più una discoteca di lusso dove non ci sono regole quando si tratta di sesso in pubblico, nudità, condivisione e così via.»

«Dovremo fare sesso lì?»

Mi strozzai in una risata inaspettata. «No, Fiori. Non dobbiamo fare niente.»

«Vorresti?»

Mi fermai a considerare l'idea. Avevo già fatto sesso al Sins. Ma mai con qualcuno che consideravo mio. E Hannah era decisamente mia. Non l'avrei condivisa. Non volevo nemmeno che qualcuno la guardasse. Avrei spezzato il collo a chiunque al club avesse osato persino fare un paio di passi nella sua direzione.

Feci un passo verso di lei e le presi il braccio, tirandola contro di me. «Quello che voglio è fare sesso ora.»

Lei mi guardò, i suoi occhi incontrarono i miei. Un sorrisetto si allargò sul suo viso mentre faceva scorrere le mani sul mio petto e intorno al mio collo, trascinandomi in un bacio profondo. Le nostre labbra si mossero in sincronia mentre lei mi spingeva di nuovo sul letto, mettendosi a cavalcioni.

«Mi dispiace» disse. «Per il mio... umore.»

Scossi la testa. «Non scusarti mai per i tuoi sentimenti, Fiori. Ne ho bisogno. Li bramo.»

«Non me la cavo bene con l'incertezza» disse.

«L'ho capito. Io sì.»

Le mie mani si fecero strada fino alla sua vita, stringendola forte mentre lei si strofinava contro di me. Infilai le mani sotto la sua camicia, sentendo la morbidezza dei suoi seni, stuzzicandole i capezzoli in punte dure. Inarcò la schiena, premendo il culo contro il mio cazzo.

Strinsi forte, suscitando un sussulto e un gemito dalle sue labbra carnose e imbronciate.

«Non ho le risposte giuste alle tue domande. Non sarò mai quell'uomo. Ma quello che posso darti...» Tirandole via la camicia, i suoi seni rimbalzarono al movimento, e mi presi un secondo per fissarla semplicemente.

Poi le misi una mano tra le gambe, strofinandole il clitoride attraverso le mutandine, strappandole un gemito. Un sorrisetto malizioso le aprì il viso e si tolse le mutandine e poi la gonna, rivelando tutto.

Slacciai la cintura e passai alla cerniera. Hannah mi prese le mani e intrecciò le dita con le mie. I nostri occhi si incrociarono mentre lei mi apriva la cerniera dei pantaloni e mi toglieva la cintura. Tenne la mia cintura tra i denti e scosse la testa avanti e indietro. Risi e lei la sputò via, leccandosi le labbra in modo seducente. Prese i miei pantaloni, sfilandomeli e gettandoli di lato.

Avvolse le gambe intorno a me mentre mi tirava a sé, strofinandosi contro di me. Feci scivolare la mano sotto di lei, ma la respinse con uno schiaffo. Invece, si allungò tra di noi, le sue dita delicate cercarono il mio cazzo. Spostò le dita sulla cappella e si strofinò contro di essa, spargendo il mio precum sulle labbra della sua figa.

Raggiunsi il comodino e tirai fuori un preservativo. Rabbrividii quando lei lo afferrò e se lo infilò dentro, gemendo alla sensazione della sua mano che si muoveva su di me. Si mise di nuovo a cavalcioni su di me, scivolando sul mio cazzo duro come una roccia.

«Allora cosa facciamo in questo sex club?» chiese, con la voce roca.

«Quello che vogliamo» dissi, succhiandole il labbro inferiore.

Rotcò i fianchi, strofinandosi contro di me. «E se volessi fare sesso in modo che tutti ci guardino?» sospirò bocca contro bocca.

«Va bene. Sappi solo che dopo tornerò in prigione» gemetti, sollevando i fianchi.

357

Mi mise le mani sul petto, inchiodandomi al letto mentre si muoveva su e giù, prendendomi dentro di sé. Sentii le sue unghie affondarmi nel petto e la strinsi tra le braccia, tenendola stretta mentre mi spingevo dentro di lei.

«Perché in prigione?» chiese, con voce ansimante.

«Dovrei uccidere chiunque ti vedesse nuda» risposi, spingendo più forte.

Accelerai le spinte, la mia presa era così stretta da essere quasi dolorosa. La sentii stringersi attorno a me, il suo corpo pronto ad esplodere.

«Allora potremmo guardare? Questo ti terrebbe fuori di prigione?»

«Possiamo guardare, Fiori. Forse. Potrei uccidere l'uomo che guardi, comunque.»

«Bene, allora forse dovrò solo tenerti distratto» disse gridando mentre spingevo ancora più forte.

«Ci conto. Tienimi fuori di prigione, piccola. Questo è il tuo compito per la serata.»

«Affare fatto» gemette, contorcendosi intorno a me mentre esplodevo dentro di lei.

Capitolo venti

H*annah*
Le luci della città danzavano sui vetri oscurati dell'auto nera mentre ci avvicinavamo al Sins, il famigerato nightclub erotico di Chicago e uno dei luoghi preferiti di Marco, secondo Armando. Aveva insistito per noleggiare un'auto da città per portarci, ed era un'indulgenza a cui non ero abituata. Lanciai un'occhiata ad Armando, la sua mascella scolpita e gli occhi penetranti mi facevano battere forte il cuore. L'abito su misura abbracciava la sua struttura muscolosa, irradiando un'aria di dominio e mistero che mi aveva affascinata.

«Pronta?» chiese Armando, con voce bassa e imperiosa. Annuii, tirando l'orlo del mio vestitino nero. La profonda scollatura e l'audace spacco laterale mi facevano sentire vulnerabile e potente, e non vedevo l'ora di vedere cosa aveva in serbo per noi la notte.

Non mi sarei mai classificata come una che sarebbe entrata volentieri in un sex club, ma ero eccitata. Mi piaceva anche l'idea che stavo per entrare al braccio di Armando come suo appuntamento. Come una coppia. Come fidanzato e fidanzata. Marco non aveva solo invitato Armando. Aveva invitato anche la sua donna.

Mentre ci avvicinavamo all'ingresso, il ritmo pulsante della musica risuonò nel pavimento sotto di noi, trascinandoci nel mondo seducente che ci aspettava all'interno. L'imponente buttafuori sganciò la corda di velluto e noi scendemmo giù per le scale scarsamente illuminate, lasciandoci alle spalle il mondo ordinario.

Nel momento in cui entrammo nel club, fummo avvolti dalla sua atmosfera inebriante. L'illuminazione plumbea proiettava ombre sui corpi che si contorcevano intorno a noi, mentre la musica inviava vibrazioni che echeggiavano nel mio cuore. I miei occhi furono immediatamente attratti dalle afose esibizioni che si svolgevano sull'elaborato palcoscenico: ballerine in abiti a malapena esistenti che si muovevano con grazia ipnotica, i loro corpi intrecciati come serpenti che tentavano la loro preda.

«Wow» sospirai, sentendo la mano di Armando sulla mia schiena mentre mi guidava all'interno del club. «Questo posto è... intenso.»

«Intenso può essere una buona cosa, Hannah» mormorò vicino al mio orecchio, facendomi venire i brividi lungo il collo.

Annuii, il cuore mi batteva forte nel petto mentre osservavo il panorama intorno a me. Coppie e gruppi si abbandonavano a vari atti di piacere, incoraggiati dalla natura impenitente e peccaminosa del club.

«Posso guardare?» dissi. «O è maleducato?» Non conoscevo le regole. Non volevo sembrare la verginella inesperta di sex club che chiaramente ero.

«Shh» sussurrò, sfiorandomi la guancia con le dita. «Non pensarci troppo. Lasciati guidare dall'atmosfera. Non farai niente di male.»

Chiusi gli occhi per un attimo, inspirai profondamente e mi lasciai trasportare dalla sinfonia di sensazioni che ci circondavano. Il calore del corpo di Armando premuto contro il mio, il sapore dell'anticipazione sulle mie labbra, il suono della musica che mi faceva venire i brividi lungo la schiena: tutto si combinava in un'esperienza diversa da qualsiasi cosa io avessi mai provato prima.

Mentre continuavamo a esplorare le profondità del Sins, il mio desiderio per Armando crebbe ogni momento che passava. Potevo sentire l'elettricità tra di noi, i nostri corpi uniti come magneti mentre navigavamo in questo mondo seducente che sembrava esistere solo per accendere la nostra passione. I miei sensi erano intensificati, ogni movimento e suono sembrava una corrente elettrica che attraversava il mio corpo.

«Eccoli» dissi, indicando la sezione VIP dove erano seduti Leo, Marco e le loro accompagnatrici. Le corde di velluto rosso rubino che circondano l'area esclusiva la rendevano ancora più affascinante.

«Ah» la voce di Armando era dolce e sicura, in netto contrasto con la tensione nel mio petto mentre ci avvicinavamo al tavolo. Mi condusse per mano, la sua presa salda ma rassicurante.

«Mando! Hannah!» esclamò Marco, il suo caldo sorriso ci accolse mentre si alzava in piedi. «Sono contento che ce l'abbiate fatta.»

«Il tuo *culo* non mi ha dato molta scelta» rispose Armando, tirandomi più vicino a sé come per ricordare a tutti i presenti che ero sua.

«Lascia che ti presenti la nostra adorabile compagnia per la serata» continuò Marco, indicando le due splendide donne sedute accanto a lui. «Isabella e Valentina.»

«Piacere di conoscervi entrambe» dissi, facendo del mio meglio per apparire a mio agio in questo ambiente sconosciuto. Entrambe le donne mi valutarono con curiosità, probabilmente chiedendosi come una come me fosse finita con un uomo come Armando.

«Piacere mio» fece le fusa Valentina, i suoi occhi si posarono su Armando con interesse prima di tornare da me. Non riuscii a fare a meno di provare una fitta di gelosia, pur sapendo che era infondata.

«Andiamo a bere qualcosa» suggerì Armando, intuendo il bisogno di sciogliere la tensione. «Cosa volete?»

«Champagne per me e Valentina» intervenne Isabella, sbattendo le sue lunghe ciglia finte.

«Whiskey con ghiaccio» aggiunse Leo, con voce profonda e imponente.

«Facciamo due» concordò Marco, spostando momentaneamente la sua attenzione dal vestito micro di Valentina.

Armando annuì, guardandomi in attesa.

«Ehm, prendo un bicchiere di vino rosso, per favore» dissi, sentendomi decisamente fuori posto in questo gruppo.

Armando mi sfiorò le nocche con il pollice prima di rivolgersi al cameriere appena arrivato. «Hai sentito la signora: un bicchiere del tuo miglior vino rosso, due whisky con ghiaccio, due champagne e per me... uno scotch, liscio.»

Il cameriere scarabocchiò le nostre ordinazioni prima di scomparire nell'ombra.

«Alla serata che non dimenticheremo presto» propose Leo non appena i nostri drink vennero serviti, alzando il bicchiere in attesa.

«Alla serata» concordò Marco, il tintinnio dei nostri bicchieri era in netto contrasto con la musica pulsante che ci circondava. Bevemmo di getto, e i potenti intrugli alimentarono il fuoco che stava già bruciando dentro ognuno di noi.

Mentre l'alcol mi scorreva nelle vene, le mie inibizioni iniziavano a dissolversi, sostituite da una crescente fame per tutto ciò che questa notte aveva da offrire. C'era così tanto da vedere. Tanto da sentire.

«Stai bene?» mi chiese Armando avvicinandosi al mio orecchio.

Annuii. «È tutto molto intenso.»

«Andiamo a fare due passi. Dai un'occhiata in giro.» Armando mi prese per mano e mi guidò attraverso la folla di corpi, la sua sicurezza e la sua presenza dominavano lo spazio intorno a noi. Quando raggiungemmo un punto libero, si girò verso di me, i suoi occhi fissi nei miei con un'intensità che mi fece venire i brividi lungo la schiena.

«Vuoi ballare?» La sua voce era appena udibile sopra il ritmo martellante, ma io annuii in risposta, desiderosa di perdermi nel ritmo.

«Tu balli?»

«No. Affatto. Ma lo farò per te.»

Mi si scaldò il petto. Che ragazzo. Ne ero dipendente.

Mentre la musica saliva, Armando e io ci avvicinammo, i nostri corpi trovarono istintivamente il proprio ritmo nel caos. I nostri fianchi oscillavano in sincronia mentre ballavamo, le sue mani forti guidarono i miei movimenti con precisione elettrica. Il calore tra di noi cresceva ogni momento che passava, e mi persi nel delizioso attrito che creò.

«Marco e Leo me lo rinfacceranno per sempre.» Armando si avvicinò, gridandomi nell'orecchio in modo che potessi sentirlo. «Mi sento come un mucchio di mattoni deambulante»

Risi forte, apprezzando che mi stesse offrendo qualcosa per aiutarmi a mettermi a mio agio, anche se questo significava per lui uscire dal suo elemento. Armando poteva non essere sempre in grado di dirmi le parole giuste, ma sicuramente sapeva darmi i gesti giusti.

Il mio corpo si mosse con ritrovata fluidità, non inibito dal dubbio o dalla moderazione. Lo sguardo di Armando non mi abbandonò mai e provai un'ondata di piacere sapendo di essere l'unico oggetto della sua attenzione.

Divenni sempre più consapevole delle attività illecite che si svolgevano intorno a noi. Coppie intrecciate in vari atti sessuali, alcuni nascosti in angoli oscuri mentre altri mostravano sfacciatamente la loro passione agli occhi di tutti. Il gioco perverso si svolgeva davanti ai miei occhi, un mondo che avevo intravisto solo in conversazioni sussurrate e fantasie notturne.

La vista di queste impenitenti manifestazioni di desiderio servì solo ad alimentare il fuoco che cresceva dentro di me. Sentivo un bisogno primordiale di esplorare questo lato oscuro della mia sessualità.

«Armando» sussurrai, con voce appena udibile sopra la musica, mentre mi guardavo intorno alla dissolutezza che ci circondava. «Questo è... non ci sono parole per descriverlo.»

«È troppo?» chiese, i suoi occhi scuri cercarono nei miei qualsiasi segno di disagio.

«No» risposi, sorprendendo anche me stessa per la convinzione nella mia voce. «Sono incuriosita.»

«Bene» sorrise, tirandomi più vicino finché i nostri corpi non furono a filo l'uno contro l'altro.

Il ritmo pulsante della musica sembrava vibrarmi nelle ossa mentre io e Armando ballavamo. L'eccitazione tra di noi era palpabile; l'aria intorno a noi crepitava di elettricità mentre condividevamo sguardi eccitati e tocchi rubati.

«Il tuo cuore sta battendo all'impazzata» mi mormorò rauco all'orecchio Armando, riscaldandomi la pelle con il suo respiro tiepido, facendomi venire i brividi lungo la schiena. «È l'eccitazione o sono io?»

«Forse un po' di entrambi» ammisi, sentendomi audace grazie all'euforia della notte. I nostri occhi si incrociarono e per un momento tutto il resto svanì: la musica, le persone, i nostri amici. Eravamo solo noi e l'innegabile legame che si era rafforzato dal momento in cui ci eravamo incontrati.

Mi osservò intensamente, con uno sguardo cupo e possessivo, alimentando il fuoco dentro di me. Potevo sentire il suo bisogno di controllo, il suo desiderio di proteggermi, anche in questo mondo caotico che avevamo scelto di esplorare insieme.

Mentre ballavamo, vidi Marco e Leo ai margini della pista da ballo, le loro risate che si mescolavano alla musica. Le loro accompagnatrici si erano avvicinate, il linguaggio del corpo era aperto e invitante, mentre si lasciavano andare con battute civettuole. Leo spostò una ciocca di capelli dietro l'orecchio della sua accompagnatrice, con un sorriso pieno di fascino e malizia, mentre Marco si chinava per sussurrare qualcosa che la fece ridacchiare e arrossire.

Ogni tanto guardavano Armando e me, i loro sorrisi di approvazione mi dicevano che erano felici di vederci insieme.

Gli misi una mano sul petto mentre la musica continuava a rimbombare intorno a noi. «Prendiamoci una pausa dal ballo ed esploriamo di più il Sins. Sono curiosa di vedere cos'altro ha da offrire questo posto.»

«Sei sicura?» chiese, cercando con gli occhi scuri qualsiasi segno di esitazione.

«Assolutamente» risposi con un sorriso, sentendo un brivido attraversarmi al pensiero di avventurarmi più a fondo in questo mondo misterioso. «Voglio provare tutto stasera.»

«Solo non farmi tornare in prigione» disse Armando, curvando le labbra in un sorrisetto pericoloso mentre mi prendeva la mano.

Mentre ci facevamo strada tra la folla accaldata, notai come altri clienti fossero attratti da Armando, sia uomini che donne. Trasudava un potere grezzo che era impossibile ignorare, e provai un'ondata di orgoglio sapendo che era mio per la serata.

Scoprimmo delle stanze nascoste e angoli segreti dove coppie e gruppi si dedicavano ad attività ancora più peccaminose di quelle che si svolgevano al piano nobile. L'odore del sudore e dell'eccitazione riempiva l'aria, insieme al basso ronzio dei gemiti e dei sussurri che portavano i segreti della notte.

«Guardali» gli mormorai all'orecchio, mentre indicavo una coppia intrecciata su una chaise longue di velluto. «Sono persi nella loro passione, completamente inconsapevoli del mondo che li circonda.»

«È così che mi sento con te» confessò Armando. «Tutto il resto è bloccato.»

Il cuore mi martellò nel petto mentre mi voltavo a guardarlo. Lo trascinai in una delle nicchie appartate che costeggiavano il perimetro del club. Era poco illuminato e nascosto alla vista, offrendoci un momento di privacy in mezzo al caos.

Mi baciò profondamente, le sue mani scivolarono intorno alla mia vita mentre mi attirava più vicino.

Risalii con le mani dal suo petto fino a toccargli la mascella. Il suo sguardo non lasciò mai il mio mentre ci trovavamo sull'orlo della resa.

«Ti scoperei qui» sussurrai, colmando la distanza tra di noi mentre le nostre labbra si incontravano in un bacio ardente e appassionato. «Ma voglio tenerti qui attaccato a me. Da nessun'altra parte.»

Le nostre bocche si muovevano insieme, le lingue si esploravano e si assaggiavano a vicenda, mentre l'eccitazione tra di noi diventava più intensa ogni secondo che passava. Armando mi strinse forte i fianchi, attirandomi contro di lui, così sentii la sua eccitazione premermi contro la coscia.

«Non posso condividerti, Fiori. Almeno non ancora. Sono un avido bastardo, voglio quel tuo bel culo per me» disse, con voce ruvida per il desiderio mentre appoggiava la fronte contro la mia. «Ma ti prometto che quando ti riporterò a casa, ti farò urlare il mio nome.»

«Promesso?»

«Cazzo, contaci» rispose, gli occhi cupi e pieni di promesse.

Emergemmo dall'ombra, i nostri cuori ancora battevano dal nostro appassionato scambio, e tornammo al tavolo VIP. Mentre ci avvicinavamo, vidi Leo intrattenere tutti con una storia, gesticolando animatamente mentre raccontava un'esperienza selvaggia. Marco, seduto accanto a lui, annuiva mentre le loro accompagnatrici ascoltavano con rapita attenzione.

«Ah, eccovi voi due!» esclamò Leo, vedendoci. «Stavamo solo parlando dell'intrattenimento... unico che il Sins ha da offrire.»

«Unico è sicuramente una parola che lo definisce» concordò Armando, un sorriso ironico che giocava sulle sue labbra mentre tirava fuori una sedia per me. Scivolai sulla sedia, sentendo il ronzio dell'eccitazione e dell'anticipazione che mi scorreva ancora nelle vene.

Mentre la conversazione continuava, risate e prese in giro riempivano l'aria, non potevo fare a meno di lanciare sguardi ad Armando. La connessione tra di noi stanotte era semplicemente diventata più forte, e potevo sentire il calore del suo sguardo su di me, anche quando non lo stavo guardando direttamente. Mi posò la sua mano forte sulla coscia, una silenziosa promessa di ciò che sarebbe venuto.

Ma anche un certo tipo di... possesso.

Aveva usato la parola "mia" più volte. Sempre nel calore della passione. Ma in questo momento, seduta a ridere con i suoi cugini, mi sentivo davvero sua. Veramente sua. E lo amavo.

Il tempo sembrò scivolare via mentre condividevamo storie e barzellette, ognuno di noi perso nel brivido della notte. Ma alla fine, anche il più magico dei momenti doveva finire.

«Sembra che stiano iniziando a chiudere» osservò Leo, notando che lo staff stava iniziando a pulire il club.

«Immagino sia ora di farla finita» concordò Marco, alzandosi e allungando le braccia sopra la testa.

«Va bene, andiamocene di qui» disse Armando, alzandosi dal suo posto e tendendomi una mano.

«Buonanotte a tutti.» Salutai i nostri amici mentre ci dirigevamo verso l'uscita.

«Hai fatto un ottimo lavoro a far uscire Mando da casa» mi disse Leo. «Vai bene per lui.»

«È una da tenere stretta» aggiunse Marco, riempiendomi di orgoglio. Non c'era sensazione migliore che conquistare la famiglia dell'uomo che... amavi.

Uscendo all'aria fresca della notte, mentre i suoni ovattati del Sins svanivano dietro di noi, strinsi la mano di Armando, desiderosa di qualunque cosa potesse accadere dopo.

«La serata è stata divertente» dissi.

«È solo all'inizio. Ti ho fatto una promessa, ricordi?» disse Armando, con voce bassa e piena di promesse.

Capitolo ventuno

annah

«E se avessi insistito per fare sesso al Sins?» chiesi mentre mi spogliavo davanti ad Armando, senza dargli alcun dubbio su cosa avessi in mente per il resto della nottata. Vedere tutti quei corpi nudi aveva acceso qualcosa dentro di me. Qualcosa di più oscuro. Più primordiale.

«Ti avrei scopata» rispose Armando, togliendosi anche lui i vestiti. «Ma non come ho intenzione di scoparti adesso.»

Alzai un sopracciglio. «Oh sì, e come?»

«Più forte di quanto tu sia mai stata scopata prima.»

Il cuore mi palpitò. Le mie ginocchia si indebolirono. Ma mi sarei senza dubbio presa tutto ciò che mi avesse offerto. «Non ho paura» gli dissi, con un tono di sfida. «L'ho già fatto forte in passato.»

«Sì?» Si diresse verso di me, con gli occhi cupi per le sue intenzioni. «Provalo.» Si sdraiò sul letto completamente nudo.

Sorrisi, salii sul letto e strisciai verso di lui, senza mai distogliere lo sguardo dal suo. Mossi le braccia su tutto il suo corpo. Profondamente. Appassionatamente. Sfrenatamente.

Mi avvolse tra le sue braccia e mi girò sulla schiena, mentre la sua lingua danzava con la mia. Sapeva di scotch, ed era un buono scotch, potevo dirlo. Mi piaceva il sapore che aveva sulla sua lingua e il sapore che aveva sulla mia.

«Dimmi cosa vuoi.» Mi sollevò il mento, costringendomi a guardarlo negli occhi.

«Lo voglio... eccentrico. Oscuro. Voglio sentirmi... sottomessa da te» confessai, sentendomi sicura di ammettere i miei desideri più oscuri. «Non voglio che sia gentile. Non voglio carezze. Lo voglio sporco. Nel modo in cui a te piace farlo.»

Non sapevo cosa mi fosse preso e perché la richiesta mi fosse uscita così facilmente. Ma avevamo appena lasciato il Sins, e se c'era mai stato un momento per lasciarsi andare completamente, era adesso.

«Vuoi che ti scopi forte?» insistette. «Che mi imponga? Che ti scopi come la sporca piccola troia che hai appena ammesso di voler essere?»

«Sì» sussurrai.

«Ti farò tutto questo e anche di più.» Il suo sorriso era pericoloso.

«Non trattenerti» sospirai.

«Rotola, voglio vederti il culo» ordinò, lasciandomi andare e scendendo.

«Così?» Rotolai sulla pancia.

«In ginocchio, Fiori.»

Mi alzai sulle ginocchia e mi piegai, poi lo guardai da sopra la spalla.

«Esattamente così. Ora allarga le natiche.»

Feci come mi era stato detto e lui mi accarezzò il sedere con la mano. Sentii lo schiocco del tubetto di lubrificante e le sue dita unte scivolarono sulla mia figa, il pollice sul buco del culo. Spinsi spudoratamente contro le sue dita, implorando di avere di più.

«È questo che vuoi?» Mi schiaffeggiò forte il sedere con l'altra mano, poi massaggiò via il dolore.

«Sì. Voglio che tu mi fotta il culo.»

«Cos'altro, Fiori?»

«Voglio che tu sia duro con me. Che mi scopi al punto da farmi rigare dritto. Finché non riesco nemmeno più a pensare. Tutta la notte.»

Armando ringhiò e affondò le dita nella mia figa.

«Voglio che mi schiaffeggi il culo finché non diventa rosso e dolorante.»

«Cazzo, piccola. Mi stai diventando più duro della pietra. Cos'altro ti farò?»

«Voglio che tu...» Quasi non osai chiederlo. Ma era una fantasia che avevo dal giorno in cui si era presentato nel mio negozio di fiori.

«Cosa, Fiori?»

«Mi soffochi.»

«Sì? Ti soffocherò, piccola. Vuoi che ti stringa con la mano mentre ti scopo forte?»

«Sì grazie.»

«Ti piace un po' di paura durante il sesso? Vuoi che ti tolga l'aria? O fai solo finta, piccola?»

Mi girava la testa, stentavo a credere che stessimo avendo questa conversazione. Che la mia fantasia si sarebbe avverata davvero. «Voglio che tu mi tolga l'aria... che mi faccia sentire come se stessi per uccidermi. Come se stessi per morire per te.»

La stanza girava. Ero terrorizzata dalla mia stessa richiesta, ma andai avanti. «Voglio che tu mi possieda. Fammi tua e solo tua. La tua troia. La tua sporca ragazza. Tua.»

Non avevo mai detto nessuna di queste parole ad alta voce prima. Non le avevo nemmeno mai pensate. Ma Armando aveva risvegliato qualcosa in me. Mi aveva mostrato che potevo fidarmi di lui con il mio corpo, anche quando c'era un po' di violenza. E dopo tutte le cose pazzesche che avevamo visto stasera, mi sembrava sicuro chiederlo. Mentre parlavo, mi resi conto che era esattamente quello che stavo facendo. Lo stavo lasciando entrare e, cosa più importante, stavo facendo uscire me stessa. Mi stavo liberando da molte delle mie paure e insicurezze, e mi aggrappavo a ogni parola di Armando, aspettando che mi dicesse cosa fare dopo.

«È così sexy, Hannah. Sei la mia ragazzaccia. Te lo darò per bene, Fiori.»

Continuò a muovere le dita tra le mie gambe, facendo scivolare il pollice nel culo, riempiendomi per tutto il tempo le natiche di schiaffi. Un mix caotico ed esotico di stimoli che intensificavano tutto ciò che sentivo. Gemevo. Stavo annegando nella lussuria. Ben oltre le mie normali inibizioni.

Mando mi mise un cuscino sotto i fianchi e mi ci spinse sopra, poi si arrampicò tra le mie gambe. Strofinò la cappella sulla mia figa mentre mi afferrava i capelli, girandomi la testa all'indietro, in modo che fossi costretta a guardarlo.

«Sono l'unico che scoperà questa figa» ordinò nello stesso momento in cui si spingeva dentro di me.

«Oh Dio.» I miei muscoli interni si strinsero attorno al suo cazzo. Stavo già raggiungendo l'orgasmo con un solo colpo.

Andò lentamente, inarcandosi, scivolando fuori, stuzzicandomi. Torturandomi.

«Sculacciami» supplicai, desiderando più intensità.

«Sculacciarti?» Si tirò fuori. «Devi guadagnartela quella sculacciata.»

«Come?»

«Pregami.» Mi schiaffeggiò un paio di volte e il dolore fu acuto e intenso, ma lo adorai.

«Ti prego» implorai, avendo bisogno di sentire quel calore che si irradiava dal mio culo e si diffondeva in tutto il mio corpo. «Ti prego, Armando. Ti prego, sculacciami più forte. Ti prego.»

Lo fece ancora e ancora, finché il mio culo non bruciò e mi pizzicò. Era esattamente quello che bramavo. Ciò di cui avevo bisogno.

«Brava ragazza.» Mi fece girare per farmi sedere sul bordo del letto. «Ora allarga le gambe per me.»

Feci come mi aveva ordinato e lui si inginocchiò davanti a me, afferrandomi le cosce e allargandole.

«Guardati» disse. «La tua figa è così fottutamente bagnata e le labbra della tua figa sono gonfie.»

«È il tuo cazzo che mi ha resa così» dissi, allungando la mano e afferrandoglielo, accarezzandolo forte.

«Fammi vedere quanto vuoi il mio cazzo» disse, afferrandoselo e strofinandolo su e giù sulla mia figa. «Succhiami il cazzo e fammi vedere quanto lo vuoi. Voglio che tu assaggi quanto la tua figa ama questo cazzo.»

Guardai il suo cazzo entrarmi in bocca, ci feci roteare la lingua intorno e lo leccai, prestando particolare attenzione alla cappella e all'area sensibile subito sotto.

«Questa è una brava ragazza» mi incoraggiò mentre mi afferrava la testa e mi spingeva il cazzo più a fondo in bocca. «Prendilo tutto.»

Lo feci, e mentre lo succhiavo, lo sentii prendere una delle mie mani e avvolgerla attorno alla base del cazzo, guidandola su mentre mi scopava la bocca. Stavo gemendo così forte, che ero sicura che i miei vicini mi avrebbero sentita, ma non mi interessava. Non mi ero mai sentita così libera e così selvaggia.

Lo volevo ogni notte. Volevo essere la sua sporca puttanella. Volevo che mi facesse sentire bella e desiderata, spalancandomi la bocca e sollevandomi il mento così da potermi fottere la faccia come voleva.

Volevo tutto quello che era disposto a darmi.

Volevo essere posseduta da lui.

Mi scopò la faccia più forte e feci fatica a sopportarlo, ma lo presi. Presi tutto. Lo guardavo negli occhi e vedevo l'intensità e la passione. Vedevo il suo desiderio, ed era una cosa bellissima.

Ero la sua ragazza bella e sporca, e amavo la sensazione.

Amavo lui.

«Fammi venire su tutta la faccia della mia ragazzaccia» ordinò, e io staccai la bocca dal suo cazzo, accarezzandolo forte e veloce. Cominciò a respirare affannosamente e capii che ci era vicino.

«Fallo. Vieni su tutta la mia faccia.»

Venne forte. Spruzzi del suo sperma mi colpirono il viso e schizzarono contro le mie guance, e lo strofinai immediatamente, lasciandomelo gocciolare sul viso mentre mi assicuravo di metterlo in bocca.

«Così si comporta una brava ragazza.» Mi asciugò lo sperma dalla faccia con un asciugamano vicino. «Ora sali sul letto e aspettami.»

Feci come mi aveva detto, e mentre mi sdraiavo sul letto e lo guardavo, mi sentii in soggezione davanti a lui.

«È ora della tua sculacciata. Te la sei guadagnata. Rotola, culo all'aria.»

Feci come mi aveva detto e sentii il mio corpo tremare per l'eccitazione.

«Apri le gambe» disse, massaggiandomi il culo con le mani.

Allargai le gambe, sapendo che gli appartenevo e che stava lentamente prendendo il sopravvento sulla mia vita.

E mi stava bene.

Mi stava bene essere la sua sporca puttanella per sempre.

Mi schiaffeggiò il culo un paio di volte, poi lo sollevò e lo strinse. Mi sculacciò di nuovo le natiche, e sentii il bruciore sul culo, e mi fece formicolare ancora di più la figa. Mi sculacciò finché il mio culo non divenne rosso, pizzicò e bruciò. Faceva male, ma era bellissimo allo stesso tempo.

«Apri il culo» ordinò. «Voglio vedere tutta quella bella figa.»

Allargai il culo e mi guardai indietro, ansiosa di vedere cosa mi avrebbe fatto.

Mi schiaffeggiò il culo, poi mi prese la mano e me la mise tra le cosce, massaggiandomi la figa.

Mi schiaffeggiò la figa, poi me la schiaffeggiò di nuovo, poi mi mise le dita in bocca e mi costrinse a succhiarmele.

«Sei una ragazza sporca» disse. «Assaggia quanto sei sporca.»

«Sono la tua ragazza sporca» concordai.

«E io sono il tuo paparino» disse, sculacciandomi ancora e ancora, facendomi gemere ad alta voce. «Sono io quello che scopa questa figa, questa bella figa.»

«Sì, papà» lo assecondai, urlando di passione mentre mi colpiva la figa sempre più forte.

«E questo culo appartiene a me» disse, schiaffeggiandomi così forte che sentii il dolore irradiarsi e diffondersi.

«Appartiene a te. Solo a te.»

«Esatto» disse. «Solo a me. Sei mia.»

«Sono tutta tua.»

«Brava ragazza.» Mi schiaffeggiò di nuovo il culo.

«E ora ti farò venire con la mia lingua» disse, allargandomi le chiappe con le mani. Mi mise la lingua nel culo e io gemetti forte.

«Alla mia sporca ragazza piace» disse. «Ti piace quando accerchio questo tuo buco del culo.»

«Mi piace molto» concordai, mentre la figa mi gocciolava.

Mi leccò il culo e non potei fare a meno di strofinarmi contro la sua faccia.

«Ti farò venire come non sei mai venuta prima.» Mi strofinò la figa e poi fece scivolare le dita dentro di me e pompò forte.

Cominciai a gemere e non ci volle molto prima che il mio corpo tremasse.

«Vieni sulle mie dita, piccola. Vieni su di loro.»

Le sue parole erano sporche, e cattive, ed erano esattamente quello che volevo sentire.

«Vieni per me, Fiori» disse, e io lo feci, il mio corpo tremava e tremava e aveva le convulsioni.

Mi tenne stretta a sé mentre il mio corpo usciva dall'orgasmo più crudo e sporco di sempre.

Girammo insieme nell'oscurità, il nostro respiro si mischiò. I nostri battiti cardiaci rallentarono il ritmo incalzante.

«Grazie» mormorai piano.

Armando si lasciò scappare uno sbuffo. «Mi stai ringraziando? No bambina. Sei fottutamente fantastica, Hannah.»

Le sue parole mi fecero cantare il cuore.

Era questo il vero pericolo. Non come quest'uomo gestiva il mio corpo.

Ma come gestiva il mio cuore.

Dio, speravo che non lo schiacciasse.

La cosa ancora più spaventosa era che aveva il potere di fare a pezzi la mia anima.

Capitolo ventidue

Armando

    Stavo correndo per le strade di Chicago, inseguito dagli Hermanos. Tutti i membri della banda mi atterrarono e mi bloccarono, e mi puntarono contro le pistole. Ma poi i volti divennero familiari: uno dei tizi davanti a me era Emilio, un altro Harold, il padre di Hannah.

    Mi alzai in piedi e offrii il mio petto come bersaglio. «Fallo», dissi, ma poi sentii Hannah che mi chiamava.

    Armando.

    Sentire la sua voce cambiò i miei piani. Non potevo permettere che mi guardasse morire. Non potevo morire sapendo che avrebbe potuto aver bisogno di me. Decisi di cercare di uscirne combattendo o di scappare. Afferrai il polso del ragazzo più vicino per strappargli la pistola.

    «Armando!»

    Ansimai, sedendomi dritto sul letto, con le dita chiuse intorno al polso di Hannah in una stretta schiacciante.

    «Oh merda!» Le lasciai andare il polso come se stesse andando a fuoco, poi lo rialzai di nuovo, delicatamente. Baciai il punto dove si sentiva il suo battito accelerato. Aveva gli occhi spalancati e inorriditi.

«Mi dispiace, Fiori. Mi dispiace tanto.» Premetti di nuovo le labbra sul suo polso. «Ti ho fatto male. Fanculo.»

Era nuda, i suoi bellissimi seni bruni si mossero mentre si sistemava anche lei per mettersi seduta. «Va tutto bene» sussurrò, avvolgendo le braccia intorno al mio collo in un abbraccio soffocante.

Non meritavo il suo perdono, e sospettavo che ci fosse anche della compassione, il che mi dava fastidio e mi faceva arrabbiare, ma non potevo rifiutare la sua dolcezza. Lei era la fottuta ragione per cui volevo vivere, se analizzavo quel dannato incubo.

Il sesso che avevamo fatto appena prima di addormentarci era stato... fottutamente animalesco, e ora iniziavo a preoccuparmi. Ero stato troppo duro con lei? Stavo permettendo al mio lato oscuro di uscire da me troppo in fretta?

Fanculo. Stavo mandando tutto questo a farsi fottere? L'avevo chiamata troia. Troia!

Hannah meritava di meglio. Si meritava un uomo che potesse darle fiori e caramelle e sussurrarle cose dolci. Non ero io quell'uomo.

«Lascia che ti faccia sentire bene» implorai, perché il sesso era praticamente l'unica cosa che avevo da offrire in questi giorni, e lei si era addormentata nel bel mezzo della scorsa notte.

Mi permise di spingerla sulla sua schiena e di strisciarle tra le gambe, soddisfacendola con la mia lingua prima che io mi concedessi di affondare il cazzo dentro di lei.

Finimmo, mi alzai dal letto e andai sotto la doccia. C'era il battesimo del nipote di Arturo, quindi stamattina dovevo mettermi il completo e andare a messa.

Quando uscii, Hannah si infilò sotto la doccia, io mi vestii e preparai il caffè.

Le porsi una tazza quando uscì con un asciugamano avvolto attorno alle curve sensuali.

Lo posò senza berlo. «Grazie, ma stamattina ho lo stomaco sottosopra. Dove stai andando?» chiese. Mi uccideva il fatto che sembrava non aspettarsi una risposta. O che credesse di non meritarsi di chiedere. Mi uccideva il fatto di non avere altro da dare a Hannah Munn, la ragazza che mi aveva offerto tutto il suo mondo quando non l'avevo neanche chiesto gentilmente. Quando non l'avevo chiesto affatto.

«Un battesimo. E la festa dopo.»

Notai un'espressione ferita tremarle sul viso, e sentii il coltello nel mio petto torcersi più a fondo. Volevo invitarla. Diavolo, niente mi avrebbe reso più felice di avere Hannah al mio fianco. Avrebbe reso molto più facile per me trattare con Emilio e Grace, avrebbe bloccato tutti gli sguardi e i sussurri di coloro che si chiedevano come stessi affrontando Emilio e Grace.

«Vado a cena dai miei genitori. Sei, ehm, il benvenuto» disse, ma la sua normale gioia mattutina era completamente annullata dal suo tono.

Fanculo. Mi strofinai la mascella rasata. «Non credo sia una buona idea, Ricciolina. A tuo padre non piaceva mica tanto l'idea che ti girassi intorno.»

Di tutti gli uomini del mondo, proprio il padre di Hannah doveva essere nel mio stesso posto di lavoro. Almeno avevo la piccolissima soddisfazione di averlo appoggiato quando aveva chiesto di andare alla visita dal medico.

Cazzo, probabilmente la visita del dottore che avrebbe dovuto prevenire questo infarto.

«Lavori oggi?» chiesi.

«Sì.»

«Bene. Ti raggiungo dopo la festa. Magari posso aiutarti con qualcosa.»

Annuì, ma riuscivo ancora a vedere l'espressione addolorata sul suo viso. Le sfiorai le labbra con le mie. «Comportati bene, Fiori. Ci vediamo presto.»

* * *

La festa del battesimo fu come una festa in famiglia. Avevo partecipato a migliaia di feste così, ma questa era stata straziante. Dolorosa quasi quanto la mia festa di bentornato.

Marco e Leo mi erano stati vicino, e io avevo fatto del mio meglio per non sembrare una fica imbronciata, anche se probabilmente non ci ero riuscito.

Quella cazzo di Grace aveva sentito il bisogno di tornare da me di nuovo: ero convinto che dovesse provare più sensi di colpa di quanti non credessi. Ma in fondo, c'era stato un momento in cui avevo pensato che ci amassimo veramente. Solo perché il mio cuore ora era più cupo della notte non significava che non sentisse ancora la pressione di ciò che avevamo avuto una volta.

Semplicemente non sapeva che quel ragazzo era morto.

«Ciao Mando» disse, quasi senza fiato. «Ascolta, uhm, oddio è imbarazzante.» Lanciò un'occhiata a Marco e Leo, che mantennero la loro posizione.

E io non gli dissi di fare qualcosa di diverso.

«Volevo solo dirti, uhm, che ho il tuo invito al matrimonio. Solo... non riuscivo a decidere cosa fosse peggio... inviarlo o non inviarlo.» Gli occhi le si riempirono di lacrime vere, il che mi colse di sorpresa.

«Ah, Grace.» Improvvisamente mi sentivo così fottutamente stanco. Troppo stanco per affrontare queste stronzate. Cosa voleva che dicessi? Che l'avevo perdonata?

Eh. Forse sì. Non lo sapevo.

Vederla in piedi di fronte a me in quel momento con il suo trucco perfetto e le sue unghie finte, mi fece capire quanto fosse superficiale la nostra relazione. Stavamo insieme perché stavamo bene insieme. Ci adattavamo, per quanto riguardava l'organizzazione e le frequentazioni che avevamo. Voleva un ragazzo che mostrasse i soldi in giro. Che la trattasse bene e la scopasse per bene. Che facesse tutti i gesti romantici da manuale.

L'avevo fatto, per lei. E lei aveva fatto quello che avrebbe dovuto fare per me: avere un bell'aspetto al mio braccio. Dire le cose giuste alle riunioni di famiglia, fare quello che le era stato detto.

Non era una relazione. Erano due persone che si muovevano insieme. L'avevamo fatto bene. Fino a quando non avevamo smesso di farlo. Perché la prigione non si adattava al ruolo che lei voleva che interpretassi.

Hannah non mi avrebbe mai cancellato se le cose fossero andate male. Diavolo, tutto con Hannah era già andato storto. Avevo ucciso un uomo sul pavimento del suo negozio. L'avevo legata e tenuta prigioniera. Non le avevo offerto nemmeno una parte del mio cuore oscuro e morto.

E ancora piangeva per me. Ancora mi buttava le braccia al collo quando facevo un brutto sogno, anche quando le avevo quasi rotto il polso per aver cercato di svegliarmi.

La amavo.

Il pensiero mi colpì come una palla da bowling. Soprattutto perché non sapevo cosa farne. Non potevo essere ciò che Hannah si meritava.

Se avessi avuto un minimo di decenza, me ne sarei andato e l'avrei lasciata fuori dai miei guai in questo preciso momento.

Fissai Grace, mi si agitò lo stomaco. «Sì, Grace, preferirei non venire, onestamente. Ma grazie per avermelo chiesto. Ascolta, ho una domanda, però.»

«Sì?» Alzò le sopracciglia curate.

«Hai già ordinato i fiori?»

Le aleggiò sul viso un'espressione confusa. «Ehm, no, ma lo farò questa settimana, perché?»

«Assicurati di prenderli dal Giardino dell'Eden. Hanno vinto dei premi. Fanno tutti i migliori matrimoni.» Era il vecchio Mando che parlava. Quello a cui importavano i nomi degli stilisti e la possibilità di avere il meglio di tutto. Perché sapevo che a Grace importava ancora di tutta quella merda.

Spalancò gli occhi. «Oh ok. È il posto in cui sei andato quando mi hai mandato tutti quei...» si interruppe e deglutì.

«Sì» dissi dolcemente. «Hanno fatto un ottimo lavoro, vero? Adesso è persino migliorato. È praticamente il migliore in città.

Notai che Marco e Leo mi guardavano pensierosi, ma li ignorai.

Se fossi riuscito a recuperare un qualche affare ad Hannah dal fottuto matrimonio di Grace ed Emilio, lo avrei fatto.

«Va bene, li chiamo domani. Grazie per il consiglio.» Mi guardò di nuovo, con del lieve rimpianto sul viso.

Ero un bastardo perché ancora non me la sentivo di alleggerirne le pene. Ma quando si girò dall'altra parte con le spalle curve, dissi il suo nome, piano.

«Grace.»

Si girò.

«Grazie per essere venuta da me» dissi. Fu il meglio che potevo offrirle al momento, ma sembrò essere ciò di cui aveva bisogno. Il sollievo le inondò il viso e annuì, sorridendo tristemente.

«Figurati. Buona fortuna Mando. Per tutto.»

«Sì Anche a te.»

La guardai allontanarsi e Marco aspettò che fosse fuori portata per dire: «È ancora una fica.»

Avevo dimenticato come si sorrideva, ma gli angoli della mia bocca si contrassero. «Sì, lo è» dissi, ma non c'era niente dietro. E non la sensazione di morte, il vuoto assoluto che avevo sentito quando ero uscito, ma davvero niente. Uno spazio vuoto, in attesa di essere riempito.

Forse stavo davvero tornando tra i vivi.

Capitolo ventitré

annah

Una settimana di nausea.

Senza riuscire a bere il vino che Armando mi versava a cena. Sarei stata stupida a non valutare la possibilità.

Eravamo stati attenti... a volte, la maggior parte delle volte. Ma cazzo... non sempre.

Ricordai le probabilità della lezione di educazione sessuale al liceo. Non erano fantastiche.

Presi un test di gravidanza mentre tornavo a casa, correndo per arrivarci prima di Armando.

La nausea nella mia pancia crebbe, probabilmente a causa dei nervi, e quando arrivai a casa nel mio bagno, raddoppiò e vomitai.

Uffa.

Questo non sarebbe dovuto accadere.

Stavo con un ragazzo che non voleva nemmeno essere il mio ragazzo. Stare con Armando era come stare sulle montagne russe delle emozioni. Ma questo avrebbe potuto farci deragliare, farci precipitare verso la dura realtà di sotto. Una gravidanza non pianificata non avrebbe aiutato le cose.

O forse sì, sussurrò la mia stupida vocina speranzosa.

No, non lo avrebbe fatto. Cercai di zittirla a denti scoperti.

Shadow miagolò e avvolse il suo corpicino morbido attorno alle mie caviglie, facendo le fusa. Lo ignorai e lessi le istruzioni del test. Avrei dovuto aspettare la mia pipì mattutina, in modo che gli ormoni fossero più concentrati, ma ero troppo agitata. Avevo comprato quella dannata cosa e dovevo farlo subito. Mi sedetti sul water e puntai il bastoncino nel mio getto di pipì. Poi rimasi lì seduta e aspettai.

La pancia andò sottosopra quando comparirono i risultati. Una debole linea positiva.

Le lacrime mi riempirono gli occhi, ma non ero devastata.

Stranamente, era più per un misto di eccitazione e paura che si agitavano insieme.

E, naturalmente, prima ancora che avessi il tempo di riprendermi, sentii Armando entrare nell'appartamento.

Merda! Non sapevo cosa mi avesse spinta a gettare il test nella lettiera del gattino e a chiudere la busta della spazzatura, ma lo feci. Mi precipitai fuori dal bagno, con il disperato bisogno di liberarmi delle prove prima che lui le vedesse.

«Vuoi che lo butti io?» Prese il sacco della spazzatura chiuso.

«*No*, lo butto io.» Dannazione, sembravo senza fiato. Il mio strano comportamento non passò inosservato. Armando strinse gli occhi e inclinò la testa.

«Torno subito» dissi mentre mi allontanavo dalla porta.

La nausea mi colpì duramente mentre scendevo di sotto. Quasi soffocai davanti al cassonetto, l'odore sgradevole mi spinse oltre il bordo. Scappai via, la mia pancia era ancora sottosopra, ma fortunatamente non spinse il contenuto del mio stomaco verso l'esterno.

Uffa.

Quando salii di sopra, trovai Armando in cucina con in mano la scatola di cartone in cui era arrivato il test, un'espressione stordita e infelice sul viso. «Cazzo, Hannah.»

Era difficile credere che nel giro di due minuti l'energia di una mamma orso sarebbe potuta entrare in me e prendere il sopravvento ma fu così. Mi misi immediatamente sulla difensiva e proteggere il mio bambino divenne l'unica cosa che contava.

«Cazzo!» disse più forte, voltandosi verso il muro e dandogli un pugno. Le sue nocche sfondarono la parete, mandando briciole sul pavimento. «È colpa mia. Non ho usato il preservativo tutte le volte. Ho lasciato che la nostra passione prendesse il sopravvento e... cazzo!»

E con questo, mandò finalmente in frantumi il mio speranzoso cuore rosa da Cenerentola. Non ci sarebbe stato un lieto fine per noi. Non era un principe. Non era nemmeno un fidanzato.

Non voleva né me né questo bambino. E sarei andata all'inferno piuttosto che permettergli di contaminare qualsiasi parte di questa gravidanza. E all'improvviso, le cose divennero cristalline. Dentro di me cresceva una piccola vita che dovevo proteggere. Onorare. Dovevo fare per il mio bambino quello che non avrei potuto fare per me stessa.

Chiedere di più.

Chiedere *molto* di più.

E Armando non me lo avrebbe dato. Semplicemente non poteva. Lo aveva chiarito abbondantemente.

«Era negativo» dissi ad alta voce, improvvisamente grata per l'aver istintivamente seppellito quella prova nella lettiera del gattino. «Ho un ritardo, ma non sono incinta. Volevo solo esserne sicura.»

Armando si girò lentamente indietro e mi guardò.

Non ero una gran bugiarda, quindi cercai di nascondermi dietro un atteggiamento da spaccona. «Ma questa paura della gravidanza ha reso tutto più chiaro.» Respirai affannosamente. «È ora che te ne vada, Armando. Le cose si stanno complicando troppo.» Mi si riempirono gli occhi di lacrime e, per una volta, non me ne vergognai. Erano lacrime oneste e servivano solo a rafforzare la mia determinazione in questo momento. «Non voglio che mi si spezzi il cuore. Sta già scoppiando. Sto crollando. Non posso più farlo.»

Il colore defluì dal viso di Armando. Avrei potuto celebrare il fatto che avesse una reazione emotiva a qualsiasi cosa in circostanze diverse. Ma in questa situazione, il suo shock e il suo dolore si ripercossero su di me, mandando in frantumi quel poco controllo che mi era rimasto.

«Vuoi che me ne vada?»

Annuii.

«Ma ho bisogno di tenerti al sicuro.»

«Puoi farlo da lontano. Fammi controllare dai tuoi uomini» suggerii. «Sappiamo entrambi che ronzarmi intorno mi metterebbe più in pericolo che averti qui. E il fatto che tu resti qui...»

«Hannah...»

Iniziai a piangere sul serio. Senza dubbio gli ormoni non erano d'aiuto. «Ho bisogno che tu te ne vada» dissi tra le lacrime.

Gli occhi di Armando si spensero. Si mise in moto, i suoi movimenti erano scattosi e meccanici. Attraversò l'appartamento e mise le sue cose nel borsone che aveva portato. Sollevò Shadow dal pavimento dove si stava attorcigliando intorno alle nostre caviglie. Se lo portò vicino al viso e baciò la testa del mio gattino. «Prenditi cura di lei, mi hai sentito?»

Andò verso la porta. «Mi dispiace, Hannah.» La sua voce era tesa e roca.

Annuii, cercando di trattenere i singhiozzi.

Sembrava così sbagliato, ma sapevo che era la cosa giusta da fare. Non avrei rifilato questo bambino a un padre che non lo voleva. Non avrei discusso con Armando sulla possibilità di tenerlo o meno.

Lo avrei tenuto. E lui doveva andare. Era l'unica cosa da fare.

Non avevo spazio nella mia vita per un non fidanzato. Non considerando che questo bambino avrebbe avuto bisogno di tutto ciò che potevo dargli.

Mi guardò come se volesse dire qualcos'altro, ma poi annuì e si voltò verso la porta. La aprì, la attraversò e la chiuse senza voltarsi indietro.

E nel momento in cui se ne fu andato, caddi in ginocchio e singhiozzai.

Capitolo ventiquattro

rmando
    Il mondo si era oscurato nel momento in cui Hannah mi aveva detto di andarmene.

Sapevo che era meglio così. Avevo sempre saputo che avrei dovuto andarmene perché ero fottutamente tossico per lei. Non avevo niente da offrire e, per di più, ogni minuto che passavo con lei metteva in pericolo la sua vita per via delle persone che mi volevano morto.

E Cristo, quando avevo pensato fosse incinta, non ero riuscito a pensare a niente di peggio. Mettere in pericolo un bambino indifeso? Avrei dovuto lasciarla, non rivederla mai più, nemmeno come amica.

Quindi il fatto che avesse preso la decisione per me avrebbe dovuto renderlo più facile.

Avrebbe dovuto.

Ma una foschia grigia mi era scesa intorno alla vista mentre me ne stavo fermo per strada con il mio borsone e cercavo di capire cosa cazzo avrei fatto.

E poi, dato che onestamente non me ne fregava un cazzo se gli

Hermanos volevano uccidermi adesso, mi diressi verso il mio appartamento.

Presi la metropolitana perché non sopportavo l'idea di starmene rinchiuso con un autista Uber. Al condominio, passai davanti al padrone di casa nel corridoio e lui mi lancio un'occhiataccia.

Non riuscii nemmeno a reagire. Nemmeno a guardarlo. Nemmeno a sbattere le ciglia. E senza dubbio nemmeno a grugnire un ciao.

Formulai un *vai a farti fottere* nella mia testa.

E poi mi ritrovai a bussare alla porta di Marco. Non perché avessi bisogno di una spalla su cui piangere. Fanculo. Ma perché mi sarebbe piaciuto prendere a pugni in faccia qualcuno, e c'erano buone probabilità che Marco avesse qualcuno a cui mandare un messaggio... da parte del don.

«Ciao, come va?» chiese Marco, spalancando la porta e studiando il mio viso.

Non dissi niente, mi limitai a entrare senza vedere né lui né casa sua.

«Hai qualcuno a cui mandare un messaggio?»

Marco mi lanciò un'occhiata diffidente. «Devi far soffrire qualcuno?»

«Sì.»

Marco si infilò le mani in tasca e piegò il corpo, come se non volesse sopportare tutto il peso della mia attenzione se era diretta su di lui. «Hannah?»

Parte della mia vista appannata si schiarì quando nominò il mio problema.

«Non voglio parlare di lei» ringhiai perché, come avevo detto, avevo voglia di sangue in questo momento.

«Sembravate molto uniti l'altra sera. Inseparabili. Che è successo?»

In un lampo, gli sbattei la schiena contro un muro, soffocandolo con l'avambraccio. «Smettila di chiedermi di lei.»

Mi sembrò di sentirlo sibilare qualcosa tipo succhiacazzi attraverso i denti.

«È finita, e non pronuncerai mai più il suo nome.»

Si morse le labbra e poi digrignò i denti mentre io continuavo a bloccare il suo flusso d'aria. Alla fine mi diede un pugno nelle costole. Due volte.

Forte.

Allentai la presa al secondo pugno perché mi tolse il fiato.

«Pace, Mando.» Vidi le mani di Marco alzate quando sollevai la testa. «Calmati, amico.»

Avrei voluto tantissimo di prenderlo a pugni sui denti, ma gli volevo anche troppo bene per farlo.

«Che cazzo sta succedendo?» Leo comparve in soggiorno.

Marco fece un passo laterale, tenendo le spalle dritte verso di me come un pugile che gira intorno al suo avversario. «Mandò vuole uccidere qualcuno. Sto cercando di impedire che scelga me.»

Oh, fanculo. Lo colpii. Si abbassò e si avventò su di me, facendomi cadere sulla schiena. In un attimo, sia lui che Leo erano seduti su di me, tenendomi fermo.

«Problemi con le ragazze» disse Marco a Leo.

«Vaffanculo» ringhiai, lottando per liberarmi.

«Calmati, amico. Siamo dalla tua parte. Se vuoi del sangue, andiamo a prenderne un po'. Prima però parliamone» disse Marco.

Alzai la testa e la sbattei sul pavimento di legno. E poi lo rifeci.

«Ti ha sbattuto fuori?»

La sbattei più forte. «Quando ti dico di non parlare di lei, dico sul serio» mi arrabbiai. Non riuscivo a liberarmi dei miei due cugini, che erano determinati a trattenermi.

«Che cazzo sta succedendo?» chiese Leo.

«La sua ragazza» Marco spiegò in parte. Mi guardò. «Che è successo? L'hai fatta incazzare?»

La rabbia defluì da me e tornai a essere l'uomo vuoto che ero. Peggio che mai, però. Cercai di deglutire, cercando anche di rimettere in ordine il miscuglio di immagini nella mia mente.

Il test di gravidanza.

La faccia tesa di Hannah. Le sue lacrime.

Sto crollando. Non posso più farlo.

«L'ho spinta via» gracchiai, disgustato da quella consapevolezza.

L'espressione di Marco non mostrava nulla. Entrambi avevamo perfezionato le nostre maschere. «Non puoi rimediare?»

«No» gracchiai. «Non posso essere ciò di cui ha bisogno. Un'intera banda mi vuole morto. Sono un dannato pericolo per lei.»

Marco continuò a guardarmi passivamente. «Quindi dobbiamo sistemare questa cosa.»

Lo guardai. Se quel problema fosse sparito, avrei potuto essere ciò di cui Hannah aveva bisogno?

Il malessere allo stomaco riaffiorò.

Neanche per sogno, cazzo.

Non ero niente. Non avevo niente da offrire. Non sapevo nemmeno più chi cazzo fossi. Non avevo una vita, niente.

Chiusi gli occhi, tutta la lotta rimanente abbandonò il mio corpo. «No.»

«No?» chiese Marco, con voce di sfida.

«No» dissi con fermezza. «Non posso essere quel ragazzo per lei.»

«Ti dirò una cosa» disse Marco, allontanandosi da me. Leo lo seguì. Mi prese le mani e mi tirò in piedi. «Il Mando che conosco capisce cosa fare quando vuole qualcosa.»

Lo fissai. Il risentimento mi bruciava nelle viscere. Ora che provavo di nuovo delle emozioni, avrei voluto dare fuoco a tutta la fottuta città. «Il Mando che conosci è morto» gli dissi ed uscii dalla porta.

«Aspetta, amico. Vuoi ancora spaccare la faccia a qualcuno?»

Mi fermai. Scrocchiai le nocche. «Cazzo, sì.»

«Andiamo. Ho una visita da fare.»

Capitolo venticinque

annah

 Andai a casa dei miei genitori per la cena della domenica. Avevo pensato di annullare, ma in realtà speravo che mia madre sapesse in qualche modo la cosa giusta da dirmi per rimettermi in sesto. Alle volte era brava a farlo.

Avevo pianto per cinque giorni di fila. Non posso fermare i rubinetti. Ero sempre stata una che piangeva molto e sapevo che gli ormoni non erano d'aiuto, ma era ridicolo.

La scorsa settimana, avevo provato a gestire il mio negozio e interagire con le persone e mettere insieme le composizioni, e per tutto il tempo le lacrime mi avevano rigato il viso. Josie era dovuta subentrare e occuparsi degli ultimi due giorni, in modo da permettermi di restare a casa con la testa sotto le coperte.

Entrai senza bussare. Mia madre era al bancone e preparava un'insalata. Sprofondai su una sedia della cucina, troppo esausta anche solo per avvicinarmi e abbracciarla.

«Hannah? Cosa c'è che non va piccola?» Mia madre si precipitò da me e mi avvolse in uno di quegli abbracci materni che di solito rendevano tutto migliore.

Piansi sulla sua spalla. «Sono incinta» sbottai. «E ho rotto con Armando.»

Mi strinse ancora di più. «Oh, piccola.» Mi massaggiò la schiena con movimenti circolari.

«Mi dispiace, mamma.» Mi aveva spiegato fin da piccola l'uso delle precauzioni per evitare che rimanessi incinta fino a quando non fossi sposata e pronta per mettere su famiglia, ma avevo rovinato tutto.

«Non preoccuparti per me» disse. «Preoccupiamoci per te, tesoro. È tanto da gestire.»

«Sì.» Arrivò una nuova ondata di singhiozzi.

«Ehi, ehi.» Mi diede una piccola scossa. «È una cosa grande. Ma sai che starai bene, vero? Non importa come andranno a finire le cose.»

Tirai su col naso e annuii sulla sua spalla. «Non so dire se ho commesso un errore» dissi tra singhiozzi e lacrime.

«A chiudere le cose con Armando?»

«Sì.» Mi allontanai e mi asciugai gli occhi. «Ma mi stava spezzando il cuore, sai? Ha detto che non poteva essere il mio ragazzo perché era troppo incasinato.»

Mia madre mi studiò, con un'espressione preoccupata impressa nei lineamenti del viso. «Beh, puoi cambiare idea.»

Nuove lacrime mi sgorgarono sulle guance.

«Cosa sta succedendo...» disse mio padre dalla porta, ma mia madre gli fece cenno di allontanarsi e lui si ritirò rapidamente.

«Non lo so, mamma. È che fa così male. Pensavo che mi sarei sentita forte ponendo fine alle cose. Mi sentivo forte mentre lo facevo. Ma ora sono solo un disastro.»

«Sì» disse piano mia madre. «Le rotture non sono mai facili, anche quando è la decisione giusta.»

Sollevai la testa di scatto, lo stomaco si strinse in un nodo crudele. «Pensi che sia stata la decisione giusta?»

«Non ho detto questo» mi avvertì. «Non so quale sia la risposta giusta. Ma so una cosa. Sei intelligente e forte. E hai un cuore enorme. E so che sarai in grado di capirlo con successo.»

La fissai disperata. Volevo crederle, ma un lieto fine sembrava completamente impossibile in questo momento. Mi sarei accontentata di poter chiudere i rubinetti per cinque minuti.

«Cosa devo fare con Armando?» sussurrai, anche se conoscevo mia madre, e sapevo che lei non mi avrebbe dato la risposta.

«Beh, ti dirò una cosa. Se tieni questo bambino, non ci sarà modo di liberarsene. Quando hai un bambino con un uomo, lui è nella tua vita per il resto dei tuoi giorni, sia che voi due stiate insieme o che siate separati. A meno che lui non scelga di abbandonare la sua responsabilità.»

«E se non lo scoprisse mai?» gracchiai, sapendo quanto fosse sbagliato, ma aggrappandomi ancora all'idea.

«Che cosa?»

«Non gli ho raccontato del bambino» ammisi in un sussurro.

«Perché no?» La voce di mia madre si fece più acuta.

Sospirai. «Be', quando ha visto la scatola del test, è andato fuori di testa. Quindi ho capito che davvero non lo vuole. È stato allora che gli ho detto di andarsene. E ho semplicemente mentito dicendo che il test è risultato negativo.»

Percepii il giudizio di mia madre mentre faceva un respiro lento. «Allora fammi capire bene. Hai rotto con lui perché non ha reagito come volevi quando è stato preso alla sprovvista dall'idea di una gravidanza?»

Mi infilai il labbro inferiore in bocca e lo succhiai. Suonava un po' estrema, messa in questo modo. «È emotivamente non disponibile» affermai.

Mia madre annuì lentamente. «Potrebbe benissimo esserlo, ma mi sembra che abbia provato qualche emozione. Stress, forse? Il che è giustificato. Perché avere una gravidanza inaspettata è un grosso problema.»

Beh, *ok*.

Mi asciugai altre lacrime. «Cosa dovrei fare?»

«Bene, la domanda migliore è: cosa pensi che dovresti fare?»

Odiavo dannatamente quando diceva cose del genere. Scossi la testa. «Non lo so.»

Mia madre annuì. «Invece penso che tu lo sappia.»

Mi fece male il petto quando mi resi conto che per mia madre il mio *non lo so* fosse una cazzata, proprio come la pensava Armando, solo in modo più gentile.

Tutti i modi in cui mi aveva prestato attenzione mi affollarono la mente. Poteva anche aver affermato di non avere nulla da offrire, ma non era vero. Si era preso cura di me. Aveva notato quando ero andata fuori di testa o mi ero arrabbiata e non aveva lasciato correre. Aveva provato a sistemare le cose quando si erano rotte.

E io cosa avevo fatto?

Ero scappata dai miei problemi, come sempre. Avevo deciso di non occuparmene.

Me l'ero filata. Da lui. Da noi.

Forse se gli avessi dato una possibilità, sarebbe stato all'altezza dell'occasione di diventare papà. Era difficile immaginare che avrebbe smesso di prendersi cura di me.

E poi mi sentii improvvisamente stanca morta.

Mi strofinai le mani sulle guance e mi alzai. «Non credo di poter restare a cena, mamma» dissi. «Per favore, non dire ancora a papà cosa mi sta succedendo. Devo capire le cose.»

Mia madre lanciò un'occhiata verso il soggiorno e mi fece un'alzata di spalle senza garantirmelo. «Potrebbe aver già sentito abbastanza, ma lascerò che sia tu a dirglielo.» Mi strinse in un altro abbraccio. «Ti voglio bene bambina mia. Niente è insormontabile. Ricordatelo.»

Annuii. «Ti voglio bene mamma.»

Capitolo ventisei

rmando

    Il cielo della sera era tinto di sfumature arancioni e rosa mentre arrancavo su per le scale del mio appartamento, il peso di una lunga giornata mi opprimeva come un pesante mantello. Non appena aprii la porta ed entrai, i miei pensieri corsero ad Hannah. La sua risata mi riecheggiava in mente come una melodia, la sua presenza calmava la mia anima stanca. Ma il pericolo era in agguato sotto la superficie – l'oscurità minacciava di consumarci entrambi – gettava un'ombra incrollabile sul mio cuore.

Crollai sul letto, senza preoccuparmi di cambiarmi i vestiti e permisi al sonno di reclamarmi. Ma invece di trovare rifugio nel tepore del sonno, fui catapultato in un incubo che mi gelò nel profondo.

Ero in piedi nel mezzo di un magazzino abbandonato, l'aria densa di tensione e paura. Le pareti si stagliavano alte sopra di me, come antichi guardiani di un regno abbandonato, mentre le ombre danzavano sul pavimento di cemento crepato. Il cuore mi batteva all'impaz-

zata, ogni battito martellava contro il mio petto come se cercasse di liberarsi dalla sua gabbia.

«Dove mi trovo?» sussurrai, la mia voce era appena udibile al di sopra del silenzio inquietante.

Un'improvvisa raffica di vento mi fece venire i brividi lungo la schiena e mi avvolsi tra le braccia per confortarmi, ma fu inutile. Non riuscivo a scrollarmi di dosso la sensazione che qualcosa non andasse bene, che qualche forza malvagia mi avesse intrappolato qui in questo luogo desolato.

«Armando» sentii chiamare una voce familiare, che echeggiò nel vasto vuoto.

Hannah. Il suono della sua voce scatenò in me una vampata di panico, accendendo ogni istinto protettivo che possedevo. Dovevo trovarla, per assicurarmi che fosse al sicuro dai pericoli che avevano perseguitato il mio passato e che ora minacciavano il nostro futuro.

«Dove sei?» gridai disperatamente, mentre la voce mi si incrinava per la tensione dell'emozione.

«Aiutami, Armando» supplicò, con voce distante e attutita dall'oscurità opprimente.

Strinsi i denti, la mia determinazione era dura come l'acciaio. Qualunque cosa fosse servita, l'avrei trovata e protetta dalle ombre del mio passato che erano venute a reclamare entrambi. Ad ogni passo che facevo, la determinazione scorreva sempre più nelle mie vene, alimentando il mio bisogno di salvare la donna che aveva catturato il mio cuore e risvegliato un feroce amore dentro di me.

Le grida soffocate di Hannah si fecero più forti, guidandomi attraverso l'oscurità. Il cuore mi martellava contro il petto, il respiro usciva in rantoli irregolari mentre navigavo nella struttura labirintica di questo magazzino abbandonato. L'aria era pesante e opprimente intorno a me, un peso tangibile sulle mie spalle che facevo fatica a scrollarmi di dosso.

«Armando!» mi chiamò di nuovo, la voce le tremava per la paura.

«Continua a parlare, Hannah» gridai in risposta, le mie parole grondavano di disperazione. «Sto venendo da te.»

«*Ti prego... sbrigati*» *sussurrò, il suono raggiunse a malapena le mie orecchie.*

Mi spinsi più veloce, correndo attraverso il labirinto di ombre ed echi, scoprendo ad ogni svolta un altro vicolo cieco o un corridoio vuoto. Ma mi rifiutavo di arrendermi, spinto dalla consapevolezza che la vita di Hannah dipendeva dal fatto che io la trovassi.

«*Armando... sono così spaventata*» *ammise, la voce rotta dal peso del terrore.*

«*Sii forte, Hannah*» *la implorai, mentre la mia paura filtrava nelle parole.* «*Ti troverò. Te lo prometto.*»

Alla fine, dopo quella che sembrò un'eternità, raggiunsi una stanza poco illuminata nel cuore del magazzino. E lì, legata a una sedia al centro dello spazio, c'era Hannah. Nuda, vulnerabile e tremante di paura. I suoi occhi si fissarono sui miei, spalancati e imploranti.

«*Armando*» *ansimò, le lacrime le rigavano le guance.* «*Mi hai trovata.*»

«*Sono qui*» *dissi, la voce tesa per il sollievo e la determinazione.* «*Non permetterò che ti succeda niente.*»

Mentre mi avvicinavo, potevo vedere le corde che le stringevano la pelle, lasciando segni rossi sui polsi e le caviglie. Armeggiai con i nodi, la mia urgenza rese il compito più difficile di quanto avrebbe dovuto essere.

«*Chi ti ha fatto questo?*» *chiesi, cercando di mantenere la voce ferma mentre mi sforzavo di liberarla.*

«*Non lo so*» *ammise, gli occhi le guizzano per la stanza come se cercassero risposte.* «*Hanno tenuto i loro volti nascosti.*»

«*Una volta che ti avrò tirata fuori di qui, faremo in modo che non ti facciano più del male*» *promisi, con le mani che tremavano per la rabbia e la paura.*

«*Pensi davvero che possiamo sfuggirgli?*» *La sua voce era appena un sussurro.*

«*Cazzo sì*» *risposi, forzando la fiducia nelle mie parole anche se il* dubbio rodeva i margini della mia mente. «Non permetterò a nessuno o niente di mettersi tra di noi. Non ora, né mai.»

Un debole sorriso le guizzò sulle labbra, i suoi occhi brillarono di amore e fiducia, nonostante il terrore che aleggiava ancora nelle loro profondità. E in quel momento, giurai a me stesso che, qualunque cosa fosse servita, avrei protetto questa donna, colei che aveva riportato la luce nel mio mondo oscuro e mi aveva dato una ragione per lottare per un futuro migliore.

«Grazie», sussurrò.

«Sempre, Fiori. Sempre» risposi, con il cuore gonfio di determinazione, mentre finalmente scioglievo l'ultimo nodo, liberandola dai legacci.

Mentre mi avvicinavo ad Hannah, l'aria intorno a noi sembrò addensarsi, come carica di una tempesta imminente. Mi si rizzarono i peli sulla nuca e un brivido di terrore mi percorse la schiena. Senza preavviso, il magazzino si riempì del mormorio sommesso delle voci, voci che riconobbi fin troppo bene.

«Armando» sussurrò Hannah, gli occhi spalancati dalla paura. «Chi sono?»

«Stai zitta» la esortai, con voce appena udibile. Sentivo la loro presenza che si avvicinava, come avvoltoi che circondavano la loro preda.

«È tanto tempo che non ci vediamo, Mando» sogghignò uno di loro, uscendo dall'ombra. Il suo sorriso era crudele, gli occhi freddi e calcolatori. Lo riconobbi come uno dei miei ex complici mafiosi, un uomo che speravo non avrebbe incrociato mai più la mia strada.

«Lasciala in pace» ringhiai, posizionandomi tra Hannah e le figure minacciose. Il cuore mi martellava contro la gabbia toracica, ma mi rifiutavo di far vedere loro qualsiasi segno di debolezza. Il mio mondo oscuro mi aveva trovato, ma sarei andato all'inferno piuttosto che farmi portare via l'unica persona che contava davvero per me.

«Ah, quindi questa è la ragazza per cui ti sei sbattuto così tanto, eh?» intervenne un altro, guardando maliziosamente Hannah. «Avresti dovuto sapere che prima o poi ti avremmo trovato, Armando.»

Mi guardai alle spalle, incrociando gli occhi con Hannah. Il suo sguardo era pieno di terrore, ma c'era anche un lampo di determinazione. Come se mi stesse esortando silenziosamente a reagire.

«Allontanati da lei» ringhiai, stringendo i pugni lungo i fianchi. Volevo proteggere Hannah con ogni fibra del mio essere, proteggerla da questi mostri e dagli orrori che rappresentavano.

Come se avessero percepito la mia determinazione, quegli uomini si lanciarono in avanti, i volti contorti dalla malvagità e dalla vendetta. Mi gettai nella mischia, tirai su i pugni facendoli sbattere contro il primo aggressore. L'impatto mi fece sobbalzare il braccio, ma alimentò solo la mia adrenalina.

«Armando!» gridò Hannah con la voce strozzata dalla paura.

«Stai indietro!» urlai, mentre la disperazione mi artigliava le viscere e mi sforzavo di tenere a bada gli assalitori.

Ma continuarono a venire, troppi per permettermi di gestirli da solo. La maggioranza numerica gli dava un vantaggio che non potevo superare, non importava quanto ferocemente combattessi. Mi piombarono addosso colpo dopo colpo, ognuno con brutale precisione.

Il dolore divampò nel mio corpo, ma non era niente in confronto all'agonia di sapere che questi uomini erano qui a causa mia, a causa della vita che avevo condotto prima di incontrare Hannah. Il mio passato mi aveva raggiunto e ora era lei che ne avrebbe pagato il prezzo.

«Armando» sussurrò, con gli occhi pieni di amore e fiducia, anche se le lacrime le rigavano le guance. «Stanotte è la notte in cui morirò.»

Mi svegliai con la voglia di morire. Era la quarta cazzo di notte di fila che sognavo Hannah. Incubi. Sempre con lei in pericolo a causa mia. In procinto di essere uccisa. Torturata, mentre urlava il mio nome. Tutto per ferire me. Questa volta era ambientato al Lollipops. Era lì, ma legata a una sedia, nuda.

Come se fossero i ragazzi dell'organizzazione a volerle fare del male e non una banda di strada.

Stava urlando il mio nome, implorando... non che la lasciassero in pace, ma che non mi uccidessero.

Non sapevo dov'ero nel sogno. Lì, ma incapace di aiutare. I miei arti non si muovevano. La mia bocca non poteva parlare. Avevo provato a gridare, a combattere, ma non era successo niente.

Rotolai giù dal letto. Indossavo ancora i vestiti del giorno prima, ero fradicio di sudore, puzzavo di whisky.

Dalla notte in cui Hannah aveva rotto con me, mi ero ubriacato fino a stendermi ogni notte, ma l'alcol aveva fatto ben poco per intorpidire la sensazione di avere il cuore tagliato con una motosega. Tutto turbinava intorno a me come una nebbia.

Mi tolsi i vestiti ed entrai nella doccia. Per tutta la settimana avevo sfidato il destino. Ero stato nel mio appartamento. Ero andato al lavoro. Avevo camminato in pieno giorno. Avevo fatto tutto il possibile per sfidare gli Hermanos a trovarmi, ma il mio desiderio di morte non aveva trovato risposta.

Volevo solo sistemare le cose. Uccidere o essere ucciso.

Allora, forse, avrei trovato la mia via d'uscita dall'oscurità.

Mi squillò il telefono mentre ero sotto la doccia, chiusi l'acqua ed uscii a prenderlo.

«Luigi.»

«Ehi, ho parlato con uno degli Hermanos. Non si tratta del ragazzo che hai finito in prigione, a loro non sembra importare. Si dice che alcuni di loro lavorino su commissione. Niente di personale.»

Niente di personale.

«Hai scoperto chi l'ha assunto?»

«No. Il tizio con cui ho parlato non lo sapeva. Continuerò a provare, però.»

«Sì. Grazie.»

«Uh-huh. Per te va bene?»

«Quanto ti devo?»

«Settecento.»

Erano settecento dollari per poche informazioni, ma non mi lamentai. «Te li farò avere.»

«Bene.» Attaccò e io restai lì, gocciolante.

Tutto quello a cui riuscivo a pensare era Hannah. Dovevo annullare quel fottuto accordo.

Per lei.

Anche se non avesse voluto vedermi mai più.

Anche se non avessimo parlato mai più, se non ci fossimo toccati mai più.

Capitolo ventisette

*A*rmando
Il bar scarsamente illuminato sembrava un'estensione della notte all'esterno mentre spingevamo le pesanti porte. L'aria era densa di fumo di sigaretta e del mormorio sommesso di conversazioni mormorate.

«Scotch, liscio» ordinai burbero, con voce tesa, tradendo il tumulto che avevo cercato di nascondere con tutte le mie forze.

Marco e Leo si scambiarono sguardi preoccupati.

«Facciamo tre» aggiunse Marco, con la voce ferma e forte.

Il barista annuì in segno di riconoscimento, mettendo davanti a noi tre bicchieri. Il liquido ambrato catturava la poca luce che filtrava attraverso la foschia fumosa, proiettando un caldo bagliore sul tavolo di legno consumato.

Non persi tempo, afferrai il mio drink e lo buttai giù con un movimento rapido. Il tintinnio del vetro contro il legno scandì il momento, e mi venne in mente che stavo cercando conforto nel fondo di un bicchiere. Non ero mai stato quel tipo di uomo prima.

Forse lo ero adesso.

«Stai bene, amico?» chiese Marco. «Hai un aspetto di merda.»

«Va tutto bene» risposi seccamente, ma il modo in cui le mie mani afferrarono il bordo del tavolo dicevano una storia diversa.

«Parla con noi, amico» sollecitò Leo. «Siamo qui per te.»

«Come ho detto, sto bene» insistetti, ma la voce mi tremava leggermente, rivelando le crepe nella mia armatura.

«Come te la cavi dopo tutta la storia con Hannah?» chiese Marco, con voce gentile e preoccupata. Il suo sguardo era fermo e sincero, in esso c'era una dolcezza che raramente avevo visto.

Feci un respiro profondo, sapendo che non potevo più evitare questa conversazione. «È dura» ammisi, la voce mi si incrinò leggermente. «Ma è meglio così. Mi ha chiesto di andarmene e non posso biasimarla. Da allora ho cercato di togliermela dalla testa. Fallendo in modo epico.»

«Ehi, non essere così duro con te stesso» rispose Marco, posandomi una mano rassicurante sulla spalla.

«Basta con me», dissi, cercando di cambiare argomento. «Come va il culo, *cugino?*» Era un debole tentativo di fare dell'umorismo, ma cercavo disperatamente di deviare la conversazione dal mio stesso dolore.

Marco ridacchiò, scuotendo la testa. «Me lo stai chiedendo davvero? Va bene, a volte fa male da morire, ma sopravviverò.»

«Adesso ti chiedono del tuo culo ogni giorno» intervenne Leo, alzando gli occhi al cielo. «Quel tuo culo sta diventando famoso.»

«Non essere geloso del mio famoso culo» ribatté Marco con un sorrisetto, prima di voltarsi di nuovo verso di me. «Ma sul serio, Mando, siamo qui per te, amico. Se hai bisogno di parlare, faccelo sapere.»

«Grazie» mormorai, bevendo un altro sorso del mio drink. Bruciò scendendo, ma accolsi con favore la sensazione, qualsiasi cosa per aiutare a intorpidire il dolore dentro di me.

Mentre il calore dell'alcool si diffondeva nel mio petto, non riuscii a fare a meno di pensare ad Hannah. Al suo sorriso, alle sue risate, al modo in cui mi faceva sentire di nuovo vivo. Ma quella vita era finita adesso, e tutto ciò che restava era la fredda, dura realtà del mio passato.

«Devo essere sincero con te, amico» disse Leo, sporgendosi in avanti con un'espressione seria. «Sei un fottuto combattente. Lo sei sempre stato. Non ti arrendi così facilmente alle situazioni di merda, amico. Perché cazzo dovresti semplicemente andartene? Ovviamente tieni a questa ragazza. Allora perché cazzo sei qui con noi invece di cercare di riprendertela?»

Fissai il mio bicchiere, il liquido ambrato che turbinava mentre valutavo le sue parole. La verità era che andarmene era stata la cosa più difficile che avessi mai fatto. Ma che scelta avevo?

«Non volevo andarmene» confessai, il peso delle mie emozioni minacciava di sopraffarmi. «Ma non posso rischiare di ferire Hannah. La nostra vita... è pericolosa. Ci raggiungerà e lei sarà nel mirino. Lei merita di meglio.»

«Merita di meglio?» mi sbeffeggiò Leo, che chiaramente non credeva alla mia argomentazione. «Lei merita un uomo che la ami, e da quello che ho visto, quello sei tu. Forse è ora di smetterla di scappare dal tuo passato e affrontarlo a testa alta. Per lei.»

«Forse hai ragione» ammisi, stringendo le dita intorno al bicchiere. «Forse devo confrontarmi con il mio passato se voglio la possibilità di un futuro con Hannah. Ma da dove cazzo comincio?»

«Devi vederla» intervenne Marco. «Parla con lei. Dille tutto quello che ci hai appena detto: delle tue paure, del tuo amore, della tua volontà di combattere per lei. Così, insieme, potete capire il modo migliore per andare avanti.»

«Forse» concordai, mi si gonfiò il petto di nuova determinazione e persino speranza. Forse avevano ragione i miei cugini. Non potevo lasciar andare Hannah senza combattere. Lei significava troppo per me.

«Andando via senza combattere, l'hai già persa. Avevi qualcosa di speciale con Hannah e l'hai lasciata andare» disse Marco.

«Marco ha ragione» aggiunse Leo, sporgendosi in avanti nel separé. «Non hai nemmeno combattuto per la tua relazione. Tutti

Alta Hensley & Renee Rose

abbiamo i nostri demoni, ma questo non significa che non possiamo lottare per l'amore.»

Li guardai entrambi, le loro espressioni erano un misto di frustrazione ed empatia. Il mio petto era stretto, i miei pensieri consumati dal ricordo del viso di Hannah quando ero uscito dalla sua porta.

«Ricordate quando eravamo bambini?» chiesi, cercando di cambiare argomento. «Chierichetti, tutti e tre. Chi avrebbe mai pensato che saremmo finiti dove siamo adesso?»

«Sicuramente non io» ridacchiò Marco. L'umore si alleggerì un po'. «Ma questa è la vita, giusto? È imprevedibile.»

«Dannazione» concordò Leo. «E sai cos'altro è imprevedibile? L'amore. Ma questo non significa che non dovremmo lottare per averlo.»

«Sei fortunato» disse Marco, con la voce piena di sincerità. «Darei qualsiasi cosa per avere più di una semplice scopata qua e là. Tu e Hannah avete qualcosa di reale. Non buttarlo via come se niente fosse.»

«Inoltre» intervenne Leo, sorridendo compiaciuto mentre faceva roteare il ghiaccio nel suo drink, «sei sempre stato un bastardo testardo. Perché arrenderti così facilmente?»

Non riuscii a fare a meno di sorridere alle loro parole, sapendo che entrambi avevano ragione. Erano stati con me nella buona e nella cattiva sorte e non mi avevano mai guidato nel modo sbagliato.

«Va bene, va bene» concessi, la mia determinazione cominciava a rafforzarsi. Forse me ne ero andato troppo in fretta. Forse avrei dovuto lottare più duramente.

«Dannatamente giusto» annuì Marco, i suoi occhi incontrano i miei con determinazione. «Ora tocca a te sistemare le cose.»

«Bravo.» Leo sorrise, alzando il bicchiere per un brindisi. «Al lottare per l'amore e trovare la strada per tornare a casa.»

«Salute» rispondemmo eco io e Marco, facendo tintinnare i bicchieri prima di bere. L'alcool bruciò come coraggio liquido.

Nonostante il crescente calore nel mio petto, l'incertezza mi rodeva ancora. Non riuscivo a scrollarmi di dosso la sensazione di camminare sul filo del rasoio tra amore e distruzione. Le parole dei miei cugini mi avevano dato speranza, ma non mi avevano convinto del tutto.

«Va bene» dissi alla fine, costringendomi a sembrare più sicuro di quanto mi sentissi. «Smetterò di andare in giro depresso. Ma ho bisogno di pensarci bene prima di intraprendere qualsiasi azione.»

«Giusto» riconobbe Marco, socchiudendo gli occhi mentre mi studiava. «Non aspettare troppo a lungo, ok? Sappiamo entrambi che donne come Hannah possono andare perse in pochi secondi.»

«Credimi, lo so» mormorai, mentre i miei pensieri passavano dalla pietà alla rabbia. Il pensiero che lei stesse con un altro uomo mi mandò dentro pensieri omicidi. «Ci penserò.»

«Bene» sorrise Leo, il suo umore cambiò mentre batteva le mani. «Ora, alleggeriamo un po' l'atmosfera, va bene?»

«D'accordo» ridacchiò Marco, alzando il bicchiere. «Al non avere proiettili nel culo!»

L'assurdità del brindisi mi strappò una mezza risatina e alzai il mio bicchiere per unirlo al loro. «Amen.»

I nostri bicchieri tintinnarono insieme con un suono soddisfacente e per un momento mi concessi di dimenticare il peso che avevo sulle spalle. Brindammo al nostro cameratismo condiviso: tre cugini legati dal sangue, dalla lealtà e dai fantasmi del nostro passato.

Con il passare della notte, la conversazione si allontanò da Hannah e tornò ad argomenti più leggeri. Apprezzavo i tentativi dei miei cugini di distrarmi, ma non potevo fare a meno di sentire il persistente strattone dei miei pensieri che mi riportava da lei.

L'avevo lasciata andare.

Avevo fatto una cazzata.

Ma non sarebbe stata la prima volta che sabotavo la mia vita.

La domanda ora era cosa avrei fatto dopo? Avrei continuato a scavarmi la fossa o avrei camminato verso la luce, cioè Hannah?

Capitolo ventotto

annah
Venerdì mi trascinai di nuovo al lavoro, ma indossavo la maglietta sbiadita dei Cubs di Armando, quella con un buco vicino al colletto. Era nella mia cesta perché l'avevo infilata dopo aver fatto sesso una notte, quindi non l'aveva messo in valigia quando se n'era andato.

Non sapevo perché l'avevo indossata oggi, per torturarmi? Non aveva davvero senso.

Avevo davvero pensato a quello che mi aveva detto mia madre.

Forse ero stata frettolosa a rompere con Armando. Di certo non dirgli del bambino era stato sbagliato. Lo sapevo anche prima che mia madre lasciasse trapelare il suo giudizio. Ma sentirlo riflesso su di me l'aveva reso evidente.

Mi ero sentita come la parte lesa, forse perché il mio cuore era dannatamente dolorante, ma in realtà ero stata io a causare questo dolore. Per entrambi, ammesso che anche Armando fosse in lutto.

Aprii l'album delle composizioni del matrimonio e il listino prezzi e lo spinsi sul bancone. Stavo aiutando una coppia a ordinare fiori per il loro matrimonio. Era solo il terzo ordine di matrimonio che prendevo da quando avevo rilevato il negozio, quindi nonostante il mio umore basso, ero grata. Il futuro sposo un po' annoiato sembrava familiare. Ero abbastanza sicura che fosse uno dei mafiosi che si tagliavano i capelli alla porta accanto. Quindi sembrava che oliare gli ingranaggi funzionasse.

Grazie a Dio, cazzo.

«Ho sentito che sei una fioraia pluripremiata» disse la futura sposa, guardandosi intorno.

Arrossii, chiedendomi se il posto assomigliasse a un negozio pluri-premiato. Inoltre, mi chiesi dove diavolo avesse sentito una cosa del genere. Ma fanculo, le mie composizioni erano buone, dannatamente buone. Meglio di quelle di Mary Alice. E avevo buone possibilità di vincere un premio in quella competizione in un paio di mesi. Raddrizzai le spalle.

«Qui ci piace mantenere le cose fresche e originali. Ho ragionato molto sulle mie composizioni per adattarle alla persona o alla coppia.

Mi maledissi per non aver aggiornato il libro delle composizioni con i miei disegni: le foto erano ancora quelle di Mary Alice. Ma lasciai perdere il libro e iniziai a proporre a questa coppia quello che gli piaceva in base a quello che vedevo. «Di che colore saranno vestite le tue damigelle?»

«Abiti da cocktail neri di loro scelta» disse.

«È un matrimonio serale?»

«Sì.»

«Quindi si può fare quasi tutto con i fiori. Hai delle preferenze?»

Vagò per il locale con lo sguardo. «Rose, immagino» disse.

«Le rose sono classiche, ovviamente. Il bianco o il rosso sarebbero i più formali, oppure potresti scegliere qualsiasi altro colore che preferisci.»

La sposa sembrò incerta.

«Oppure potresti fare qualcosa di assolutamente unico. Mischiare qualcosa di esotico con le rose. Come le rose rosa e rosa antico con le peonie. O con i gigli orientali.»

Lei si illuminò. «Sì, qualcosa di unico suona grandioso. Mi piacerebbero le peonie.»

Le feci delle proposte seguendo un ordine, suggerendo possibilità per la disposizione dei tavoli, dell'altare, delle decorazioni, delle damigelle, dei testimoni dello sposo e, naturalmente, del suo bouquet. Alla fine, formulammo un pacchetto di circa 2500 dollari, e il ragazzo non sembrò battere ciglio.

«Allora come hai saputo di noi?» chiesi, sperando di sembrare casuale. Costringendomi a fare un tentativo di essere gradevole, anche se non ne avevo voglia.

«Armando Rossi» disse la sposa.

Poi si fermò, vagò con gli occhi lentamente dal mio viso al mio petto. No, alla maglietta. «Aspetta, tu stai... *uscendo* con Armando?» chiese incredula.

Lo shock mi attraversò, riflesso nei suoi occhi e, stranamente, in quelli del suo fidanzato.

Sbattei le palpebre rapidamente. Dannazione. Avevo superato tutto il giorno senza una lacrima. «Ah...» non sapevo nemmeno cosa dire. Mi tornò la nausea.

Perché non mi ero resa conto che, ovviamente, era stato Armando a dire loro che avevo vinto un premio. Chi altro?

E poi arrivò un'ulteriore realizzazione. «Sei Grace?»

Mi fissò con pura curiosità. «Esci con lui. Oh. Non ci avevo proprio pensato.»

Il suo fidanzato si accigliò. «Tu e Armando?» chiese, agitando un dito da me al mio cellulare.

«No. Beh, prima. Ma è...»

Non sapevo perché mi fosse sembrato così sbagliato dire di no. Volevo rivendicare Armando come mio di fronte a queste persone. Di fronte alla sua ex ragazza e al suo nuovo fidanzato. Forse era per aiutare a ripristinare l'orgoglio di Armando, forse il mio. Non ne ero sicura.

«È complicato. Ma sì», risposi, alzando il mento.

«Ehi. Va bene. Scusa, non volevo metterti in imbarazzo» disse

Grace. «Armando mi ha detto che dovevo venire qui per ordinare i fiori per il mio matrimonio, ma non mi ha fatto capire che voi due avevate una storia. Congratulazioni. Insomma, sono davvero contenta per lui. Per entrambi.»

Mi si contorse lo stomaco per la bugia. Per il fatto di desiderare qualcosa di cui essere contenti.

Stranamente, pensai che lei fosse sincera.

Il suo ragazzo mi guardò con uno sguardo freddo e valutativo che mi innervosì. Insomma, cosa diavolo stava cercando di capire?

La mia mano scese protettivamente sul mio addome e il suo sguardo seguì il movimento.

Mi schiarii la gola. «Il totale dell'anticipo è di milletrecento quarantotto dollari» dissi.

«Certo, bambola.» Emilio tirò fuori una mazzetta di contanti con quella spavalderia che ero abituata a vedere dai miei clienti mafiosi e tirò fuori millequattrocento dollari. «Tieni il resto e dai alla mia signora un bel bouquet, va bene? Qualunque cosa lei voglia.» Si rivolse a Grace. «Vado fuori a fare una telefonata, bambola.» Si avvicinò per baciarla sulla guancia.

Mi infastidì il fatto che ci avesse chiamate entrambe *bambola*. In un certo senso lo odiai all'istante per aver ferito Armando, anche se era irrazionale. Se non avesse portato via Grace, Armando avrebbe potuto stare ancora con lei. E questo mi avrebbe lasciato senza mai provare cosa significasse essere consumata da un uomo come lui. Senza mai nuotare nella sua intensità.

«Ti preparerò qualcosa di speciale» dissi a Grace, perché non c'era nessun altro nel negozio e avevo qualche minuto per mettere insieme qualcosa che avrebbe adorato. Stavo ancora cercando di impressionarla, nonostante avesse spezzato il cuore di Armando.

Nonostante il fatto che magari ero stata io a distruggere ciò che ne restava dopo che lei aveva finito.

«Torno subito.»

Avevo lasciato la porta sul retro del vicolo aperta per far passare la brezza, perché per una volta faceva fresco, e sentii il ragazzo che parla al cellulare.

«Annulla tutto. Sì, ne sono sicuro. Revoco il lavoro. È chiuso. Non verrà pagato.»

Un brivido mi percorse la schiena. Ero certa che si trattasse di una conversazione che non avrei dovuto ascoltare. Non volendo diventare ancora una volta testimone di qualcosa di illegale, mi affrettai a finire la composizione e tornai di corsa all'ingresso con il vaso in mano.

«Ecco qui.» Mi sforzai di sorridere, combattendo ancora contro il senso di presentimento di quella telefonata e il dolore di aver riattivato tutti i miei sentimenti per Armando.

«Grazie.» Mi studiò con curiosità. «Posso chiederti come tu e... non importa.» Scosse la testa. «Non mi riguarda. Sono solo felice per voi ragazzi.»

Se solo la felicità avesse potuto essere nostra.

«Grazie.» La guardai uscire prima di prendere il telefono e vedere un vecchio messaggio di Armando. Non aveva mandato neanche un messaggio da quando l'avevo cacciato.

Non sapevo perché avevo pensato che l'avrebbe fatto. Ma una parte di me doveva averlo sperato, perché ogni giorno che passava senza avere sue notizie mi faceva morire un po' di più.

Passai sopra lo schermo con il pollice cercando di decidere se dovessi avviare la comunicazione. Alla fine mi accontentai di un: *Grazie per avermi consigliata a Grace.*

Non riuscivo a immaginare che gli piacesse parlare con lei. Non riuscivo proprio a immaginarlo mentre chiacchierava in alcun modo. Quindi il fatto che si fosse sforzato per assicurarsi che lei prendesse i suoi fiori qui significava qualcosa. Non sapevo se fosse successo prima o dopo che ci eravamo lasciati, ma in ogni caso era stato carino da parte sua.

E fu allora che ne fui sicura.

Avevo fatto un terribile errore.

Capitolo ventinove

Armando

Larry era felice, finalmente stavo facendo quello che avrei dovuto fare in questo lavoro: sedermi e non fare nulla mentre gli altri lavoravano.

Mi strofinai le nocche gonfie e fissai il padre di Hannah, che era tornato al lavoro già questa settimana. Ero nervoso, pronto a prendere a calci nel culo Larry con il mio stivale se avesse rotto il cazzo in qualche modo ad Harold sul fatto di essere stato via, ma non era successo niente.

Harold si rifiutò di guardarmi e Larry cercò comunque di fingere che non ci fossi.

L'ultima settimana era stata fottutamente confusa. Ero uscito tutte le sere con Marco e Leo a consegnare messaggi per il don, poi avevo perso la testa in una bottiglia. Le giornate non valevano niente. Non sapevo nemmeno come passavano. Era come essere di nuovo in prigione. Un minuto confluiva in un'ora che confluiva in un giorno. Non c'era nient'altro che violenza e l'impegno a rimanere in vita per alimentare la mia esistenza.

Alle cinque meno un quarto, tutti iniziarono a muoversi all'unisono, preparandosi per andare. Mi alzai e feci per uscire, ma vidi Harold che mi guardava.

Aspettai perché, cazzo, ero alla disperata ricerca di qualsiasi tipo di notizia su Hannah, qualsiasi tipo di legame con lei. Ero stato così fottutamente perso senza di lei. Morto.

Venne verso di me come se fosse incazzato. Con un intento. Come se avesse intenzione di darmi un pugno nello stomaco.

E quando mi raggiunse, lo fece.

Lo presi da uomo, e non reagii perché era il fottuto padre di Hannah. Se pensava che io meritassi la sua ira, probabilmente aveva ragione.

Mi colpì di nuovo, questa volta nelle costole. Poi ancora una volta sulla mascella.

«Non mi interessa chi cazzo sei. O per quale famiglia lavori. Se pensi di mettere incinta mia figlia e di andartene, faresti meglio a ripensarci.»

Ci volle un secondo perché le sue parole affondassero. *Incinta.* Aveva detto *incinta*.

Mi asciugai il sangue dal labbro con il dorso della mano. «Hannah è incinta?» chiesi.

Il tizio si fermò, come se si fosse reso conto che forse aveva fatto una cazzata. Del tipo che forse non avrei dovuto saperlo.

Ricordai quella scatola del test di gravidanza sul tavolo. Mi aveva detto che era negativo.

Aveva mentito?

Perché?

Mi vennero in mente una dozzina di scenari, ma non mi fermai a chiedere ad Harold, che ovviamente non sapeva cosa stava succedendo nella testa di sua figlia più di me. Lo lasciai lì in piedi e corsi in strada. Avevo bisogno di un fottuto Uber.

Subito cazzo!

Per una volta nella mia dannata vita, le cose sembrarono andare per il verso giusto, perché un taxi si fermò quando lo chiamai e mi lanciai dentro, dando l'indirizzo del Giardino dell'Eden.

Aveva mentito e aveva rotto con me piuttosto che dirmi che era incinta. Perché? Perché?

Perché sapeva che non sarei stato un bravo padre, in grado di pensare alla famiglia, questa era la risposta più ovvia. Questo era il motivo per cui ero andato fuori di testa quando avevo visto la scatola del test. E perché avevo già qualcuno che mi voleva morto, e di sicuro non avevo bisogno di mettere in pericolo una minuscola vita innocente con il mio fottuto dramma.

Qualcosa di inquietante mi si contorse nello stomaco mentre rivedevo la mia reazione. E se avesse mentito per come mi ero comportato? Il mio fiore sensibile e bellissimo. Sentiva ogni emozione che provavo. Era come se le canalizzasse. Forse aveva sentito il mio sgomento e mi aveva escluso per questo. Forse aveva pensato che le avrei fatto pressioni per abortire o roba del genere.

Fanculo! L'avevo delusa in ogni fottuto modo! Avevo completamente fallito il *mio* di test di gravidanza oltre al fatto che mi ero rifiutato di pormi nel modo in cui aveva bisogno di me. Di essere il suo uomo. Di offrirle una vera relazione.

Fanculo! Tutto quello che potevo fare era dare un pugno alla portiera del taxi, ma mi trattenni. Non potevo essere sbattuto fuori dal taxi, non prima di essere arrivato al Giardino dell'Eden.

E non sapevo nemmeno cosa diavolo avrei fatto o detto per riconquistarla. Non avevo ancora una soluzione alla situazione di merda che attentava alla mia vita. Tutto quello che sapevo era che ero dannatamente sicuro che avrei combattuto per lei.

Per noi.

Avevo incasinato le cose alla grande, ma questo non significava che fosse irreparabile.

Almeno, speravo davvero di no.

Capitolo trenta

Hannah
Il negozio era vuoto come al solito quando il mio telefono squillò. Lo presi dove stavo mettendo insieme le composizioni sul retro.

Quando vidi chi stava chiamando, fui leggermente allarmata. «Papà?» Non mi chiamava mai. Era sempre la mamma che si faceva avanti. Sapevo che mio padre mi voleva bene, ma era decisamente un tipo forte e silenzioso.

Come Armando.

Accidenti, perché tutto mi ricordava Armando?

«Ehi piccola. Ascolta, so che hai qualcosa di personale che non sei pronta a dirmi...»

«Papà, ti prego. Sono al lavoro. Non voglio parlarne adesso.» Sbattei velocemente le palpebre per schiarirmi gli occhi che già mi bruciavano e feci girare un giglio peruviano nel bouquet finché non si adattò bene.

«Lo so, lo so, va bene» disse in fretta. «Ho sentito abbastanza ieri sera per capire che sei incinta e hai rotto con quel tuo ragazzo.»

Smisi di sistemare e trattenni il respiro. Risucchiai aria come se fossi stata colpita allo stomaco, e la trattenni, sospesa. Tremavo.

«Beh, probabilmente non avrei dovuto dirgli niente...»

Sussultai. Perché non avevo considerato il fatto che mio padre e Armando lavoravano ancora insieme? «Cosa hai detto?» Posai la rosa che tenevo tra le dita sul bancone, incapace di continuare.

«Hannah, non sei in pericolo a causa di quell'uomo, vero?» chiese bruscamente.

«*Di Armando?*» chiesi con esagerato scetticismo. «No. *Lui* è in pericolo a causa di qualche banda, ma no. Non mi farebbe mai del male.»

«Va bene. Ma lui non lo sa? Cioè, adesso sì... mi dispiace, piccola. Mi faceva incazzare vederlo presentarsi ogni giorno con i postumi della sbornia e fregarsene del lavoro, quando sapevo che stavi piangendo a dirotto a causa di questa cosa.»

Deglutii. «Aveva i postumi di una sbornia?» Non suonava da lui. Era stupido pensare che avrebbe potuto essere a causa mia, ma il mio sciocco cuore lo sperava.

«Sono abbastanza sicuro che stia venendo lì proprio ora. Volevo solo avvertirti.»

«Va bene, grazie» sussurrai e chiusi gli occhi mentre abbassavo lentamente il telefono e il cuore mi batteva all'impazzata nel petto. Speranza e ansia si sovrapposero, si intrecciarono, mi capovolsero. Il pensiero razionale mi aveva abbandonata. Cercai di fare mente locale sulle ragioni per cui non gliel'avevo detto. I motivi per cui era importante rimanere separati, ma scomparirono.

Sentii tintinnare i campanelli che avevo avvolto intorno alla maniglia della porta per farmi sapere quando entrava qualcuno, e mi avvicinai, il mio battito accelerò. Nel momento in cui vidi la sua faccia smunta, singhiozzai e mi coprii la bocca.

«Hannah.» La sua voce suonò roca mentre attraversava lo spazio del negozio con pochi rapidi passi e girava dietro il bancone. Mi avrebbe abbracciata. Percepii il suo intento tanto quanto percepii la sua angoscia, la sua forza, la sua determinazione.

«Non farlo» lo implorai, tendendo una mano per fermarlo. Perché se mi fossi trovata di nuovo tra le sue braccia, non avrei mai avuto la forza di respingerlo. Non avrei mai avuto la volontà di porre fine alle cose. Sarebbe sembrato tutto troppo giusto. Lo sapevo già. «Sto cercando di dimenticarti» dissi con voce strozzata.

«Per favore» gracchiò. «Ho bisogno di stringerti, cazzo.» La sua voce suonò come lo scontro tra cemento e acciaio, distrutta ma così dannatamente forte.

E, naturalmente, non c'era modo di resistergli. Avevo bisogno di lui. Caddi tra le sue braccia e lui mi tirò contro il suo petto muscoloso.

«Mi dispiace piccola. Ho mandato tutto a puttane. Fin dall'inizio» confessò parlando contro i miei capelli, le sue labbra mi mossero i riccioli, il suo respiro era caldo contro il mio cuoio capelluto. Non allentò la presa d'acciaio che aveva sul mio corpo, il che fu positivo perché le mie gambe smisero di funzionare. «Non sapevo che affrontando questa cosa mi sarei innamorato.»

Smisi di respirare.

«Non sapevo che saresti diventata il fottuto *cuore* che batte nel mio petto. Tutto quello che sapevo era che mi avevi visto uccidere un uomo e questo ti rendeva un rischio, ma non c'era modo che potessi farti del male o anche solo fingere di poterti fare del male. E tutto quello che potevo pensare di fare era portarti a casa.» Le sue dita scivolarono sotto i miei capelli e fece scorrere leggermente il pollice sulla mia nuca. «Cazzo, forse lo sapevo, anche allora. Perché, dopo quel bacio, non ho mai voluto lasciarti andare. Volevo legarti alla gamba del mio letto e tenerti per sempre, cazzo.»

Mi resi conto che stavo tremando tutta. Incapace di parlare. Lo assimilai anche se avevo deciso di essere forte.

«Hannah.» Ora tolse il braccio intorno a me e si tirò indietro, prendendomi il viso. Era doloroso guardarlo, ma lui aspettò finché non lo feci, e poi non riuscii a distogliere lo sguardo. Mi resi conto con shock che aveva un livido sulla mascella e le occhiaie.

«Ho mandato tutto a puttane, ma se mi dai una seconda chance, giuro su Cristo che non te ne pentirai. Capirò come essere il tuo

421

uomo.» Appoggiò la fronte contro la mia. «Per favore, lasciami essere il tuo uomo.»

Feci un respiro. «Sei qui... per quello che ti ha detto mio padre?»

Non sapevo cosa volessi sentirgli dire: c'era così tanto in questo, ed era tutto contorto.

Esitò come se volesse ottenere la risposta giusta ma non era sicuro di come. «Voglio questo bambino...» sbottò all'improvviso, togliendomi le mani dal viso e infilandosele in tasca. Dandomi spazio. «Voglio dire, se lo terrai. Ti sosterrò, qualunque cosa accada. Mi dispiace di essere andato fuori di testa. Mi spaventa a morte pensare che qualcosa potrebbe succedere a uno di voi a causa mia. Ma risolverò quella merda» giurò, fissandomi. Deciso. «La risolverò e vi terrò al sicuro. Te lo prometto.»

Era la prima volta da quando era tornato che vedevo quella vecchia fiducia in lui. Il ragazzo che sedeva in cima al mondo. Che sapeva cosa voleva e come ottenerlo. Forse Armando aveva solo bisogno di un motivo per fregarsene della vita all'esterno.

Forse ero io quel motivo.

«Hannah.» La sua voce si fece dolce, e si fece avanti di nuovo, appoggiandomi leggermente una mano sulla vita. «Dammi un'altra possibilità. Ti prego. Ci riuscirò questa volta. Non ti deluderò.» L'altra sua mano serpeggiò dietro la mia testa e mi fece alzare il viso. «E io voglio il bambino. Ma nessuna pressione.»

Il suo bel viso divenne sfocato a causa delle lacrime. «Anch'io voglio la bambina» sussurrai. «Può venire al lavoro con me. Insomma, sono io il capo. Posso assolutamente far funzionare questa cosa.»

Strinse gli occhi e sollevò leggermente gli angoli delle labbra. Permettendo al nostro bambino non ancora nato di essere la prima cosa a farlo sorridere veramente. Un sorriso vero, a trentadue denti, onesto con Dio. «Una lei?»

Alzai le spalle. «Lo sento.»

Allargò le labbra. «Sarà bellissima. Come te.» Il suo sguardo vagò amorevolmente sul mio viso. «Posso baciarti?»

Sbuffai leggermente, sembrava quasi il primo appuntamento. «Mi chiedi il permesso adesso?»

Strinse gli occhi di nuovo. «Te l'ho detto, questa volta lo farò bene. Se mi vorrai.» Si sporse in avanti e si fermò con le labbra a pochi millimetri dalle mie. «Dimmi che mi vuoi.»

«Ti voglio» sussurrai, poi lo spinsi via, proprio prima che le sue labbra si schiantassero sulle mie. «Ma non puoi spezzarmi il cuore» lo avvertii.

Scosse la testa. «Sono d'accordo, Hannah. E quando mi impegno, sono leale da morire. Questa volta andrà bene, lo giuro.»

Annullai la distanza tra le nostre labbra e lo baciai quasi attaccandolo. Mi restituì il bacio, come faceva sempre, divorandomi la bocca, saccheggiandomi con la lingua, prendendomi con le sue labbra, bevendomi.

«Ti amo, Fiori» mormorò quando ci separammo per prendere aria.

La vista mi si annebbiò. «Anch'io ti amo.»

Capitolo trentuno

rmando

A Il problema dell'amore era che ti faceva perdere di vista cose che avresti dovuto cogliere. La mia mente era completamente concentrata sul vedere Hannah. Sapevo che era venerdì e che i ragazzi erano alla porta accanto, ma non li avevo notati quando ero passato. Né aveva prestato attenzione al ragazzo che bighellonava dall'altra parte della strada.

Ero troppo consumato dall'idea di arrivare da Hannah e sistemare quella merda.

Quando suonarono i campanelli della porta, ci separammo e vidi entrare Lorenzo, uno dei veterani.

«Mando» disse, come se fosse sorpreso di trovarmi dietro il bancone con le labbra attaccate ad Hannah.

«Lorenzo. Come va?» Per la prima volta da quando ero uscito, non odiavo tutti. Ero quasi felice di vedere un volto familiare. Orgoglioso di mostrare la mia relazione. La mia bellissima ragazza incinta.

«Cosa sta succedendo qui? Tu e ah...» Il suo sguardo curioso si spostò tra noi due.

«Hannah» dissi, supponendo che non conoscesse o non ricordasse il suo nome. «Sì. Lei è la mia ragazza. Hannah, ti presento Lorenzo.»

«Conosco Lorenzo» disse Hannah con una risata. «Vuoi due bouquet oggi?»

Lorenzo le sorrise. «Esatto. Uno per la moglie e uno per il *goomba*.» Mi fece l'occhiolino.

Hannah andò verso il frigorifero. Mi resi conto che indossava la mia maglietta dei Cubs sopra i suoi pantaloncini rossi, e mi si inondò il petto di calore.

Sentimenti.

I sentimenti stavano esplodendo dappertutto.

Ma fu allora che esplose la merda.

Risuonarono degli spari e le vetrine anteriori e le porte di vetro andarono in frantumi.

«Stai giù», gridai, lanciandomi verso Hannah e trascinandola a terra. Lorenzo estrasse un'arma, ma rimase sul pavimento, strisciando fino a dove ci trovavamo noi, dietro il bancone.

Di solito ero fottutamente freddo in caso di emergenza, ma c'era Hannah qui, con il mio bambino non ancora nato. Quando gli spari si fermarono, dissi a Lorenzo: «Portala fuori dal retro. Per favore.» Gli presi la pistola dalla mano perché non avevo un'arma con me.

Lorenzo non esitò. Era un soldato, come me. Afferrò il braccio di Hannah, la tirò su e si diresse verso la porta sul retro. Il vetro dalle finestre cadde nel silenzio inquietante dopo gli spari assordanti.

«Lorenzo» gridai, e lui si voltò verso la porta. «*Assicurati* che si prendano cura di lei... se non ce la faccio.»

«No!» Urlò Hannah e Lorenzo dovette abbracciarla per impedirle di tornare di corsa da me.

«E mia madre. Promettimelo.» Alzai la pistola.

«Hai la mia parola.»

«Lorenzo» - sembrava così fottutamente importante da dire - «È incinta.»

«*Lo prometto*» disse Lorenzo in italiano con la riverenza di un giuramento, e poi trascinò Hannah fuori dalla porta sul retro.

Inspirai e appoggiai la schiena contro il muro proprio dietro il bancone.

Altri vetri si infransero e sentii lo scricchiolio di passi sul vetro.

«Armando» canticchiò qualcuno. «Vieni fuori, vieni fuori, ovunque tu sia.»

Eccoci.

Il momento della mia morte. Proprio quando avevo trovato una ragione per vivere. Quando mi sentivo finalmente necessario. Pensare che avrei potuto lasciare Hannah e nostro figlio prima ancora che avessimo una possibilità mi mandava in fiamme i polmoni.

Ma non potevo nemmeno continuare a nascondermi. Non potevo mettere in pericolo lei o il nostro bambino perché avevo una taglia sulla mia testa. Questa storia doveva finire subito. Stasera.

Controllai il caricatore della pistola per contare quanti colpi avevo e poi ingoiai la bile che avevo in gola. Nel riflesso della porta del frigorifero, ne vidi tre. Potevo colpirli tutti.

«Gettate le vostre cazzo di armi, o puliremo il fottuto pavimento con il vostro sangue.»

Il mio cuore saltò un battito. *Arturo*. Molti passi. I ragazzi dovevano essere alla porta accanto per il taglio di capelli del venerdì. *La famiglia*. La mia famiglia.

Mi allontanai dal muro, puntando la mia pistola contro il tizio più vicino a me. Arturo, Marco, Leo ed Emilio erano tutti lì, con le pistole puntate alla nuca dei tre membri della banda.

«Tranquilli e lentamente» disse Arturo. «Non so che cazzo pensate di fare, ma nessuno scherza con un Pachino. Se gli torcete un solo capello, Don Pachino cancellerà l'esistenza di ognuno di voi - di ogni membro della banda, delle vostre madri, dei vostri fratelli, delle vostre sorelle e dei vostri fottuti cani - dalle strade di questa città.»

«Tranquillo.» Riconobbi la voce del tizio che aveva gridato il mio nome quando era entrato. Teneva la pistola per il calcio, la abbassò lentamente a terra. I suoi due amici fecero lo stesso. «Non sai di cosa stai parlando, amico. L'ordine veniva da don Pachino. Ci ha assunti lui per questa merda.»

Mi gelai. Che cazzo stava succedendo?

«Stronzate» disse subito Arturo.

Il ragazzo si girò lentamente. «Diglielo.» Alzò il mento verso Emilio, i cui occhi saettarono dappertutto.

Arturo lanciò una rapida occhiata a Emilio. «*Dirci cosa, Emilio?*» aveva un tono mortale. Mi fece venire la pelle d'oca sulle braccia.

«Ci ha assunti lui» disse il ragazzo.

«Ho annullato l'ordine, stronzo» disse Emilio a denti stretti. Madido di sudore sulla fronte. Era pallido come uno svedese del cazzo.

L'ondata di shock che attraversò i più anziani era palpabile.

«L'ho annullato oggi.» Emilio si spostava da un piede all'altro.

Il ragazzo alzò le spalle. «Non ho ricevuto alcun messaggio.»

«L'ho annullato!» gridò Emilio, come se stesse perdendo la testa del cazzo.

«L'hai sentito» disse Arturo riprendendo il filo. «E quel fottuto ordine non è venuto dal don. Quindi, se non vuoi che tutta la tua banda venga annientata, ti suggerisco di andartene da qui e di non avvicinarti mai più a nessuno di noi. *Capito?*»

«Sì, ok.» Il ragazzo cercò di sembrare tranquillo, ma lui e i suoi due amici uscirono rapidamente.

Il suono delle sirene che si avvicinavano riempì l'aria e Arturo imprecò. «Dammi quella fottuta pistola» mi disse, perché se mi avessero beccato con quella cosa, sarei finito in gabbia per altri cinque anni, in un attimo.

Ma non avevo intenzione di rinunciare alla mia arma. Non quando c'era un fottuto traditore in mezzo a noi. La puntai alla testa di Emilio. Marco e Leo fecero lo stesso.

Emilio tenne entrambe le mani in aria, la pistola che penzolava dal grilletto. Lentamente, si inginocchiò e posò la Walther PPK sul pavimento. «Pensavo che mi avresti ucciso, Mando» gracchiò. «A causa di Grace.» Le sue mani tremavano visibilmente, ma mantenne il contatto visivo con me, il che era piuttosto fottutamente coraggioso, considerando che stava ammettendo di avermi preso di mira.

«Fottuto bastardo» sbottò Marco.

«Avevo paura di te. Tutti pensavano che mi avresti fatto qualcosa. Tutti, vero?» Si guardò intorno in cerca di supporto, ma nessuno disse una fottuta parola. I poliziotti urlarono, le luci lampeggiarono.

«Basta» sbottò Arturo. «Il don sistemerà la cosa. Non voi» disse feroce, lanciando il suo sguardo ammonitore a me, Marco e Leo. «Dico sul serio. È un uomo d'onore. Non potete toccarlo. Don G deciderà del suo destino. Ora dammi quella fottuta pistola, Mando, prima che tu finisca per rimettere il culo in cella. Tutti gli altri, mettete via le vostre dannate armi. Mi occuperò io della polizia.»

Misi la sicura alla pistola e gliela lanciai mentre i poliziotti avanzavano. Gli altri ragazzi misero via le loro e tutti alzarono le mani in aria. Emilio si alzò goffamente in piedi, senza mai distogliere lo sguardo da me. Pensava ancora che lo avrei ucciso.

«Se ne sono andati» gridò Arturo ai poliziotti. «È stato una specie di rapina, ma sono scappati quando siamo usciti dal barbiere con le nostre armi.» Uscì lentamente, le mani tenute vagamente in aria. Don Pachino aveva alcuni tizi in divisa sul libro paga, ed era probabile che Artie sapesse chi erano e viceversa. Potevo solo fottutamente sperare che riuscisse a tirarci fuori da questa valanga di merda.

Mi aspettavo che ci ordinassero di metterci tutti a faccia in giù, ma non lo fecero. Sicuramente conoscevano Artie. Lo lasciarono avvicinare e raccontò loro la sua versione di quello che era successo.

Marco colpì di proposito Emilio mentre usciva, e Leo gli lanciò uno sguardo che giurava morte. Avrei dovuto pensare di uccidere il bastardo, ma non lo feci. Perché mentre uscivo, vidi Hannah in piedi davanti a Rocco, con le lacrime che le rigavano il viso. Lorenzo era al suo fianco in modo protettivo e mi fece un cenno quando alzai il mento.

«Armando!» gridò lei.

«Va tutto bene, Fiori.» Tenni le braccia aperte e lei mi corse incontro. Il suo corpo morbido si scontrò con il mio, premette tutte quelle curve contro di me, seppellì il viso nel mio petto. «È finita ora. Per sempre.»

Lei sbatté le palpebre e io accarezzai con il pollice la sua liscia pelle bruna. «È finita» ripetei, rendendomi conto che avrebbe potuto essere vero.

Emilio aveva revocato il colpo. Arturo aveva messo in guardia gli Hermanos che non avevano sentito il messaggio. Ciò significava che a parte la merda che doveva essere risolta tra me ed Emilio, la mia vita era al sicuro per il momento.

La mia ragazza e il nostro bambino erano al sicuro.

Infilai le dita tra i suoi riccioli per accarezzarle la nuca e unire le mie labbra alle sue. «Mi vuoi sposare?» chiesi.

Schiuse le labbra per la sorpresa. «Sei serio?»

«Serissimo, Fiori. Sei la ragione per cui voglio vivere. Il motivo per cui sono contento di essere libero. Anche senza il bambino, vorrei farti trasferire a casa mia e tenerti per sempre.»

Lei fece una risata acquosa. «Oh. Non lo so.»

Il cuore mi palpitò. Le misi una nocca sotto il mento per alzare il suo sguardo verso il mio. «Non lo sai?»

«Che ne dici di...» agitò una mano verso il suo negozio devastato, il vetro frantumato dai proiettili.

Feci un respiro e annuii. «È risolto. Non sono più un bersaglio. E giuro su Cristo che non lascerò che niente del genere tocchi di nuovo te o il nostro bambino.»

Mi gettò le braccia intorno alla vita e mi abbracciò ferocemente. «È risolto? Oh mio Dio, Armando, è stato orribile. Pensavo che saresti morto.»

«Lo so, bellissima. Ma ora è finita, te lo prometto.»

Lei si allontanò e alzò il viso. «Sì.»

Non respirai. Stava dicendo di sì alla mia proposta?

«Sì!» annuì vigorosamente mentre le lacrime le scorrevano lungo il bel viso.

«Ti amo.» Guardai nei suoi caldi occhi castani quando lo dissi. Sostenni il suo sguardo, così avrebbe saputo che era la dannata verità. Ero il suo uomo e le sarei stato accanto per tutta la vita. La lealtà era nelle mie corde.

Guardai verso Marco e Leo, che avevano messo Emilio in mezzo a loro, come guardie carcerarie.

Quando Marco vide che guardavo, mormorò qualcosa e si avvicinò, scrutando Hannah con sguardo curioso.

Si asciugò le lacrime, le asciugò sulla mia maglietta, emettendo una risata imbarazzata.

«Spero che tu te lo sia ripreso. È diventato un bambinone da quando l'hai cacciato di casa.»

Non gli diedi nemmeno un pugno perché ero troppo fottutamente felice. «Hannah ha appena accettato di sposarmi.»

Il volto di Marco si allargò in un sorriso. «Davvero? Congratulazioni!»

Sentii Leo ringhiare qualcosa del tipo: «Se scappi, cazzo, ti darò la caccia e mangerò il tuo dannato fegato» a Emilio prima che si avvicinasse e allungasse la mano. «Ho sentito bene?»

«Sì» disse Hannah con una risata acquosa.

«Adesso è la mia fidanzata» risposi. «E sta per avere il mio bambino.»

«Ehi!» sorrise Marco.

Leo alzò le sopracciglia. «Bel modo di rimediare, Mando.»

Tutti sorrisero. Diavolo, avrei potuto anche sorridere, sarebbe stata una novità.

«Mando.» Hannah mi guardò da sotto le lunghe ciglia. «È così che ti chiamano?»

Annuii. «Sì. Soprannome che mi porto dall'infanzia.»

«Mi piace.»

«Tu mi piaci.» La attirai a me e le baciai il naso.

Emilio era in piedi e ci osservava, le spalle curve, il volto segnato dalla miseria e dalla paura. Francamente, ero sorpreso che non si fosse dato alla fuga, ma probabilmente sapeva che Leo aveva detto la verità. Gli avremmo dato la caccia fino ai confini della terra se fosse scappato. Inoltre, aveva una fidanzata che lo aspettava a casa.

Forse pensava che ne sarebbe uscito ancora vivo.

Arturo urlò a Lorenzo in italiano di tenerlo d'occhio, e io mi sentii in qualche modo vendicato. Non c'erano solo Marco e Leo dalla mia parte. Lo erano tutti.

Non sapevo cosa avrebbe fatto il don, ma quella corrente di lealtà, la forza della famiglia che mi era mancata da quando ero uscito, si riaccese. Tutti tranne uno di questi uomini mi coprivano le spalle.

Cancellava la maggior parte del bruciore dovuto al sapere che uno dei nostri aveva cercato di commissionare la mia morte.

Capitolo trentadue

annah

«Questa è casa mia» mormorò Armando, aprendo la porta del suo appartamento e accendendo le luci. I suoi cugini, Marco e Leo, abitavano entrambi nello stesso palazzo. Lo sapevo perché avevamo preso tutti lo stesso ascensore.

Dopo che Armando aveva chiamato alcuni amici per pulire i vetri da me, aveva lasciato qualcuno di guardia tutta la notte a sorvegliare il negozio, fino a quando non fossimo riusciti a sostituire le vetrine e la porta l'indomani.

«È carina» dissi. Era molto più bella del mia in termini di dimensioni e posizione, anche se priva di personalità.

«Potremmo vivere qui, se vuoi, perché è più grande. Puoi farci quello che vuoi: renderla colorata, come te.»

Lo guardai. «Pensi che io sia colorata?»

Si girò completamente verso di me e mi avvolse con entrambe le braccia. «Sì.» Mi sfiorò il naso con le labbra. «Bellissima. Vibrante. Piena di vita.» Mi guardò la pancia e alzò le labbra. «Letteralmente.»

Adoravo vedere il sorriso sul suo volto. C'erano segni di stanchezza intorno ai suoi occhi, ma sembrava più rilassato e felice di

433

quanto non l'avessi mai visto. Tornando a casa mi aveva detto che era tutto risolto, che non c'era più una taglia su di lui, e che era stato Emilio a commissionare il colpo e ad assumere la banda per eseguirlo dopo che Armando aveva ucciso il primo sicario. Gli avevo raccontato della telefonata che avevo sentito per caso, di come doveva averla annullata dopo aver saputo che eravamo una coppia. Non stavo dicendo che andasse tutto bene - e non avrei perdonato Emilio per quello che aveva fatto - ma contava qualcosa, immaginavo.

Mi condusse in camera da letto e mi sfilò delicatamente via la maglietta dalla testa. «Adoro vederti con i miei vestiti, Fiori» borbottò, slacciandomi il bottone dei pantaloncini. Si accovacciò, facendo scivolare le mani lungo le mie cosce mentre me li tirava giù dalle gambe. Poi si alzò e mi girò intorno, facendo scorrere leggermente la punta delle dita sulla mia pelle. Era così diverso dal modo rude con cui mi prendeva di solito. Mi baciò sulla spalla, seguendo le linee del mio tatuaggio. «Sei così bella» mormorò.

Il calore mi inondò il petto, rendendo i miei seni pesanti, i miei capezzoli tesi. Non sapevo se stessi percependo le sue emozioni o le mie: erano così intrecciate. Tutti i confini, i muri tra di noi erano spariti ora.

Si spostò dietro di me e mi sganciò il reggiseno, poi mi prese i seni, stuzzicandomi i capezzoli con i pollici. Mi sfiorò il collo con i denti. «Cos'era quella del *goomba* con Lorenzo?» chiese. «Io non sono così. Non te lo farò mai. Ti faccio una promessa, Fiori, la manterrò.»

Il battito mi accelerò. Quest'uomo sarebbe diventato mio marito. Il padre di nostro figlio. Non avevo dubitato di lui, ma era bello sentirlo giurare di essere fedele. Appoggiai la testa contro la sua spalla e gli coprii le mani con le dita. Mi prese i polsi e me li tirò sopra la testa ingabbiandoli in una delle sue mani, sollevando e allargando i miei seni. Con l'altra mano mi pizzicò i capezzoli, già duri come i diamanti.

Gemetti piano. «Sono sensibili» mi lamentai.

Si fermò immediatamente. «Scusa, angelo.» Mi sfiorò la mascella con la bocca.

«No, non fermarti. Mi piace il modo in cui mi tocchi.»

«Vieni qui.» Ci accompagnò entrambi all'indietro finché non colpimmo il letto e cademmo sul materasso. Dopo avermi messa sulla schiena, la sua bocca scese sulla mia. La tenerezza svanì mentre la fame cruda prendeva il sopravvento. Gli sfilai la camicia. Mi allargò le cosce con il ginocchio. Gli sbottonai i pantaloni. Lui mi tolse le mutandine. Eravamo un groviglio selvaggio di labbra e mani e corpi che si fondevano. Gli accarezzai i muscoli tesi, toccando avidamente ovunque potevo: i muscoli sporgenti delle sue braccia, le gobbe dei suoi addominali, la curva dura del suo sedere. Si tolse i pantaloni e scivolò dentro di me sguainato, affondando i denti nel mio collo.

Mi inarcai per prenderlo più in profondità. «Sì.»

«Sì» fece eco. Mi colpì con potenti spinte. «Sei mia.» Mi sostenne la spalla per evitare che la mia testa colpisse la testiera, ma mi accarezzò la guancia con il pollice, c'era ancora un briciolo di tenerezza. «Sei mia ora.»

Sbattei le palpebre per lo sforzo di impedire ai miei occhi di roteare all'indietro per il piacere, ma incrociai il suo sguardo. «Sono stata tua fin dall'inizio» confessai.

Era vero. Non aveva bisogno di rapirmi e tenermi prigioniera. Sarei andata con lui ovunque. Mi aveva fatta sua al primo tocco autoritario.

«Ti amo» gli dissi, non dovendo mai più trattenere quelle parole. Doveva saperlo già, però, perché ero incapace di nascondere i sentimenti.

Armando buttò indietro la testa, quasi come se soffrisse. Mostrò i denti e ruggì, sbattendomi addosso con forza, sempre più forte.

«Sì» sussultai. «Ti prego.»

Armando si fermò, il viso tirato per la tensione, le mani che mi spingevano i fianchi nel materasso mentre il suo cazzo si gonfiava dentro di me. Lui gemette, la sua testa cadde in avanti, le sue braccia mi avvolsero per tenermi vicina. «Ti amo» sussurrò.

Spinse più a fondo e io sussultai, amando la sensazione del suo enorme cazzo che mi riempiva fino all'orlo e mi faceva stare male per il bisogno di averne ancora.

Alzai la mano per accarezzargli la guancia. Chiuse gli occhi appoggiandosi contro il mio tocco e mi baciò il palmo.

«Per sempre mia» sussurrò.

Il cuore mi si gonfiò.

Spinse il cazzo ancora più a fondo. Una lacrima mi sgorgò dall'angolo dell'occhio e Armando la leccò via.

«Per sempre» sussurrai.

«E sempre» disse, passando a spinte lente, profonde e perfette.

Il suo cazzo pulsò, la circonferenza aumentò e il calore si intensificò.

Il piacere era così intenso che riuscivo a malapena a respirare. Mi stava consumando. Consumata dal suo amore senza fine. Erano solo i miei sentimenti o provavo anche i suoi?

«Oh, Armando» gemetti, l'estasi era così intensa da sembrare dolore.

Si mosse più velocemente, il suo cazzo mi colpì con tale fervore che gridai. Non sapevo cosa mi stesse succedendo, ma potevo sentire ogni grammo di emozione pura e genuina che scorreva attraverso il suo corpo. Era come se potessi provare ogni emozione avesse mai provato nella sua vita.

Potevo sentire ogni vecchia ferita che aveva subito, ogni volta che qualcuno a cui teneva lo aveva ferito, ogni volta che qualcuno di cui si fidava lo aveva tradito. Potevo sentire tutto quello che c'era dentro quest'uomo.

Affondò le dita nella tenera carne dei miei fianchi e mi colpì ancora una volta.

«Gesù, mi sento così fottutamente bene» dichiarò mentre mi colpiva. Spostò le labbra sul mio collo e mi mordicchiò la gola.

Sentii ogni centimetro di lui dentro di me e non desiderai altro che assaporare questa sensazione. Sapevo che questo momento era fugace, ma volevo che rimanesse con me. Stavo cadendo nell'oblio. Non ero sicura di cosa fosse l'oblio in cui stavo cadendo, ma sapevo che questa volta era qualcosa di pacifico. Era così che volevo sentirmi per sempre in questo mondo. Niente poteva toccarmi. Niente poteva farmi del male. Niente poteva farmi sentire così bene.

Le mie labbra toccarono le sue, il suo corpo tremò contro di me, e sentii la sua anima confluire nella mia anima. Le mie gambe iniziarono a tremare, le dita dei piedi si arricciarono mentre urlavo. Ci ero così vicina. Così dannatamente vicina.

«Oh Cristo, ora, Hannah, vieni ora» gridò e si tuffò in profondità, riempiendomi con la sua calda essenza.

Poiché sapeva comandare il mio corpo, questo rispose immediatamente, le pareti del mio canale si strinsero e si contrassero attorno al suo cazzo nell'orgasmo più soddisfacente, emotivamente e fisicamente, della mia vita.

Armando rallentò il suo dondolio e mi piazzò baci sulle guance, sulle palpebre, sul naso. «Ti amo, bella ragazza.»

«Ti amo anch'io» gracchiai, tornando dall'altra galassia dove ero stata colpita dal mio piacere. Gli avvolsi le gambe intorno alla schiena e strinsi ancora di più i suoi fianchi. «Tanto.»

Capitolo trentatré

rmando

A L'odore di terra, metallo e sangue mi colpì il naso non appena entrai nel magazzino.

Erano le tre del maledetto mattino. Avevo dovuto lasciare Hannah nel mio letto per questo, e la cosa mi aveva quasi ucciso. Ma il don in persona mi aveva chiamato e mi aveva detto di venire qui. E quando il don chiamava, tu ti muovevi. Niente domande. Nessun reclamo.

Avrebbe potuto trascinare le cose e far sudare a Emilio il suo giudizio, ma invece il don aveva scelto di infliggere la punizione stasera.

Ora c'erano due parti di me. La parte morta, e la parte che Hannah mi aveva fatto sentire. Alla parte morta non fregava niente di quello che sarebbe successo stanotte. Né se seppellivano Emilio in fondo al lago Michigan con un paio di scarpe di cemento. E nemmeno se mi avessero fatto premere il grilletto.

Ma l'altra parte, quella di Hannah, *cazzo*. Non lo sopportavo. Come se mi facesse star male fisicamente pensare a Emilio che veniva picchiato. Grace sarebbe rimasta vedova prima ancora di sposarsi. Non avrebbe avuto il suo grande matrimonio.

Non mi piaceva.

Certo non lo avevo perdonato. Aveva commissionato il mio omicidio solo per salvarsi il culo dopo avermi rubato la ragazza.

Il fatto era che Grace non era più la mia ragazza. In questo momento sembrava che non lo fosse mai stata. Stavamo fingendo. Ci muovevamo come ci si aspettava che facessero un uomo d'onore e una delle sue graziose amichette a caccia della gallina dalle uova d'oro.

Ero in uno dei magazzini del don a Little Italy, non lontano dal Giardino dell'Eden.

Emilio era rannicchiato in posizione fetale, sanguinava e piangeva come un bambino. I ragazzi lo avevano già lavorato piuttosto bene.

C'erano tutti i membri più importanti. Tutti i veterani. Alex, il genero di Don G, Marco e Leone.

Don Pachino mi guardò e alzò il mento per chiamarmi. Mi avvicinai come se quella scena non significasse niente per me.

Il che era vero solo a metà.

Avevo visto abbastanza violenza da rendermi insensibile alla sua vista. Diavolo, avevo perpetrato abbastanza violenza da far credere a Emilio che l'avrei ucciso appena fossi uscito. Quindi la vista di lui ferito e sanguinante non mi faceva nessun effetto.

Ma sapere che sarebbe potuto morire presto? Questo mi infastidiva.

«Emilio ha violato il suo giuramento.» La stanza divenne silenziosa quando Don G iniziò a parlare. Eccola: la condanna di Emilio.

Guardandomi intorno, potevo dire che non ero l'unico ragazzo a non sentirsi del tutto a suo agio. Tutti sembravano tristi. Mani infilate nelle tasche, nessun accenno di piacere in tutto ciò. Emilio poteva anche avermi fottuto, ma era ancora uno dei nostri. Lui era della famiglia. Un fratello d'armi.

Ed era stato uno dei preferiti dei don.

«Ci ha traditi tutti quando ha tentato di uccidere un membro della *Famiglia*.»

Emilio emise un singhiozzo, ma non supplicò. Sapeva che era meglio non farlo.

Don G incrociò le braccia al petto e lasciò che tutti noi metabolizzassimo le sue parole. Lasciò crescere la tensione. «Armando, tu sei la parte lesa. Che tipo di giustizia cerchi?»

Cazzo.

Speravo che avrebbe preso la decisione per me.

«Non sono l'unica parte lesa» dissi, guardando verso Marco. «Gli hanno sparato nel culo.»

«Ed è già coperto di sangue per questo» disse Marco. «Non preoccuparti. Ci ho pensato io.»

«Sei sicuro?» chiesi. «Magari vuoi sparargli anche nel culo. Sembra giusto.»

«Ci ho pensato» disse Marco con un sorrisetto.

Emilio mi scrutò attraverso le fessure gonfie che erano diventati i suoi occhi. C'era un'espressione supplichevole nel suo sguardo. Scuse. «Mi dispiace, Mando. Ho provato ad annullarlo, lo giuro su Cristo, l'ho fatto.»

Certo, questo mi ricordò Hannah, il che mi fece sentire di nuovo qualcosa.

«Sì lo so.»

La stanza era silenziosa. Probabilmente stavano tutti evitando di respirare.

«Hannah ti ha sentito mentre lo annullavi.»

Vidi della speranza sbocciare sul volto di Emilio. Si sollevò sugli avambracci, poi si alzò a sedere con un sussulto, tenendosi le costole, che senza dubbio erano rotte.

Mi infilai le mani in tasca come gli altri uomini. Valutai Emilio, il triste *stronzo* ai miei piedi. «Sei un tale finocchio del cazzo, che non hai nemmeno provato a uccidermi da solo.»

Le lacrime scesero sul viso di Emilio. Allargò le mani. «Mi

441

dispiace, Mando. La amo così tanto. L'ho sempre amata. Anche prima che tu andassi dentro. Volevo solo vivere per sposarla.»

«E come pensi che andrà?»

Percepii l'agitazione nella stanza alla mia secca minaccia. L'implicazione che non sarebbe sopravvissuto per sposare Grace.

Incrociai il suo sguardo implorante. «Offrimi un risarcimento» chiesi, lanciandogli una sfida. Come se potessi non accettare la sua offerta.

Il sollievo e l'entusiasmo si diffusero sul suo volto. «Qualsiasi cosa. La pagherò. Fai il tuo prezzo.»

«Quanto vale quel matrimonio per te?»

«Qualsiasi cosa» supplicò Emilio.

«Cinquantamila.» Sparai il primo numero che mi venne in mente.

«Cento» intervenne Don G con fermezza.

Emilio annuì con entusiasmo, trascinandosi lentamente in ginocchio. «Li pagherò. Sì, naturalmente. Li pagherò.»

«Portaglieli domani, e la chiuderemo.» Mi guardò. «Nessuna vendetta.»

Alzai le mani. «Non l'ho mai minacciato in primo luogo. Mi hai detto di lasciar perdere, e l'ho fatto.» Alzai le spalle. «Io seguo gli ordini. Sono leale.»

A differenza di un altro stronzo *del cazzo.* Non lo dissi, ma sapevo che tutti stavano pensando la stessa cosa.

Emilio avrebbe dovuto convivere con la sua vergogna per il resto della vita. Poteva anche essere ancora nella famiglia, ma stasera aveva perso tutto il rispetto.

«Sì.» Lo sguardo di Don G tornò su Emilio con disgusto. «Ho valutato male da quale direzione sarebbe venuto il conflitto.»

Fanculo. L'amore di Hannah mi aveva reso generoso. O forse lei ci stava solo lavorando. Con quell'infinita abbondanza di mancanza di giudizio che sembrava portare con sé. Accorciai la distanza tra me ed Emilio e tesi la mano.

Mi guardò dubbioso, come se si aspettasse ancora che tirassi fuori una pistola e gli sparassi tra i denti, ma io aspettai con il palmo teso, fermo.

Quando finalmente la prese, lo tirai in piedi. «Sono state fatte le cose più stupide per tenersi una donna. Sii buono con Grace.» Lo attirai per un abbraccio da fratello e lui mi strinse forte la spalla, come se fossi l'unica cosa che lo teneva in vita. Il che immaginavo fosse quasi vero.

La tensione nella stanza si allentò all'improvviso, grugniti di approvazione si diffusero.

«Non... non dirglielo» mi supplicò quando lo lasciai andare.

Scossi la testa, totalmente tranquillo. «Mai. Nessuno qui lo farà.» Probabilmente era vero, ma mi guardai intorno per esserne sicuro, rendendolo un avvertimento.

Tutti annuirono.

Don G si voltò e se ne andò, come se non volesse più onorare Emilio con la sua attenzione. Si fermò sulla porta. «Sistema tutto entro domani. Mando, dimmi quando è fatta. E poi non voglio più sentire parlare di questa merda.»

«*Capito, capito*» disse Emilio, ma Don G gli diede di nuovo le spalle.

Marco si avvicinò al mio fianco, guardando Emilio con disprezzo. «Be', anch'io sarei preoccupato se mi prendessi la tua ragazza. Sei un tosto, cazzo.»

Era una battuta e alleggerì parte della tensione nella stanza. I ragazzi iniziarono a muoversi, a parlare tra loro.

«La mia ragazza mi sta aspettando a casa, quindi senza offesa, ma ho di meglio da fare.»

«Vai. Vai a casa.» Lorenzo fece un gesto di scatto. «Prenditi cura di quella tua ragazza incinta.»

Alcuni dei ragazzi grugnirono sorpresi di sentire le mie novità.

Sospettavo che Lorenzo si fosse impegnato con me, Hannah e il bambino da quando gli avevo affidato le loro vite prima. Forse potevo pensare di nominarlo padrino. Anche se Marco sarebbe stata una scelta più saggia, non solo perché era più giovane.

Si sarebbe fatto tagliare la mano per me.

Gli strinsi la mano e ci demmo una pacca sulle spalle.

«Ci vediamo domani, Emilio» dissi senza alcuna provocazione nella voce. Non sapevo come avrebbe fatto a tirar fuori centomila dollari entro domani, ma non era un mio problema.

Anche se mi fossi offerto di dargli un po' di tempo per rimettersi in sesto, Don G non lo avrebbe mai accettato.

Aveva emesso la sua sentenza. La sua volontà sarebbe stata fatta.

Hannah

Armando rientrò alle sei del mattino.

Ricordavo che aveva ricevuto una telefonata e se ne era andato. Dovevano essere circa le tre.

Mi sedetti sul letto, spaventata. Cercando sul suo viso lividi o sangue, ma a parte l'aspetto stanco, sembrava integro.

«Va tutto bene?»

Non gli chiesi dove fosse stato. Sapevo che non poteva dirmelo.

Annuì. «Va tutto bene. La situazione di merda con Emilio si è risolta.»

Emilio. Non era da me serbare rancore, ma aveva colpito Armando, quindi non ero sicura che lo avrei mai perdonato per questo.

Tuttavia, non volevo nemmeno sentire che era morto. Non che Armando lo avrebbe condiviso con me se fosse stato così.

«Ci sarà... ancora un matrimonio per lui e Grace?»

Armando si tolse i vestiti e si infilò a letto. «Sì. Mi ripagherà. Sai cosa significa, Fiori?» Strisciò verso di me e mi spinse indietro, coprendo il mio corpo con il suo.

Non ne avevo assolutamente idea. «No.»

«Significa che ho soldi da investire nel Giardino dell'Eden. I nostri affari di famiglia.»

Mi si riempirono gli occhi di lacrime.

Affari di famiglia.

Non credevo di essermi mai resa conto di quanto mi ero sentita sola a gestire il Giardino dell'Eden fino a questo momento. Avevo coinvolto Josie per cercare di alleggerire quel fardello, ma lei non ne era stata coinvolta come lo ero io.

Ma ora avevo Armando. E sapevo già che quest'uomo poteva fare qualsiasi cosa. Il che significava che l'attività era salva. Sapevo che mi avrebbe aiutata a sistemare le cose. A risolvere tutto.

Era così che era fatto.

«Ecco, piccola. Piangi le tue lacrime. Sono di felicità?»

«Sì.» Annuii. «Sono felice.»

Sorrise. Era raro vedere un sorriso su di lui e mi tolse il fiato. «Di cosa sei felice?»

«Che siamo una famiglia.»

Il suo sorriso si allargò.

«Siete la mia famiglia, Fiori. Tu e quel bambino siete tutto per me.»

Lo raggiunsi e lo tirai giù.

Dopo un bacio bruciante, alzò la testa. «Sei mia, Hannah» disse, con voce bassa e possessiva. «Sei mia e farò tutto ciò che è in mio potere per renderti felice.»

Un brivido mi corse lungo la schiena alla convinzione delle sue parole, ma non le rifuggii. Invece, le accolsi, avvolgendo le braccia intorno al suo collo e premendo le mie labbra sulle sue. Ci baciammo profondamente, appassionatamente, il mondo intorno a noi svanì mentre ci perdevamo l'uno nell'altra.

C'era qualcosa in lui che mi faceva sentire al sicuro, protetta, come se nulla potesse toccarmi finché lui era al mio fianco.

Gemetti piano nella sua bocca mentre mi allargava le gambe.

Baciò ogni centimetro della mia pelle, iniziando dal collo e scendendo lungo le mie spalle, poi fino al seno. Inarcai la schiena mentre chiudeva le labbra intorno al mio capezzolo, le sue dita scivolavano tra le mie gambe. Ansimai quando entrò in me, con movimenti lenti e deliberati.

Ma volevo più delle sue dita. Volevo che il suo cazzo fosse sepolto dentro di me. «Di più» gemetti. «Di più.»

Non mi rendevo nemmeno conto di cosa stessi facendo finché non fui sopra di lui dopo avergli tolto i pantaloni, e messo le gambe a cavalcioni sui suoi fianchi. Mi posizionò, il cazzo premette contro il mio sesso. La spessa cappella scivolò dentro di me e io sussultai, il mio corpo si fermò momentaneamente.

Era così fottutamente grande, e questa posizione faceva quasi male.

Ma mi piaceva il dolore. Lo adoravo.

Cominciai a muovermi, scivolando lungo la sua lunghezza, la sensazione del suo spessore che mi tendeva era molto più intensa delle sue dita.

Mi stavo impalando sul suo cazzo, i miei gemiti erano gutturali. Mi afferrò i fianchi, costringendomi a cavalcare il suo cazzo, alzando i fianchi per incontrare i miei, spingendo il cazzo dentro di me.

Buttai indietro la testa, gettando i capelli dietro di me mentre mi lasciavo andare, il mio orgasmo esplose attraverso il mio corpo come fuochi d'artificio nel cielo notturno.

Lo cavalcai più forte e più veloce, il mio corpo aveva un disperato bisogno di altro, ne aveva bisogno. Affondai le unghie nelle sue spalle, urtando selvaggiamente i fianchi contro di lui. Gemetti sempre più forte, le mie grida di piacere riecheggiavano nella stanza.

Rallentai fino a fermarmi, a cavalcioni su di lui e fissandolo negli occhi mentre mi muovevo su e giù sul suo cazzo. Mi guardava come se fossi la donna più bella del mondo mentre lo cavalcavo con movimenti lenti e ritmati.

Chiusi gli occhi mentre mi avvicinavo all'orgasmo successivo.

«Bene» sussurrò, aggiungendo parole dolci e piene di bisogno. «Vieni per me, Hannah. Vieni per me.»

Le sue parole mi spinsero nel mio orgasmo, le parole e il cazzo. Gettai indietro la testa e urlai il suo nome, il mio corpo tremò quando venni di nuovo.

Mi girò sul letto e si posizionò dietro di me, il cazzo scivolò ancora una volta dentro di me. Mi afferrò i fianchi e si spinse in profondità dentro di me.

Il suo cazzo pulsava dentro di me, il suo corpo divenne teso e rigido. Spinse ancora qualche volta prima di fermarsi. Gemette profondamente mentre il cazzo si contraeva dentro di me, il suo seme caldo mi riempiva.

Si tirò fuori e si sdraiò accanto a me sul letto, tirandomi contro il suo corpo.

«Ti amo, Fiori.»

Appoggiai il viso contro il suo collo, crogiolandomi nel potere delle sue parole. Nel suo amore. Nella sua attenzione. La sua promessa.

«Ti amo tantissimo» gli dissi.

«Mi hai riportato in vita. Mi hai dato una ragione per vivere. Ti devo tutto. Voglio che tu sappia che non ti deluderò mai più.»

Le lacrime mi riempirono gli occhi ancora una volta. «So che non lo farai» sussurrai contro la sua pelle.

Mi fidavo di quest'uomo con tutta la mia vita. Per nostro figlio. Per il nostro futuro.

Lui era il mio tutto.

Epilogo

Hannah
«I giudici hanno esaminato tutti i lavori e scelto i quattro finalisti che dovranno competere tra loro. I seguenti fioristi si facciano avanti...»

Il braccio di Armando si strinse intorno alla mia vita ingrossata da dietro. «Sarai tu» mi mormorò all'orecchio.

Marco e Leo mi diedero entrambi una pacca sulla schiena. Ero commossa che fossero venuti. Era proprio vero che i membri della famiglia di Armando si prendevano cura gli uni degli altri. E questo ora includeva me.

Il cuore mi palpitava contro le costole, ma la verità era che non mi interessava se non arrivavo in finale. Ciò che era più importante per me era la sensazione che provavo nel mio petto ora.

Il flusso scrosciante dell'amore, del suo sostegno. Il piacere di avere al mio fianco la persona a cui tenevo di più in questo mondo nei momenti che contavano.

Come aveva promesso, Armando aveva usato il risarcimento di Emilio per investire nel Giardino dell'Eden. Aveva comprato un nuovo furgone e aveva assunto due ragazzi part-time per fare le mie consegne. Si era buttato a capofitto nella costruzione dell'attività - la nostra *attività di famiglia*, la chiamava - e negli ultimi due mesi le entrate erano già triplicate. Aveva convinto il don a fare delle migliorie e stava cercando una seconda location. Aveva preso il sopravvento e faceva sembrare facilissime tutte le cose che mi terrorizzavano. E io potevo concentrarmi su ciò in cui ero brava: il lato artistico, e facevamo il networking insieme, quindi era meno intimidatorio.

«Hannah Munn» disse il presentatore, e io sussultai. Non mi aspettavo davvero di arrivare in finale.

«Te l'avevo detto» mi rimbombò Armando all'orecchio prima di lasciarmi salire sul palco.

Trassi un respiro tremante, scossi le mani e mi chinai per raccogliere il mio secchio di fiori.

«Fermati» mi bloccò Armando. «Li porto io lassù.»

Non mi lasciava prendere niente di pesante. Né restare in piedi troppo a lungo. O lavorare troppo. Mi trattava come una principessa, tranne che a letto. Lì, si trasformava ancora in un animale, anche con il mio pancione in crescita.

Mi avvicinai sul palco e lui mi seguì, portando il mio secchio pieno di fiori e posandolo accanto a me sul pavimento. «Falli secchi, Fiori» mormorò e mi strinse la mano prima di scivolare via, lasciandomi con gli altri concorrenti. Il prossimo passo era progettare una composizione con i fiori che avevamo portato noi mentre tutti guardavano. E poi farne una con i fiori forniti da loro.

Aspettai il via e poi misi insieme la mia composizione. Era una spirale artistica di rose multicolori intrecciate con fresie e ciuffi di vimini argentati. Quando finii e feci un passo indietro per lasciare spazio ai giudici, non mi permisi di guardare le composizioni degli altri tre concorrenti: ero troppo nervosa e il dubbio voleva insinuarsi, con insistenza. Trovai invece Armando tra il pubblico. Incrociammo gli sguardi e immediatamente percepii la sua forza. La sua fiducia in me. Si riversò dentro di me, lavando via il nervosismo. Accennai un piccolo sorriso e lui ricambiò.

Con una grande sorriso. Niente mi rendeva più felice di vedere la sua faccia sorridere così. Sapendo di essere io quella che l'aveva aiutato a rianimarsi.

La scorsa settimana c'era stato il matrimonio di Grace ed Emilio. Avevo fatto del mio meglio con i fiori, non perché Emilio se lo meritasse, ma perché era la famiglia di Armando, e ora ne facevo parte. Anche noi avevamo partecipato al matrimonio come ospiti. Era stata una decisione di Armando. Aveva detto che era troppo felice con me per portare rancore a uno di loro.

Gli organizzatori ci portarono i loro secchi di fiori e iniziò il turno successivo. Non pensai, lasciai che le mie dita cogliessero i fiori e li sistemassero, senza nessun piano in mente. Sapevo che, se avessi iniziato a cercare di capire quale fosse la cosa giusta da fare, avrei sbagliato. Il mio genio creativo si rivelava quando non modificavo, non mi preoccupavo, non pensavo.

Quindi cavalcai la beatitudine dell'amore di Armando. Il piacere di indossare il suo anello e costruire con lui una vita, una famiglia e un lavoro. E la composizione si creò da sola: una disposizione a più livelli semplice ma sorprendente di peonie e gigli che guardavano le stelle.

Suonò il gong. Facemmo tutti un passo indietro. Incrociai lo sguardo di Armando e mi fece l'occhiolino. La speranza iniziò a filtrare. Ero arrivata fin qui, sarebbe stato sicuramente fantastico vincere. Ma no, non avrei dovuto permettermi di pensarci, perché cosa sarebbe successo se fossi rimasta delusa?

I giudici conferirono e mi venne un po' di capogiro in attesa. La gravidanza stava facendo tribolare la mia pressione sanguigna, o almeno così mi aveva detto mia madre. Era felicissima della mia gravidanza ora che anche io ero felice. Pensavo che mio padre stesse addirittura iniziando ad accettare Armando, anche se non gli piaceva il fatto che facesse parte della mafia.

Armando diceva che era qualcosa che non poteva cambiare, ma aveva promesso di proteggere me e la nostra famiglia da tutti i suoi effetti negativi. Sapevo che non c'erano garanzie. Sarebbe potuto finire di nuovo in prigione. O essere ucciso.

Ma per il momento, il don lo faceva stare fuori dall'attività per permettergli di dirigere la mia. Ed era difficile non sentirsi invincibile con il suo amore avvolto così strettamente intorno a me.

«I giudici hanno preso la loro decisione. Al terzo posto, Jaya Lowe.» La folla applaudì. Mi forzai di respirare. «Al secondo posto, Eric Diamond.»

Merda. Questo probabilmente significava che non ce l'avevo fatta.

«Al primo posto, il vincitore del concorso di quest'anno è... Hannah Munn, del Giardino dell'Eden.»

Sentii Armando gridare. Cercai di fermare i rubinetti che già mi sgorgavano dagli occhi, ma era impossibile. Non sarei stata né elegante né composta mentre accettavo il trofeo. Ma non importava.

Avevo vinto.

Riportai il trofeo ad Armando con le gambe tremanti, e lui mi sollevò e mi fece girare. «Ce l'hai fatta! Sapevo che ce l'avresti fatta, Fiori.»

«Non riesco a smettere di piangere.» Dissi qualcosa di ovvio.

Mi mise dolcemente a terra e mi baciò via le lacrime. «Continua a piangere, Fiori. Può solo migliorare da qui in poi.»

Il sapore del peccato

Capitolo uno

Taylor

Mi facevano male i piedi, mi fischiavano le orecchie e stavo morendo di sete.

Tutto normale dopo un turno di sette ore al Sins.

Trasalii mentre andavo verso la mia auto nel parcheggio buio, tenendo in equilibrio due bicchieri di plastica pieni di acqua ghiacciata in una mano, insieme alla borsa e alle chiavi. Non potevo credere di aver dimenticato la mia borraccia: non che avessi mai un momento libero per bere.

Indossavo un paio di tacchi a spillo. Sì, facevano guadagnare le mance, ma accidenti, quanto facevano male!

Qualcuno avrebbe potuto pensare che, studiando fisioterapia, mi prendessi più cura del mio corpo. Ma facendolo non avrei potuto guadagnare un sacco di soldi. E Dio solo sapeva quanto ne avevo bisogno. Stavo ancora pagando i prestiti per la mia laurea triennale, vivevo di ramen e maccheroni al formaggio. Se non avessi avuto il lavoro al Sins per integrare i pagamenti per i miei prestiti studenteschi, non avrei potuto permettermi neanche la benzina per la macchina. Il locale aveva chiuso da un'ora, ma c'erano ancora un po' di auto nel parcheggio, inclusa una BMW elegante che non poteva appartenere a nessuno dei miei colleghi.

Quindi doveva essere di uno dei clienti.

Probabilmente di proprietà della mafia.

Sorrisi al pensiero dei cento dollari di mancia che uno di loro mi aveva lasciato in tasca.

Marco. Lui e suo fratello Leo frequentavano il locale con donne diverse al braccio ogni maledetto weekend.

Quella sera aveva avuto il coraggio di chiedermi se fossi mai stata tentata di venire nelle mie serate libere.

«Mai.»

Mi aveva fatto quel suo sorriso arrogante. «Mai, mai?»

«No» gli avevo risposto. «Non mi piace il dolore.»

«Ti piace il piacere, angelo?» Aveva inarcato un sopracciglio in modo sensuale.

Alzai gli occhi al cielo mentre aprivo la portiera della macchina. Gli avrei detto che non ero il suo angelo, se non fosse che mi piacevano troppo i suoi soldi per tracciare quella linea nella sabbia. Gemetti quando mi lasciai cadere al posto di guida e alleggerii il peso dai piedi. Appoggiai i bicchieri d'acqua sulla console centrale e mi chinai per slacciare i cinturini alle caviglie. «Ahi, ahi, ahi» borbottai. Non avrei potuto sopportare un altro minuto con quegli strumenti di tortura attaccati ai miei poveri piedi doloranti.

Non appena li tolsi, misi in moto la mia vecchia Honda Accord e feci retromarcia.

Quando mi girai per uscire dal parcheggio, uno dei bicchieri d'acqua sbandò sul cruscotto e mi rovesciò ghiaccio e liquido in grembo.

«Ahi!» Girai accidentalmente il volante mentre lo afferravo e cercavo di scrollarmi il ghiaccio dal vestito già bagnato. Uno dei miei tacchi si infilò sotto il pedale del freno.

Cavolo.

Cercai di tirarlo fuori mentre il secondo bicchiere d'acqua mi rotolava addosso.

Mi abbassai per afferrare la scarpa, ma il piede si incastrò sul pedale dell'acceleratore e l'auto sobbalzò in avanti. Mi schiantai dritta contro un'auto parcheggiata.

Urlai. Sentii un disgustoso scricchiolio di metallo e plastica, e non riuscii ancora a togliere il blocco da sotto il freno! Il motore accelerava e io continuavo a spingere contro... oh Dio.

Era la BMW. Certo che lo era.

Cazzo, cazzo, cazzo!

Calciai via la scarpa e premetti il freno, stringendo il volante così forte che le nocche scrocchiarono.

Cosa dovevo fare? Ero nel panico più totale. Non c'era alcuna logica nella mia testa.

O comunque pochissima.

Mi guardai intorno in fretta alla ricerca della folla di osservatori, ma non c'era nessuno.

Fu allora che commisi l'errore più stupido della mia vita.

Infilai la retromarcia e premetti l'acceleratore. Dopo alcuni strazianti istanti di stridio del motore e rottura di parti, la mia auto si liberò dai rottami.

Raddrizzai il volante e premetti il pedale dell'acceleratore a fondo.

Sentii uno stridio di gomme sull'asfalto mentre mi avviavo.

Lontana dalla scena del crimine.

Dritta verso conseguenze che non ero minimamente preparata ad affrontare.

Marco

Ma che cazzo?

Allungai la mano per prendere un'arma, ma non ne avevo una.

Le armi non erano ammesse nei locali del Sins.

«Che c'è?» Leo arrivò subito al mio fianco, muovendo il corpo in modo protettivo davanti al suo appuntamento serale.

«Qualche stronzo mi ha appena tamponato la macchina.»

La mia BMW nuova di zecca.

«L'hai visto?»

Il buttafuori del locale accanto a noi si schiarì la gola.

«Che c'è?» sbottai. «Sai chi è stato?»

Si strofinò il naso, a disagio. «Io, ehm, credo che sia stato solo un incidente.»

Gli afferrai la maglietta e lo spinsi contro il muro, anche se era più grosso e muscoloso di me. «Chi è stato?» ringhiai. «Cosa sai?»

Non oppose resistenza, perché sapeva che ero pericoloso, cazzo. Alzò le mani in segno di resa. «Era una *lei,* non un *lui.*»

Allentai la presa.

Forse era stato solo un incidente.

Qualche frequentatrice di locali ubriaca?

Avrebbe dovuto comunque risponderne a me.

«La conosci?» chiesi.

«Cosa le farai?»

Okay, la conosceva di sicuro.

«Non faccio del male alle donne» lo rassicurai, poi lanciai un'occhiata oltre la mia spalla dove se ne stavano i nostri appuntamenti per la serata, con gli occhi vitrei e un'espressione compiaciuta. «Tranne quando fa loro piacere.»

«È stata Taylor» ammise il buttafuori.

«La cameriera?»

Lo lasciai andare, del tutto rilassato ora.

Taylor. L'adorabile biondina che sembrava troppo innocente per lavorare lì.

«Mandami il suo indirizzo via SMS.»

«Cosa farai?»

Lanciai un'occhiata nella direzione in cui era scappata via.

«Domani le farò una visitina.»

Capitolo due

Taylor

La mattina dopo camminavo avanti e indietro nel mio monolocale, mordendomi l'interno della guancia.

Quello che avevo fatto la sera precedente era stato troppo stupido.

Non solo avevo infranto la legge, ma l'auto che avevo tamponato doveva essere di proprietà di qualcuno di pericoloso. Avrebbero dovuto solo chiedere al proprietario del Sins, Jack Lindstrom, di recuperare il video di sicurezza del parcheggio della scorsa sera per ottenere il mio nome e indirizzo.

Il che significava che, invece di affrontare una possibile multa e premi assicurativi gonfiati, fra un po' avrei indossato scarpe di cemento nel lago Michigan.

Mi asciugai il sudore viscido dei palmi sui pantaloncini del pigiama.

Avrei dovuto chiamare Jack e confessare in anticipo. Forse poteva dirmi chi era il proprietario dell'auto e potevo provare a sistemare le cose. Era quello che avrebbe fatto una persona sana di mente.

Certo, una persona sana di mente non si sarebbe allontanata a tutta velocità come una codarda.

Era lì che mi ero davvero cacciata nei guai.

Okay, dovevo chiamare Jack subito. Era l'unica soluzione. Cercai il telefono, che era ancora nella borsa da ieri sera. Ovviamente, era scarico. Quando lo collegai, suonò e mostrò quattordici messaggi. Mi venne un nodo allo stomaco.

Prima che riuscissi ad aprire i messaggi per leggerli, sentii un forte bussare alla porta.

La fascia stretta intorno alle tempie si strinse, provocandomi un dolore accecante tra gli occhi.

Ecco. Ero una donna morta.

Per un istante, stupidamente, pensai di scavalcare la finestra e scendere dalla scala antincendio, ma sarebbe stata la stessa scelta della scorsa sera. Era stato proprio quel tipo di codardia a mettermi in questa situazione. No, dovevo solo affrontarla a testa alta.

Andai verso la porta, raddrizzai le spalle e la spalancai, fingendo di non essere terrorizzata da quello che avrei trovato dall'altra parte.

Mi si rivoltò lo stomaco per quello che vidi, ma non solo per la paura. Perché l'uomo dall'altra parte della porta era il mio ricco imprenditore.

Marco.

Il mafioso molto sexy che ci aveva provato con me. Si appoggiò allo stipite della porta in una posa apparentemente disinvolta, le mani infilate nelle tasche dei suoi pantaloni italiani da mille dollari.

«Ciao, Taylor.» Aveva un sorrisetto stampato sul suo viso e un'espressione da *Ti ho beccata* che mi fece rabbrividire ancora di più. Il calore mi inondò le gambe, ancora di più quando iniziò a scrutarmi.

Mi resi conto di aver aperto la porta indossando solo un leggero bralette con spalline sottili e pantaloncini del pigiama leggeri. I capezzoli si inturgidirono sotto il top.

«Non sembri sorpresa di vedermi.»

«Marco, mi dispiace tanto. Ieri sera sono andata nel panico dopo aver tamponato la tua macchina. Ma stavo per provare a rimediare stamattina, lo giuro.»

Inarcò un sopracciglio. «Davvero, angelo?»

«Lo giuro» ripetei, indietreggiando mentre lui avanzava oltre la soglia e chiudeva la porta.

Fece un verso di disapprovazione. «Abbandonare la scena di un incidente è un reato, Taylor.»

«Mi denuncerai?» Speravo che la mia voce suonasse più civettuola che secca.

Sapevamo entrambi che non avrebbe chiamato la polizia.

Era un mafioso. Gestivano i loro problemi personalmente. Di solito con la violenza, non che l'avessi mai visto.

Arricciò le labbra. «No, non sono qui per denunciarti. Sono qui per darti una sculacciata.»

Sbattei le palpebre, cercando di capire se lo intendesse davvero o in senso metaforico. Per qualche ragione, il mio corpo lo prese in parola e il mio sedere si contrasse. Sentii un caldo formicolio ovunque. Un lento pulsare iniziò a palpitare tra le mie gambe.

Come se in qualche modo si fosse reso conto dell'effetto delle sue parole su di me, il suo sorriso si allargò. Avanzò di un altro passo, invadendo il mio spazio personale. Posò la sua mano delicatamente sulla mia vita. Dovetti sforzarmi per alzare lo sguardo e incrociare il suo.

Molto delicatamente, senza insistere, mi tirò in avanti finché il mio corpo non fu a filo con il suo. Mi mise una nocca sotto il mento e mi sollevò ancora di più il viso. «Sei pronta per la tua punizione?»

Cercai di deglutire senza riuscirci. «L-la mia assicurazione coprirà.»

Il suo sorriso si allargò. Aveva una fossetta sulla sinistra che mi sciolse le mutandine. «Ho visto la tua macchina là fuori, angelo, e vedo le dimensioni del tuo appartamento. Immagino che non possa permetterti l'aumento dell'assicurazione.»

Il mio battito cardiaco era frenetico e irregolare. Credevo di sapere dove voleva arrivare e non ero sicura che mi dispiacesse.

«Cosa stai suggerendo?» Cercai di non far tremare la mia voce.

«Non sto suggerendo niente.» La sua mano si spostò dalla mia vita verso il basso. Il suo tono aveva note di velluto nero e scotch. «Sono qui per rimproverarti per essertene andata senza sistemare le cose.» Il suo palmo si adattò con delicatezza alla curva del mio sedere. «E poi parleremo di come risolverai le cose con me.» Il mio nucleo si contrasse.

Chiuse le dita e mi strinse il sedere.

«Ho scelta?»

Perché la mia voce suonava così roca?

«*Vuoi* una scelta?»

Lo fissai, cercando di decifrare quella risposta. Era difficile quando mi stava massaggiando e impastando il sedere. Non indossavo le mutandine sotto i pantaloncini del pigiama e la mia eccitazione si riversò sulle cosce. «O è meglio fingere di no?» Spostò le nocche da sotto il mio mento alla mia guancia.

Non ero ancora sicura di cosa intendesse. Ma aveva parlato di fingere. Quindi significava che avevo davvero una scelta. No?

«Ti ho vista studiare la situazione al Sins. Dici che non fa per te, ma la tua espressione mi dice qualcosa di diverso.»

Ora tremavo. Non per paura.

Per l'attesa.

Per l'eccitazione.

Per la possibilità che tra noi accadesse qualcosa di oscuro e sporco.

Ero anche sbalordita nel sentire che mi aveva osservata. Soprattutto considerando che aveva sempre una donna meravigliosa al braccio.

«E la tua ragazza?» chiesi.

Scosse la testa. «Sai che non ho una ragazza.»

Aveva ragione. Lo sapevo. Perché non portava mai la stessa donna al Sins due volte.

«Basta temporeggiare.» Mi fece indietreggiare, verso il mio letto. «È ora della tua punizione.»

Quando le mie cosce toccarono il letto, si fermò. Mantenendo il mio sguardo, mi sfilò piano la bralette dalla testa.

«Cosa farai?» La domanda uscì come poco più di un sussurro.

«Te l'ho già detto.» La sua risposta fu un caldo brontolio. Più simile a un ronzio.

Gli presi la mano quando infilò il pollice nella cintura dei miei pantaloncini e lui si fermò. Non disse niente, aspettò e basta.

Aveva appena dimostrato che il mio consenso era importante. Stava aspettando che io decidessi.

E fu allora che buttai la ragione al vento.

Gli lasciai la mano. «Okay.»

Capitolo tre

M*arco*

Oh cavolo.

Il mio cazzo era così duro all'idea di sculacciare Taylor.

Era adorabile nel suo minuscolo pigiama, che in quel momento cadde a terra ai nostri piedi.

Aveva un corpo minuto e in forma, come un'atleta snella. Una volta forse mi aveva detto che stava studiando per diventare fisioterapista.

«Hai un corpo bellissimo, Taylor.»

Si stabilizzò mentre si sfilava gli shorts afferrandomi gli avambracci, e sentii il tremore nelle sue membra.

All'improvviso mi passò per la testa che non avesse molta esperienza. Non come una vergine, ma piuttosto come se non avesse avuto molti partner.

Non era esperta.

Quel pensiero provocò in me un'ondata di protezione. Avrebbe dovuto essere una punizione, ma avrei fatto in modo che facesse bene a Taylor.

Che le facesse vedere cosa si era persa al Sins.

«Vieni qui, bella ragazza.» Mi sedetti sul letto e la tirai dai fianchi finché non si mise tra le mie gambe. «Hai bevuto ieri sera? È per questo che sei scappata?»

Si coprì il seno con le mani e per il momento glielo permisi.

«No» gemette. «Sono scappata perché mi sentivo stupida e in preda al panico. E l'incidente è successo perché ho rovesciato l'acqua e la mia scarpa è rimasta incastrata sotto il pedale del freno e poi il mio piede ha accidentalmente premuto l'acceleratore. È stata una vera calamità.»

Annuii, accarezzandole la schiena e tracciandole dei cerchi rilassanti sulla pelle. In realtà era... carina. Sexy da morire, ma aveva un'innocenza accattivante. Era chiaro che fosse andata nel panico e non si fosse comportata per niente male.

I suoi grandi occhi incrociarono con i miei. «Davvero mi sculaccerai? Tipo... sulle ginocchia?»

Mi allungai dietro di lei e le pizzicai il bel sedere sodo. «Cosa ne pensi?»

Ansimò.

La sua pelle era calda contro la mia coscia e respirai, lasciando che l'aroma del suo shampoo e del suo profumo mi avvolgesse. La sua fica era rosa e nuda, e adoravo non dover evitare di fissarla.

Ero spacciato.

Le appoggiai una mano sulla parte bassa della schiena e la feci inclinare in avanti, in grembo.

«Sono le tue prime sculacciate?» le chiesi.

Annuì.

Le diedi una pacca sul sedere e lei scattò subito in avanti. Allungai la mano intorno al suo corpo teso e le pizzicai un capezzolo, e venni ricompensato dal suo respiro affannato. «Devi fare la brava e accettare la punizione.»

Le diedi subito cinque forti schiaffi. Gridò e poi si immobilizzò, come se l'avessi bloccata. Era uno spettacolo da vedere, la sua pelle che si arrossava, il seno ancora sporgente e il corpo che si piegava alla mia volontà.

La mia mano la accarezzò, la calmò, la stuzzicò, facendole credere che il dolore sarebbe passato. Ero un bastardo, perché sapevo che il prossimo schiaffo avrebbe bruciato di più.

«Oh, Dio», gridò.

La sculacciai più forte.

«Marco, per favore, mi dispiace—»

La interruppi con un rapido schiaffo sul sedere, e poi un altro. Questa volta la sculacciai più forte, cercando di coprirle tutta la parte inferiore delle natiche.

Ce l'avevo dannatamente duro, il cazzo mi premeva contro i pantaloni, così duro da farmi male, cazzo. Avrei voluto fare di più che sculacciarla. Avrei voluto infilarmi in profondità nella sua fica e martellarla finché non avesse urlato, ma quando avevo una missione, la portavo a termine.

Piagnucolò, ma sapevo che le lacrime sarebbero arrivate presto. Non vedevo l'ora di vederle. Volevo vederla versare quelle lacrime, quelle che stava cercando così duramente di nascondermi.

Le strofinai il culo e poi le diedi un'altra sculacciata, più forte, e poi ancora e ancora.

I suoi versi erano deboli, ma quando le feci scorrere le dita lungo la fessura del culo e trovai la fica bagnata, non solo gemette, ma emise anche un singhiozzo. Il respiro le uscì dai polmoni in un sibilo.

Era così bagnata, cazzo, e sapevo che lo desiderava. Il suo corpo non poteva nascondermelo. Le strofinai il clitoride e poi le infilai un dito nella fica.

«Oh, cazzo» gemette.

Il suo sesso era stretto, e trovai un punto che la fece gridare di nuovo, solo più forte questa volta.

«Oh mio Dio» gemette. Poi rabbrividì.

«Ora farai la brava, vero, Taylor?»

«Sì. Sì, farò la brava.» La sua voce era roca.

Infilai e sfilai il dito dentro di lei, portandola sempre più vicina al limite. «La *mia* brava ragazza. Farai la brava solo per me.»

«Sì.»

Per quanto io volessi scoparla, dovevo attenermi al mio piano. Avrebbe imparato una lezione, una lezione che le avrebbe fatto capire quanto era sexy e che non avrebbe mai dovuto resistere ai suoi veri desideri.

Non le avrei permesso di rifiutarli di nuovo.

E dopo questo, non le avrei permesso più di scopare con nessun altro.

Mi sarei assicurato che fosse mia.

Non ero mai stato così possessivo prima.

E non avevo mai avuto una ragazza che mi entrasse sottopelle in così poco tempo, in modo così potente. Non semplicemente sculacciandola. C'era qualcosa in Taylor. Forse era per il fatto di sapere che non apparteneva al mio mondo. Non apparteneva nemmeno al mondo del Sins. Eppure, era lì che l'avevo trovata. Un'innocente, pronta a essere corrotta da me.

Qualcosa di luminoso in un mondo di oscurità.

E non volevo offuscare il suo splendore. Volevo solo che scoprisse cosa l'aveva attratta del Sins. Cosa l'aveva attratta di me, perché sapevo che la eccitavo. Flirtava con me. Ero sicuro che si fosse convinta che era per le mance, ma i suoi capezzoli si indurivano ogni volta che sostenevo il suo sguardo più a lungo del dovuto.

E il fatto che finalmente si trovasse dove la desideravo da sei mesi? Cazzo, mi aveva preso per il cazzo ormai..

La tirai su in piedi, di nuovo tra le mie gambe, dove era stata prima della sculacciata.

«Oh, Dio» gridò, e fu la cosa più carina che avessi mai sentito.

Crollò in avanti, con la faccia sepolta nella mia maglietta.

Respirava con affanno, il suo corpo era teso, ma anche cedevole. Le accarezzai i capelli e poi le passai una mano sulla schiena.

«Stai bene?» le chiesi.

Annuì contro di me e rimase dov'era.

Nuda.

Vulnerabile.

Sottomessa.

Sentivo il suo entusiasmo e sapevo che la stavo lasciando con il fiato sospeso. Ma avevo un piano. Dovevo aspettare.

«Quella è stata la tua punizione per essertene andata ieri sera senza sistemare le cose con me» dissi baciandole la testa. «E ora dobbiamo discutere della riparazione di entrambe le nostre auto.»

Si allontanò, con il viso arrossato e gli occhi dilatati. «Okay.» Si scostò i capelli dal viso.

«Pagherò io le spese. Non c'è bisogno di coinvolgere l'assicurazione. E in cambio, voglio che tu passi una notte al Sins. Per una notte, sarai mia. Sarai protetta dalle regole del club, ovviamente, ma a parte questo, dovrai fare tutto quello che ti chiederò.»

«Io... io non posso» disse. «Lavoro tutte le sere e...»

«Me ne occuperò io.» Feci scivolare la mano dalla sua schiena al collo, tracciando dei cerchi con il pollice sulla sua pelle. «Avrai il tempo libero. E non preoccuparti dei soldi, ti pagherò. Molto. Più di quanto guadagneresti.» Sorrisi alla sua espressione inorridita. «Non ti sto chiedendo di fare qualcosa che non vuoi fare, angelo. Sei libera di dire di no. Ma so che non lo farai. E ogni sera che giochiamo, potrai dire di no... ma so anche che non lo farai.»

Le strinsi il culo caldo e la spostai di lato, ignorando il mio cazzo che esigeva di essere dentro di lei. Non ero mai stato un uomo paziente, ma ora lo sarei stato.

«È una follia» sussurrò.

L'espressione di panico e confusione nei suoi occhi me lo fece venire ancora più duro. Volevo scoparla, ma questo era più importante. Avevo bisogno che lei lo capisse.

«Dimmi che vuoi che ti sculacci di nuovo» dissi. «Che ne vuoi di più. Che vuoi vedere cos'è veramente il Sins.»

Scosse la testa, ma i suoi occhi erano pieni di lussuria.

Le presi il mento e glielo sollevai. «Dimmelo.»

Mi sporsi verso di lei, la mia bocca a pochi centimetri dalla sua.

«Forse... sì. Voglio che mi sculacci di nuovo. Ne voglio di più.» La sua voce era roca e sincera, e mi fece palpitare per lei.

Le afferrai i capelli e le tirai indietro la testa, regalandomi una vista incredibile dei suoi seni. Avrei voluto succhiarli, morderli, ma dovevo andarmene.

La lasciai andare, poi mi girai e mi diressi verso la porta con i suoi occhi che mi bruciavano la schiena. Aprii la porta e la fissai. Era così sexy in questo momento – nuda e punita – e la desideravo tantissimo.

«Ci vediamo al Sins stasera alle otto» dissi. «Ti aspetterò.»

Deglutì.

«Non preoccuparti, ti prometto che farò in modo che vada tutto bene.»

Si leccò le labbra, il suo sguardo cadde sui miei pantaloni a pieghe.

Cazzo.

Ma no, l'avrei fatta aspettare. Dovevo assicurarmi che non si tirasse indietro quella sera.

«So che hai un dolore tra quelle dolci cosce in questo momento, angelo» le dissi. «Presentati stasera, da brava, e mi prenderò cura di te.»

Capitolo quattro

Taylor

Per un attimo, dopo che Marco se n'era andato, rimasi nuda in soggiorno, tremante.

Cos'era appena successo?

Era stato pazzesco.

Davvero.

Pazzesco.

Andai in bagno e mi girai per guardarmi il sedere caldo e formicolante allo specchio. Le impronte delle mani di Marco erano ancora dappertutto sulle mie natiche.

Wow.

Ero bagnata – *oltremodo* bagnata – e un po' delirante, quasi come se avessi la febbre. Doveva essere l'equivalente femminile delle palle blu.

Mi sentivo bisognosa, impaziente e un po' incazzata che Marco se ne fosse andato senza farmi venire. Ma ero sicura che fosse questa la sua intenzione.

Si stava assicurando che non mi tirassi indietro quella sera. Si stava assicurando che mi presentassi davvero.

Lo avrei fatto. Non volevo l'enorme aumento dell'assicurazione per la denuncia dell'incidente, e non avevo nemmeno l'assicurazione sulla mia auto; quindi, avrei dovuto pagare l'intero costo della riparazione.

Ma chi stavo prendendo in giro? Non si trattava di una questione di soldi.

Dopo quello che era appena successo, volevo andarci.

Sì, volevo fingere che mi stesse costringendo, fingere che mi avesse forzata a farlo, ma era perché non volevo ammettere l'effetto che aveva avuto su di me. Quanto avevo trovato avvincente l'attenzione di Marco. Volevo di più di quello che mi stava offrendo.

Aprii la doccia e mi misi sotto il getto.

Forse questa era la scusa perfetta. Potevo provare le cose oscure e sconce che avevo visto al Sins senza ammettere che potessero essere quelle che mi piacevano davvero. A essere onesta, in effetti avrebbe potuto essere il motivo per cui avevo accettato il lavoro al Sins. Sì, i soldi erano ottimi, ma ero anche affascinata da ciò che vedevo lì, dalla sicurezza della mia posizione. Potevo nascondermi dietro il grembiule da cocktail e il vassoio e sapere che non avrei mai dovuto provare nulla.

Mi presi il mio tempo sotto la doccia, mi rasai ovunque, tremando quando mi resi conto che il mio corpo sarebbe stato in mostra quella sera. Non per tutti, a meno che non lo scegliesse Marco. Ma Marco mi avrebbe rivista.

Hai un corpo bellissimo, Taylor.

Mi aveva fatta sentire bella. Mi aveva fatto sentire libera, come se all'improvviso fosse possibile esplorare il mio corpo e la mia sessualità in una zona priva di giudizi.

Insomma, immaginavo che il Sins avrebbe dovuto essere così, ma non mi ero mai data il permesso di provare nulla lì. Avevo solo bisogno di essere costretta.

E non mi dispiaceva affatto che fosse stato Marco a spingermi. Avevo sempre provato un certo fascino per i cattivi dal fascino oscuro, non che Marco fosse poi così malvagio. Di solito era un gentiluomo.

Mi dava sempre una buona mancia e mi trattava con rispetto. Anche se c'era il lato oscuro del sesso. Mi lanciava un'occhiata di apprezzamento quando mi avvicinavo. Parlava con un brontolio sensuale e basso, e abbassava le palpebre a mezz'asta quando sorrideva o flirtava. Insomma, era rispettosamente irrispettoso nei confronti delle donne.

Finii la doccia e uscii, avvolgendomi un asciugamano intorno al corpo.

Marco e i ragazzi con cui girava erano di certo dei mafiosi, quindi questo lo rendeva il cattivo. Ma non erano i suoi legami familiari a darmi fastidio.

Quello che mi dava fastidio era sapere che sarei stata una delle almeno tre dozzine di donne diverse con cui aveva fatto sesso al Sins quest'anno.

Quel tipo era un vero e proprio donnaiolo.

Il che, immaginavo, andava bene. Significava che aveva esperienza. Avrebbe saputo il fatto suo. Gli credevo quando diceva che mi avrebbe fatto del bene.

Comunque, non pensavo che la cosa sarebbe andata da qualche parte.

Non sarei certo uscita con quel ragazzo.

Dovevo solo presentarmi e lasciargli fare cose depravate al mio corpo.

Non era un cattivo affare, finché mi impedivo di volerne di più.

Perché con Marco, era impossibile.

* * *

Marco

Quel pomeriggio Don Pachino si appoggiò allo schienale della scdia e valutò me, mio fratello Leo e mio cugino Armando.

Eravamo nel patio esterno di Tony's, il caffè con i migliori calzoni di Chicago. Era qui che al Don piaceva fare affari.

«Ho bisogno che vi occupiate di una cosa.»

473

«Certo» disse Armando, ma poi il suo telefono vibrò sul tavolo dove l'aveva appoggiato a faccia in giù. Lui sussultò e lo guardò con aria colpevole, ma non si mosse per prenderlo.

«Sto interrompendo qualcosa?» Al Don non piaceva che gli si mancasse di rispetto, e soprattutto non gli piaceva che qualcuno toccasse il telefono mentre parlava.

La gola di Armando sussultò. Sembrava che stesse facendo tutto il possibile per non girare il telefono e rispondere alla chiamata. Non sapevo a cosa avesse pensato, lasciandolo sul tavolo. Di solito era più sveglio di così. Ultimamente, però, non era concentrato sul gioco perché... *Oh.* «Potrebbe riguardare Hannah?» chiesi, cercando di sostenerlo.

«Oh, sì» intuì Leo.

«Sì.» Armando girò il telefono così in fretta che Don G istintivamente prese la pistola.

Nell'istante in cui Armando lesse lo schermo, scattò in piedi. «È ora! Le si sono rotte le acque. Devo andare.» Poi, riprendendosi, guardò il Don. «Mi dispiace, Don G. Senza mancare di rispetto.»

Il Don fece un gesto di diniego con la mano. «Vai. Stai con tua moglie. Facci sapere come va.»

Aspettò che Armando fosse fuori dalla portata d'orecchio prima di ridacchiare e scuotere la testa. «Ricordo quando è nata Summer. Non è un processo veloce per i primi figli. Dubito che quel bambino nascerà prima dell'alba.»

«Sì?» dissi. Cosa ne sapevo io di bambini?

«Ma, certo, deve esserci per Hannah.» Unì le dita. «Non posso contare sul fatto che Armando sia concentrato per il prossimo anno. Ho bisogno che voi due siate concentrati.»

«Certo, Don G.»

«Assolutamente sì» disse Leo.

Si appoggiò allo schienale e tirò fuori un sigaro dalla tasca interna. «Appena un uomo si sposa e ha figli, si rammollisce. Improvvisamente, l'unica cosa a cui riesco a pensare è quanto sia preziosa la vita.» Tagliò la punta del sigaro.

«Beh, non abbiamo intenzione di sposarci a breve» dissi.

«Sicuro» concordò Leo. «Probabilmente non dovrai mai preoccuparti di Marco in quel senso. Non esce con la stessa ragazza due volte dalla terza elementare.»

Il Don ridacchiò.

Sorrisi, ma stavo pensando a Taylor. A come si era arresa a me quella mattina. A quanto mi era piaciuto.

Era il tipo di ragazza con cui sarei uscito due volte. Era il tipo per cui sarebbe valsa la pena tenere.

Per sempre.

Non vedevo l'ora che arrivasse la sera per premiarla per la sua sottomissione. Avrei potuto mostrarle tutto quello che si era persa mentre evitava le scene sadomaso al Sins e faceva finta di non essere interessata.

E ora me ne stavo lì a pensare al sesso davanti al Don.

Mi schiarii la voce. «Allora, di cosa dobbiamo occuparci?»

«Ho bisogno di inviare un messaggio agli *stronzi* che si stanno infilando alla mia partita a carte del sabato.»

«Chi sono? I russi?» Negli ultimi dieci anni c'era stata una pace provvisoria tra la bratva di Chicago, i Pachinos e la famiglia Tacone, ma tutti sapevano che quel tipo di tregue poteva facilmente saltare.

Solo pochi anni prima, Junior Tacone, capo dell'altra famiglia mafiosa italiana, aveva sterminato da solo un'intera cellula bratva in una gastronomia italiana. Non c'erano state lamentele da parte di Ravil Baranov, il capo della cellula bratva avversaria.

«No, i russi possono giocare la loro partita. Questa è una coppia di spacciatori che cercano di arrotondare il loro stipendio.» Mi mostrò la pagina Instagram di un tizio che posava con una vistosa Corvette. «Scopri dove si gioca la partita questo fine settimana. Falla finita. Li voglio fuori dalla mia città, cazzo.»

«Consideralo fatto.»

Leo fece schioccare le nocche. «Quel tizio è spacciato.»

Don G diede una pacca sulla spalla di Leo e si alzò. «Bene. Fatemi sapere quando è finita.»

«Certo» dissi, alzandomi anch'io.

Fare da secondini al capo era il nostro lavoro abituale. Non sarebbe stato un problema. Ero solo sollevato che potesse aspettare fino a sabato, perché non avrei voluto che niente interferisse con i miei piani di quella sera con Taylor.

Certo, Leo mi leggeva nel pensiero. Sapeva dove stavo andando quella mattina quando ero andata da Taylor.

«Com'è andata con la cameriera?»

Per qualche ragione, la domanda mi infastidì, anche se di solito chiacchieravamo senza filtri sulle nostre ultime conquiste.

Era perché Taylor non mi sembrava una conquista e non mi piaceva nemmeno che Leo ne parlasse.

«Si chiama Taylor. E me ne sono occupato io.»

Leo alzò le sopracciglia al mio tono professionale. «Sembra che non ti sia piaciuto.»

«Oh, mi è piaciuto. Solo che non voglio che tu le manchi di rispetto.»

«Eh. È così.» Leo mi guardò come se fossi una persona nuova.

Cavolo, forse lo ero. Taylor era una persona speciale.

«Tipo cosa?»

Leo arricciò le labbra, ma essendo mio fratello minore, era abbastanza intelligente da non stuzzicare l'orso. «Niente.» Alzò le mani in segno di resa. «Non importa. Sono contento che te ne sia occupato tu.»

L'immagine di Taylor nuda davanti a me mi balenò in mente e le mie narici si dilatarono al ricordo di quanto fosse incredibile nuda. Quanto avevo amato la sensazione della sua pelle, il suono dei suoi piccoli gemiti mentre la punivo.

Non vedevo l'ora che arrivasse quella sera.

Alla fine della serata, *Taylor sarebbe stata mia.*

Capitolo cinque

Taylor

Tremavo quando arrivai da Sins. Rimasi seduta nella mia macchina semidistrutta e cercai di farmi coraggio per entrare.

Indossavo autoreggenti neri con la cucitura sul retro e piccoli fiocchi di raso in alto, una gonna nera corta e un top asimmetrico senza maniche da un lato e con le spalline dall'altro. Non sapevo bene come comportarmi. I miei colleghi avrebbero pensato che stavo tornando per il mio turno. Vedendomi con Marco, ne avrebbero parlato all'infinito. Tutti avrebbero voluto sapere come aveva infranto la mia decisione di non mischiare mai gli affari privati con il lavoro.

Un leggero bussare al finestrino mi fece urlare.

«Oh! Marco!» Faticai ad aprire la portiera con dita tremanti, ma lui la aprì per primo.

Era in modalità dominatrice, con una di quelle maschere autoritarie e spietate che i dominatori sfoggiavano per le loro sottomesse. Era diverso dal fascino indulgente che usava quando mi ordinava da bere. Qualunque cosa vide sulla mia faccia, la sua espressione si addolcì.

«Ciao.» Mi accarezzò la guancia con la mano – come un amante, non un padrone – e abbassò lentamente il viso verso il mio.

Le sue labbra mi sfiorano la bocca aperta, poi mi assaporò. Il bacio si fece più intenso, iniziando dolcemente, per finire con la sua lingua in profondità nella mia bocca, i suoi denti che mi raschiavano le labbra e io che mi inzuppavo le mutandine.

«Sei bellissima, Taylor» mormorò, continuando a cullarmi il viso con una mano.

Ero senza fiato. «Grazie.»

«Grazie, Signore» mi corresse, ma le sue labbra si incurvarono agli angoli. «Stasera seguirai il protocollo. Ti rivolgerai a me come *Signore* o *Padrone*. Non farai nulla senza il mio permesso o un mio ordine. Qualsiasi esitazione o disobbedienza sarà punita. Tutto chiaro?»

Avevo i palmi sudati e il cuore mi martellava contro le costole. Mossi la testa in segno di assenso.

«Sì, Signore» mi corresse.

«Sì, Signore.» Sembrava che avessi appena corso cento metri.

Mi baciò la fronte. Sembrò un gesto stranamente tenero e cercai di ricordare se l'avevo già visto fare con le sue sottomesse. «Brava ragazza.»

Non stavo lavorando per le sue mance stasera, ma sembrava che mi piacesse ancora guadagnarmi la sua approvazione, perché le parole mi penetravano nel petto e mi trasmettevano calore fino alle dita dei piedi. Mi rilassai e gli permisi di accompagnarmi fuori dal parcheggio e attraverso la porta sul retro.

«Ho prenotato una stanza privata al piano di sopra» disse, guidandomi verso la scala sul retro.

Mi sentii subito sollevata. Sembrava capire che non volevo essere osservata dai miei colleghi mentre ci incontravamo. Le stanze private al piano di sopra costavano cinquemila dollari a notte. Ero sicura che Marco se lo potesse permettere, ma di solito sceglieva un'area più pubblica al piano di sotto, quindi ero contenta che fosse stato disposto a fare questa scelta per me.

Posò con delicatezza la mano sulla parte bassa della mia schiena mentre salivo le scale con i miei tacchi a spillo, ben consapevole di tutto ciò che mi circondava: il ritmo profondo e stridente della musica, il luccichio della luce rossa e blu, il rumore lontano di una pagaia e il conseguente urlo.

Landon, uno dei dungeon master del Sins, era in piedi nel corridoio, a sorvegliare.

Anche le stanze private del Sins erano sorvegliate, con tende nere al posto delle porte e uno specchio unidirezionale in ogni area per l'osservazione. Il mio capo voleva assicurarsi che tutto rimanesse sicuro, sano e consensuale.

Sapevo che se avessi detto "Rosso" e Marco non lo avesse rispettato, Landon sarebbe intervenuto. Una volta abbiamo parlato del fatto che Marco e i suoi amici fossero probabilmente mafiosi, ma questo non gli avrebbe impedito di proteggere una sottomessa da uno di loro, se necessario. Aveva anche detto che i ragazzi non gli avevano mai dato problemi, e valeva anche per me. Anzi, avevo la sensazione che fossero più rispettosi di molti dei ragazzi che venivano al Sins.

Landon ci indicò la nostra stanza riservata e Marco aprì la tenda per farmi entrare.

C'erano un divano a due posti in pelle, una panca per le sculacciate e un tavolino con una serie di strumenti disposti ordinatamente. Vidi una pagaia, una spazzola, una sculacciatrice in pelle, un gatto a nove code e un morbido nastro rosso.

Mi cedettero le ginocchia.

Marco mi avvolse con un braccio da dietro e mi tirò contro il suo corpo. «Non aver paura, angelo.» Il suo respiro caldo mi sfiorava il padiglione auricolare. «Non userò i peggiori a meno che tu non ti comporti male.»

La mia fica si contrasse.

«Ma non ti comporterai male, vero?»

«No, signore.»

«Brava ragazza.» La sua mano scivolò più in basso, lungo la mia coscia fino al bordo della gonna, poi risalì verso l'interno. Mi sfiorò la parte superiore delle autoreggenti con un tocco leggero. «Mi piacciono queste.» Mi girò verso di lui. «Fammi vedere bene.» La sua voce assunse il tono più profondo di un comando.

Le mie mani volarono verso la cintura della gonna, ma poi esitai. Intendeva che dovevo togliermi la gonna? Era come il gioco *Simon dice*? Mi aveva detto che non avrei dovuto fare nulla senza permesso o ordine.

Un'espressione divertita gli attraversò il viso. Vidi la traccia di indulgenza che sfoggiava e lo rendeva così sexy ai miei occhi quando flirtava.

«Togliti la gonna, angelo.» Il suo tono ora era più pacato.

Ero grata che non mi stesse dominando in questo momento. Ero troppo nervosa per gestirlo.

Mi tolsi la gonna. Marco abbassò le palpebre mentre osservava le mie mutandine di pizzo trasparente che si abbinavano alle autoreggenti nere.

«Che meraviglia. Togliti la maglia.»

Mi tolsi la maglietta. Non indossavo il reggiseno, quindi ora avevo solo mutandine, calze e tacchi.

«Brava. Sei perfetta. Assolutamente perfetta.» Mi prese il braccio e mi condusse verso il lato del divano, dove mi piegò sul bracciolo imbottito. «Vediamo come se la cava il tuo sedere dopo le sculacciate di stamattina.»

Mi passò una mano sulla pelle. Stamattina mi aveva lasciato dei segni, niente di terribile. Qualche chiazza rossa. Non mi faceva più male, a parte un pizzico o due quando stringevo il sedere.

Mi diede un paio di leggeri schiaffi sul sedere, poi mi accarezzò lentamente i glutei. «Penso che una sottomessa dovrebbe sempre avere un sedere rosso e caldo mentre siamo in scena. Aiuta a concentrarsi, ti ricorda chi comanda e che la disobbedienza ha delle conseguenze.»

«Non disobbedirò» ribattei con tono aspro.

Era vero.

Non avrei mai disobbedito. Non avevo alcun interesse a ricevere una sculacciata da qualcosa che non fosse la sua mano.

Mi diede tre forti sculacciate e io gridai. «L'hai appena fatto, angelo.»

L'umidità mi colava tra le gambe. La mia mente si affrettò a capire cosa avessi sbagliato per non ripeterlo.

«Non ho intenzione di disobbedire, signore» mi corressi. «Voglio dire, non disobbedirò di nuovo, signore.»

A quanto pareva, non si era ancora calmato, perché mi tenne il fianco con una mano e iniziò a sculacciarmi con regolarità.

Già dolorante da quella mattina, mi dimenai e cercai di schivare la sua mano, ma lui non cedette finché non mi bruciò il sedere e non gemetti per la sensazione.

«Mmh.» Mi accarezzò la pelle calda con il palmo della mano. «Così va meglio.» Si chinò e mi baciò una guancia. «Farai la brava ragazza?»

«Sì, signore.»

Mi aiutò ad alzarmi e mi girò per guardarlo. «Vuoi usare le solite parole di sicurezza: *rosso, giallo e verde?*»

Annuii. «Sì, signore. Voglio dire, quello che vuoi.»

Questo gli fece spuntare un sorriso sexy. «Brava ragazza. In ginocchio, Taylor» ordinò Marco mentre mi prendeva una ciocca di capelli e mi abbassava fino a farmi arrivare gli occhi all'altezza del suo cazzo duro.

Avrei voluto assaggiarlo, far roteare la lingua, divorarne la lunghezza, ma aspettai il suo comando come mi aveva insegnato a fare.

Mi tirò indietro i capelli. La sua presa era salda.

«Apri la bocca» disse.

Feci come ordinato... leggermente.

Il suo cazzo mi scivolò tra le labbra socchiuse e lui me lo strofinò sulla lingua.

Mi tirò indietro i capelli e me lo spinse sempre più in profondità e io lo succhiai fino in fondo, bloccandomi l'afflusso d'aria.

L'uccello gli pulsava e Marco gemette mentre gli leccavo la parte inferiore della pelle liscia.

«Benissimo, Taylor. Leccalo. Ruota.» Guidò la mia bocca su e giù lungo il suo membro. «Ora stringi quelle labbra intorno a me.»

Feci come mi aveva detto, incavando le guance per succhiare, stringendo e rilasciando mentre mi muovevo su e giù sul suo cazzo, cercando di succhiarlo più forte che potevo.

«Ecco fatto. Sei una piccola succhiacazzi così desiderosa» gemette. «Che brava ragazza.»

Gli stavo consumando il cazzo, spingendomelo in gola, prendendone più che potevo.

«Brava, ragazza.» Marco mi lodò ancora mentre mi tirava di nuovo i capelli. «Ti insegnerò a essere la migliore sottomessa possibile.»

Il mio corpo tremava mentre il mio orgasmo aumentava grazie alle sue lodi e alla consapevolezza che lo stavo soddisfacendo.

«Basta.» Tirò fuori il membro dalla mia bocca, che luccicava per la mia saliva.

Mi strofinò la punta sulle labbra, e io lo guardai negli occhi in attesa del comando successivo.

«Alzati. Poi chinati e metti le mani sul divano.»

Obbedii, un po' stordita, mentre mi alzavo in punta di piedi e mi chinavo.

«Allarga le gambe.»

Lo feci, mordendomi il labbro quando sentii la sua mano sul sedere.

Lui mi abbracciò il corpo, e sussultai quando mi schiaffeggiò la fica, il bruciore mi fece venire i brividi lungo la schiena.

«Non ti ho dato il permesso di morderti il labbro.»

«Mi dispiace, signore» mi scusai in fretta, godendomi la sensazione della parola "signore" e come mi usciva dalla bocca con facilità.

Mi strofinò la mano sul sedere, e poi mi diede una forte sculacciata. Abbassai la testa e cercai di calmare i nervi. La mia mente urlava di no, il mio corpo esigeva di sì, e la confusione quasi mi piegava le ginocchia. «Apri di più le gambe.»

Feci come mi aveva detto, poi sentii la sua mano sul culo. Mi allargò le natiche con i pollici.

«Qualcuno ha già scopato questo culo?»

Scossi la testa. «No, signore.»

«Bene.» Poi abbassò la mano sulla mia fica e la sculacciò di nuovo. «È la *mia* fica?»

Annuii di nuovo.

«Dillo.»

«Questa è la tua fica, signore.»

«Brava ragazza. Se continui a comportarti bene, allora potrei scopare questa fica bisognosa stasera, il mio cazzo allargherà il tuo piccolo buco stretto. E domani sera... potrei scopare anche questo tuo culo.»

Iniziai a tremare ancora di più, eccitatissima da tutto questo. «Sì, signore» gemetti.

«Mettiti un dito nella fica, Taylor. Voglio vederti renderla bella e bagnata per me. Allargala per il mio cazzo.»

Cavolo, il modo in cui quell'uomo mi parlava era... tutto. Così esigente. Così potente. E così dannatamente sexy.

Mi misi un dito nella fica, muovendolo lentamente dentro e fuori, sapendo che stava osservando ogni mia mossa. Mi piaceva mettermi in mostra per lui, sapendo che i suoi occhi osservavano tutto. «Che bella fica rosa» disse mentre continuavo a masturbarmi con le dita davanti a lui.

Non avevo mai fatto niente del genere prima. Non ero mai stata così audace, libera ed eccitata. Non cercavo nemmeno di trattenere i gemiti. Sapevo che era meglio non nascondergli le mie emozioni.

«Hai la fica bagnata, Taylor? Aggiungi un altro dito.»

Infilai un secondo dito e spinsi in profondità, ansimando. «Sì, signore.»

Continuai a masturbarmi con le dita, sapendo che non ci sarebbe voluto molto per spingermi oltre il limite.

«Quando sei pronta a venire... fermati.»

Piagnucolando mentre sfilavo in fretta le dita per paura di venire senza il suo permesso, attesi l'ordine successivo.

«Il mio angelo vuole venire?»

«Sì, signore. Tantissimo, signore.»

* * *

Marco

Ero sempre stato un fan dell'edging. Portare qualcuno fino all'ultimo punto di un dirupo e appenderlo deliziosamente, avendo solo me a cui aggrapparsi. Ma con Taylor... stavo perdendo il controllo. Non avevo mai desiderato essere sepolto fino alle palle dentro una persona in vita mia così tanto come ora.

Avevo bisogno di lei.

Avevo bisogno di lei subito.

«Taylor, dillo ad alta voce. Dimmelo.»

«Voglio venire, signore. Voglio il tuo cazzo. Per favore, scopami» piagnucolò Taylor.

Dio, era una sottomessa naturale. Come avevo fatto a non accorgermene prima? Il suo corpo era così reattivo e il mio reagiva a ogni gemito, lamento e ansito che lei faceva.

Mi inginocchiai accanto a Taylor, osservandola intensamente mentre le strofinavo il pollice sulle labbra della fica, esposta ai miei occhi.

«Sei così bagnata, Taylor. Sei così bella, cazzo. Perfetta. Penso che verrò solo a guardarti.»

Le appoggiai l'altra mano sulla fica e iniziai a strofinarle il clitoride con movimenti circolari, continuando a massaggiarla. «Così gonfia, Taylor. Così bagnata.»

Adoravo pronunciare il suo nome. Mi sembrava giusto.

«Oh, cazzo, signore» gemette lei mentre mi strofinava il suo sesso contro la mano. «Sto per venire. Cazzo, sto per venire!»

Quando raggiunse l'apice ed era pronta a cadere, smisi di toccarla e la guardai inarcare la schiena.

Ero uno stronzo del cazzo, un provocatore, un tormentatore, e avrebbe imparato ad amare questo lato di me.

«No, per favore, signore. Per favore, lasciami venire.»

Mi tastai i pantaloni e tirai fuori un preservativo dalla tasca. Non potevo più torturarla, perché ero quasi sul punto di uccidermi. Strappai la stagnola, srotolai il preservativo lungo il mio membro e poi mi misi dietro di lei, strofinandole la fessura su e giù con la punta.

«È questo che vuoi, Taylor? Vuoi il mio cazzo, eh? Vuoi che mi scopi questa fica stretta?»

«Sì, signore. Lo voglio tantissimo» mi rispose mentre muoveva i fianchi avanti e indietro.

«Sei così bagnata, dannazione» grugnii mentre la impalavo. Lei ansimò e sentirlo mi mandò una scarica di lussuria dritta al cazzo.

Cominciai a scoparla piano, inizialmente, tenendole i fianchi mentre mi spingevo in profondità dentro di lei. Tutto ciò che riuscivo a vedere erano il suo culo e la sua fica, e non riuscivo a immaginare di passare un altro minuto senza essere dentro di lei. Non volevo che finisse mai. Non ne avevo mai abbastanza.

«Il mio angelo vuole che la scopi?»

«Sì, per favore, signore. Fottimi, signore» implorò spingendo il culo contro di me.

Le diedi una pacca sulle natiche e lei sussultò, inarcandosi nella posa più perfetta e scopabile. La sua fica si strinse intorno al mio cazzo ed ero quasi distrutto, ma ero un uomo con una cazzo di missione.

Chiusi gli occhi, cercando di trattenere il piacere ancora un po'.

«Vuoi venire, angelo mio?»

Piagnucolò mentre graffiava il divano, un chiaro segnale che ci era vicina. «S-sì, signore.»

«Pregami di lasciarti venire.»

«Ti prego, signore. Per favore, lasciami venire. Fottimi. Sculacciami. Qualsiasi cosa. Permettimi solo di—»

Mi allungai indietro e le diedi un forte schiaffo sul culo, e lei gridò.

«Che brava ragazza. Ora ti lascio venire.»

«Grazie, signore. Oh, cazzo, grazie, signore.»

Spinsi dentro e fuori il più velocemente e con più forza possibile, dandole ciò che desiderava con tanta disperazione.

Spinsi dentro ancora un paio di volte prima di stringerle la mano sui fianchi e godere nella fica più perfetta che avessi mai scopato. Il suo sesso si strinse ancora di più attorno al mio cazzo, e sapevo che sarebbe venuta di nuovo.

La sentii piagnucolare e vidi l'orgasmo scorrere sul suo corpo, e capii che ero, senza dubbio, perso per lei.

Per la prima volta in assoluto, avrei voluto essere in un posto più intimo. Più privato. Come nella mia camera da letto, non in un club sadomaso.

All'improvviso odiavo tutta la struttura che consentiva una distanza di sicurezza tra i partner. Permetteva uscite e finali. Non volevo accompagnare Taylor alla sua macchina a fine serata, darle un bacio e dirle di mandarmi il conto della macchina.

«Ho cambiato idea» dissi, cercando di sembrare padrone di me quando il mio corpo non ne sentiva il bisogno. «Una notte non basta per pagare quello che mi devi.»

«Cosa?»

«Ho bisogno di averti per più tempo.»

Non c'era scelta. Nessuna opzione. E mentre il suo corpo crollava sotto di me, con il respiro che le usciva dalle labbra imbronciate a singhiozzi, ero convinto che non avrebbe discusso.

Capitolo sei

Taylor

«Non pensare nemmeno a vestirti» mi ringhiò Marco dal letto. Era nudo e glorioso, tutto muscoli scolpiti, con il tatuaggio di un serpente e dei fiori che gli avvolgevano una spalla.

Dopo aver dichiarato di aver bisogno di me per più tempo la scorsa sera al Sins, mi aveva portata a casa dove avevamo fatto un secondo round del sesso più bollente della mia vita.

Ora avevamo appena finito il terzo round e stavo tornando dal bagno.

Lasciai cadere la maglietta sul pavimento. «Sì, signore.»

«Mmh» brontolò, allungandosi verso di me. «Sei una brava piccola sottomessa, vero?» Mi tirò sopra il suo corpo.

Mi lasciai cadere sopra di lui, ridendo. Il mio corpo vibrava: caldo e appagato per tutte le attenzioni che gli aveva dedicato.

Mi tenne la nuca e mi infilò la lingua in bocca mentre mi dimenavo su di lui in cerca di piacere quando il mio clitoride trovò la radice del suo cazzo. Il telefono di Marco vibrò dal comodino. Lui lo ignorò, baciandomi profondamente, ma il telefono vibrò ancora e ancora.

«Scusa, angelo.» Lo prese. «Devo solo controllare.» Dopo aver esaminato rapidamente lo schermo, esclamò: «Oh, accidenti!» ma con una nota di gioia.

«Cosa?»

«Mio cugino ha avuto la bambina!» Mi rivolse un sorriso infantile e il mio cuore si strinse. Non era più il potente e pericoloso boss mafioso, ma una persona con cugini, bambini e una gioia ordinaria.

«*Tuo cugino* ha avuto una bambina?» lo presi in giro.

«Beh, sua moglie.» Il sorriso di Marco era contagioso. «Sono così felice per lui. Gli ultimi cinque anni della vita di Armando sono stati pura miseria e poi ha incontrato questa ragazza – in circostanze terribili – e l'ha messa incinta, e all'improvviso... beh, lei lo ha cambiato. È incredibile vedere cosa può fare l'amore per un uomo.»

Mi sedetti sul letto, appoggiandomi su una mano e godendomi la vista della sua nuda bellezza. «Mi piace tantissimo» dissi.

Marco incrociò il mio sguardo e per un attimo mi chiesi se stesse pensando la stessa cosa che stavo pensando io: se l'amore avrebbe mai potuto cambiare anche lui. «Ehi, vuoi venire con me in ospedale per dare il benvenuto alla bambina? Si chiama Daisy Jane.»

Il mio cuore saltò un battito. Mi stava chiedendo di fare qualcosa che non riguardava solo il sesso. Non era nemmeno un posto in cui portare una ragazza nuova. Era il tipo di attività riservata a una fidanzata o a una partner fissa.

Saltai giù dal letto. «Mi piacerebbe tanto conoscere Daisy Jane!» Mi misi un paio di jeans e una maglietta.

Marco indossò i vestiti della sera prima, tranne la giacca, e andammo alla sua macchina. Era una macchina a noleggio che stava usando mentre la sua era in riparazione: una bella Mercedes decappottabile.

«Allora, perché gli ultimi cinque anni sono stati così brutti per Armando?» chiesi dopo essere andati in un drive-through a prendere bagel e caffè.

Marco mi lanciò un'occhiata di traverso, come se stesse decidendo se dirmi la verità o no. «Era in prigione» disse dopo un attimo di esitazione.

«Oh, wow.»

«E quando è uscito, era in pericolo. Si è rintanato a casa di Hannah finché non ha sistemato le cose.»

Non chiesi come si erano sistemate le cose. Avevo la sensazione che, anche se Marco me lo avesse detto, non avrei voluto saperlo. Ero solo onorata che fosse sincero con me. Mi piaceva come dominatore esigente, ma mi piaceva ancora di più questo scorcio della sua vita quotidiana.

Arrivammo in ospedale e Marco comprò un'enorme composizione floreale dal fiorista del posto.

«Hannah mi ucciderà per questo» disse.

«Perché? È allergica?»

Sorrise. «No, è una fiorista pluripremiata. Si offenderà se le porto dei fiori.»

Intrecciò le sue dita con le mie mentre salivamo in ascensore. «Grazie per essere venuta con me.»

Mi avvicinai a lui così che potesse abbracciarmi. «Sono davvero sorpresa che tu me l'abbia chiesto.»

«Perché?»

«Pensavo fossi il tipo che se ne andava da casa mia prima dell'alba.»

Le porte dell'ascensore si aprirono sul piano di Armando e Hannah, ma Marco mi impedì di scendere. «Aspetta, angelo. Cosa intendi?»

Alzai le spalle. Le porte dell'ascensore si chiusero e iniziammo a salire. «Voglio dire che sei un playboy. Lavoro al Sins, so che incontri una ragazza diversa ogni fine settimana. Quindi non mi sembri il tipo che *fa colazione insieme la mattina dopo.*»

«Hai ragione, non lo sono.»

Fui colta dalla nausea e desiderai non essere andata con lui. Stavo iniziando a innamorarmi davvero e non era una scelta sicura per me. Premetti di nuovo il pulsante del nostro piano, più e più volte.

«Ehi.» Marco mi prese per un braccio e mi tirò contro di sé. «Di solito non resto per la notte.» Mi guardò dall'alto in basso, il suo caldo sguardo castano mi scrutò come se volesse essere sicuro che io avessi capito quello che intendeva.

Volevo esserne sicura anch'io. «Perché l'hai passata con me?»

Abbassò la testa e mi sfiorò il naso. «Sei speciale, Taylor.»

Il campanello dell'ascensore suonò e questa volta Marco si mosse per uscire. Le sue parole mi rimbalzarono nella testa mentre percorrevamo il corridoio asettico per raggiungere la stanza di Armando e Hannah.

Ero speciale.

Avevo quasi paura di ammettere quanto sperassi che fosse vero.

Marco

«Spero di essere anche io così bella dopo sedici ore di travaglio» disse Taylor mentre uscivamo dalla stanza d'ospedale e ci dirigevamo verso l'ascensore. «Era semplicemente radiosa.»

Stringendo Taylor al mio fianco, le baciai la sommità della testa. «Non riesco a immaginarti altro che splendida.»

Il pensiero che lei fosse incinta di un bambino – il mio bambino – mi fece venire un'erezione. Non volevo ancora un bambino, ma di sicuro volevo esercitarmi a farne uno. E l'idea che Taylor partorisse il mio bambino—

Cristo. Chi diavolo ero diventato? Baci dolci, complimenti affettuosi e la sensazione di non averne mai abbastanza di questa donna non facevano per me. Non mi era mai capitato, eppure eccomi qui.

L'espressione sorpresa sulle facce di Armando e Hannah quando ero entrata nella stanza con *una fidanzata* mi aveva ricordato che mi stavo comportando in modo diverso dalla norma. Fortunatamente per me, erano entrambi così presi dalla bambina che non mi avevano fatto l'interrogatorio, ma ero abbastanza sicuro che fosse solo questione di tempo prima che mi toccasse.

Ma 'fanculo. Mi piaceva. Mi piaceva davvero.

L'ascensore si aprì e il Don uscì con Leo al suo fianco. Entrambi portavano un mazzo di fiori rosa e gialli e sembravano fuori posto nel corridoio dell'ospedale, come ero sicuro di essere io.

Mi liberai subito da Taylor. Leo sapeva che non avevo passato la notte a casa, ma il Don non aveva bisogno di scoprirlo.

«Oh, ehi. Vieni dalla stanza di Mando? Come sta la mamma?» chiese Leo.

Cercando di evitare lo sguardo scrutatore che il Don stava rivolgendo a Taylor, risposi: «Bene. Non l'ho mai vista così felice. E aspetta di vedere nostro cugino. Ha un sorriso da un orecchio all'altro. La paternità gli dona.»

«Il parto è andato bene? La bambina?» chiese il Don.

«È andato tutto liscio. Si stanno anche godendo la suite più grande che hai fatto preparare per loro. Armando è molto riconoscente.»

Lo sguardo di Don G era ancora fisso su Taylor e, senza pensarci, feci un passo indietro, aprendo la distanza tra noi. Probabilmente era troppo tardi per dare l'impressione che fossimo solo amici, ma avrei preferito evitare di parlarne.

«Chi è?» chiese il Don.

Ecco, giusto per evitare la conversazione.

Non era esattamente duro, ma non era nemmeno amichevole. Conoscevo abbastanza bene il Don da sapere che non era contento di vedermi con una ragazza, dopo che gli avevo appena promesso che non avrei mai avuto una ragazza e che avrei continuato a concentrarmi sul lavoro.

Presi un po' più le distanze. «La mia macchina è in officina e avevo bisogno di un passaggio» dissi. «Lavora al Sins.»

Gli occhi di Taylor mi fulminarono e vidi un lampo di dolore, che però venne subito sostituito dalla rabbia. Poi si stampò un sorriso sulla faccia, si girò verso il Don, gli porse la mano e disse: «Mi chiamo Taylor». Poi mi lanciò un'altra occhiataccia e aggiunse: «Dovremmo andare. Devo tornare al lavoro.»

Cazzo.

Avevo fatto un casino totale.

«Sì, certo». Al Don e a Leo dissi: «Dovreste entrare entrambi. L'orario delle visite sta per finire.»

Apparentemente soddisfatti della mia risposta, il Don e Leo si diressero verso la stanza d'ospedale, e io premetti silenziosamente il pulsante dell'ascensore cercando di pensare a un modo per calmare le acque tempestose.

«Posso spiegare» iniziai.

Taylor alzò la mano mentre il suono dell'ascensore riempiva il silenzio. «Non ce n'è bisogno. Sono solo una ragazza che lavora al Sins.»

Le parole le uscirono dalle labbra come veleno, e sapevo di essermi appena fottuto.

«Taylor—»

Entrò nell'ascensore, senza dire un'altra parola.

Capitolo sette

Taylor

Non avrei dovuto arrabbiarmi. Avevamo passato una sola notte insieme. Era il mio unico impegno con Marco.

Lui non ne aveva presi con me.

Non eravamo una coppia. Tecnicamente non avevamo nemmeno avuto un appuntamento. Avevo barattato il mio corpo per delle riparazioni alla macchina.

Bleah. Sembrava orribile messa così.

Non c'era da stupirsi che mi venisse la nausea in quel momento. Camminai a passo veloce attraverso il parcheggio, desiderosa di lasciarmi tutto alle spalle il più in fretta possibile. Anzi, forse avrei preso un Uber per tornare a casa.

Sì. Avrei dovuto assolutamente—

«Taylor, aspetta.» Marco mi afferrò il braccio per fermarmi.

«Non toccarmi» sbottai e mi sentii soddisfatta quando mi lasciò subito il braccio. Mi girai per continuare a camminare.

«Ehi.» La sua voce era persuasiva. Tenne il passo con me, cercando di incrociare il mio sguardo di lato. «Taylor, ascolta. Ho fatto un casino. Devo guardarti in faccia subito. Per favore.»

Mi fermai e mi girai di scatto. «*Cosa?*»

Indicò l'ospedale con il pollice. «Quello era il capo. Il mio capo.»

Alzai le sopracciglia e incrociai le braccia al petto. Non mi sarebbe importato neanche se fosse stato il Papa, cazzo. Ciò che contava era che la verità fosse venuta a galla. Con Marco era stata una botta e via e ora era finita.

«Mi aveva appena fatto promettere che non mi sarei fidanzato e non avrei perso la concentrazione come è successo a mio cugino. Così sono andato nel panico quando ti ha vista qui.»

Mi ci volle un grande sforzo per riprendere fiato.

«Ma per me non sei solo una ragazza che lavora a Sins.» Mi prese la mano e me la strinse. «Ieri sera è stato speciale. Di solito non torno a casa con le donne.»

Strinsi le labbra.

«Non lo faccio. Leo può confermarlo. Ma ieri sera, quando abbiamo finito, non volevo che finisse. E non lo voglio ancora.»

Alzai lo sguardo verso di lui, con un nodo alla gola.

«Taylor, stavo per chiederti se potevo rivederti.» Mi prese l'altra mano e le tenne entrambe tra noi, come se fossimo una sposa e uno sposo all'altare.

Maledetti i miei occhi che si stavano inumidendo.

«Davvero?»

«Certo. Non sei stata solo una bella scopata per me... scusa l'espressione. Sei intelligente, sei attraente. Sei ambiziosa. So che stai prendendo un dottorato in fisioterapia. Stai andando lontano, Taylor. Probabilmente non sono il tipo di uomo con cui stavi cercando un appuntamento, ma accidenti, voglio esserlo.»

Si era ricordato dei miei studi. E pensava fossi attraente.

«Okay» dissi dolcemente.

«Davvero? Mi permetterai di portarti fuori? Sarà un appuntamento vero e proprio, con cena, fiori e tutto il resto.»

Sorrisi. «Sembra carino» riuscii a dire. «Mi piacerebbe.»

Mi tirò più vicino, tirando le nostre mani unite fino al suo petto.

Quando mi lasciò andare, le feci scivolare sui suoi pettorali e intorno alla sua nuca.

«Voglio di più da te, Taylor. *Molto* di più.»

Avvicinai il mio viso al suo e mi sollevai sulle punte dei piedi per avvicinare la sua bocca alla mia.

Lui sorrise al bacio, poi prese il sopravvento, afferrandomi la nuca con la mano e passandomi la lingua tra le labbra.

Ci baciammo nel parcheggio per ben due minuti prima che Marco interrompesse il bacio e mi sollevasse, sostenendomi sotto i glutei, per mettermi a cavalcioni sulla sua vita.

«Cosa stai facendo?» Risi mentre si dirigeva verso la macchina.

«Ti sto reclamando.»

Alzai lo sguardo verso le finestre dell'ospedale. «E se il Don ti vede?»

Marco mi mise a sedere accanto alla macchina e mi baciò di nuovo. «Beh, dovrò solo dimostrargli che posso avere una donna nella mia vita e rimanere comunque concentrato.»

Il cuore mi batteva forte nel petto. Marco voleva davvero di più.

Voleva me.

Non sapevo cosa significasse, o come potesse apparire, ma una cosa era certa: lo volevo anch'io.

La sera prima Marco mi aveva sconvolto il mondo. Più di questo, amavo come mi sentivo con lui. Al sicuro. Eccitata. Sexy e intelligente. Rispettata e oggetto delle sue attenzioni, tutto in una volta.

Sì, volevo più di un semplice assaggio di ciò che aveva da offrire.

Volevo tutto.

* * *

Speriamo che ti siano piaciuti I peccati di Chicago! Se la risposta è sì... ci farebbe molto piacere ricevere una recensione. Fa un'enorme differenza per le scrittrici indipendenti come noi.

OTTIENI IL TUO LIBRO GRATIS!

Iscrivetevi alla newsletter di Renee per ricevere Indomita, scene bonus gratuite e notifiche riguardo a nuove pubblicazioni!

https://subscribepage.com/reneeroseit

Sapevi che puoi acquistare direttamente da Renee Rose? Ottieni libri autografati, edizioni speciali e pacchetti a prezzi scontatissimi. Usa questo coupon per un ulteriore sconto del 10% sull'intero ordine - READER10 o visita questo sito: https://shop.reneroseromance.com/discount/READER10

Altri libri di Renee Rose

Il soldato

L'Hacker

L'allibratore

Il pulitore

Il playboy

Il guardiano

Vegas Underground

King of Diamonds

Mafia Daddy

Jack of Spades

Ace of Hearts

Joker's Wild

His Queen of Clubs

Dead Man's Hand

Wild Card

Gli alfa di montagna

Eroe

Ribelle

Guerriero

Wolf Ridge High

Alfa Bullo

Alfa Cavaliere

Fratellastro Alfa

Fratellastro Alfa

Re Alfa

Bastardo alfa

Alfa ribelli

Tentazione Alfa

Pericolo Alfa

Un premio per l'Alfa

Una Sfida per l'alfa

Obsession Alfa

Desiderio Alfa

Guerra Alfa

Missione Alfa

Tormento Alfa

Segreto Alfa

La Preda dell'Alfa

Il sole dell'Alfa

Sangue Alfa

La luna dell'Alfa

Giuramento Alfa

La vendetta dell'Alfa

Fuoco Alfa

Salvataggio Alfa

Ordine Alfa

Grandi orsi cattivi

Il reclamo dell'alfa

I lupi di Wall Street

Grande capo cattivo: Mezzanotte

Grande capo cattivo: Il folle della luna

Grande capo cattivo: La marchiata

Grande capo cattivo - Gli accoppiati

Grande bullo cattivo

Wolf Ranch

Brutale

Selvaggio

Animalesco

Disumano

Feroce

Spietato

Primitivo

Poderoso

Famelico

Due Segni

Indomita (gratuito)

Tentazione

Deseada

Sedotta

Padroni di Zandia

La sua Schiava Umana

La Sua Prigioniera Umana

L'addestramento della sua umana

La sua ribelle umana

La sua incubatrice umana

Il suo Compagno e Padrone

Cucciolo Zandiano

La sua Proprietà Umana

L'autore Renee Rose

L'autrice oggi bestseller negli Stati Uniti Renee Rose ama gli eroi alfa dominanti dal linguaggio sboccato! Ha venduto oltre un milione di copie dei suoi romanzi bollenti, con variabili livelli di erotismo. I suoi libri sono comparsi su *USA Today's Happily Ever After* e *Popsugar*. Nominata *Migliore autrice erotica da Eroticon USA* nel 2013, ha vinto come autrice antologica e di fantascienza preferita dello *Spunky and Sassy*, come miglior romanzo storico sul *The Romance Reviews* e migliore coppia e autrice di fantascienza, paranormale, storica, erotica ed ageplay dello *Spanking Romance Reviews*. È entrata dieci volte nella lista di *USA Today* con varie antologie.

Iscrivetevi alla newsletter di Renee per ricevere scene bonus gratuite e notifiche riguardo a nuove pubblicazioni!
https://www.subscribepage.com/reneeroseit

f facebook.com/Autrice-Renee-Rose-101548325414563

◎ instagram.com/reneeroseromance

♪ tiktok.com/@reneeroseromance

L'autore Alta Hensley

Alta Hensley è un'autrice bestseller di USA TODAY di narrativa d'amore sexy, oscura e piccante. È anche un'autrice di bestseller inserita nella Top 10 di Amazon. Come autrice pluripubblicata nel genere romantico, Alta è nota per i suoi cupi e determinati eroi alfa, per le storie d'amore a volte dolci, per l'erotismo sexy e per i racconti avvincenti che narrano della costante lotta tra dominio e sottomissione.

Vive con suo marito, due figlie e un pastore australiano in uno chalet di legno nel bosco. Quando non è impegnata a combattere con i pipistrelli o ad ammirare un cervo, scrive di cattivi che si trovano sempre di fronte a una storia d'amore e un lieto fine.

Sito: http://www.altahensley.com|www.altahensley.com

facebook.com/AltaHensleyAuthor

instagram.com/altahensley

amazon.com/Alta-Hensley/e/B004G5A6LI

tiktok.com/@altahensley

www.ingramcontent.com/pod-product-compliance
Lightning Source LLC
Chambersburg PA
CBHW071729110726
47908CB00006B/1545